ジョージ・オーウェル『一九八四年』を読む

ジョージ・オーウェル『一九八四年』を読む

George Orwell

1984

Nineteen Eighty-Four

ディストピアからポスト・トゥルースまで

秦邦生 編

マーガレット・アトウッド｜西あゆみ
星野真志
中村麻美
ジャン＝フランソワ・リオタール｜郷原佳以
小川公代
川端康雄
渡辺愛子
小田島創志
高村峰生
加藤めぐみ
伊達聖伸
吉田恭子
高橋和久

水声社

水声文庫

ジョージ・オーウェル『一九八四年』を読む――目次

［凡例］

一、ジョージ・オーウェル『一九八四年』を参照・引用する際、原書は、*Nineteen Eighty-Four: The Annotated Edition*, Penguin, 2013を、邦訳書は、『一九八四年』（高橋和久訳、ハヤカワepi文庫、二〇〇九年）を原則として用いた。また、『オーウェル評論集』（全四巻、川端康雄編、平凡社ライブラリー、一九九五年）も多く参照したが、引用文献リストにおいては書誌情報の一部を省略した場合がある。

一、引用元の頁数については、引用部末尾に（　）で示した。アラビア数字は原書の頁数を、漢数字は邦訳書の頁数を表す。

一、既訳の存在する書籍について、引用に際して訳文の一部を変更した箇所がある。その場合、該当引用部の末尾ないし注にその旨を示した。

一、未邦訳文献を引用する際、翻訳は引用者（各執筆者）によった。

一、引用の際、原文のルビは取捨選択し、新たに加えた場合もある。

一、翻訳論考および引用文において、訳者または引用者による注記や補足は〔　〕で示した。〔……〕は引用者による省略を意味する。ただし、単に該当箇所の原文を示す際には（　）を用いた。

一、翻訳論考には、必要に応じて漢数字の番号で訳注を付し、論考末尾にまとめた。

一、文献表記の際、英語の書籍については、原則としてＭＬＡ方式（ハンドブック第八版、二〇一六年）に則った。

序　『一九八四年』をあらためて読むために

秦邦生

この十年間を通じて私がいちばんしたかったことは、政治的著作をひとつの芸術にすることだった。　――ジョージ・オーウェル「なぜ私は書くか」(319 一―七)

古典とは、私たちが読むまえにこれを読んだ人たちの足跡をとどめて私たちのもとに届く本であり、背後にはこれらの本が通り抜けてきたある文化、あるいは複数の文化の(簡単にいえば、言葉づかいとか慣習のなかに)足跡をとどめている書物だ。　――イタロ・カルヴィーノ「なぜ古典を読むのか」(一三)

はじめに

『一九八四年』はイギリスのセッカー・アンド・ウォーバーグ社から一九四九年六月に刊行された。その作者ジョージ・オーウェル(本名エリック・アーサー・ブレア)が結核性の肺炎のために四六歳の若さで死去したのは一九五〇年一月二一日、この本の出版からわずか半年ほど後のことだった。『一九八四年』の成功が確立したオーウェルの名声も、この小説が受けたその後の毀誉褒貶や一部の悪用も、ほぼ出版の直後から作者本人が介入したり、訂正したりできない次元で拡大してきたと言えるだろう。(1)

現在、『一九八四年』は世界中で多くの人々に読まれているばかりか、さまざまな現代的状況の参照点として言及され続けている。私たちをこの小説へと送り返す諸条件をかりそめに列挙すれば、世界各地でのナショナリズムや排外主義の台頭、新自由主義による貧富の格差拡大、情報技術の急速な発展と表裏一体の監視社会の不安、メディア操作と歴史記録の改竄、テロリズムや核戦争の恐怖などがたやすく挙がるだろう。言い換えれば、初版の刊行から七〇年以上が経つにもかかわらず、いまだにこの小説は「現代の寓話」として読み継がれている。二〇一〇年代から続く世界的なディストピア・ブームも、古典的ディストピア小説と目されるこのテクストの現代的な受容に拍車を掛けているようだ。

あまりにも現代的な小説、あるいはそうあることを期待される小説としての『一九八四年』――こうした状況は、この作品を今あらためて読む私たちに特有の困難を投げかけているのかもしれない。冒頭の引用に掲げたように、生前のオーウェルは「政治的著作」の執筆を志向していた。だとすれば、この小説を読むことがさまざまな意味での「政治」と切り離せない現状を、彼は望むところと受け止めたかもしれない。だが、この発言のもう一方の要素――政治的著作を「ひとつの芸術」にすること――はどうだろうか。彼が使った「芸術」という言葉をここで「文学」に読み替えてみてもいいはずだ。「政治」と「芸術／文学」との総合を目標に掲げたオーウェルが、実際にはこの二つのあいだの懸隔を前提的な困難として認識していたとすれば(2)、類似の認識は読者の側にも存在し、しばしば特にこの作品の解釈や評価のありようを左右してきたと言えるかもしれない。例えば、この作品の政治性に注意を向けるとき、私たちはそれが「文学」にはそぐわないものとして無意識にその価値を切り詰めてはいないか(3)。あるいはこの作品に現代性ばかりを求める読者は、本来「古典」が受けるに相応《ふさわ》しいだけの注意や配慮をこのテクストに払えているだろうか。

右のように問いかけてみたのは、ここでオーウェルの『一九八四年』を「政治的文学」ないし「現代の古典」として称揚することで、「政治」と「文学」のあいだ、あるいは「現代」と「古典」とのあいだの齟齬や矛盾を性急に解消してしまうためではない。むしろこうした諸要素のあいだのズレや葛藤への確かな認識、さらにそうしたズレや葛藤がこのテクスト自体に刻印する内的な緊張を鋭敏に意識し続ける知的努力こそが、今、この小説を新鮮な意識で読みなおすための道を切り開くのではないだろうか。

以下では本論集への導入として、この作品をこのような姿勢と方法で読むためのキーワードとなるだろう二つの言葉にこだわってみたい。そのひとつは「古典」、もうひとつは「ディストピア」である。

古典としての『一九八四年』

まずそもそも古典とは何だろうか。イタリアの作家イタロ・カルヴィーノは「なぜ古典を読むのか」(一九八一年)というエッセイで、古典について一四もの異なる定義を立てつつ、この問いへの答えを模索している。この魅惑的なエッセイの全貌を紹介するのは困難であるため、部分的にその内容をピックアップして『一九八四年』への補助線にしよう。最初に注目したいのは、冒頭に二つ目の引用として掲げたカルヴィーノの七番目の定義である。この定義によれば古典とは「私たちが読むまえにこれを読んだ人たちの足跡をとどめて私たちのもとに届く本」であり、これまで通り抜けてきた「複数の文化」や時代の痕跡を担ってその書物は私たちのもとに到来する。もう少し具体的に言えば、古典の意味はこれまでにそれを読んできた人々の解釈の積み重ねや、それが通過してきた文化や時代特有の経験によって不可避の増幅や歪曲を受ける。それゆえに、そうした意味が本当にその作品に内在しているのかどうかを見極めるのはしばしば困難なのである。

例えばカルヴィーノは、後世の読者が濫用する「カフカ的」という手垢のついた形容詞が、フランツ・カフカの作品自体を読むときに本当に妥当なのかと疑っている。オーウェルを読むときもこの種の疑問を念頭に置くことは有益だろう。第二次世界大戦前後の時代にファシズムとスターリニズムの脅威や戦禍の悲惨を目の当たりにした彼は、全体主義と恒久的戦争への警告として『一九八四年』を書いた。ところが彼の死後このテクストは冷戦時代の反共宣伝への利用によって意味を狭められ、全体主義台頭の前提条件と彼が見なした世界の分断をむしろ助長するような解釈が広まってしまった。[4] 二〇世紀末からはこの小説を権威主義や抑圧体制に対するよりひろい批判としてとらえかえす解釈が優勢になっているとはいえ、冷戦時代にこびりついた意味が完全に払拭されたとはまだ言えないだろう。『一九八四年』を古典として読む私たちは、こうした受容史の紆余曲折に適切な注意を払ったうえで、オーウェル作品がどこまで本当に「オーウェル的」なのかをまず疑ってかかる必要がある。[5]

このことを踏まえてカルヴィーノからのヒントとしてもう一点、古典と時事問題との関係についての彼のとらえ方を紹介したい。世間の雑音を完全に排除した密室で古典に耽溺する人は、いっけん理想的なようで実際には「時間から外れた雲のなかで暮らす」ような状態に陥っている、と彼は言う。窓を開け放ち時事問題の騒音に耳を傾けることは、実は古典の深い理解に欠かせない。「時事問題のたぐいは月並で不愉快なものかもしれないけれど、前に進むにしても、後に退くにしても、とにかく自分がどこに立っているかを、わからせてはくれる。そして、古典を読んで理解するためには、自分が「どこに」いてそれを読んでいるかを明確にする必要がある」(一八)。この意味でカルヴィーノは、一三番目の定義として古典と時事問題との関係をBGMの比喩を用いて説明する。「時事問題の騒音をBGMにしてしまうのが古典である。同時に、このBGMの喧騒はあくまでも必要なのだ」。興味深いことに、このような古典と時事問題との関係は裏返すことも可能だと彼は述べる。ゆえに次の定義で彼はこうも表現する。「もっとも相容れない種類の時事問題がすべてを覆っているときでさえ、BGMのようにささやきつづけるのが、古典だ」(一九)。

この定義を受けて言えば、古典と時事問題とは不即不離の関係にある。古典のテクストを丁寧に読み解くとき、時事問題のBGMに耳を傾けていれば、私たちは「どこ」でそれを読んでいるのかを絶えず自覚できるだろう。他方、事態が急迫して書物を読み込む時間などないように思われるときでも、耳を澄ませば古典が奏でる音色は通奏低音となって、目の前の危機への私たちの注意を研ぎ澄ませてくれるかもしれない。それでもなお、古典と時事問題とを完全に混同してしまう愚だけは避けねばならない。

こうした警戒がオーウェルの作品読解にどう役立つのかは明らかだろう。例えば、近年の

『一九八四年』ブームに皮肉にも大きく貢献したアメリカのドナルド・トランプ元大統領のことを考えてみよう。(6) 二〇一七年に成立したトランプ政権が濫用した「オルタナティヴ・ファクト」や「フィクニュース」などのレトリックは、『一九八四年』をベストセラー・リストのトップに押し上げる効果を持った。人々はこの小説に〈ポスト・トゥルース〉時代への先駆的洞察を見出し、そこに混迷からの脱出の糸口を求めたのである。だが、このような抵抗の道標としての『一九八四年』の現代的位置づけは、トランプ政権末期にいったん揺り動かされることになった。二〇二一年一月六日のアメリカ合衆国議会議事堂襲撃事件後、暴力の煽動とも解しうる投稿を重く見たTwitter社がトランプのアカウントを停止した際、ドナルド・トランプ・ジュニアがTwitterへの投稿でわざわざこの小説の名を使って「言論の自由」の弾圧だと抗議したのである。彼いわく、「われわれはオーウェルの一九八四年に生きている」(7)。このようなオーウェルの流用に対して、ネット上には即座に数多くの反論が投稿されたが、この騒動を受けて『一九八四年』はふたたびベストセラー・リストのトップに躍り出たという。

このような流用の恣意性は明らかであり、おそらくはテクストの読み込みにも依拠しない場当たり的な発言なのだろう。だがこの顚末は(冒頭で触れたように)しばしば『一九八四年』を現代の寓話と見なす私たちに一種の歪んだ戯画をつきつけることで、貴重な自省の機会を与えているかもしれない。この小説に現在のさまざまな困難のアナロジーを見出すことの重要性は疑い得ない。だがこの作品にあまりに性急に現代の政治を読み込むとき、あるいは監視社会への(不完全な)予言や警告を期待するとき、私たちはこの小説をただの「時事問題」に還元してしまってはいないか。そこで見失われるのは、この小説の濃密なテクスト性であり、受容の歴史のなかでそれに加えられてきた複雑な倍音なのである。

カルヴィーノの比喩をもじって言えば、現代の私たちにとってこの小説は主旋律になることも伴奏になることもあるだろう。だがそれは常に古典でも時事問題でもありうるものとして、読者は多重的な時間の合奏する複合的な意味をそこに見出さねばならない。一方の音量が他方を圧倒してはならないのだ。その一定の「古さ」も含めて『一九八四年』をともかくも古典として遇し、丁寧に読むことの意義はここにある。

ディストピアとユートピア

では、もうひとつのキーワード「ディストピア」についてはどうだろう。まず想起すべきなのは、現代では比較的当然のように使われるこの言葉が、実は割合と最近になってようやく一般化したものだという事実である。二〇二一年春号で「夢のディストピア」を特集した『文藝』誌はGoogleトレンド検索のデータに依拠して、日本語でのこの言葉の検索は二〇〇四年頃にはごくわずかであったが、二〇一一年頃から増加傾向に転じたと指摘している(一三四)。二〇二一年現在、この言葉はほぼ流行語と化している。

そのうえで確認すれば、「原型的なディストピア小説」という『一九八四年』についての一般化した理解とは裏腹に、ジョージ・オーウェル自身はその著作のなかでは一度たりともディストピアという言葉を使っていない。対照的に、オーウェルはその作家としてのキャリアを通じてユートピアという言葉はくり返し用いている。なによりも彼が一九四九年二月四日の友人宛の手紙のなかで、出版前の『一九八四年』を「小説の形をとったユートピア(“a Utopia in the form of a novel")」と呼んでいたことは注目すべき事実だろう（*A Life in Letters* 442 四九四）。つまり、ユートピアを「理想社会」、ディストピアをその正反対の「悪夢の社会」とする通り一遍の解釈方法だけでは、オーウェルの「ユートピア」としての自作観はほとんど理解不可能なのである。

よく知られるように、そもそもユートピアとは、この語をタイトルに冠したラテン語の物語を執筆し、一五一六年に刊行したサー・トマス・モアによる造語である。トマス・モアはこの言葉を、ギリシア語の *eu-topos*（善き場所）と *ou-topos*（存在しない場所）をかけた語呂合わせや言葉遊びのようなものとして創造した。つまり、ユートピアは理想社会のイメージであると同時に、その名前自体によってあくまでも架空であることをみずから暴露している。この経緯を踏まえればユートピアという言葉が想像された架空世界を指示するのはごく当然なのであり、いっけん奇妙にも『一九八四年』をユートピアと呼んだオーウェルの意図は、まずこの観点から説明できるだろう。

それではオーウェルはなぜ「ディストピア」という言葉を使わなかったのか。オックスフォード英語辞典によればジョン・スチュワート・ミルが一八六八年の国会発言中に"dys-topian"（ディストピア的）という言葉を（おそらくその場限りの造語として）用いていたが、名詞としての"dystopia"の用例初出は実のところ一九五二年——オーウェルの死後——を待たねばならない。ディストピアに関する浩瀚な研究書を著したグレゴリー・クレイズは、一九六〇年代頃からこの言葉が文学研究の語彙に徐々に入り始めたと観察しているが、それでも多くの場合「ディストピア」と「反《アンチ》ユートピア」が互換的に使われる傾向は現在まで続いており、用語上の混乱は決着を見ていない（Claeys 273-84）。いずれにせよ以下の二点は明らかだろう。時代的に考えてオーウェルには「ディストピア」という言葉はそもそも使えなかった。またそれゆえに、彼は最初からディストピアという確固としたジャンルを明確に意識してこの小説を書いたわけではないのである。

つまり今『一九八四年』を読む私たちは、原型的なディストピアというこの小説の前評判にあまり惑わされるべきではない。むしろ重要なのは、いっけん正反対に思えるユートピアとディストピアとの区別は、本来はそれほど明瞭ではないという事実である。ロバート・C・エリオットは、ユートピアと諷刺《サタイア》とのジャンル上の淵源を古代の農神祭《サトウルナリア》の儀礼に見出し、祝祭的な黄金時代の回帰（ユートピア性）と、階層的な社会秩序の攪乱（サタイア性）とを根を一つにするものと指摘している[8]（Elliott 3-24）。クリシャン・クマーも論じるように、魅惑的な理想像によって希望を鼓舞するユートピアのもっとも永続的な機能、あるいはその「破壊力の源泉」は、実は「社会制度に関する批判的な注釈」なのかもしれない（一四四）。いわば希望と批判は表裏一体に結びついている。ユートピア文学の本質をこのように理解するならば、ディストピアとは単純な反ユートピアではなく、むしろその諷刺精神をユートピア文学の伝統から色濃く継承しているのである。

ここまでの議論を受けて言えば、『一九八四年』を「ユートピア」と呼んだオーウェルは、その架空性を示唆するばかりではなく、その批判精神を駆動するユートピア的衝動の在処《ありか》を暗示していたのかもしれない。端的に言えば、悪夢の世界像を提示するからといってこの物語に漆黒の絶望ばかりを見出すのは、やや粗雑な読み方なのである。むしろ私たちはこの小説に、抑圧体制下でも残存する日常の喜怒哀楽、愛の試みと挫折、諷刺的な誇張が喚起する笑いの瞬間、あるいは闇のなかにまたたく希望の微光すらも読み取るべきではないか。(9)『一九八四年』を古典的ディストピアとして読む私たちは、紋切り型になりかけたディストピア観をいったんは相対化し、本来の意味でのディストピア／ユートピアに込められた多種多様な情動の渦への感受性を養う必要があるのだ。

本書の構成

以上の説明から明らかなように、本論集はオーウェルの『一九八四年』を「古典」と「ディストピア」との交錯点で読みなおす試みである。論点をくり返せば、この小説を古典として読むとき、私たちは一方でその濃密なテクスト性に精読を施しつつ、他方ではそれが潜《くぐ》り抜けてきた受容史の錯綜を丁寧に解きほぐさねばならない。この小説をディストピアとして読むとき、私たちはそこに悪夢の世界を突き抜けるユートピア的批判精神の脈動を触知せねばならない。精読と歴史化の二重の作業によって、『一九八四年』を読みなおす現代的意義を再定義すること――これが本論集の狙いである。

本書は一一篇の論考(二篇の翻訳を含む)と八篇のコラムから構成される。カナダの小説家マーガレット・アトウッドとフランスの思想家ジャン゠フランソワ・リオタールの論考は、前者は二一世紀初頭、後者はひとつの節目となった一九八四年に発表されたそれぞれ注目すべき読解であり、世界におけるこの小説の解釈史の一端を示すものとして本論集に収録した。詳細についてはそれぞれの論考後に付した解題を参照してほしい。以下ではそれらを除く九本の論文について概略を紹介する。なお、本論集前半の論考はいずれもテクスト自体の丁寧な読解に比重を置き、後半ではむしろ個別具体的な受容、流通、翻案などひろい意味でのテクストの継承と変容の歴史に焦点を絞っている。

星野論文は、近年あらためて注目される左派ポピュリズムの先駆的事例を第二次世界大戦中のオーウェルの「普通の人びと」への期待に見出し、彼のポピュリズム的希望が逢着した困難を『一九八四年』に読み込んでいる。オーウェルの言うイギリス文化の「自由」が消極的にしか定義できないものであること、さらにそれが「プライベート」な価値観の重視へと結びつく点で根本的な両義性を帯びていることを本論文は切れ味鋭い理論によって解明しつつ、最後にはその「失敗」に一定の価値を見出している。

中村論文は、現代の観点から『一九八四年』を抵抗のテクストとして称揚するときに大きな躓《つまず》きの石となる女性表象やセクシュアリティの問題に正面から取り組んでいる。誰もが同意するように、主人公ウィンストン・スミスが心に抱く女性観にはかなり問題が多い。だが本論文は同時に、監視や拷問の対象となる彼に「レイプ文化」における女性の立場の似姿を見出すことで、女性差別を内包する物語が潜在的には家父長制批判としても読みうるという、やや逆説的な事態を丁寧に解きほぐしている。

小川論文は右の二論文でも注目点となったナショナリズムやセクシュアリティのテーマを「愛」という見地からより肯定的に再解釈している。オーウェルの言う「愛国心」は攻撃的なナショナリズムとは一線を画するもので、それはむしろ友愛、恋愛《エロス》、家族愛《アガペー》などの人間らしい情動に近い。本論文は『一九八四年』における愛のあらわれを快楽と愛の混淆のなかに見出し、ウィンストンの記憶に残る母親像や〝黄金郷〟憧憬のなかに快楽の積極的可能性を探っている。

秦論文は、オーウェルが信奉した人間らしさ《ディーセンシー》の価値と、彼が幼少期から変わらず愛し続けた動物たちとの裏腹な関係に着目し、『一九八四年』における「人間性」の意味を再検討する。現実の全体主義や帝国主義とも通じる多重的分断を被ったこの物語の世界では、動物の形象は他者への侮蔑へと変容し、共通の人間性もまた見失われてしまう。それでもなおオーウェルが人間性と動物性とが出会う瞬間に未来への希望を託したことを、本論文は特にこの小説の重要場面における鳥とネズミの形象の相克に読み込んでいる。

川端論文は『一九八四年』がはじめて日本で翻訳紹介された一九五〇年代の状況へとさかのぼり、日本におけるオーウェル受容史の重要な一面を明らかにしている。GHQの統治下で翻訳紹介されたこの小説は、冷戦状況の反共プロパガンダの一環として利用されていた。だが本論文は当時の日本にも色眼鏡にとらわれずこの物語に込められた強い情念に感応した読者たちがいたこと、また続く英文学者たちの努力が党派性に偏らないオーウェル像の形成に貢献したことを説得的に示している。

渡辺論文は同じ一九五〇年代の英米で製作された『一九八四年』の映像アダプテーションを、豊富な資料を駆使する歴史研究の手つきで読み解く。当時わずか四年のあいだに三作もの映像版が量産されたのは、映画からテレビへと大衆文化の急激な成長が見られた冷戦初期に、反共産主義パラノイアが化学反応を起こした結果だった。だが本論文は、この物語のその後の受容を決定づけたのは製作者側が押しつけようとしたイデオロギーよりも、あらたに登場した「抵抗するオーディエンス」からの応答であったと強調する。

小田島論文は冷戦終結後の二〇〇〇年代に入り、どのような『一九八四年』の演劇翻案が生み出されたのかを、特に三作の舞台脚本に注目して考察する。イラク戦争時の二〇〇四年に上演されたサリヴァン版をはじめとして、これらの演劇翻案はいずれもこの物語が当時の政治意識や感受性にあわせてどのように更新されてきたのかを具体的に例証している。観客が自身を舞台上の出来事と重ね合わせる演劇ならではのさまざまな仕掛けは、小説と読者との関わり方を考えるための比較対象としても興味深い。

髙村論文はさらに、最近のトランプ政権時代から急速に高まった〈ポスト・トゥルース〉をめぐる不安のなかに『一九八四年』を置き、その周囲にミチコ・カクタニとリチャード・ローティの対照的な読解を要領よく位置づけてゆく。カクタニが擁護する客観的真実は、事実を歪曲する政治への反撃拠点として手放せない。だがローティのアイロニーが突くように、真実と非真実の分断はむしろ連帯の妨げとなるかもしれない。こうしたジレンマを受けて本論文は『一九八四年』が読者に与える反省的認識に注目する。

最後の加藤論文は、本論集の冒頭エッセイの著者でもあるマーガレット・アトウッドが『侍女の物語』（一九八五年）と『誓願』（二〇一九年）の連作によって、オーウェル作品をいかに換骨奪胎しつつ、新たな創造へとその批判精神を継承したのかを分析する。中村論文でも詳述された『一九八四年』に対するフェミニズム的批判をアトウッドは共有しているが、彼女の作品はなおも、オーウェルからのモチーフの継承や書くことへのメタフィクション的こだわりを通じて、悪夢からの脱出口を大胆に想像している。

このほかにコラムでは、以上の論考では扱いきれなかった話題をピックアップして、『一九八四年』を取り巻く文化的広がりの一端を示す。特にいくつかのコラムでは、オーウェルの創作に影響を与えたウェルズ、ハクスリー、ザミャーチンなどさまざまな先輩作家たちとの関係から、『一九八四年』に影響を受けた後続世代の作家までの事例を挙げ、アトウッドにとどまらず時代と地域を越えて縦横に伸びるインターテクスト的地平の見取図を提示している。『一九八四年』は決して孤立した特異点ではなく、それ自体が変化と連続性に彩られた世界文学の一部なのである。精読と歴史化によってこの小説の理解を深めた読者には、さらにこうした地平へと歩みを進めてほしい。

おわりに

やや長くなったが、この序論のしめくくりに本論集企画の成立経緯を簡単に説明しておこう。まずきっかけとなったのは、二〇一九年三月五日に川端康雄の呼びかけで、日本女子大学目白キャンパスで開催されたシンポジウム「オーウェル『一九八四年』とディストピアのリアル」だった。この企画は本作刊行七〇周年を記念するもので、講師として星野真志、中村麻美、秦邦生、河野真太郎が登壇し、小川公代が討論者として参加した。[10] 短期間での準備にもかかわらずこのイヴェントは多くの参加者に恵まれ、当日の熱気ある議論の流れから論集企画のアイデアが生まれた。その後、その場に居あわせた水声社編集部の小泉直哉氏とも相談しつつ、秦が編者として企画を進めることになった。

さらに翌二〇二〇年三月には、今度はオーウェルの没後七〇周年を記念して「ジョージ・オーウェルと現代」と題するシンポジウム兼講演会が企画された。川端、小川、秦に加えて髙村峰生が講師、河野が討論者を務めるシンポジウムに、イギリスからオックスフォード大学准教授デイヴィッド・ドワンを特別講演に招聘する計画もあったが、折からのコロナ禍によって残念ながらこの企画は中止となってしまった。だがその準備作業の蓄積は、さまざまなかたちで本論集企画に生かされている。

すでに最初の契機となったシンポジウムから二年以上が経過しているが、この間の『一九八四年』への一般の関心の持続的な拡大には、本論集の編者としても少々驚かされている。右記のトランプ政権の顛末、予想外に長引くコロナ禍にともなう政治不信の増大、感染者追跡システム導入にともなう一層の監視社会化への警戒感などなど、不幸なことに、現代世界はディストピアへの関心を刺激する要素に事欠かないようだ。二〇〇九年に刊行された高橋和久による『一九八四年』新訳版の発行部数は三八万部に達しているという[11]。発行元の早川書房は二〇二〇年一一月には「１９８４」をデザインした布製マスクの販売を始めており、良くも悪くもコロナの時代のファッション・アイテムと化した観がある。二〇二一年一月一六日の大学入試共通テスト世界史Bの設問でこの小説が話の枕とされ、史実上の歴史記録改竄がテーマとなったことも比較的記憶に新しい。

このようなかたちでのひろい流通は、この小説の生命力のあかしだろう。原因はともあれ『一九八四年』が話題性に事欠かないことは、本論集にとってても喜ばしいことかもしれない。だが、研究がブームにただ便乗するような姿勢に陥らないために、一定の自戒は必要だろう。ユートピア／ディストピアの伝統を踏まえつつこの作品を読みなおす作業は、これを一過性の流行現象に終わらせないための介入でもある。現代性《アクチュアリティ》への関心が、ただ過ぎ去るばかりの現在へといつしかこの作品を閉じ込めてしまってはならない。古典としての『一九八四年』が備える濃密なエクリチュールの精読とその歴史性への注視は、平板な現在を攪乱する多重的な時間意識を介して、このテクストの未来への継承の道を切り開く試みなのである。

図らずも、おぼろげな記憶や過去への沈潜によって悪夢の現在の先にある未来のきざしを探し求めるのは、この物語中のウィンストンの身振りでもあった。だとすればこの序論のしめくくりを、まだ見ぬ読者への次のような呼びかけを日記に書きつけた彼に代弁してもらっても許されるかもしれない。

未来へ、或いは過去へ、思考が自由な時代、人が個人個人異なりながら孤独ではない時代へ——真実が存在し、なされたことがなされなかったことに改変できない時代へ向けて。画一の時代から、孤独の時代から、〈ビッグ・ブラザー〉の時代から、〈二重思考〉の時代から——ごきげんよう!

(32 四五—四六)

【注】

(1) ただし、オーウェルの創作中の書簡やエッセイなどから、『一九八四年』の執筆意図をある程度まで的確に推し量ることは不可能ではない。また出版後の一九四九年七月には、特にアメリカでこの小説が反社会主義的として曲解されることを懸念した彼は、みずからのイギリス労働党支持の立場を鮮明にし、ファシズムとスターリニズムが部分的に実現した全体主義体制こそが批判のターゲットであることを明言したメッセージを公表している（“Orwell's Statement”を参照）。

（2）リサ・マレンは最近の論考で、政治と美学との緊張に満ちた関係こそが『一九八四年』の言語観とスタイルの実践を規定している、と指摘している（Mullen 95）。

（3）ここで念頭に置くべきなのは、オーウェルを（侮蔑的な意味での）ジャーナリストやパンフレット作家として位置づけ、その文学的価値を切り捨てるような解釈がしばしばなされてきた、という経緯である。例えばハロルド・ブルームによる『一九八四年』評価はその典型だろう（Bloom 2）。やや異なる見地からではあるが、チェコスロヴァキア出身の作家ミラン・クンデラも『一九八四年』に過剰な政治性を見て、それをヨーロッパ小説の伝統に対する裏切りと見なしている（二五五―二五六）。

（4）特に冷戦初期における『一九八四年』の反共プロパガンダへの悪用については、本書の川端論文と渡辺論文を参照。

（5）二一世紀初頭におけるこの小説の再解釈としては、マーガレット・ドラブル、マーサ・ヌスバウム、ホミ・バーバなどが寄稿した二〇〇五年の論集がひとつの代表例となるだろう。特にヌスバウムはこの小説の世界をイラク戦争時のアメリカの政治状況と関連づける読解を提示している（Gleason）。また「オーウェル的（Orwellian）」という言葉の多義性については二〇二〇年の川端康雄の議論を参照。川端が言うように、この言葉は『一九八四年』が描く全体主義の代名詞となってしまっているが、そのようなディストピアへの抵抗拠点となる普通の人びとの「人間らしさ」への信頼もまた「オーウェル的」精神である（二六一―二六五）。

（6）トランプ政権時代を含む二〇一〇年代のアメリカでの受容については、本書の高村論文に詳しい。

（7）トランプ・ジュニアのTweetの全文は次の通り。“We are living Orwell's 1984. Free-speech no longer exists in America. It died with big tech and what's left is only there for a chosen few. This is absolute insanity!”（「われわれはオーウェルの一九八四年に生きている。もはやアメリカに言論の自由は存在しない。それはビッグ・テック〔GAFAなどの巨大情報企業のこと〕とともに死に絶え、少数の選民のためにしか残っていない。完全に狂ってる！」)。この発言への批判的応答としてはLiptak、VanDenburgh、Beersなどを参照。

（8）　農神祭とはそもそも古代ローマ時代にサトゥルヌス神を祀るために毎年一二月におこなわれた盛大な祭礼であり、長大な宴会やその場限りの社会的地位の入れ替えを特徴としていた。フランソワ・ラブレー論におけるミハイル・バフチンが論じるように、古代のサトゥルヌス祭の伝統は中世ヨーロッパのカーニヴァルにも継承されたという（二一）。この意味でユートピア文学と諷刺の伝統には、バフチンの言うカーニヴァルの転覆精神が潜在的に息づいていると見なすこともできるだろう。

（9）　『一九八四年』の諷刺的側面についてはGreenbergを参照。この小説を絶望の表現と見なしたレイモンド・ウィリアムズもこの作品の諷刺性には注目していた（Williams 96）。「微光」とは、本論集の小川論文で言及されるマーガレット・アトウッドが『一九八四年』に込められた希望のありようを表現した言葉である。本書一二〇頁参照。

（10）　このシンポジウムでの四名の発表と当日の議論の記録は、『レイモンド・ウィリアムズ研究』第九号（二〇二〇年）に特集「オーウェル『一九八四年』とディストピアのリアル」として掲載されている。本論集の星野論文、中村論文、秦論文はこのときの口頭発表から大幅に議論を発展させたものである。

（11）　二〇二一年二月三日付けの高橋和久氏からの私信による。

【引用文献】

Beers, Laura. “What Josh Hawley doesn’t get about George Orwell.” *CNN*, January 15, 2021, edition.cnn.com/2021/01/15/opinions/trump-and-allies-invoke-george-orwell-orwellian-beers/index.html. 二〇二一年二月二三日閲覧。

Bloom, Harold. “Introduction.” *George Orwell’s 1984: Bloom’s Modern Critical Interpretations*, updated edition, edited by Harold Bloom, Chelsea House, 2007, pp. 1-7.

“dystopia, n.” *OED Online*, Oxford UP, December 2020, www.oed.com/view/Entry/58909. 二〇二一年二月二三日閲覧。

Claeys, Gregory. *Dystopia: A Natural History*. Oxford UP, 2017.

Elliott, Robert C. *The Shape of Utopia: Studies in Literary Genre*. U of Chicago P, 1970.

Gleason, Abbott, Jack Goldsmith, and Martha C. Nussbaum, editors. *On Nineteen Eighty-Four: Orwell and Our Future*. Princeton UP, 2005.

Greenberg, Jonathan. “*Nineteen Eighty-Four* and the Tradition of Satire.” Waddell, pp. 81-94.

Mullen, Lisa. “Orwell’s Literary Context: Modernism, Language, and Politics.” Waddell, pp. 95-108.

Liptak, Andrew. “Orwell Would Be Horrified by the Right Wing’s Use of *Orwellian*.” *Slate*, January 21, 2021, slate.com/technology/2021/01/orwellian-1984-donald-trump-jr-josh-hawley.html. 二〇二一年二月二三日閲覧。

Orwell, George. *The Complete Works of George Orwell*, 20 vols, edited by Peter Davison and assisted by Ian Angus and Sheila Davison, Secker & Warburg, 1998.

——. *A Life in Letters*, edited by Peter Davison, Penguin, 2010.（『ジョージ・オーウェル書簡集』高儀進訳、白水社、二〇一一年）

——. *Nineteen Eighty-Four: The Annotated Edition*. With an Introduction and Notes by D. J. Taylor and A Note on the Text by Peter Davison. Penguin, 2013.（『一九八四年』高橋和久訳、ハヤカワ epi 文庫、二〇〇九年）

——. “Orwell’s Statement on *Nineteen Eighty-Four*.” *The Complete Works of George Orwell*, vol. 20, pp. 134-36.（「フランシス・A・ヘンソンへの手紙（抜粋）」小池滋訳、『オーウェル著作集Ⅳ 1945-1950』平凡社、一九七一年、四八五頁）

——. “Why I Write.” *The Complete Works of George Orwell*, vol. 18, pp. 316-21.（「なぜ私は書くか」鶴見俊輔訳、『象を撃つ オーウェル評論集1』川端康雄編、平凡社ライブラリー、一九九五年、一〇五—一二〇頁）

Trump Jr., Donald. “We are living Orwell’s 1984. Free-speech no longer exists in America. It died with big tech and what’s left is only there for a chosen few. This is absolute insanity!” January 9, 2021 AM 9:10. Tweet. 二〇二一年二月二三日閲覧。

VanDenburgh, Barbara. “You may be using the term ‘Orwellian’ wrong. Here’s what George Orwell was actually writing about.” *USA Today*, January 11, 2021, www.usatoday.com/story/entertainment/books/2021/01/11/using-term-orwellian-wrong-george-orwell-explainer-1984/6616511002/. 二〇二一年二月二三日閲覧。

Waddell, Nathan, editor. *The Cambridge Companion to Nineteen Eighty-Four*. Cambridge UP, 2020.

Williams, Raymond. *Orwell*. 3rd ed., Fontana, 1991.（レイモンド・ウィリアムズ『オーウェル』秦邦生訳、月曜社、二〇二一年近刊）

カルヴィーノ、イタロ『なぜ古典を読むのか』須賀敦子訳、河出書房新社、二〇一二年。

川端康雄『ジョージ・オーウェル――「人間らしさ」への讃歌』岩波新書、二〇二〇年。

クマー、クリシャン『ユートピアニズム』菊池理夫・有賀誠訳、昭和堂、一九九三年。

クンデラ、ミラン『裏切られた遺言』西永良成訳、集英社、一九九四年。

バフチン、ミハイル『フランソワ・ラブレーの作品と中世・ルネサンスの民衆文化』杉里直人訳、水声社、二〇〇七年。

『文藝』二〇二一年春季号（特集「夢のディストピア」）、河出書房新社、二〇二一年二月。

『レイモンド・ウィリアムズ研究』第九号（特集「オーウェル『一九八四年』とディストピアのリアル」）、レイモンド・ウィリアムズ研究会、二〇二〇年。

ジョージ・オーウェル——いくつかの個人的なつながり

マーガレット・アトウッド／**西あゆみ** 訳

わたしはジョージ・オーウェルとともに大人になった。わたしは一九三九年に生まれ、『動物農場』は一九四五年に出版された。そのため九歳のときにはその本を読むことができた。家のそこらに転がっていたその本を、『たのしい川べ』（一）のような、おしゃべりする動物についての本だと思ったわけだ。その本に書いてあるようなたぐいの政治については全くの無知だった。当時は戦後間もないころであり、子どもが知っているような政治といったら、ヒトラーは悪いやつだったがもう死んだという単純な考えから成っていた。そのため、賢くて、貪欲で、上昇志向のぶたのナポレオンとスノーボール、情報操作に長《た》けたスクィーラー、気高いがおばかなうまのボクサー、そして従順でスローガンを連呼するひつじたちの冒険を、歴史的出来事と結びつけることなく貪るように読んだ。

この本はぞっとするどころではすまないほど恐ろしいものだった。農場の動物たちの命運は非常に暗いもので、ぶたはとても意地悪で嘘つきで裏切り者、ひつじはあきれるほど間抜けだった。子供というのは不正義について鋭い感覚をもっているものだが、わたしをもっとも怒らせたのは、ぶたが実にずるいやつらだという点だった。うまのボクサーが事故に遭うと、ボクサーは約束通りに牧草地の静かな一角を与えられる代わりに犬の餌にされるために連れて行かれる。このときわたしは胸が張り裂けんばかりに泣いた。

この読書体験には深く心を乱されたが、とはいえジョージ・オーウェルがこのような危険について早くから警告してくれたことにはいつも感謝している。読後はこの危険信号に注意しようと心がけるようになったのだ。『動物農場』の世界では、演説や公の話し合いは、ほとんどがでたらめで扇動された嘘である。多くの登場動物は親切で善意にあふれているが、脅しを受けると実際に何が起こっているのかについては目をつぶるのだった。ぶたは他の動物をイデオロギーで脅しつけ、その後そのイデオロギーを自分たちの目的に合わせて捻《ね》じ曲げた。当時の年齢でもぶたが言葉を歪曲していることは分かった。オーウェルが教えてくれたように、キリスト教、社会主義、イスラム教、民主主義、「ふたつあしだめ、よつあしいい(二)」、などといったもののすべてに関して、それぞれのラベルが決定的なのではない。その名のもとで行われる行為こそが重要なのである。

また、抑圧的権力を倒したものがいかに簡単にその権力の象徴や習慣をもつようになるか、理解することができた。ジャン＝ジャック・ルソーは民主主義は維持するのにもっとも難しい政治形態であると警告したが、彼は実に正しかった。オーウェルはそのことを骨の髄まで知っていた。実際にその目で見たからである。「すべての動物は平等である」という教義がいかにすばやく「すべての動物は平等である。しかしある動物はほかの動物よりももっと平等である」に変化するか(三)。ぶたが他の動物の福祉に関して見せた配慮がいかに口先だけのものだったか。その配慮の裏に隠されているのは、ぶたが操る動物への侮蔑である。ぶたは人間の支配を転覆させたが、その非道な人間たちのものとして、かつては忌避されていた制服を身にまとい人間のムチを使うようになるまでの、なんとすばやいことか。ぶたはすべての権力がみずからの手に入るまでは、広報担当で弁の立つスクィーラーの情報操作の協力を得て、独善的に自分たちの行動を正当化してみせた。そして言い訳が必要なくなると、むき出しの力で支配するのだ。革命はしばしばそのことのみを意味した。すなわち、転換、運命の車輪の転回である。それによって底辺にいたものが頂点にのぼり最高位に就き、かつての権力者をやっつけ自分たちの下に押し退ける。わたしたちは邪悪なぶたのナポレオンのようにみずからの大きな肖像画を一面に貼るような人物はすべて警戒しなければならない。

『動物農場』は二〇世紀において「王様は裸だ！」と告発する本のうち、もっとも素晴らしい作品の一つだが、それゆえにジョージ・オーウェルはトラブルに見舞われることになる。同時代の常識に反対し、気まずくなるほどに自明なことを指摘する人は、怒ったひつじの群れに思いっきりメーとブーイングされるのが世の常だ。もちろん、九歳の時点ではすべてを理解したわけではなかった――少なくとも意識的には。とはいえ、わたしたちはある話のパターンをその意味より先に学ぶのであり、『動物農場』にはとてもはっきりとしたパターンがあった。

　そして『一九八四年』の登場だ。出版されたのは一九四九年だった。わたしはその数年後、高校生のときにペーパーバック版で読んだ。そして何度も何度も読み返した。『嵐が丘』とともに大のお気に入りの一冊となった。同じ頃、『一九八四年』の姉妹編であるアーサー・ケストラーの『真昼の暗黒』とオルダス・ハクスリーの『すばらしい新世界』にも夢中になった。その三作はどれも好きだったが、『真昼の暗黒』はすでに起こってしまった出来事についての悲劇であり、『すばらしい新世界』は実際には起こりそうにない出来事が描かれた風刺喜劇だと理解した。（「乱交最高《オージー・ポージー》」（四）、全くだ。）しかし『一九八四年』はより現実的に感じられた。おそらくそれはウィンストン・スミスが自分に似ていたからだろう。すぐに疲れる痩せた人物で寒い環境下で体育の授業を受けなければならない――これはわたしの学校の特色の一つだった――そして、提示された考えや生活様式を黙って非難する。(『一九八四年』は思春期の頃に読むのが一番である理由の一つがこれかもしれない。思春期の若者のほとんどがこのように感じているのだから)。特に共感したのは、ぞくぞくするほど魅力的な秘密の白紙の本に、禁じられた考えを書き込もうとするウィンストン・スミスの欲求だ。わたしはまだ書き始めてはいなかったが、その魅力は理解できた。そしてその危険も理解できた。なぜかといえばその走り書きが――一九五〇年代のティーンエイジャーにとって非常に魅力的なもう一つのもの、すなわち禁断のセックスとともに――ウィンストンをあんな窮地に陥れるのだから。

『動物農場』は理想主義的な解放運動だったものが、専制的な暴君が率いる全体主義の独裁制へと変容する様を描き出した。そして『一九八四年』はそのようなシステムにどっぷり浸かって暮らすのはどのようなことであるかを教えてくれる。主人公のウィンストン・スミスには、現在の恐ろしい政権が力を持つ前の生活がどのようなものだったかについて断片的な記憶しかない。彼は孤児で、共同体の子供だった。父親は抑圧を招くこととなった戦争で死亡し、母親は姿を消したが、母親について思い出せるのは、彼がチョコレートバーのために彼女を裏切ったときの咎めるような眼差しだけだった――この小さな裏切りはウィンストンという人物の鍵となる出来事であり、作中の他の多くの裏切りの前触れとなるものである。

ウィンストンの「国」である〈第一エアストリップ〉の政府は情け容赦のないものだ。常時監視され、誰かと率直に話すことは不可能で、不吉な〈ビッグ・ブラザー〉の大きな影がおぼろげに見える。政権は敵と戦争——どちらも架空なのかもしれないが——を必要とするが、それらは人々を怖がらせ、憎しみや精神を麻痺させるスローガン、言葉の歪曲、そして記録を〈記憶穴〉に落とし込んで実際に起こった出来事を破壊することを通して人々を団結させるために使われる。これには非常に心を揺さぶられた——いや、こう言い直したほうがいいだろう、心から震え上がったと。オーウェルはスターリンのソヴィエト連邦についての風刺を書いたわけだが、一四歳のわたしはその場所についてほぼ無知だった。とはいえオーウェルはとてもうまくやってのけたので、そのようなことがどこでも起こりうると想像することができた。

『動物農場』には恋愛模様は描かれていないが、『一九八四年』には一つある。ウィンストンがジュリアと心を通わせるのだ。ジュリアは外面は熱烈な党信者だが、隠れてセックスやメイクアップといった堕落的なことを楽しむ女性だった。しかしこの恋人たちは見つかり、ウィンストンは思考犯罪、つまり政権に対する内面の裏切りを問われて拷問にかけられる。ウィンストンはジュリアへの思いに心のなかで忠実でありつづけることができれば、魂が救われると考える——ロマンティックな考えだが、わたしたちも賛同できるだろう。しかしすべての独裁主義の政府や宗教がそうであるように、党はすべての個人的な忠実さを党のために犠牲にし、〈ビッグ・ブラザー〉への完全な忠誠にとって代えるように求める。恐れていた一〇一号室でウィンストンは最悪の恐怖に対面する。その部屋には目にはめることのできる、腹をすかせたネズミでいっぱいの籠がついたぞっとする仕掛けがあったのだ。ウィンストンは取り乱し、「わたしにじゃない」と懇願し、「ジュリアにしてくれ」と言ってしまう。（この台詞は気乗りしない仕事を避けるための我が家の表現となった。かわいそうなジュリア——もし彼女が実在したら、わたしたちは彼女の生活をどんなに辛いものにしただろうか。例えば彼女は多くのパネルディスカッションに参加しなければならなかっただろう。）

ジュリアを裏切ったあと、ウィンストン・スミスは従順なふぬけとなる。彼は二足す二が五だと心から信じたし、〈ビッグ・ブラザー〉を愛するようになった。読者が最後に見るのは、「おおきな栗の木の下でー／なーかーよーくー裏切ったー」というわらべ歌のリフレインを聞きながら、酒浸りでアウトドア・カフェに座っている彼だ。彼は死刑が間近であり、ジュリアも彼を裏切ったと知っている。

オーウェルは辛辣で悲観主義的だと批判されてきた。個人には可能性がなく、すべてを支配する党が野蛮な全体主義のブーツで人間の顔を永遠に踏みつけるような未来像しかわたしたちに見せなかったというのだ。しかし、オーウェルについてのこの見解は本の最終章と矛盾している。ニュースピーク、すなわち政権によって作り上げられた二重思考の言語に関する附録のことだ。「悪い（bad）」という言葉はもはや許されず「倍超非良い（double-plus-ungood）」に代わるように、問題を起こす可能性のある言葉は削除され、拷問を受ける場所が愛情省と呼ばれ、過去が抹消される建物は情報省と呼ばれるように、他の言葉にはそれ以前の意味とは反対の意味が与えられる。こうした方法によって、〈第一エアストリップ〉の統治者は理路整然と考えることを文字通り不可能にしようとする。しかし、ニュースピークに関する論文は標準英語の三人称過去形で書かれている。これは政権が倒れ、言語と個人主義が生き残ったことを意味する。ニュースピークに関する論文を書いたのが誰であれ、『一九八四年』は終わったのだ。そのため、わたしはオーウェルは通常考えられているよりも人間精神の強さを信じているのだと考える。

オーウェルがわたしにとって直接のモデルとなったのは、人生のもっと後のことだった。実際の一九八四年、一風変わったディストピア小説である『侍女の物語』を書き始めた年だ。当時わたしは四四歳で、実際の独裁政治がなんたるかについていくらか学んでいた。歴史書を読み、旅に出て、そしてアムネスティ・インターナショナルのメンバーとして活動したのだ。そのため、オーウェルだけに頼る必要はなかった。

オーウェルを含め、ディストピア小説の大半は男性によって書かれており、その視点はずっと男性のものだった。女性がディストピア小説に現れるときは、性機能のないロボットだったり政権のセックスに関する規則に抵抗する存在だったりした。男性にとってその誘惑がどれほど喜ばれるかは別として、女性は男性主人公を誘惑する役回りだった。だからジュリアや、『すばらしい新世界』の下着姿で野蛮人を誘惑する乱交好きの女性[五]や、エフゲーニー・ザミャーチンの一九二四年の先駆的名著である『われら』の反体制的なファム・ファタル[六]が描かれるのだ。わたしは女性の視点からディストピア小説を書いてみたかった。ジュリアから見た世界、と言えばいいだろうか。しかし、だからといって『侍女の物語』が「フェミニスト・ディストピア」になるわけではない。女性に声と内的生活を与えると、女性はそうしたものを持つべきではないと思っている人々からはいつも「フェミニスト」だとみなされてしまうだけのことである。

その他の点では、わたしが独裁政治について描写したことは実在する独裁のすべて、そして空想上の独裁のほとんどと同じである。他のすべての人間を支配——もしくは支配しようと——する少数の力を持った集団がトップにいて、手に入る上等な品を独占するのだ。『動物農場』のぶたは牛乳とりんごを得るし、『侍女の物語』のエリートは生殖能力のある女性を手に入れる。わたしの本のなかに現れる、独裁に対抗する力とは、まさにオーウェルが大切だとみなしたのと同じものである。抑圧と闘うためには政治組織が必要だと信じる反面、オーウェルは普通の人の人間らしさ《ディーセンシー》——チャールズ・ディケンズに関するエッセイのなかで彼が讃えたもの――こそ大事だと考えたのだ。この特性についての聖書の表現に「あなた方がこれらのもっとも小さい者にしたのは、すなわちわたしにしたのである[七]」という一節がある。独裁者と権力者は、レーニンと同じように、卵を割らずにオムレツを作ることはできないと、目的が手段を正当化すると信じている。反対に、オーウェルはいざというときには手段が目的を決めると信じただろう。彼はまるで「人がひとり死ぬごとに、わが身は削られていく[八]」と言ったジョン・ダンに共鳴するかのように書いた。この言葉にはわたしたちも同意するだろう（と望んでいる）。

『侍女の物語』の最後に、『一九八四年』に多くを負う部分がある。数百年先に開かれるシンポジウムに関する記述で、小説に現れる抑圧的な政府がいまやただの学術分析の対象となる。オーウェルのニュースピークに関する論文との関連は明らかなはずだ。

　オーウェルはもう一つ重要な点で何世代もの作家のインスピレーションとなってきた。明快で的確な言葉遣いへのこだわりだ。彼は「窓ガラスのような散文」が望ましいと考え、聖具より単旋律聖歌を選んだ。婉曲表現や歪曲された専門用語が真実を分かりにくくさせてはいけない。ニュースピークの始まりは次のような言い換えだ。「何百万もの腐敗した死体」よりも「容認可能な何百万の死」、だってほら、死んだのはわたしたちじゃないのだから。「大規模な破壊」よりも「混乱」と呼ぼう。複雑で長ったらしい言い回しがうまのボクサーをまごつかせ、ひつじのシュプレヒコールを支えたのだ。イデオロギー的な情報操作、大衆の総意、当局の否定に直面しながら、実際にあるものを強調すること。オーウェルはこれには誠実さとかなりの根性を必要とすると知っていた。出た杭《くい》の立場にいることは常に難しいものだ。しかし、もっとも危険なのは、周りを見渡して、公的に発せられた意見が一様に同じで、異を唱える者がもはや誰もいないと発覚したときである。なぜならそのときこそ、わたしたちが足並みをそろえて行進を開始し、〈三分間憎悪〉を始める準備が整ったときなのだから。

二〇世紀は人間が作り出した二つの地獄の間の競争だと見ることができる。オーウェルの『一九八四年』が描く強権的な全体主義国家と、『すばらしい新世界』に見られるような完全にすべてが消費財となり、人間が幸せになるように設計された快楽主義的でまやかしのパラダイスの二つだ。一九八九年のベルリンの壁の崩壊とともに、一時は『すばらしい新世界』が勝利したように思えた。そのときから、国家による管理は最小限となり、わたしたちがやらなければいけないことは買い物に行きよく笑い、喜びにふけり、ウツっぽくなれば薬の一つや二つ飲み込むことだけとなった。

しかし二〇〇一年に起きた悪名高き九・一一、世界貿易センターとペンタゴンへの攻撃によって、すべては変わった。いまでは自由市場と排他的な精神という二つの矛盾するディストピアの可能性に同時に直面しているようだ。なぜなら国家による監視がすさまじい勢いで復活しているからだ。拷問者の存在で恐れられている一〇一号室は、数千年もの間ずっとわたしたちとともにあった。ローマの地下牢、宗教裁判、星室庁、バスティーユ監獄、ピノチェト将軍、そしてアルゼンチンの軍事政権はみな秘密主義と権力の乱用の上に成り立っていた。多くの国はその国ごとに面倒な反体制派を沈黙させる方法を持っていた。民主主義は伝統的に、透明性と法による支配をその主たる特徴としてきた。しかしいままでは、西洋に住むわたしたちは人間にとってより後ろ暗い過去において用いられた方法を暗黙のうちに容認しているように思える。もちろん技術的に向上しており、自分たちの利用のために正当化されてはいるのだが。自由のために、自由が断念されなければならないのだ。より優れた世界——すなわち約束されたユートピアのことだ——に向かって進むためには、ディストピアがまず力を持たなければならない。これは〈二重思考〉にふさわしい考えである。そしてこれは、ものごとが起こる順番の観点から言えば、奇妙にマルクス主義的でもある。最初に多くの首が切られプロレタリアート独裁が実現する。そして夢にまで見た階級のない社会が到来するはずなのだが、なんとも不思議なことにいつまでも実現しないでいる。その代わりに得られるのはただムチを持ったぶたのみである。

ジョージ・オーウェルだったらなんと言うだろうか？　わたしは度々こう自分に問いかける。きっと言いたいことは多いだろう。

【訳注】

（一）　Kenneth Grahame. *The Wind in the Willows*. Oxford UP, 2010 [1908].（ケネス・グレーアム『たのしい川べ』石井桃子訳、岩波書店、一九六三年）イギリス人作家ケネス・グレーアムによるモグラやヒキガエルなどの動物が登場する児童文学作品。

（二）　ジョージ・オーウェル『動物農場――おとぎばなし』川端康雄訳、岩波文庫、二〇〇九年、四五頁。人間による動物の支配を否定し、すべての動物の平等を表した格言。

（三）　同前、一六一頁。すべての動物の平等をうたった戒律が、ぶたに利するよう変えられている。

（四）　オルダス・ハクスリー『すばらしい新世界』黒原敏行訳、光文社古典新訳文庫、一二四頁。〈合一〉儀式の前に歌われる歌のリフレイン。

（五）　ハクスリー『すばらしい新世界』に登場する、国家が推奨するセックス観に従って様々な男性と性的関係を持ちながら、野蛮人のジョンに惹かれる美しい女性レーニナのこと。

（六）　ザミャーチン『われら』には、主人公Д－503を性的に誘惑し、反体制派の革命を成功させようと試みる女性I－330が登場する。

（七）　新約聖書『マタイによる福音書』第二五章第四〇節において、最後の審判で弱者への行いが神への奉仕として評価されることを述べたイエスの言葉。

（八）　ジョン・ダン『不意に発生する事態に関する瞑想』「瞑想一七番」の一節。「瞑想一七番」は、人間は孤立した存在ではなく相互に影響を与えており、各人が全体を構成する一部であることを述べている。訳者が訳出した。John Donne. "17. Meditation." *Devotions upon Emergent Occasions*, edited by Anthony Raspa, McGill-Queen's UP, 1975 [1624], p. 87.

＊＊＊

解題

本稿は、Margaret Atwood, "George Orwell: Some Personal Connections"を訳出したものである。このエッセイはもともと二〇〇三年六月にイギリスBBCラジオ3で放送され、その三日後の六月一六日『ガーディアン』紙に掲載された。その後いくつかの評論集に再録されているが、二〇一一年のサイエンス／スペキュレイティヴ・フィクション論集 *In Other Worlds: SF and the Human Imagination* に収録されたものを今回の底本とした。

アトウッドについていまさら詳細な紹介は必要ないだろう。一九三九年にカナダのオタワに生まれた彼女は一九六一年から旺盛な執筆活動を開始し、二〇二〇年末までの時点で、小説に加えて数多くの詩集、短編小説集、評論集などを出版してきた。近年ではフェミニスト・ディストピアの古典『侍女の物語』（一九八五年）のドラマ化成功を受けて続編『誓願』（二〇一九年）を出版、二度目のブッカー賞を獲得した（一度目の受賞は二〇〇〇年の『昏き目の暗殺者』）。『誓願』は二〇二〇年に鴻巣友季子による翻訳が早川書房から刊行され、日本でも多くの読者から熱い支持を集めている。

In Other Worlds の冒頭でアトウッドは、子供の頃にはじめて書いた物語のいくつかはSF的なものだったと述べている。また"Dire Cartographies"（「不吉な地図製作法」）

と題するエッセイでは一九六〇年代初頭にラドクリフ・カレッジで取り組んだ博士論文 "The English Metaphysical Romance"（未完）が紹介されているが、この論文は一九世紀から二〇世紀初頭に至るさまざまなユートピア／ディストピア文学を論じる予定だったという（彼女は二つを一まとめにして「アストピア（ustopia）」という造語を用いている）。アトウッドのSF的想像力への持続的なこだわりがうかがえる。

　同じ評論集にはオーウェルのほかにもジョナサン・スウィフト、H・G・ウェルズ、オルダス・ハクスリー、カズオ・イシグロ（『わたしを離さないで』）などを論じたエッセイが収録されているが、このエッセイによれば、なかでもオーウェル（『動物農場』）との出会いは九歳頃と相当に早く、少女時代のアトウッドの政治感覚に無視できない影響を与えたようだ。高校時代の彼女が『一九八四年』を愛読し、特にウィンストン・スミスに自分の似姿を見出しながら「禁じられた考え」を紙に書きつける行為に魅了されたという逸話も、若き日の彼女の文学的野心の成長を考える上で興味深い。

　アトウッドらしい平明な文体で書かれたこのエッセイに大袈裟な解説は必要ないだろうが、以下では簡潔に三点だけ指摘しておこう。まず『一九八四年』とアトウッド自身の作品、とりわけ『侍女の物語』との並行関係や、前者から後者が受けたと思しき影響は、早くから注目されてきたテーマである。ディストピア文学研究のなかではこの比較はすでに常套的であり、英語論文では Earl Ingersoll, "*The Handmaid's Tale*: Echoes of Orwell." *Journal of the Fantastic in the Arts*, vol. 5, no. 4, 1993, pp. 64-72 など、いくつもの研究が出ている。最新作『誓願』にまで引き継がれたアトウッドと『一九八四年』とのインターテクスト的関係については、まずは早川書房の邦訳に付された小川公代の解説ならびに本書の加藤めぐみによる論考を参照してほしい。

　第二点として、アトウッドの『一九八四年』理解が、この小説にディストピアの典型のみならず一定の「希望」の光を見出すものであることも強調しておきたい。彼女は特にこの小説の附録「ニュースピークの諸原理」が、オセアニアの言語改変政策を標準英語の過去形で記述している点に着目し、この特徴が未来の一時点でのディストピア崩壊を暗示していると示唆している。念のために言えば、この読解はけっしてアトウッドの完全な独創ではなく、例えば二〇〇三年のペンギン版に序文を寄せたトマス・ピンチョンも類似の解釈を提示している（ハヤカワepi文庫版五〇七―五〇八頁を参照）。実のところ文学研究でもこの点は長く注目されてきたが、こうした「楽観的解釈」への懐疑も提起されてきた（例えば Richard K. Sanderson, "The Two Narrators and Happy Ending of *Nineteen Eighty-Four*." *Modern*

Fiction Studies, vol. 34, no. 4, Winter 1988, pp. 587-95)。

だがアトウッドが、自分自身の『侍女の物語』ならびに『誓願』において『一九八四年』の「附録」形式を踏襲し、小説本編が語るディストピア世界を一定の時間的距離から相対化する「歴史的注釈」を設けていることは重要である。本書の小田島論文が指摘するように、『一九八四年』の「附録」の機能は二〇一四年のアイク／マクミランによる戯曲翻案においても重視されており、アカデミックな懐疑論よりもむしろ、この仕掛けが実作者たちの創作に刺激を与えていることのほうが注目に値するだろう。

第三の自明な点は、アトウッドの『一九八四年』への応答のフェミニズム性である。本書では中村論文が詳述するように、オーウェル作品における女性表象はフェミニズム批評の観点からくり返し批判されてきた。アトウッドもまた、男性目線で書かれてきたディストピア小説の古典が、女性キャラクターをほぼ性的ファンタジーの対象としてしか描いてこなかったことを問題視している。「ジュリアから見た世界」を描きたかったというアトウッドの願望が、『侍女の物語』や『誓願』といったフェミニスト・ディストピアの創作にダイレクトに結びついていることは、いまさら強調するまでもないだろう（ただしアトウッドが「フェミニズム」という語の使用に一定の留保をしてきたことには注意したい）。

興味深いことにアトウッドは、二〇二〇年刊行のエフゲーニー・ザミャーチンの『われら』英語新訳に寄せた序文で、ディストピアにおける女性キャラクターについて再度コメントしており、そこには微妙なニュアンスの違いが読み取れる。二〇〇三年のオーウェル論のアトウッドは、こうした小説での女性は「性機能のないロボット」か「男性主人公を誘惑する役回り」ばかりを担わされていると批判的だったが、この序文では『われら』のI－330と『一九八四年』のジュリアを並置して、これらの小説における「反対派の駆動力は女性なのだ」と力強く述べ、むしろ抵抗の主体としての女性たちの役割を強調している（"Introduction" to Yevgeny Zamyatin, *We*, translated by Bella Shayevich, Canongate, 2020, p. 4)。『誓願』においてディストピア世界崩壊の契機を描いたアトウッド自身の経験が、古典的ディストピアに対する彼女の解釈にも遡及的に変化を与えたのかもしれない。

いずれにせよ、アトウッドのこのエッセイが冷戦期に支配的だった『一九八四年』についての悲観的読解からは大きく距離を取り、そのセクシュアリティ／ジェンダー表象を的確に問題化しつつも、オーウェルの批判精神を現代に継承して、新しい創作や解釈へと生かす糸口を与えるものであることは確実だろう。

（秦邦生）

「普通の人びと」への希望――『一九八四年』とポピュリズム

星野真志

1　はじめに――「革命はすべて失敗する。だが……」

『一九八四年』については、全体主義体制の恐怖を描いたディストピア小説としての深刻な側面が強調されがちだが、実際に読んでみると、オーウェル流のユーモアを感じさせる記述も見つけることができる。たとえば以下の場面では、主人公ウィンストンがプロール居住区の居酒屋で出会った老人から、現在の全体主義体制をもたらした革命の前の社会について聞き出そうとする。ウィンストンは党の歴史解釈を述べ、それが老人の記憶と一致するかを確認しようとする。

「トップ・ハットがどうしたかは別にたいしたことじゃないんです」ウィンストンは苛立ちを抑えて言った。「問題は、その資本家たちが――かれらとかれらに寄生していた法律家や聖職者といった連中が――世の支配者だったということなんです。ありとあらゆるものがかれらのために存在していたということ。あなた方――普通の人びと《オーディナリー・ピープル》〔既訳では「庶民」〕、労働者たち――がかれらの奴隷だった。〔……〕資本家は誰も彼もが、従僕の一団を引き連れて出歩き――」

　老人は再び顔を輝かせた。

「従僕か！」彼は言った。「耳にしなくなって久しいことばだな。従僕！　いや、そんなことばを聞くと昔を思い出さずにはおれんな、まったく。考えてみりゃ――ずっと昔のことだ――日曜日の午後になると、ときどきハイド・パークに出かけたもんだ。いろんな奴の演説が聞けるもんでな。〔……〕そんなかに一人――名前は覚えちゃおらんが、ひどく熱っぽい雄弁家がおった。連中をこっぴどく攻撃してな。「従僕ども！」奴は言ったもんだ。「ブルジョワジーの従僕ども！　支配階級の腰巾着！」寄生虫――そんな名で呼んでいたな。それからハイエナ――そうはっきりハイエナと呼んでいた。むろん、奴が言っていたのは労働党のことだがね」

　ウィンストンは話がすれ違っている気がした。　　（103-05　一三九）[1]

老人はウィンストンの質問に答えることなく、「トップ・ハット」や「従僕」という単語に反応し、とりとめのない思い出を語り始める。老人はhを発音しないロンドン下町のコックニー訛《なま》りで話し（原文では実際の発音にあわせてhを落としてあり、たとえば「ハイド・パーク」は「アイド・パーク」となる）、ウィンストンの標準的な英語との対照は、コミカルなやりとりを効果的に演出する。ウィンストンは「話がすれ違っている気がした」かもしれないが、実際この会話は軽妙な漫才のように不思議と噛み合っている。

　老人の記憶のなかで労働党を攻撃する演説者は、その言葉遣いから共産主義者であることが示唆される（英語の「従僕（lackey）」や「ハイエナ」は、共産主義者が敵を批判する際の常套句だった）。ウィンストンが用いる「普通の人びと《オーディナリー・ピープル》」という言葉も、一九三五年以降の人民戦線《ポピュラー・フロント》期の共産党が「人民《ピープル》」という語を用いて大衆の支持を得ようとしたことを思い起こさせる（『一九八四年』の党の裏切り者ゴールドスタインは「人民の敵」である）。『一九八四年』の党は、全体主義に陥った腐敗したポピュリズム政党といえるだろう。

『一九八四年』において、「普通の人びと」の理想化が党のイデオロギーとして提示される一方で、ウィンストンもまた、「もし希望があるのなら、プロールたちのなかにあるに違いない」という信念にあらわれるように、「普通の人びと」への期待を抱いている(2)。このように、『一九八四年』における「人民」への希望はアンビバレントなものだ。前掲の場面の老人との「すれ違い」に見られるように、その希望は一方的なものであり、けっして成就することはない。だが、この希望の挫折をたんに絶望の表現として解釈するには疑問が残る。老人との会話のコミカルな調子にあらわれているように、テクストは、下層階級と連帯することのウィンストンの失敗を、一定の距離をとって記述している。このことを踏まえると、『一九八四年』の敗北のプロットはただ絶望を示しているのではなく、ウィンストンの失敗が前景化されるとき、そこではなにか別の可能性が模索されているのではないか。

ウィンストンと老人の出会いに見られる階級を越えた連帯の（不）可能性は、オーウェルの生涯を通じた課題だった。オーウェル作品におけるコックニー訛りの使用は、たんなる文体の技法としてではなく、知識人と大衆の問題との関連で捉えられるべきだ。『ウィガン波止場への道』（一九三七年）の最終部で、オーウェルは、自分も属する「没落しつつある中流階級」――労働者階級と同水準の経済状況にありながら、中流階級的な文化を保持する人びと――が、訛りの違い（hを発音するかどうか）などの文化的差異を越えて労働者と連帯する未来を思い描き、こう結論づける――「われわれにはHの発音のほかに、失うものはなにひとつない」(215 三〇七)。オーウェルはそのような連帯の可能性を、民衆文化を論じることで模索した。小野二郎が指摘するように、勤務先のBBCの食堂で紅茶を受け皿にあけて飲むなどといったオーウェルの奇行も、労働者階級文化の実践によって階級を越える可能性を探るユーモラスな試みだったといえよう(一三―一六)。『一九八四年』では、ウィンストンは階級を越えた連帯に失敗するが、作者オーウェルはhを落としたコックニー訛りを操ることで、ある意味での越境に挑戦している。

上層中流階級出身のみずからが依然として労働者とは別の階級に属することを生涯にわたって意識しつづけた(川端、二四五―二四六)という点で、オーウェルの階級を越えた連帯は「失敗」に終わったといえよう。しかし、それは意味のある失敗だ。オーウェルは「失敗」という主題に取り憑かれた作家である。オーウェルの小説はすべてある種の「失敗」で幕を閉じ、エッセイのなかでも「失敗」についての言及は多い(Newsinger 128)。元共産党員でスターリニズムの批判者となったハンガリー人作家アーサー・ケストラーについての論考(一九四六年)で、オーウェルは、革命とは失敗を避けられないものだと認めながらも、ケストラーが革命はすべて腐敗するという考えを抱いたことで「短期的悲観論者」になったことを批判する。「革命はすべて失敗する。だが、どの失敗も同じなのではない。それを認めようとしなかったからこそケストラーの精神は一時的に袋小路に迷い込んだ」(400 二五〇―二五一)。ウィンストンの「失敗」を読む私たちは、ケストラーと同じような「袋小路」に陥ることを避けなければならない。

本稿では、ウィンストンの「普通の人びと」への希望がいかに失敗するかを検討することで、いかにして『一九八四年』が「袋小路」の向こう側を指し示しているかを探りたい。そのために次節ではまず、

「ポピュリズム」をキーワードとして、オーウェル自身が抱いた希望と、それにまつわるジレンマをあきらかにしよう。

2 「国民全体」と「特徴的な断片」――『ライオンと一角獣』のポピュリズム

まず断っておきたいのだが、「ポピュリズム」は民主主義への脅威となるような権威的指導者による大衆迎合主義として理解されることが多いが、以下では必ずしもそうした否定的な意味では用いない。「ポピュリズム」は、既存の政治から排除された「人びと」に呼びかけるという意味では、より民主主義的な政治を目指すものとして評価することもできる。実際、二〇一〇年代以降はギリシャのシリザ、スペインのポデモス、イギリスのモメンタムのように、欧州を中心に左派の側からのポピュリズム運動も起こっている。したがって、ポピュリズムは抑圧的な側面と解放的な側面を併せもつのである。

このようなポピュリズムの両義性は、民主主義がもつ二面性、すなわち社会における衝突を調停する統治の形式という「実務」的な側面と、そのような統治制度からこぼれ落ちる人びとを「救済」する側面を併せもつことに関連する（Canovan 10-11）。「実務」を重視するのであれば現状の制度から締め出される「普通の人びと」の声を聴くポピュリズムは脅威に見え、「救済」を重視するのであれば安定を脅かすポピュリズムは解放的となる。「救済」に訴えるポピュリズムは、左翼・右翼の区分よりも、エリートと「普通の人びと」という上下の区分を強調する傾向にある。そのような「下から」のレトリックは「国民」というカテゴリーと結びつきやすく、それゆえ排外主義に陥る危険性をはらむが、左派ポピュリズムにおいてはあえて「国民」の観念の重要性を強調する議論もある(3)。

オーウェルの著作においては、『ウィガン波止場への道』での左翼知識人批判や、エッセイ「右であれ左であれ、わが祖国」などに見られる社会主義のための「愛国心」の擁護に、以上見たようなポピュリズムの特徴を読み取ることができる。現代の左派ポピュリズムの議論はアントニオ・グラムシのヘゲモニー理論に大きく影響を受けているが、グラムシの同時代人であるオーウェルの思想にも、同様にポピュリズムへとつながる側面があったといえるだろう。オーウェルの著作のなかでもポピュリズム的主張が顕著な著作は、戦時中の一九四一年に刊行された、社会主義革命を謳ったパンフレット『ライオンと一角獣――社会主義とイギリス精神』である。この著作によれば、「中流階級のなかでも最も役に立たない部分」（420 八四）であるイギリス知識人は「ヨーロッパの新興宗教」である「権力崇拝」に感染しているが、「普通の人びと」は「いかなる社会においても……現存の秩序にそむいて」生きており、「けっして〔権力崇拝に〕染まらなかった」（394 一六―一七）。愛国心は「階級によってそれぞれ違ったかたちをとるが、しかしそれはほとんどすべての階級を通じて一貫して」いる。「ヨーロッパ化されたインテリ」は、それを理解していない（399 二七）。

『ライオンと一角獣』のポピュリズムの特徴は、こうした主張の内容だけでなく、その文体にもあらわれる。現状の政治では「普通の人びと」がじゅうぶんに代表《レプリゼント》されていないことを指摘するこのテクストは、その「人びと」の全体像を表象《レプリゼント》することに意識的に失敗する。

> 大都市の群衆にしても――柔和なでこぼこした顔、悪い歯、温和な態度――ヨーロッパの群衆とは違っている。次にはイギリスの広大さに呑み込まれてしまって、しばらくは、国民全体がはっきり指摘できるようなひとつの性格を持っているという感じがなくなる。国民というようなものが果たしてあるのだろうか？　われわれは四千六百万の、それぞれに異なった個人ではないのか？　そし

てその何たる多様性！　混沌！　ランカシャーの工場街の木底靴の響き、グレート・ノース・ロードを往きかうトラックの列、職業安定所の前の行列、ソーホーのパブのピン・テーブルのガチャガチャいう音、秋の朝の霧をついて自転車で聖餐式に出かける老嬢たち――こうしたものはすべてイギリス的風景の断片であるばかりか、その特徴的な断片である。この混乱のなかからどうしてひとつの図柄を編み出すことができようか？
（392 一一―一二）

テクストは「国民全体」を模索するが、その多様性を前にして、断片を提示することしかできない。ローラ・マーカスは、オーウェルの『ウィガン波止場への道』が、同時代のドキュメンタリー映画と同様に、部分によって全体をあらわす提喩や換喩の文法を用いていると指摘する（Marcus 203）。右の引用にも同様の手法が見られる。冒頭では「群衆」を提示したあと、「柔和なでこぼこした顔」から「悪い歯」へと段階的にクローズアップしていき、後半ではイングランド各地の断片的なイメージのモンタージュによって、明確には提示できない「国民全体」を指し示す。「イギリス」の全体は実体として観察できないが、たしかにそこにあるのだ。右の引用のあとにオーウェルはこうつづける――「しかし外国人と話すか、外国の本を読んでみたまえ。きまって同じ考えに連れ戻されるのだ。しかり、イギリス文明にははっきりそれとわかる何かがある」。

このように「国民全体」が「混沌」としてしか認識できないことを示しながら、「愛国心」の重要性を強調するのは、一見矛盾しているようで、じつに理にかなった戦略である。「国民」はそのようなレトリックによってこそ強く意識されるからだ。スラヴォイ・ジジェクによれば、「国民」への同一化は、「われわれにとってのみ到達可能で、他者である「彼ら」は決して捉えることのできないもの」（三八二）への情動に依拠している。そのような〈モノ〉を名指そうとする際には、「空虚なトートロジー」に陥らざるをえない。つまり、「われわれにできることはといえば、自分たちの共同体が、祭儀や婚姻の儀式、通過儀礼などを組織する様式、つまり、ある共同体がその享楽を組織する独自の様式の数々を数え上げることぐらいなのである」（三八三）。ジジェクは、この「空虚なトートロジー」が、保守的なナショナリズムのみならず左翼的な含意をもちうることの例として、オーウェルの戦時中のエッセイを挙げる。ジジェクが念頭に置いていたのは、『ライオンと一角獣』で、イギリス人を特徴づける文化活動――切手収集、鳩の飼育、日曜大工、ダーツ、クロスワードパズル、パブ、サッカー、庭仕事、暖炉、「一杯のおいしい紅茶」――を列挙する一節だろう。こうした断片の羅列によって、「イギリス文明」の「はっきりそれとわかる何か」は、〈モノ〉へと押し上げられ、「愛国心」という情動を生むのだ。

　オーウェルは、「ナショナリズム覚え書き」（一九四五年）で、自身の支持する「愛国心《パトリオティズム》」と排外的な「ナショナリズム」とを区別した。『ライオンと一角獣』に見られる空虚なレトリックは、この区別のために重要である。オーウェルにとって「全体主義」は「ナショナリズム」と地続きのものであるが、これらへの対抗を可能にするのが、イギリス人を特徴づける「自由」の観念である。

> 真に土着の文化はすべて、たとえ公共的《コミュナル》であっても官制的《オフィシャル》ではないもの〔……〕を中心として形作られている。個人の自由というものが、いまでも十九世紀とほとんど変わりないくらい信じられている。しかしそれは経済的自由、つまり利潤のために他人を搾取する権利とは何の関係もない。それは自分の家庭《ホーム》を持つ自由であり、暇な時間には自分の好きなことをする自由であり、上から押しつけられるのではなく、自分で自分の楽しみを選ぶ自由である。（394 一五）

ここでイギリス文化は「自由」と結びつけられるが、それはなにか積極的に定義できるものというよりは、否定性によって――文化を「上から押しつけてくる」官制的《オフィシャル》なものの不在によって――説明される。そのような「自由」の具体的内容は本質的に定義できないが、まさにそのことが、この「自由」を重要なものとする。なぜなら、そのような空虚な「自由」を国民の基礎とすることで、全体主義＝ナショナリズムのようになんらかの固定的な本質によって国民を定義するのを避けることができるからだ。

このような空虚な共同性へのアプローチは、エルネスト・ラクラウが論じるポピュリズム戦略を思い起こさせる。ラクラウにとってポピュリズムは、社会に存在する互いに異なる諸要求が、共通の利害関係によって「人民」という集合へと束ねられることで成立する。ここで、互いに異質で雑多な要求がひとつの「人民」を構築する際に、なにかが代表の機能を担う必要がある。その機能を担うのは、それ自体では具体的になにかを指示することはないが、それでも「人民」の構築を可能にするようなある種の普遍性を獲得する、「空虚なシニフィアン」である（一〇四）。「人民」の基礎をそのようなシニフィアンとすることで、従来のマルクス主義に見られた階級決定論に陥らないかたちでの連帯の可能性を探ることが、ラクラウの議論の要諦である。[4]『ウィガン波止場』の第二部に見られるように、オーウェルもまた、階級の問題には関心を抱きながら、マルクス主義の経済決定論に異を唱えていた。「空虚なトートロジー」によって生まれる「国民」への情動を社会主義への活力として用いようとしたオーウェルの議論には、ラクラウ的なポピュリズム戦略と通じるところがある。

しかし、そのように構想される連帯の不安定さには注意しなければならない。「人民」を構成する個々の要素は本来互いに異質なものであり、空虚なシニフィアンの作用によって一時的に結び付けられているにすぎない。そのため、ポピュリズムの連帯は差異と等価性のあいだの緊張関係の上に成り立っている。オーウェルの構想する連帯も、そのような緊張関係と無縁ではない。それを確認するために、オーウェルが「自由」を説明する際に用いる「個人的＝私的《プライベート》」という語に注目したい。官制的《オフィシャル》な集団よりも個人の信念や私的な忠誠心に重きを置くという意味で肯定的に用いられるこの言葉は、いうまでもなく、オーウェル自身が批判する「私有《プライベート》資本主義」に含まれる単語でもある。レイモンド・ウィリアムズが指摘するように、「プライベート」という語の歴史は「ブルジョワ的人生観がよしとされていったいきさつを物語っている」一方で、「「個人」の権利、および「家族」や友人との親交を尊重するという意味において、この語は厳密にはブルジョワ的とはいえないような見解や立場においても広くとりいれられてきた」（四一八―四一九）。したがって「プライベート」は、ブルジョワ資本主義のイデオロギーでもあり、同時にその外部を想像する可能性も示唆する。しかし、そのような外部に出ることが可能でない現状においては、「プライベート」にもとづく連帯を構想する際に、「私的利益」などの「プライベート」の否定的側面を無視することはできないだろう。私的《プライベート》な自由を基礎としつつ、私的《プライベート》な利害関心によって崩れてしまわないような連帯のあり方は可能なのだろうか。以下ではこの疑問について、『一九八四年』を読むことで考えていこう。

3　プロールへの希望と「プライベート」な価値観

前節で見たような「自由」の観念は、多少の変化を伴いつつ、『一九八四年』でウィンストンがプロールに見出す希望に引き継がれている。まず、ウィンストンの希望が具体的に表現される瞬間を検討しよう。ウィンストンは、プロールの群衆の叫びに革命の希望を抱いたことを回想する。

思い出したのは、以前、混雑した通りを歩いていたときのことだ。何百人ものすさまじい叫び声——女性の声だった——が少し先の路地から響いてきた。怒りと絶望の途方もなく大きな叫びだった。「ウォーオオオウォー」という深い唸《うな》り声が反響する鐘のように大きなざわめきとなって轟いていた。彼は心が躍った。始まったのだ！　と彼は思った。暴動だ！　プロールたちがついに足枷《あしかせ》を断とうと立ち上がった！　現場についてみると、目に入ったのは野外マーケットの露店の周囲に集まった二、三百の女たちの群れ。沈んでいく船に残された死を待つ乗客のように悲壮な表情を浮かべている。しかしちょうどそのとき、集団を支配していた絶望感がいたるところで急に個人同士の口論に変わった。〔……〕ウィンストンはそれを見て、愛想を尽かした。それでも、ほんの一瞬ではあるが、たった数百人の口から発せられたあの叫びには、戦慄を覚えずにはいられないような力がどれほど響きわたっていたことだろう！　どうして他の重要なことについて、かれらはあの叫びを上げられないのだ？

（80-81　一〇九―一一〇）

ここでもプロールの蜂起へのウィンストンの期待は裏切られる。群衆の怒号は体制打倒のために上げられたのではなく、入手が困難な鍋をめぐっての争いから起こったものだったのだ。「ほんの一瞬」感じた「戦慄を覚えずにはいられないような力」が、無数の個人のばらばらな不平不満へと解体してしまう様子を、ウィンストンは嫌悪感を抱きながら見つめる。この場面もまた、ウィンストンとプロールの「すれ違い」を示している。

ここでウィンストンは、「個人同士の口論」を不快に思いながら見つめるだけで、個々人をなんらかの空虚なシニフィアンで束ねることはできない。この意味で、『ライオンと一角獣』において垣間見られたポピュリズム戦略は、ここでは失敗している。右の場面のあと、ウィンストンはプロールを蜂起させるにあたってのジレンマ（「はっきりとした意識を持つようになるまで、かれらは決して反逆しない。そしてまた、反逆してはじめて、かれらは意識を持つようになる」）をノートに記し、それを「党の教科書から引き写したみたいだ」と考える。つづけて党の教義が要約されるが、そのなかには、「かれらに必要なのは素朴な愛国心だけ。それに訴えれば、必要なときにはいつでも、労働時間の延長や配給の減少を受け容れさせることができる」という一節が含まれる。愛国心を革命に不可欠なものとしていた『ライオンと一角獣』でのポピュリスト戦略は、『一九八四年』では放棄されたのだろうか。

たしかに『一九八四年』で愛国心はもはや肯定的には扱われない。しかし、『ライオンと一角獣』でイギリスの国民性を定義していた「自由」の根底にある「プライベート」な価値観は、依然として重要となる。このことを確認するために、まず先の引用中、ウィンストンの思いが失望に転じる寸前に、プロールの女性たちが「沈んでいく船に残された死を待つ乗客のよう」だったという記述に注目しよう。作品中、船に乗って沈んでいく人のイメージは複数回登場する。ウィンストンの夢に繰り返し現れる母親と妹は、あるときは「沈みつつある船の食堂」にいるとされ（34 四九）、別のときには、母は「みすぼらしい白いキルト地のベッドに座って、しがみつく我が子を胸に抱いていた姿そのままに、〔……〕沈んだ船に座っていた」。母はそのまま、「彼のはるか眼下を刻一刻と沈んでいきながら、それでも暗さを増す水のなかからずっと彼を見上げていた」（184 二五三）。また、ウィンストンが観るプロパガンダ映画では、「避難民で溢れかえっている船が地中海のどこかで爆撃される」場面がある。「子どもを満載した救命ボート」で、「ユダヤ人と思しき中年の婦人が舳先《へさき》に座り、三歳くらいの男の子を抱いている」。

「婦人は〔……〕自分の腕で銃弾が防げると思い込んでいるのか、できるだけ男の子を覆い隠そうとする。するとヘリコプターがかれら目がけて二十キロ爆弾を投下、恐ろしい閃光、ボートは木端微塵」(10-11 一七—一八)。ここでも、ボートと共に沈んでいくのは母親と子どもである。

船とともに沈む彼女らは、他人のために自分を犠牲にするという共通点がある。ウィンストンの母親は、わずかな配給のチョコレートをウィンストンと妹に分け与え、自分は何も口にしなかった(ウィンストンはそれを妹から奪ってしまった)。このような自己犠牲の精神は、一九八四年のオセアニアでは消え去ってしまった尊い価値観であるとされる。ここで女性の自己犠牲が理想化されることについては、フェミニスト的な観点からすでに批判がある(Patai 248-50)。この点にはのちに再び言及するが、ここではひとまず、ウィンストンが女性たちと同様の精神をプロールに見出すことを確認しよう。自分が母と妹からチョコレートを奪ったことを語ったあとで、ウィンストンはこう考える。

> 母は際立った女性ではなかったし、まして知的な女性でもなかった。しかし彼女には一種の気高さ、純粋さがあった。それはひとえに彼女が自ら用意した規範に従って行動したからだった。彼女の感情は彼女自身の《プライベートな》ものであり、外部からそれを変えることはできなかった。〔……〕チョコレートの最後の一かけらがなくなってしまったとき、母は我が子を胸に抱きしめていた。〔……〕チョコレートが新たに出てくるわけでもなく、我が子の死や彼女自身の死が回避されるわけでもない。しかし彼女にはそれが自然だったのだ。船に乗っていた避難民の女性も小さな男の子を自分の腕でかばった。〔……〕二世代前の人々〔……〕は個人の《プライベートな》引き受ける忠誠義務というものを疑うことなく信じ、それに従って行動した。重要なのは個人と個人の関係であり、無力さを示す仕草、抱擁、涙、

死にゆくものにかけることばといったものが、それ自体で価値を持っていた。そうだ、プロールたちはそうした状態のままに留まってきたのではないか、不意に彼はそうした思いに捉われた。

（191 二五三—二五四）

プロールは、オセアニアでは失われてしまった私的《プライベート》な価値観を保持するものとして、党の支配に立ち向かう希望を託される。『ライオンと一角獣』で「自由」の観念を説明する際に用いられた「プライベート」がここでも用いられることから、『ライオンと一角獣』で「愛国心」を支えた「自由」は、『一九八四年』ではプロールに託されていると考えられる。

『一九八四年』は、『ライオンと一角獣』で「愛国心」と結びつけられていた「プライベート」な「自由」を、イギリス国民だけでなく、権力に抵抗する者たちのあいだで普遍的に共有されうるものとして再提示している。そのことは、この小説においてもっとも明示的に希望を示す箇所として論じられてきた、洗濯物を干すプロールの女性が歌をうたう場面（252 三三九—三四〇）における国際的なヴィジョンに見ることができる。[5] このような拡張されたヴィジョンが可能となるのは、『ライオンと一角獣』で愛国心を支えた「自由」が、本質主義的な国民性ではなく、空虚な論理に依拠して構想されていたためだろう。その論理は、固定的な全体性にもとづくナショナリズムとは異なる共同性への道をひらく。この点で、『ライオンと一角獣』のポピュリズム戦略は、『一九八四年』では明示的に放棄されたように見えながらも、それが依拠する「プライベート」という空虚なシニフィアンにおいて引き継がれているのだ。

4 「奴らをブン殴れ、さもなきゃ、おまえがやられるぞ」――「プライベート」の両義性

しかし、以上のような希望は、本稿第二節の最後にみた「プライベート」の両義性から自由ではない。そのことは、女性たちが乗っていた沈む船のイメージに注目することで確認できる。沈む船のイメージはオーウェル作品において度々登場する。『葉蘭を窓辺に飾れ』(一九三六年)では、「ゴードンはネオンの明滅、赤や青の輝き、上下に走って行く動きを眺めていた――それは沈みゆく巨船の上で、まだ輝いている照明灯のように、滅び行く文明の、恐ろしくもまた不吉な煌《きら》めきであった」(187 一一八)。「ネオン」(原文では skysign で、広告という意味合いが強い)への言及が示すように、ここで沈む船は没落する資本主義文明と連想される。『空気をもとめて』(一九三九年)の主人公は、現代社会について「難破した船の乗客十九人に対し、救命具は十四個しかないといった具合」(132 一七八)と述べ、資本主義社会という沈みかけた船から生き延びるためには残された救命具をめぐる競争を戦わなければならないことが示唆される。『一九八四年』において船とともに沈んでいく女性たちのイメージをこうした用例を踏まえて検討すれば、彼女たちは他者を犠牲にして競争を勝ち残ることを拒絶し、別の「私的な」価値観を保持したといえるだろう。そのような拒絶こそ、『ライオンと一角獣』でオーウェルが「プライベート」に込めた社会主義への可能性を支えるものだ。

だが、そのように自己を犠牲にする者たちがいる一方、首尾よく船から逃げ出して生き残ろうとする者たちもいる。『空気をもとめて』の主人公は、反ファシスト集会に行ったことを語ったあとで、つぎのように述べる。

そんなわけで結果的には、こんな冬の夜の寒空に、こんな講演を聴こうとやって来るせせこましい、数少ない聴衆にも、それなりの意味があるんでしょう。この演説が何を意味するものか、理解のできる五、六人の人間にとっちゃ、少なくともそうであるんです。彼らは後続する大軍の前哨に過ぎんのですよ。目端の利く斥候で、船の沈没を事前に察知した鼠なんだ。急げ！　急げ！　ファシストが来るぞ！　みんな、スパナーは用意したのか？　奴らをブン殴れ、さもなきゃ、おまえがやられるぞ。（157-58 二〇八）

ここで、『一九八四年』における沈む船のイメージと、ウィンストンの拷問に用いられるネズミのイメージが交錯する。ネズミに対するウィンストンの恐怖については、オーウェルの伝記的事実や愛読した作家たちからの影響などによって説明されてきた（Taylor 143-46）。だが、右の場面での沈む船から逃げ出すネズミというイメージは、英語の慣用表現に由来すると考えられる。『オクスフォード英語辞典』では、ネズミ（rat）という言葉は、「彼または彼女の政党、味方、大義を見限る人。政治的な原則よりも個人的な事柄を優先したり、政党の公式路線から大きく逸脱したり、敵対政党の政治的信条を採用したりする人」と定義され、その由来は、「ネズミは倒れかけた家や沈みかけた船から逃げ出す」という迷信であるとされる。『動物農場』では、ネズミは革命の大義に従わず、スノーボールと結託する裏切り者という烙印を押される（52 九六）。こうした用法を踏まえると、『一九八四年』の沈んでいく女性たちの背後に、彼女らを裏切るネズミの存在が見えてくる。ウィンストンとジュリアの隠れ家に侵入し「プライバシー」を侵犯するネズミは、自己を犠牲にする「プライベート」な価値観をもった母親たちを尻目に大挙して船から逃げ出す存在でもあるのだ。

だがネズミは、ウィンストンにとってたんなる他者ではない。ウィンストン自身も、母が妹に与えたチョコレートを取り上げたり、拷問の末にジュリアを裏切ったりすることで、自己の利益のために他者を犠牲にする。この点において、彼はネズミと同様に、「プライベート」な価値観を掘り崩す存在なのである。アンソニー・イーストホープは、フロイトの「強迫神経症の一例についての見解」（一九〇九年）に登場するネズミ男とウィンストンとの類似性を指摘する（Easthope 279）。フロイトの記述するネズミ男が両親に自分の考えを知られていると恐れたように（一八六）、ウィンストンも「オブライエンは自分と同じことを考えている」と感じる（20 二九）。また、ネズミ男が「東方のとても恐ろしい刑罰」を恐れるのに対し（一九〇）、ウィンストンは一〇一号室でネズミの入った檻をもったオブライエンに、「古代の中国ではこうした懲罰が頻繁に行われていた」（329 四四五）と脅される。

　両者の類似点のなかでも、本論にとって示唆深いのは、ネズミ男がネズミを嫌悪しながら、同時に自分自身をネズミに重ねあわせていた（「彼自身が不快で汚い小さなやつで、憤慨して辺り構わず噛みつくこともあったし、そのせいでひどく折檻されることもあった」）という点である（二四一）。ウィンストンは意識的にネズミに同一化することはないが、「プライベート」な価値観を裏切る者というネズミの性質が彼自身にも当てはまることを考えれば、ここでも両者に共通性を見出すことができる。実際ウィンストンは、「自分が母親を殺したと思っていた」と述べるように、自己が加害者であることを自覚している（185 二四八）。ウィンストン自身が「プライベート」に信を置くことを邪魔する存在であるという矛盾は、すでに短く言及したフェミニスト批評の論点と密接に結びついている。ウィンストンは女性たちの「私的な忠誠」に希望を見出すが、そのことは結果的に、妹と母親のチョコレートを奪った自分の私的な利益《プライベート・インタレスト》の追求を正当化することになるのだ。したがって、ウィンストンが女性たちとプロールに見出す「プライベート」な価値観は、「他者を搾取する自由」につながるような攻撃的な側面と完全には切り離せない。ウィンストンがネズミを恐れるのは、それが、連帯を不可能にするこのような両義性――いうなれば自己の加害者性――を突きつける存在だからなのである。

5 おわりに――「……だが、どの失敗も同じなのではない」

オーウェルは、帝国主義や階級問題に向きあい、植民地や国内の労働者階級との連帯を模索しながら、上層中流階級のイングランド人である自己の加害者性にきわめて意識的だった。ウィンストンもまた、すでに見たように、みずからの加害者性を自覚している。この意味で、女性たちやプロール、あるいはイギリスの「普通の人びと」がもつ「プライベート」な自由の観念の両義性は、『一九八四年』のテクストにしっかりと書き込まれている。『一九八四年』は、全体主義を批判しうる「自由」への希望と、それが依って立つ「プライベート」な価値観の危うさをともに示しながら、この難問への答えを提示してはいない。このことは、現状において特権を有する知識人が「普通の人びと」との連帯を探る際に直面する困難の大きさを示している。

だが、冒頭で確認したオーウェルの「失敗」をめぐる思想に立ち返るならば、ここで「袋小路」に陥ってしまってはいけない。ウィンストンが、そしてオーウェルが挑んだ個人と全体をめぐる困難は、オーウェルの没後七〇年を経て、ますます解きがたい難問となっている。新自由主義下の私有化《プライバタイゼーション》の時代を経た現在では、「プライベート」な自由を手放しに称揚することはできないだろう。だからこそ、オーウェルが「プライベート」な自由について語ることで、資本主義の外部を想像しようとしたことについて考える価値がある。真の「自由」を求める革命は、かならず失敗するものなのかもしれない。

しかし、オーウェルがケストラーに見たような「袋小路」に陥らないために、わたしたちができるのは、ウィンストンの失敗を有用な経験として読み取ることであろう――同じ難問に取り組む際に、今度はよりよく失敗するために。

【注】

（1）　以下、日本語訳のある文献については既訳を引用したが、原文の表現が重要となる場合にはルビを振った。

（2）　Bounds が指摘するように、オーウェル自身の思想と、彼が批判したイギリスの共産主義者たちの思想のあいだには、共通する部分も少なくない。

（3）　ポピュリズムについての包括的な議論としては水島を、また左派ポピュリズム、とりわけ「国民」の重要性については、ムフ（九六―九七）を参照。

（4）　ラクラウの思想とマルクス主義の関係については、山本（第一章）を参照。

（5）　この場面に見られるグローバルな希望についての分析としては、Shin を参照。

【引用文献】

Bounds, Phillip. *Orwell and Marxism*. I. B. Tauris, 2009.

Canovan, Margaret. "Trust the People! Populism and the Two Faces of Democracy." *Political Science*, vol. 47, issue 1, 1999, pp. 2-16.

Easthope, Anthony. "Fact and Fantasy in *Nineteen Eighty-Four*." *Inside the Myth: Orwell, the Views from the Left*, edited by Christopher Norris, Lawrence and Wishart, 1984, pp. 263-85.

Marcus, Laura. "'The Creative Treatment of Actuality': John Grierson, Documentary Cinema, and 'Fact' in the 1930s." *Intermodernism: Literary Culture in Mid-Twentieth-Century Britain*, edited by Kristin Bluemel, Edinburgh UP, 2009, pp. 189-207.

Newsinger, John. *Orwell's Politics*. Macmillan, 1999.

Orwell, George. *Animal Farm: A Fairy Story*. Secker & Warburg, 1998.（『動物農場――おとぎばなし』川端康雄訳、岩波文庫、二〇〇九年）
――. "Arthur Koestler." *The Complete Works of George Orwell*, vol. 16, pp. 391-402.（「アーサー・ケストラー」小野寺健訳、『鯨の腹のなかで　オーウェル評論集３』川端康雄編、平凡社ライブラリー、一九九五年、二三〇―五一頁）
――. *Coming Up for Air*. Penguin, 2000.（『空気をもとめて』大石健太郎訳、彩流社、一九九五年）
――. *The Complete Works of George Orwell*, 20 vols, edited by Peter Davison and assisted by Ian Angus and Sheila Davison, Secker & Warburg, 1998.
――. *Keep the Aspidistra Flying*. Penguin, 2000.（『葉蘭を窓辺に飾れ』大石健太郎・田口昌志訳、彩流社、二〇〇九年）
――. "The Lion and the Unicorn." *The Complete Works of George Orwell*, vol. 12, pp. 391-434.（「ライオンと一角獣」小野協一訳、『ライオンと一角獣　オーウェル評論集４』、九―一一八頁）
――. *Nineteen Eighty-Four: The Annotated Edition*. With an Introduction and Notes by D. J. Taylor and A Note on the Text by Peter Davison. Penguin, 2013.（『一九八四年』高橋和久訳、ハヤカワ epi 文庫、二〇〇九年）
――. "Notes on Nationalism." *The Complete Works of George Orwell*, vol. 17, pp. 141-57.（「ナショナリズム覚え書き」小野協一訳、『水晶の精神　オーウェル評論集２』、三五―七四頁）
――. *The Road to Wigan Pier*. Secker & Warburg, 1986.（『ウィガン波止場への道』土屋宏之・上野勇訳、ちくま学芸文庫、一九九六年）
Patai, Daphne. *The Orwell Mystique: A Study in Male Ideology*. U of Massachusetts P, 1984.
"rat, n.1." *OED Online*, Oxford UP, June 2020, www.oed.com/view/Entry/158382. 二〇二〇年七月二四日閲覧。
Shin, Kunio. "Uncanny Golden Country: Late-Modernist Utopia in *Nineteen Eighty-Four*." *Modernism/Modernity* Print Plus, 2. 2 (2017), modernismmodernity.org/articles/uncanny-golden-country. 二〇一八年三月六日閲覧。
Taylor, D. J. *Orwell: The Life*. Chatto & Windus, 2003.
ウィリアムズ、レイモンド『完訳　キーワード辞典』椎名美智・武田ちあき・越智裕美・松井優子訳、平凡社ライブラリー、二〇一一年。

小野二郎「紅茶を受け皿で」、『小野二郎セレクション』川端康雄編、平凡社ライブラリー、二〇〇二年、一〇―一一頁。

川端康雄『ジョージ・オーウェル――「人間らしさ」への讃歌』岩波新書、二〇二〇年。

ジジェク、スラヴォイ『否定的なもののもとへの滞留――カント、ヘーゲル、イデオロギー批判』酒井隆史・田崎英明訳、ちくま学芸文庫、二〇〇六年。

フロイト、ジグムント「強迫神経症の一例についての見解〔鼠男〕」、『フロイト全集10』総田純次・福田覚訳、岩波書店、二〇〇八年、一七七―二七四頁。

水島治郎『ポピュリズム』中公新書、二〇一六年。

ムフ、シャンタル『左派ポピュリズムのために』山本圭・塩田潤訳、明石書店、二〇一九年。

山本圭『アンタゴニズムス――ポピュリズム〈以後〉の民主主義』共和国、二〇二〇年。

ラクラウ、エルネスト『ポピュリズムの理性』澤里岳史・河村一郎訳、明石書店、二〇一八年。

【コラム】オーウェルと「ディストピア」の先達たち

秦邦生

本書の「はじめに」でも説明したとおり、二〇世紀前半には明確な「ディストピア」という文学ジャンルはまだ確立されておらず、それは形成途上にあった。その急速な台頭の要因は当時の歴史的文脈に求められることが多い。二つの世界大戦、ロシア革命とその変質、ファシズムやナチズムなどの登場、絶滅収容所や原爆など——こうした数々の悲劇的経験は一九世紀の楽観的な進歩史観を背景とした「ユートピア」を破綻させ、それに代わる悪夢を幻視する「ディストピア」の形成をうながした、という見方である。

　この通説には一定の妥当性もあるが、「ユートピア」と「ディストピア」のあいだに明確な線引きをすることで見えなくなるつながりもある。実のところユートピアとは理想像を提示するだけの一面的なジャンルではなく、そこには現実社会への諷刺や批判が込められていることが多い。二〇世紀前半の先駆的ディストピア作品は、それに先立つ長いユートピア文学の伝統との濃密な関係性の網の目のなかから出現したのである。

　オーウェルの場合もことは同様である。『一九八四年』構想・執筆時の彼が、子供時代から親しんでいたジョナサン・スウィフトの『ガリヴァー旅行記』（一七二六年）や、サミュエル・バトラーの『エレホン』（一八七二年）などといった多分に諷刺的な性格の濃い架空世界《ユートピア》文学を読み返し、そこから多くのインスピレーションを得ていたことはよく知られている。

ただ、逆説的ながら反発も含めた最大の影響源としては、やはりH・G・ウェルズの名前を筆頭に挙げるべきだろう。代表作『タイム・マシン』（一八九五年）で知られるこのイギリスSFの巨匠は、二〇世紀初頭からは先端的な科学・テクノロジーによる世界国家の樹立を掲げた理想像へと転回していた。だが、『神々のような人たち』（一九二三年）や『来るべき世界のかたち』（一九三三年）などのユートピア小説にくり返し表現された科学や機械への彼の信頼は、オーウェルには我慢がならないものだったようだ。『ウィガン波止場への道』（一九三七年）や戦時中のエッセイ「ウェルズ、ヒトラー、世界帝国」（一九四一年）などでオーウェルはウェルズのユートピアを非現実的な理性崇拝として批判し、むしろジャック・ロンドンの『鉄の踵』（一九〇八年）が描いたディストピアにファシズム台頭への直感的認識を見出し、評価している。

オルダス・ハクスリーの『すばらしい新世界』（一九三二年）は、しばしば『一九八四年』と双璧をなすディストピア文学として知られているが、この小説をオーウェルはウェルズ的ユートピアの諷刺的パロディと理解していた。『すばらしい新世界』では、人間はすべて人工授精によって大量生産され、知性や体格も調整済みの別種の人間たちが構成する階層社会が成立している。彼らは「ソーマ」という麻薬をはじめとする安易な娯楽が生み出す幸福に浸りきり、支配体制にまったく疑問を抱かない。

オーウェルより九歳年長のハクスリーはイートン校で彼のフランス語教師を務めた経験もあるが、お互いの作品についてライヴァル関係を強く意識していたようだ。第二次世界大戦中のある知人への私信で、オーウェルは『すばらしい新世界』のディストピア観を「快楽主義」と「物質主義」と見なし、その危険が「過大評価」されている、と述べている（Orwell, *A Life in Letters*, Penguin, 2011, pp. 217-18）。ハクスリーはというと、『一九八四年』の献本を受けたオーウェルへの礼状のなかで、みずからのディストピアの優越性を主張している。彼によれば、催眠技術や薬物による大衆心理のコントロールによって、未来の独裁者たちは『一九八四年』型の暴力や拷問なしでの支配を確立するはずなのだという（*The Letters of Aldous Huxley*, Harper & Row, 1969, pp. 604-05）。

このライヴァル関係とは対照的に、『一九八四年』への明確な影響をしばしば指摘されるのは、二〇世紀前半のもうひとつの代表的ディストピア小説『われら』である。ロシアの作家エフゲーニー・ザミャーチンはこの作品を一九二〇年頃に執筆したが、反体制的な内容を疑われて当時のソヴィエト本国では出版がかなわず、はじめての活字化は一九二四年にアメリカで出版された英訳版だった。オーウェルは一九四六年にフランス語訳版を入手して読み、その書評エッセイを執筆している（*Complete Works*, vol. 18, pp. 13-16／『オーウェル評論集2』平凡社ライブラリー、二六八—二七五頁）。

『われら』の描く二六世紀の未来社会では「恩人」という独裁者が支配する「単一国」が成立しており、個人番号で呼ばれるその住人たちは、個性も私的生活も抹消された画一的な環境に暮らしている。娯楽と化したセックスなど『すばらしい新世界』と似た要素もあるが、オーウェルはザミャーチンの小説にハクスリーの描く未来社会にはない特徴を見出し、注目している。具体的にはオーウェルは、指導者崇拝や「恩人の機械」と呼ばれる処刑装置が象徴する権力の残虐性のなかに、全体主義の本質的な非合理性についてのザミャーチンの先駆的な洞察を読み取っている。『一九八四年』の〈ビッグ・ブラザー〉や拷問場面などとの類似性はあきらかだろう。他にも主人公Д-503のつける日記や、彼が恋愛感情を契機にそれまで順応していた体制に反逆してゆくプロットの展開など、オーウェルの小説に影響したと思われる要素は少なくない。

ただ、『われら』翻訳者の松下隆志も指摘するように、ザミャーチンはたんに科学的合理主義や機械文明を否定していたわけではなく、この小説にはユートピア的未来への一種の熱狂的関心の痕跡も見受けられる。さらにザミャーチンはH・G・ウェルズをきわめて高く評価し、彼の作品の本質に「SFと結びついた社会諷刺」を見出していたという（『われら』光文社古典新訳文庫「解説」、三六九—三七一頁）。ウェルズ的ユートピアを激しく批判したオーウェルとは明確に異なる点である。

ただしオーウェル自身、ウェルズに対する攻撃を「親殺しのようなもの」と表現し、彼から受けた多大な影響を自認していたことは留意すべきだろう（*Complete Works*, vol. 12, p. 539／『オーウェル評論集2』、一二二頁）。小野俊太郎が指摘するように、いっけん予定調和的なユートピアに思えるウェルズの作品には「科学技術を媒介としてディストピア社会へと転化する契機」も書き込まれており、特に彼の初期作品ではやや暗い未来像が描かれる傾向が強い（『未来を覗くH・G・ウェルズ——ディストピアの現代はいつ始まったか』勉誠出版、二〇一六年、二〇三頁）。例えば彼は、一八九九年に『近い将来の物語』という中編小説を発表している。イギリスの小説家デイヴィッド・ロッジは、急拡大する狂乱の大都市に疎外され、田園での生活を夢見る若い二人を描いたこの物語が『一九八四年』のウィンストンとジュリアに影響を与えたのではないかと推測している（David Lodge, "Utopia and Criticism: The Radical Longing for Paradise", *Encounter*, 1969, pp. 65-75）。

もつれあう影響や反発の網の目を整理してきて気づかされるのは、ここまで挙げた名前が男性ばかりだという事実である。だが、ユートピア／ディストピア文学は決して男性作家の専有物ではなく、『彼女の国（*Herland*）』（一九一五年、邦題は『フェミニジア』）を書いたシャーロット・パーキンス・ギルマンや、『その他もろもろ』（一九一八年、邦訳は作品社から二〇二〇年刊）のローズ・マコーリーなど、ジェンダーやセクシュアリティの観点から未来像を模索した女性作家も少なくない（フェミニスト・ユートピア／ディストピアの伝統に関しては、北村紗衣『お砂糖とスパイスと爆発的な何か――不真面目な批評家によるフェミニスト批評入門』書肆侃侃房、二〇一九年、第五章の説明が参考になる）。

特に『一九八四年』への影響がしばしば取り沙汰されるのは、イギリスのキャサリン・バーデキンが一九三七年に出版した『鉤十字の夜』である。この小説が描くナチズムの支配する二七世紀の世界は極端に男性中心主義的であり、女性たちは徹底的に奴隷化されている。オーウェルは著作中で一度もこの作品に言及しておらず、影響関係に懐疑的な意見もあるが、『鉤十字の夜』が一九四〇年にレフト・ブック・クラブから再刊されている事実を踏まえれば、彼がこの小説を知らなかった可能性は低いだろう（この詳細については、日吉信貴訳『鉤十字の夜』水声社、二〇二〇年、の「訳者解説」を参照）。

このようにユートピア／ディストピアの網の目を解きほぐす作業には終わりがないが、最後に是非とも言及する必要があるのは、オーウェルの最初の伴侶アイリーン・ブレアからの影響の可能性である。オーウェルと出会う一年前の一九三四年に彼女は、出身高校の雑誌に「世紀の終わり、一九八四年（"End of the Century, 1984"）」と題する詩を発表していた。この詩のなかで彼女は、戦間期の殺伐とした世相がみずからの愛した過去のさまざまな文学作品を抹殺する危険性を憂えているが、なおも未来におけるその伝統の復活に希望を託している。いっけん悲観的なオーウェルの『一九八四年』の未来像との対照は興味深い。なお、この詩の全文はイギリスのオーウェル協会のウェブサイト掲載の記事に引用されている（orwellsociety.com/end-of-the-century-1984/）。

物語中のウィンストン・スミスの境遇とは大きく異なり、『一九八四年』は決して孤立した作品ではない。この作品の未来観は、来るべき世界への希望と激しい不安とを交換し合った近接するテクスト群とのインターテクスト的対話関係によって生気を吹き込まれているのだ。オーウェルを中継地点とするこの伝統は、その後もカナダのマーガレット・アトウッド、アルジェリアのブアレム・サンサール、日本の村上春樹や伊藤計劃、中国の郝景芳《ハオ・ジンファン》などに、多種多様なかたちで引き継がれてゆく。

家父長制批判としての『一九八四年』？

中村麻美

1　過去の喪失、理想化

「過去をコントロールするものは未来をコントロールし、現在をコントロールするものは過去をコントロールする」(284 三八三)。『一九八四年』から頻繁に引用されるこの支配の公理において、過去が二重に支配の対象として言及されていることに鑑みると、この一文には歴史の改変・偽造に対する不安や恐怖が凝縮されていることが分かる。フレドリック・ジェイムソンは『未来の考古学　ユートピアという名の欲望』において、この小説の「もっとも忘れがたい特徴」は、「過去の喪失と記憶の不確かさについての哀調を帯びた感覚」であるとする (Jameson 330)。オーウェルのディストピアにおいて、公式とされる歴史は常に書き換えられ、それと同時に個人の記憶、そしてノスタルジア的な瞑想に耽《ふけ》ることさえもが思考犯罪とされるのだ。真理省に勤めるウィンストン・スミスは政権が自己保存の手段として行う歴史の書き換えに加担せざるを得ない立ち位置にいる。その一方、ノスタルジア的な記憶の回帰をきっかけとし、〈ビッグ・ブラザー〉以前の時代を理想化することで監獄国家――永続するかのように思われるディストピア的現在――から観念的な逃避を図る。彼は逮捕の危険を冒しながらチャリントンの古物店でがらくたを集めては自身の過去に対する愛着を確認せずにはいられず、また、〝黄金郷〟を何度も夢に見るといったように、過去は神話的な様相を呈する。彼が夢の中で「シェイクスピア」と口にしたり（36 五一）、また性行為を動物的な「本能」とし、文明以前の状態を礼賛したりする（144 一九四）時、理想化されているのは彼が個人的に経験した近過去というよりも、イデオロギーとしての過去と言えるだろう。〈ビッグ・ブラザー〉に対抗する地下組織への忠誠を誓う際に、彼が未来ではなく、過去に対してワインをささげることは実に自然な成り行きと言える。『一九八四年』はパラノイアとノスタルジアが飽和した悲愴感溢れる語りを通し、ディストピア的現在から照射されるユートピア的過去を聖域として描き出す。

ただ、このような過去の神話化は、過去に既に存在していた支配・排除の構造を都合よく消去してしまう危険をはらむ。特に『一九八四年』というテクストを、全体主義体制に対する対抗ナラティヴとして読む際、その対抗ナラティヴ自体が隠蔽している構造的差別――例えば人種、階級、ジェンダー・セクシュアリティに関するそれ――が問題化する。『一九八四年』は過去に執着するウィンストンを（特に現実主義者のジュリアと比較した場合）正しい反抗者として描く一方、未来そのものを、ブーツに示された非人称的権力によって永遠に踏みつけられる人の顔（307 四一五）という極めて悲観的なイメージで塗りつぶしてしまう。ここで、アレクシス・ロシアンが指摘するように、未来そのものを自ら消去することと自体が権力の行使であると読み取ることができる。なぜならそういった終末論は過去の社会問題を都合よく消去する戦略となり得るのであり、ひいては、過去から続くマイノリティの周縁化を問題化することそのものを無意味化する効果がある（Lothian 61）。

さらに、ウィンストンという悲劇の英雄が白人で異性愛者のシスジェンダー（出生時に割り当てられた性別とジェンダー・アイデンティティに違和を感じない人）[1]男性として描かれており、また国内人口（三億人）の一三パーセント（三九〇〇万人）を占める〈党外郭〉のメンバー、すなわち、中流階級に属する存在として提示されていることに着目したい。彼は党上層部と労働者階級の間に挟まれたウィンストンの破滅が、ディストピアで彼がマイノリティにいわば格下げされてしまう——すなわち、オセアニア以前のイギリスで二級市民とされてきた人々（女性、非白人、性的「逸脱」者など）と同一化されてしまうという不安と表裏一体であることだ。「ヨーロッパ最後の男」としてのウィンストンは、その属性を考慮した場合、「最後」に抑圧される対象である。『一九八四年』の保守的な側面は、もともと社会を巨視的に見た際に特権的立場にいるウィンストンが徹底的な被害者として描かれている点にある。大部分においてウィンストンの視点から語られるナラティヴ、それを支配する悲観主義・ニヒリズム、そして予定調和的な物語展開にこのディストピア小説の反動性が顕著に表れている。

Everyman、つまり普通の人として解釈されることが多い一方で、オーウェルが小説タイトルの候補に挙げていた「ヨーロッパ最後の男」としての英雄的役割もある。[2]ここで注目すべきなのは、前景化された

上の文脈を踏まえながら、本論文ではディストピア以前にも二級市民としての立場におかれていた女性に焦点を当てる。『一九八四年』における女性表象やジェンダー・セクシュアリティについての先行研究には現在までである程度の蓄積がある。特に一九八四年に発表されたダフニ・パタイの単著は、オーウェルの他の著作群や伝記的な事実を含めた幅広い議論をしており重要な著作であるし、[3]それ以降もフェミニズムやセクシュアリティの政治性といった観点から数多くの研究がなされている。[4]これらの先行研究を踏まえ、本論文では、『一九八四年』を権力批判のナラティヴとして読解した際に特に問題化す

るジェンダー・セクシュアリティのテーマを再考する。具体的には『一九八四年』における女性表象やセクシュアリティの問題を再確認し、その後いわゆるレイプ理論を援用しながら、（オーウェルが意図していなかったであろう）テクストの家父長制批判としての読解を試みる。

2 ジェンダー・セクシュアリティの政治

オセアニアは、〈ビッグ・ブラザー〉を頂点とする家父長体制に基づいた巨大な疑似家族を構成している。党員らがお互いを同志や兄弟と呼び合う中、〈ビッグ・ブラザー〉は明らかに親しみのある兄弟などではなく、絶対的権力を持った父親的存在である。また、オセアニアの党員に許される愛は〈ビッグ・ブラザー〉に対する愛＝崇拝のみとされており、党員間の結婚は生殖手段として許可されているものの、エロティシズムを伴った性的関係は婚姻内であっても「貞操蹂躙」となり違法とされている（78 一〇六）。各家庭において両親は子供を手厚く養育するよう党から推奨されている一方、子供は家族を監視するスパイとしての役割を党から期待されており、その意味で個々の家族は「〈思考警察〉の延長」でしかない（153 二〇五）。機能不全に陥った家族の象徴としてパーソンズ一家が描かれているが、ミセス・パーソンズはスパイ遊びをする二人の子供の世話に疲れ切っており、また父親であるトム・パーソンズは最終的に娘に密告され愛情省に送られる。(5) 徹底された監視社会において、国家権力からの避難所としての家族、あるいは家＝ホームは存在し得ない。党員の子供たちは自警行為を遊びとし、捕虜の絞首刑をスペクタクルとして楽しむ極めて残酷な主体として描かれている。

一方、生殖＝希望の図式はディストピア小説ではよく見られるが、『一九八四年』も例外ではない。ジュリアとの不倫関係において子供を持つことができないウィンストンは自らを屍《しかばね》に喩える一方、希望や未来の象徴としての子供のイメージをプロールの子孫たちに託す（251 三三七）。流行歌を口ずさみながら洗濯物を干すプロール女性を窓から眺めるウィンストンは、彼女が「優に十五人は生んでいる」、がっしりとした身体を持つことに感銘を受ける（251 三三八）。肉体労働をものともしないプロールの次世代は如何なる抑圧も生き延びることができるとされ、その中で（奇跡的に）「二足す二は四である」という「秘密の教義」を持つに至る者たちの中に、ウィンストンは希望を見出す（252 三四〇）。三沢佳子は「『一九八四年』において作者は、主人公ウィンストン・スミスの唯一の未来への希望を、過労と多産の年月を経てもなお歌い続けるたくましいプロールの女に託した」が、それは「希望の断片的表象」にすぎないとし、オーウェルの作品群において女性が「じゅうぶんな肉づけと心理を持った小説の主人公」として描かれなかったことを指摘する（44）。これに関し、生殖を希望の在り処とする場合、生殖の主体とされる女性の自己決定権が捨象されがち、という問題も加えることができる。

一方、女性党員はおしなべて体制順応的で狂信的でさえあり、異端者探しに熱心なスパイである⁽⁶⁾（12, 33 一九、四六）。パーソンズを密告したのも息子ではなく娘であるように、女性＝スパイのイメージは強く打ち出されている。ここで、「限りなく愚かで通俗でからっぽの精神の持ち主」と形容されているウィンストンの別居中の妻、キャサリンに注目したい（76 一〇三）。キャサリンは党の教義に盲目的な従順さをみせる女性であるが、同時に、知性や狡猾さが足りずスパイにさえなり損ねた哀れな存在として描かれている。主な別居事由は、キャサリンがウィンストンに社会奉仕活動、つまり次世代の再生産の一環としてのみセックスを強制したこととされている（77 一〇四）。またウィンストンはハイキング中にキャサリンを崖から突き落とそうとしたことをジュリアに告白し、そうしなかったことを約一〇年後の今も悔いている（155 二〇七）。なぜ二人が結婚に至ったのかは語られず、またそもそもキャサリンという女性がウィンストンの記憶内にしか存在しないので、読者は彼の説明を受け入れる他ない。党への忠誠としての貞操と生殖活動に対する熱心さは不感症――ウィンストンにとって唾棄すべきもの――と等価であることがキャサリンという女性との関係を通して強調される。

対するジュリアは「若くて溌溂としていて健康的」な、虚構局で働く女性である（139 一八六）。ただ、ウィンストンがジュリアに対しこのような肯定的な眼差しを向けるのは物語の中盤になってからのことだ。小説の冒頭部分においてウィンストンは〈反セックス青年同盟〉のメンバーであるジュリアが〈思考警察〉のスパイであると思い込み、純潔を男性に対する脅威として怖れる。「凌辱し、絶頂に達した瞬間に喉を切り裂いてやる」とあるように、ジュリアはウィンストンが持つレイプ幻想の対象として表象されている（18 二六）。また以下の引用中ウィンストンはレイプ衝動の理由を、ジュリアが"sexless"であること、つまり「女を感じさせ」ず、また男性を拒絶していることに帰す。

憎んでいるのは彼女が若くて美しく、それでいて女を感じさせないからであり、一緒にベッドを共にしたいのだが、絶対にそうすることはないからであり、柔らかくしなやかなウェストは腕をまわしてと男を誘っているように見えながら、そこには純潔を戦闘的に象徴する不快極まる深紅の飾り帯が巻かれているだけだからだった。（18 二七）

これはあくまでもウィンストンの妄想にとどまるが、この心理描写が女性嫌悪的なものであることは否定し難い。また、このジュリアに対する憎悪はウィンストンがプロール地区で買春した時に出会ったセックスワーカーに対する嫌悪感と対になっている。ウィンストンは、後者の魅力的な化粧に隠された実際の顔が如何に老いて醜かったかを強調しながら、それでも性行為には及んだことを告白する（第一部第六章）。この買春の記憶が羞恥心と怒りにまみれている理由は、ウィンストンが自身を、純潔観念にまみれた若い女性党員から性的に排除され、買春を強制された被害者とみなしているからだろう。したがって上記の引用にあるように、魅力的な女性の身体を持ちながら男性の性的接近を拒否する女性は凌辱に値する存在となる。

ここで、オセアニアに蔓延する「レイプ神話」がウィンストンの女性嫌悪を強化した可能性は否定できない。オセアニアにおいて、"good sex"は生殖のみを目的とした行為を意味し、それが美徳として推奨されている。にもかかわらず、男性党員のプロール地区における買春は、男性の制御不能とされる性欲を解放するために党から実質許可されている（349, 75 四七二、一〇二）。プロール用のポルノ製造課においても、（課長を除いて）女性しか雇われていないのは、男性の制御不能な性欲を刺激することがあってはならないからだ（150 二〇一）。また党は性的快楽、ないし性的本能そのものを党員から排除しようとしているが、女性党員に関してはその試みは多くの場合で成功しているとし、一方、男性党員に対しては不成功であることが暗示されている（76 一〇三）。これらの記述、あるいは物語設定においては、男性の性欲が制御不可能なものである、というレイプ神話が維持・強化されている。キャス・R・サンスティーンも指摘するように、ウィンストンのレイプ幻想はこういった党が維持する女性差別的、つまり女性を男性の性欲のはけ口、そして生殖の手段とみなす文化に端を発すると推測できる（Sunstein 240）。

これに加え、ウィンストンは夜に出歩いているジュリアを買ったばかりの文鎮で殴り殺すことを思いつく（116 一五五）。このガラスでできた文鎮は中にサンゴの入った美しいアンティークであり、ウィンストンが理想化する過去の象徴、そして後にはウィンストンとジュリアの愛の印として物語中重要な役割を果たしているが、ここでは女性殺しの凶器として描かれている点が非常に皮肉的である。ちなみにキャサリンやジュリアといった女性キャラクターに対する実行を強く促す殺意は、サイムやパーソンズといったウィンストンが激しく嫌悪し、軽蔑している男性キャラクターに向けられていないことは考慮するべきである。

後にジュリアは反〈ビッグ・ブラザー〉であることが判明し、ウィンストンと恋愛関係を結ぶ。ここで、ジュリアが単に性的に積極的な女性ではなく、性欲という動物的な本能（144 一九四）に素直な野蛮のシンボルとして、そして「ファム・ファタール」（宿命の女）のシンボルとして二重に対象化されていることに注目したい。ウィンストンは、セックスという行為自体を「政治的行為」（145 一九五）として神聖視するが、そのような見方において、ジュリアは彼の政治的イデオロギーの道具でしかなくなる。「君は腰から下だけが反逆者なんだな」（179 二四〇）とあるように、ウィンストンの目に映るジュリアは動物本能という項を介した、革命の象徴であると同時に理性や正義感に劣る快楽主義者にすぎない。

また、快楽の手段としての男女のセックスには避妊の問題がつきまとう。パタイが指摘するように、カミソリなどの日用必需品を手に入れることも困難であれば、避妊用具を手に入れるのも困難であることは想像に難くない。セックスを政治的行為であるとして神聖化するウィンストンはジュリアを妊娠の危険に陥れていることを見過ごしている（Patai, *The Orwell Mystique* 247）。またジュリアとのセックスにより、ウィンストンの病気（潰瘍と咳）が回復する点（173 二三一）については、男性性、特に、相手を支配・所有する主体としての男性性の回復と読むこともできる。よって、ジュリアとのセックスを通したウィンストンの抵抗に、〈ビッグ・ブラザー〉から奪われた男性性の回復という意味合いがあることはパタイが指摘する通りと言えよう（261）。『一九八四年』において、ジュリアの性欲は「正しい」反抗者であるウィンストンの理性によって昇華されなければならないものなのであり、同時に、ジュリアという存在はウィンストンを誘惑し、破滅させる女でしかない。

ここで、グレゴリー・クレイズは『一九八四年』におけるジュリアの表象を性差別的とする読解に対して、ジュリアの人間性が彼女の動物性――党のイデオロギーを全く理解できない鈍感さが可能とする正気――を通して表現されていると主張する[7]（Claeys 412）。確かにウィンストンが革命の書を読み聞かせている際ジュリアは眠ってしまうが、それはジュリアが抽象的・形而上学的な概念群に惑わされず、日々の実生活に根差した感覚を信頼しているからというクレイズの指摘はほぼ妥当なものと言える（413）。しかしクレイズの解釈は、テクスト内でジュリアがあくまで欲望の対象として称揚されるばかりで、概して彼女の行為主体性がウィンストンによる昇華なしに表れることがない、という問題に対して十分な議論を提供できていない。

物語が中盤に差し掛かったところで、ジュリアはウィンストンに密会することを提案し、二人の恋愛関係が始まる。密会のたびに背徳のセックスに勤しむ二人だが、ある日ジュリアは生理中であることを理由に密会を取りやめにする。これを受けウィンストンは「彼女は肉体的に必要不可欠なもの、彼が欲するだけでなく手に入れる権利があると感じられる対象と化していた」と気づく（161 二一五）。ウィンストンは怒りや嫉妬といった感情にまかせて、ジュリアへの欲望をむき出しにするが、ここでもジュリアは身体的な欲求＝性欲のはけ口とされてしまっている。また、すぐに浮気を疑ってかかる点や、「権利」という言葉遣いにウィンストンの所有欲の強さが発露している。政治的行為としてのセックスという対抗ナラティヴは、生理という身体的現象に攪乱されてしまう。

また、ウィンストンの抱くジュリアの浮気に対する不安は、〈ビッグ・ブラザー〉に対する抵抗のナラティヴの重要部分を占めているセックス＝政治的行為説と矛盾する。というのも、当初ウィンストンが信じていたのは「一人の人間への愛情だけではなく動物的な本能、単純な相手構わぬ欲望、それこそが党を粉砕する力」という性の政治性であり、ジュリアがもし他の誰かと浮気していたとしたら、それは純潔を最上の美徳とする党に対する更なる打撃となるのではないだろうか（144 一九四）。ウィンストンはここで「欲望」（"lust"）だけではなく「愛情」（"affection"）の重要性を再認識したことを理由に一〇年越しの結婚生活を送る睦まじい夫婦のような関係性を夢見るようになる（161 二一五）。こういった文脈から、チャリントンの部屋がプライベート・ユートピア――「絶滅種の動物が歩いていられる過去のポケット」――として現前してくるのだ（173 二三二）。ウィンストンはジュリアと（疑似）結婚生活を送ることが、逮捕の危険性に鑑みれば自殺行為に等しいと認識しながらも行動に移してしまう。しかし繰り返すが、上記のセックス＝政治的行為説によれば、ジュリアの権力攪乱性は彼女が、過去数十回、党員と純粋な快楽目的のセックスをしていたからではなかったか。性行為をそれ自体として楽しむジュリアをいわば囲ってしまうウィンストンにとって、ジュリアはやはり〈ビッグ・ブラザー〉に収奪された男性性の担保にすぎない。愛情は欲望と同じく重要だとされているが、それはジュリアに貞操観念を押し付けることに対する正当化でしかない。

さらに言えば、セックスが動物本能の発露であり、それ自体が堕落した文明の象徴である党に対する反抗になるのであれば、ウィンストンのレイプ衝動も動物的本能に従ったものであり政治的抵抗として有効、ということになってしまう。ここに、セックスを抑圧から解放する手段として図式化することの危うさがある。またサンスティーンが指摘するように、『一九八四年』においてセクシュアリティは「性本能」という言葉で自然化されてしまっている[8](Sunstein 240)。旧来の価値観を無批判に引き継いでいる、という点において〈ビッグ・ブラザー〉とウィンストンはそれほど異なった存在ではない。

3 ウィンストンの非男性化

第二節ではウィンストンが女性に対して抱くレイプ幻想を分析したが、後述するようにウィンストン自身が愛情省でオブライエンの拷問を受ける姿は象徴的なレイプ表象と解釈することができる。レイプ文化におけるウィンストンは主体と客体の両方として提示されていることを、アン・J・カーヒルのレイプ理論を援用しながら以下論じていく[9](Cahill 8)。カーヒルはレイプを単に数ある犯罪の一つではなく、異性愛規範を基礎とした男性優位社会において、それがどのように女性的な体を生産・構築する装置として働いているかに着目する。[10] カーヒルによると、レイプ文化がはびこる社会では、女性の体は"rapable"、つまりレイプの被害を受ける可能性のある体として男性からも女性からも認識されている。言い換えると、女性の体＝レイプの潜在的な犠牲者という認識が、女性的な身体の構築に強く関連しているということだ。[11] レイプがもたらす被害は、単純に身体に対して物理的攻撃を受ける以上のもの、すなわち、自由な主体としての自己認識を喪失する危険を意味する。[12] また女性嫌悪は、レイプをその究極の発現とするものであり、その意味でレイプはジェンダー間のヒエラルキーを再生産する装置であると言える。エマ・ピットマンによると、ミソジニーは女性差別的なジョークとレイプを両極に備えたスペクトラム構造を持つのではなく、ジョークといった一見無害な発言や行為がレイプという深刻な攻撃を常態化させるという意味で、ピラミッド構造を持つ(Pitman, par. 5)。ただし当然ながら、レイプに関するジョークやレイプの表象はレイプと等価ではなく、そういったレイプ言説が実際に女性嫌悪の発現にあたっているかどうかは綿密に分析されてしかるべきである。また、レイプ文化を理論化することはセックスやセックスに関する言説・表象に規範を持ち込むことと同値ではない。

カーヒルによると、レイプ文化が女性の体に刻み込むメッセージとは、「すべての男性が潜在的なレイプ犯罪者である」ではなく、「すべての女性が潜在的なレイプ犠牲者である」というものだ（Cahill 161）。ただ強調しておきたいのは、カーヒルはここで女性の定義を差し出しているわけではない、ということである。つまり「潜在的なレイプ犠牲者である」ことが「女性であること」の前提条件として提示されているわけではない（カーヒルの現象学に基づいた理論は規範的ではなく、記述的である）。『一九八四年』の全体主義社会において、党のメンバーである市民らは男女にかかわらず、常に愛情省に連行され、拷問され得る。ここでウィンストンが公共の場所を、監視されているかもしれない、逮捕・拷問されるかもしれない、と常におびえながら歩く様子は、女性が抱きがちな性暴力に対する不安・恐怖を想起させる。国家権力による恣意的な逮捕とそれに続く拷問、そして拷問を受けた者の社会的な「死」に対する不安・恐怖によってウィンストンを始めとする市民らは心理的に深く囚われていると言えよう。性暴力の極致であるレイプと拷問を完全に同一視することはできないが、拷問も、権力あるいはヒエラルキーを伝達・維持する装置であるとは言える。レイプ文化において女性が潜在的なレイプ被害者なのであるならば、オーウェルが描く近未来のロンドンでは、男性も常に潜在的な、拷問という名の身体的・精神的虐待の被害者である。

パタイによれば、オセアニアにおいて「男性的支配」の権利は〈ビッグ・ブラザー〉や〈党中枢〉メンバーのオブライエンに「独占」されており、ウィンストンら男性党員は彼らの支配下にあるという意味で「女性化」されている（Patai 261）。マーサ・C・カーペンティアによるさらに踏み込んだ解釈によると『一九八四年』において「男性性はサディズムと混同」されてしまっており、それに対する反抗者に残された選択肢は「マゾヒスティックな、女性化されたポジション」しかない、とされる（Carpentier 193）。ただ、このディストピアにおいても女性が夜に出歩いた場合、男性からの性暴力を受ける可能性は未だにある。それはこれまでに指摘したウィンストンのレイプ幻想や、夜中に外を歩くジュリアへの強い殺意に象徴されている通りである。サラ・マルティンはオセアニアでは男性も女性も抑圧されているからジェンダーを超越している、という意見を退けながら、もし〈ビッグ・ブラザー〉が〈ビッグ・シスター〉、ジュリアがオブライエンの七年間にわたる監視対象、さらにはオブライエンが女性であったとすれば、『一九八四年』は全く異なる小説となっただろうと述べる（Martin 46）。ウィンストンの「女性化」、あるいは男性性の否定[13]とは、オセアニアにおける男性を女性と全く同一視できるということではない。そうではなく、男性は、女性に対して未だにレイプ文化における優位性を維持しているものの、〈ビッグ・ブラザー〉による拷問の潜在的対象としてはレイプ文化における女性の地位に引き下ろされているということだ。

カーヒルはレイプ文化によって構築される女性的な体には、危険、意図的、弱々しい、敵対的といった特徴があるとする（Cahill 161）。女性的な体とは、レイプの被害を受ける危険と隣り合わせでありながら、その危険自体を自ら引き起こすもの――つまりレイピストを誘惑するのも女性的な体と推定される。また、レイプが女性の無力さを決定づける攻撃として社会的に認知されることが、女性的な体が無力でしかないという諦念を招く。さらに、社会的に正しいとされる女性像に合わせること等で自己防衛を図ろうとも、女性的な身体につけられたレイプの潜在的被害者という印を完全に消すことができるわけではない。その限りにおいて、身体は意志を裏切る、敵対的な存在として主体に認識される。『一九八四年』におけるウィンストンも、自らの体が如何に無力であるかを幾度となく嘆く。また同時に、頭では思考をコントロールしたとしても、体が自己の意志を裏切ってしまう、つまり、身体が自己の犯罪を、自己の意志にかかわらず暴き破滅を導くものとされている。「危機的瞬間にあって人が闘うのは絶対に外部の敵ではない、常に自分の肉体と闘うことになるのだ」というように、ウィンストンは幾度となく、痛みを前にして大義を持つ英雄など存在し得ないと強調する（117, 274 一五六、三七〇）。さらにオセアニアには“facecrime”という犯罪が存在し、社会からの逸脱を示すような表情（引きつった顔や不安げな表情）を見せるだけで逮捕の危険があるとされる（71 九六）。テレスクリーンによる国家権力からの監視が自己の監視を要求する一方、それに最後まで抗うのも自身の弱々しく、また意志に抵抗する身体なのだ。また、ウィンストンは逮捕後拷問を受け心身ともに憔悴しきってしまい、いわばモノとしての存在に還元されてしまう。ここでオブライエンは拷問の張本人であるにもかかわらず、拷問されているウィンストンにその責任がすべてであると言い放つ（312 四二三）。ここでも身体は、行動を可能にするものではなく、厳しい自己管理を必要とするもの、そして罪そのものとして認識されている。

また、ウィンストンは拷問に耐えながらも「人間の精神」が最後に勝利すると宣言するが、そういったヒューマニズムもオブライエンからの暴力を前にしては無力である（309 四一八）。この点を、男性＝精神、女性＝身体という二元論の強化として読むことができる。「大柄で逞しい身体」を持ち、「権力の祭司」と自らを呼ぶオブライエンの男性性は、身体そのものに還元された、すなわちウィンストンの「女性化」された主体性と対置される（13, 303 二〇、四〇九）。先述した通り、ウィンストン自身、〈ビッグ・ブラザー〉ではなく、痛みや恐怖に打ち勝つことのできない体こそが「敵」なのであると、体を敵視する。オブライエンは拷問中に次のように言う。「われわれはすべてを絞り出して君を空っぽにする。それからわれわれ自身を空っぽになった君にたっぷり注ぎ込むのだ」(293 三九七)。拷問はウィンストンの体を、空っぽで、どんなドグマも受け入れる容器としての体に変えてしまう。サンスティーンはオブライエンの拷問がレイプそのものであるとし、その後ウィンストンの歯が荒々しくオブライエンの指によって抜かれる様は去勢であると解釈する(Sunstein 236)[14]。さらにウィンストンは小説の冒頭から、オブライエンの身体や佇まい、そして知性に魅力を感じていることを明らかにしているが、それを受けマルティンは、オブライエンがウィンストンのホモソーシャルな欲望を搾取する構図が拷問シーンに浮き彫りになっているとする(Martín 54)。ウィンストンの男性性を収奪するプロセスの最終段階として現れるのは、情報を得るための拷問ではなく、権力関係を固定するためのいわば拷問のための拷問なのだ。

「人を酔わせる権力の快感だけは常に存在する」とオブライエンが宣言するように、オセアニアで唯一許された快楽は権力を行使する快楽である(306 四一五)。受け手は拷問自体を受け入れ、抵抗が狂気と同義であることを徹底的に教え込まれる。この箇所は、アトウッドの『侍女の物語』における日々レイプされる語り手が、自身の体を「空っぽな容器」に過ぎないと何度も訴えることを想起させる。オブライエンによる身体的・精神的暴力[15]を受け、最後ウィンストンは自身の男性性の最後の一かけらである、ジュリアへの愛にしがみつく。しかしそれも最終的な一〇一号室における拷問によって打ち砕かれる。傷つき壊れた身体は、主体の弱さ、ひいては拷問者の優位の証となる。

4　おわりに

クリス・ファーンズは、古典的ディストピア小説として有名な三作品――エフゲーニー・ザミャーチン『われら』（一九二四年）、オルダス・ハクスリー『すばらしい新世界』（一九三二年）、ジョージ・オーウェル『一九八四年』――について、「これらの三作品全てが反抗的な男性の敗北、父権の勝利、そして父親的存在が正当な権利として持つ愛を生意気にも簒奪する女性の付随的な破滅をもって終わる」と指摘する（Ferns 126）。ジェンダーという視点から三作品を捉えると、ディストピアは家父長制度が永続する様を映し出していることが分かる――まるで、全体主義による世界の終わりを想像することよりも性差別のない世界を想像することの方が困難であるかのようだ。ただ本論文で議論してきたように、ウィンストンのマゾヒスティックなナラティヴは異性愛主義・男性中心社会における性暴力の非対称な配置を浮き彫りにする。さらにここで、ウィンストンが幼少時、飢餓に苦しんだ末に妹のチョコレートを奪い取り、その後、母と妹が完全に姿を消してしまう、というトラウマに満ちたエピソードを議論に加えることができる。この物語中に回帰し続ける記憶において、家族の中で唯一生き残ったという事実が深い罪悪感を引き起こす。ここでは、子供の野蛮性、ひいては男性の女性に対する優位性に苛《さいな》まれるウィンストンの姿に間接的な家父長制批判が表れていると捉えることができる。(15) この点からも『一九八四年』を単なる性差別的なテクストとしてはみることができない。

それでも本論考のタイトル「家父長制批判としての『一九八四年』」に疑問符を含めた理由は、『一九八四年』における家父長制批判はあくまでも潜在的なものである故に解釈を必要とするからであり、またテクスト内で人間（＝男性）中心主義が無批判的に称揚されているからだ。オーウェルといえば、人間らしさやディーセンシー（一人の人間としての品位）について筆を尽くした作家として知られている。『一九八四年』は全体主義の非人間的側面を暴き出した作品であるからこそ、「人間らしさ」や「人間の精神」といった概念からどのような存在が抜け落ちてしまっているのかを考慮することなしにこの物語のディストピア性や、その希望の在りかを評価することはできない。フェミニスト的な視点は『一九八四年』に内在する女性嫌悪を断罪するために存在するのではなく、オーウェルが問うた人間性を十分に吟味するために不可欠なツールなのである。

【注】

* この論文は、『レイモンド・ウィリアムズ研究』第九号（二〇二〇年）の特集「オーウェル『一九八四年』とディストピアのリアル」に発表した論文、「ジョージ・オーウェル『一九八四年』とナオミ・オルダーマン『パワー』におけるレイプ文化の読解」を再構成したものである。

（1） この定義に関しては、ヒューズの論文（『フェミニスト現象学入門』収録）を参考にした（105）。

（2） *Nineteen Eighty-Four: The Annotated Edition* の "If you are a man, Winston, you are the last man" に対する注釈（p. 363）を参照。

（3） ちなみに、パタイは一九八四年に出版した自著を二〇〇四年の論文で半ば撤回している。そこではフェミニズムそのものに対する失望により、オーウェルの反全体主義を再評価せざるを得なくなったと述べられている。その論文において、フェミニズムは（特に反セクシュアル・ハラスメントの運動が）全体主義的となったと批判されており、またポストモダニズムやポリティカル・コレクトネスがオーウェルの名を借りながら次々と批判されていく。パタイはさらに二〇一七年、トランスジェンダーの人々の権利を貶める記事を発表しているが、私はこういったパタイの立場に与しない。

（4）　一九八四年にはパタイだけでなくレズリー・テントラーやベアトリクス・キャンベルも『一九八四年』のフェミニスト批評を発表しており（Tentler, Campbell）、また最近は特にセクシュアリティの政治性というテーマを探求するもの（例えば *On Nineteen Eighty-Four: Orwell and Our Future*（2005）に収録されている三本の論文（Sunstein, West, Haldane））や、トマス・ホランの分析（Horan）、マーサ・C・カーペンティアによるマゾヒズム分析（Carpentier）、サラ・マルティンの〈ビッグ・ブラザー〉を家父長的悪役としてみる読解（Martín）などもある。ちなみにパタイの一九八四年に発表された単著に対する批判に関しては、アーサー・エクスティーンによる書評を参照（Eckstein）。

（5）　「ミセス」という敬称は、共産主義・集団主義社会オセアニアにおいて（おそらく夫の所有や個別の家族を連想させる理由から）望ましくないものとされており、性別に関わらず「同志」と呼ぶべきとされていたが、ウィンストンは「ある種の女性に対しては本能的に使ってしまう」（24 三五）。ちなみに、『一九八四年』における重要な三人のキャラクターのうちフルネームに言及されているのはウィンストン・スミスのみであり、ジュリアは名のみ、そしてオブライエンは姓のみで呼ばれている。こういった細かな点にも、『一九八四年』のジェンダー化された側面が表れている。

（6）　女性党員は〈党外郭〉にのみ存在し、〈党中枢〉からは排除されていると推測できる。オルダス・ハクスリーの『すばらしい新世界』（一九三二年）においても、社会カーストのトップであるアルファ階級に属する女性はいない。

（7）　「理解力を欠いていることによって、かれらは正気でいられる」（180 二四一）。ここで言及されている「かれら」は、ジュリアのような実利主義者を指す。

（8）　『一九八四年』におけるセクシュアリティ表象を擁護する議論としてはホランの論考を参照。ホランによれば『一九八四年』が提示する希望は、人間である限り持ち続ける性的欲望——他人に対するエンパシーの源泉としてのそれ——にある（Horan 165-6）。純潔が美徳とされ、性的欲望そのものを排除しようと企図する党が覇権を握る社会においてセックスが政治的な意味を持つことは論理的に妥当と言える。ただ、人間であるからといって性的欲望や恋愛感情を持つとは限らないということを考慮すれば、ホランの結論はやや単純化されすぎている。また家父長制社会における性暴力の非対称な配置に関する議論もホランの論文では言及されてはいるものの深められてはいない。例えばホランは『一九八四年』のフェミニスト的批判に対して、生殖が未来を担保する唯一の術とするが、この解釈はマーガレット・アトウッドが『侍女の物語』（一九八五年）で描いた生殖カルトの教義を想起させる（Horan 154）。

（9）『一九八四年』を家父長制批判として読解した論文としてCarpentierを参照。カーペンティアは精神分析理論に基づいた分析を行っているが、本論文ではレイプ理論を援用する。

（10）カーヒルはレイプの定義を「不本意の（unwilling）相手に対する性的な挿入行為の強要」（Cahill 11）とし、またレイプ文化の定義を「ジェンダー不平等のより巧妙な他の様式を永続させるために、レイプという犯罪が想定されているだけでなく、必要とされている社会的環境」（4）とする。レイプとは相手からの同意のない性的な挿入行為であり、生死の危険を伴うか否かは定義に含まれない。

（11）カーヒルは一般的に男性も女性も暴力の脅威にさらされ得るが、「男性主体にとって、向けられた脅威は身体の破壊を伴うものである一方、女性主体にとって、徹底した危害は性的なあり方・自由に関与してくる」（Cahill 159）と指摘する。ちなみに、言うまでもなく、本論文はレイプの加害者は常に男性であり、被害者が常に女性であるということを主張するものでない。女性による男性のレイプや同性間のレイプなど、レイプの加害者と被害者には様々なパターンが存在する。

（12）カーヒルはレイプという暴力が振るわれる際、被害者の身体的な統合性（"bodily integrity"）だけではなく、主体、あるいは身体＝自我の統合性（"subjective integrity," "the integrity of the body-self"）も脅威にさらされる、とする（Cahill 131）。

（13）「女性化」という言葉を括弧付きで使用する理由は、まず、その言葉が男女二元論を強化してしまい、さらには女性の経験の本質を暗示してしまう可能性があるからだ。女性化という用語を使う利点として、家父長制の社会において女性的と見られる存在が、男性よりも劣った客体として如何に差異化され、また身体そのものへと還元されるか、という問題に焦点を当てることが可能となることが挙げられる。その一方で、前述した本質主義の問題に加え、特にオブライエンによるウィンストンの拷問をレイプとして読解した場合、男性同士の密接な関係において一方が「女性化」されているとすることは、男性同性愛に異性愛的価値観を当てはめるステレオタイプを間接的に強化する怖れもある。なお、フェミニズム研究者である浜崎史菜さんとオーウェル会の前津さんには、この論文の元となった研究発表原稿を読んで頂き、「女性化」という用語やその他の点についても有益なコメントを頂いたことをここに記し、感謝する。

（14）Horan 156も参照。

（15）　オブライエンの言語を駆使した拷問はガスライティングの好例とも言える。ガスライティングは心理的虐待のテクニックであり、相手自身の知覚や記憶を何度も疑問に付し、正気ではないと信じさせることで、相手の現実の理解そのものを破壊する（Shoos 39）。
（16）　ウィンストンの罪悪感と母のイメージについてはマーサ・C・ヌスバウムの論文を参照（Nussbaum）。

【引用文献】

Atwood, Margaret. *The Handmaid's Tale*. 1985. Anchor Books, 1998.

Cahill, Ann J. *Rethinking Rape*. Cornell UP, 2001.

Campbell, Beatrix. "Orwell-Paterfamilias or Big Brother?" *Inside the Myth: Orwell: Views from the Left*, edited by Christopher Norris, Lawrence and Wishart, 1984, pp. 126-38.

Carpentier, Martha C. "The 'Dark Power of Destiny' in George Orwell's *Nineteen Eighty-Four*." *Mosaic*, vol. 47, no. 1, 2014, pp. 179-93.

Claeys, Gregory. *Dystopia: A Natural History: A Study of Modern Despotism, It's Antecedents, and Its Literary Diffractions*. Oxford UP, 2017.

Eckstein, Arthur. "Orwell, Masculinity, and Feminist Criticism." *The Intercollegiate Review*, vol. 21, no. 1, 1985, pp. 47-54.

Ferns, Chris. *Narrating Utopia: Ideology, Gender, Form in Utopian Literature*. Liverpool UP, 1999.

Horan, Thomas. *Desire and Empathy in Twentieth-Century Dystopian Fiction*. Palgrave Macmillan, 2018.

Jameson, Fredric. *Archaeologies of the Future: The Desire Called Utopia and Other Science Fictions*. Verso, 2005.（フレドリック・ジェイムソン『未来の考古学　第一部　ユートピアという名の欲望』秦邦生訳、作品社、二〇一一年）

Lothian, Alexis. *Old Futures: Speculative Fiction and Queer Possibility*. New York UP, 2018.

Martín, Sara. *Masculinity and Patriarchal Villainy in the British Novel: From Hitler to Voldemort*. Routledge, 2020.

Nussbaum, Martha C. "The Death of Pity: Orwell and American Political Life." *On Nineteen Eighty-Four: Orwell and Our Future*, edited by Abbot Gleason, Jack Goldsmith, and Martha C. Nussbaum, Princeton UP, 2005, pp. 279-99.

Orwell, George. *Nineteen Eighty-Four: The Annotated Edition*. With an Introduction and Notes by D. J. Taylor and A Note on the Text by Peter Davison. Penguin, 2013.（ジョージ・オーウェル『一九八四年』高橋和久訳、ハヤカワ epi 文庫、二〇〇九年）

Patai, Daphne. *The Orwell Mysique*. U of Massachusetts P, 1984.

——. "Third Thoughts about Orwell?" *George Orwell: Into the Twenty-First Century*, edited by Thomas Cushman and John Rodden, Paradigm, 2004, pp. 200-11.

——. "Why Can't a Woman Be More Like a Trans?" *Minding the Campus*, 13 Feb. 2017, www.mindingthecampus.org/2017/02/13/why-cant-a-woman-be-more-like-a-trans/. 二〇二〇年九月一七日閲覧。

Pitman, Emma. "Misogyny is a Human Pyramid." *Meanjin Quarterly*, 15 Jan. 2018, meanjin.com.au/blog/misogyny-is-a-human-pyramid/. 二〇二〇年九月一七日閲覧。

Sunstein, Cass R. "Sexual Freedom and Political Freedom." *On Nineteen Eighty-Four: Orwell and Our Future*, edited by Abbot Gleason, Jack Goldsmith, and Martha C. Nussbaum, Princeton UP, 2005, pp. 233-41.

Shoos, Diane L. *Domestic Violence in Hollywood Film: Gaslighting*. Palgrave Macmillan, 2017.

Tentler, Leslie. "'I'm Not Literary, Dear': George Orwell on Women and the Family." *The Future of Nineteen Eighty-Four*, edited by Ejner J. Jensen, U of Michigan P, 1984, pp. 47-63.

ヒューズ、フィリップ「なぜ自分のセクシュアリティを口に出すのか？——経験からのセクシュアリティ再考」、稲原美苗・川崎唯史・中澤瞳・宮原優編『フェミニスト現象学入門——経験から「普通」を問い直す』ナカニシヤ出版、二〇二〇年、一〇一—一〇四頁。

三沢佳子『ジョージ・オーウェル研究』御茶ノ水書房、一九七七年。

［コラム］
「ニュースピーク」と「ベイシック英語」

川端康雄

『動物農場』と同様に『一九八四年』でも政治と言語は重要なテーマのひとつとなっている。どちらも特徴的な言語政策が採られているが、『一九八四年』では「ニュースピーク」を「公用語」として完成させようとする長期計画が進められている。

『一九八四年』の読者が「ニュースピーク」の語に最初にぶつかるのは早くも第一部第一章、ウィンストン・スミスが七階の住居の窓から一キロ先に聳える勤務先の真理省の建物を見るくだりである。「真理省《ミニストリー・オブ・トゥルース》——「ニュースピーク」では「ミニトゥルー」——は目に入るほかのものとは驚くほどかけ離れていた」(6一一／以下、『一九八四年』からの引用は川端訳)。ここの「ニュースピーク」のところに本書で唯一の脚注が付き、「ニュースピークはオセアニアの公用語であった。その構造と語源の説明については、附録を見よ」とある。そして巻末に一四ページ(高橋訳で一八ページ)におよぶ「ニュースピークの諸原理」が附され、イングソックによるオセアニア国の言語政策の狙いとその語法が詳しく説明される。三つの語彙群に分類されるなかで“Minitrue”は複合語からなるB語群にふくまれる。見てのとおり、接頭辞“mini”と形容詞“true”の組み合わせだが、ここで「ミニトゥルー」は名詞として使われている。「ニュースピーク」では品詞が意図的にぐちゃぐちゃにされているので、「オールドスピーク」(つまり現代英語)話者である読者の大半が違和感を覚えるはずの語となっている。

真理省でのウィンストンの主任務は公文書や歴史資料の改竄であり、「ニュースピーク」への理解度はかなり高い。だがもっと上手《うわて》がいて、同僚のサイムは『ニュースピーク辞典』の完成に向けて狂信的ともいえるほど情熱を傾けている。「ニュースピークの目的はひとえに思考の幅を狭めることであるのはわかるよね？」とサイムはウィンストンに語る。「最終的には〈思考犯罪《ソートクライム》〉も文字どおり不可能になる。それを表現する語がなくなるのだからね。必要な概念があればすべて一語だけで表現される。その単語の意味は厳密に定義され、それに附随していたいろいろな意味はすべて消し去られ忘れられる。〔……〕この言語が完全なものになったときこそ革命の完成だ。ニュースピークはイングソックで、イングソックはニュースピークだ」（55 八二—八三／強調原文）。

オーウェルによる「ニュースピーク」の着想源と思われるもののひとつに、「ベイシック英語」がある。これはイギリスの心理学者C・K・オグデンが考案して一九二〇年代半ばに提唱しはじめた補助的国際言語で、英単語を八五〇語に限定し、文法を簡略化して非英語話者にとってより習得しやすくした英語である。オグデンは『ベイシック辞典』（一九三二年）ほか関連書を多く出してその普及につとめた。H・G・ウェルズやエズラ・パウンドのようにこれに賛同する文学者もあらわれた。

オーウェル自身、BBC東洋部インド課に勤務していた期間（一九四一年八月—四三年一一月）にその効用を認め、四二年一〇月にベイシック英語についての解説番組を制作している。その放送を聴いたオグデンはオーウェルに放送の反響を問い合わせ、オーウェルがそれに返事をするというやりとりが残っている。ベイシック英語講座を設けてそれをパンフレットにしてインドで出す計画があるが内部で反対もある、とオーウェルはオグデンに知らせている（四二年一二月一六日付）。

そうした反対意見があったが、翌四三年九月にチャーチル首相が訪米中の演説でベイシック英語を推奨する発言をおこなって風向きが変わる。曰く、（同盟を結んでいた）スターリンもベイシック英語に関心を示している。これを導入する計画は「他国民の土地や資源を奪い、彼らを弾圧して搾取するなどといったことよりは、はるかにすばらしいことなのだ。将来の帝国は心の帝国である」（オーウェル『戦争とラジオ——BBC時代』W・J・ウェスト編、甲斐弦・三澤佳子・奥山康治訳、晶文社、一九九四年、七六頁）。チャーチルは帰国後すぐにベイシック英語の促進に特化した戦時内閣委員会を立ち上げた。BBCはこれに深く関わり、海外向け週刊ニュースのベイシック英語版放送を導入、原稿をベイシックに訳せる人材の要請が急務とされた。

オーウェルは四三年一一月にBBCを退職しているので結局これに関わらなかったが、続けていたら同僚のウィリアム・エンプソンのようにニュース番組の「ベイシック訳」に従事させられていただろう。ちなみにオーウェルのベイシック英語への関心はエンプソンの影響であったと思われる。エンプソンは一九四〇年に「ベイシック英語とワーズワス」と題する論文を書いている（冒頭で引いたサイムのモデルをエンプソンと考える見方は一定の根拠がある）。

BBC退職後もオーウェルはベイシック英語を擁護する発言をしている。『トリビューン』の連載コラム「気の向くままに」のなかで、ランスロット・ホグベンが考案した人工言語「インターグロッサ」と比較して、ベイシック英語のほうが国際言語として有用であると述べ、同紙でその特集を組むことを予告している（一九四四年一月二八日）。おなじコラムの別の回では、ベイシック英語の効用として、「標準英語《スタンダード・イングリッシュ》と並べて使うと、政治家や評論家の大言壮語がいかに実体のないものであるかが分かる」という点を特筆している（一九四四年八月一八日付。オーウェル『気の向くままに――同時代批評 1943-1947』小野協一監訳、オーウェル会訳、彩流社、一九九七年、二七八―二七九頁）。オーウェルがエッセイ「政治と英語」（一九四六年）で批判した、政治の堕落を助長する言語の悪化のひとつとしての「大言壮語」はたしかにベイシック英語によって空疎さが暴き出される。知識人が偏重する長たらしい抽象語でなく、日常のくらしに根ざした語を使うようにというオーウェル自身の処方箋とベイシック英語は一定の親和性がある。だがベイシック英語（およびその派生物といえるインターグロッサ）がはらむ問題についてもオーウェルは自覚的であった。先ほど引いたチャーチルの発言にあったように、それは帝国主義的な用途にも用いられうる。独裁者が自身の体制維持のために民衆の思考力を狭める方途として、ベイシック英語もインターグロッサも応用可能である。それらは標準英語の補助役として考案されたのだが、補助でなく取って代わってしまったらどうなるだろう――それを突き詰めたかたちが「ニュースピーク」にほかならない。それはベイシック英語（とインターグロッサ）の原理を極端にまで推し進め、誇張して示した、巧妙なパロディとして見ることができる。

「ニュースピークの諸原理」の冒頭部分で、「ニュースピークが最終的にオールドスピークに取って代わるのは二〇五〇年ぐらいのことだと見込まれた」と記されている。その実現は不可能であるということが、「オールドスピーク」で書かれた明晰な文章によって示唆されている。物語世界の閉鎖系に穴を穿つ仕掛けのひとつとしてこの附録をとらえることができるだろう。

抵抗についての注釈

ジャン＝フランソワ・リオタール／郷原佳以 訳

ダヴィド・ロゴザンスキーに
プラハ、一九八五年六月二一日

「あいだに置かれた身体」と題された文章（『過去－現在』誌、第三号、一九八四年四月号に掲載）で、クロード・ルフォールはオーウェルの『一九八四年』について、主に二つの側面から注釈を加えている。(一)ほとんどの注釈者とは反対に、ルフォールはこの書物が書かれたもの《エクリチュール》であることを無視しようとはしない。オーウェルは官僚主義の理論的批判を展開しているわけではない。完璧な全体主義を描いたこの小説は、ひとつの政治理論としてやって来たわけではない。オーウェルはひとつの文学作品を書くことで、批判は官僚主義的支配に抵抗できるジャンルではないということを示唆しているのだ。批判と官僚主義的支配とのあいだには、むしろ、一種の親和性もしくは共犯性がある。どちらも、それぞれが関係している領域に対して、完全なコントロールを行使しようとする。文学的な書きもの《エクリチュール》は、それとは反対に、ある窮迫状態を要請する芸術的な書きもの《エクリチュール》であるから、知らず知らずのうちにであれ、支配ないし全面的な透明性の企画に協力することはできない。

オーウェルにおいては、この抵抗はまずもって、『一九八四年』という作品の小説というジャンルと叙述法のうちに公然と書き込まれている。〈ビッグ・ブラザー〉の世界は分析されているのではなく、物語られているのだ。ところで、ヴァルター・ベンヤミンが記していたように、理論家は原則として、自らの対象をめぐる概念の練り上げのなかに巻き込まれてはならないのだが、語り手はつねに自らが物語りつつあることに巻き込まれている(二)。

『一九八四年』においては、小説の作者に代わって日記をつける者が登場するだけに、叙述《ナレーション》はいっそう強く物語のなかに巻き込まれている。日記をつける主人公ウィンストンの筆のもとで、極めつきの官僚主義の世界がオーウェルの読者たちに届けられる。日々の心配事の重みを背負い、けっして全体を知ることのないだろう主人公の主観的な生活の枠組みによって切り取られ、夢想、夢、幻想《ファンタスム》、要するに、無意識のきわめて特異な形成物を染み込ませた世界が。

日記をつけようという決意は、抵抗の最初の行為である。しかし、こっそりと書かれるこのテクストが露わにするのは、ウィンストン自身にも知られておらず、書くことで彼が部分的に見出してゆく自分の秘密の世界が、官僚主義的秩序によって外部から抑圧されているわけではないということである。彼の秘密の世界は、それが日記作者にとって明らかになってゆくのと同じ動きによって、官僚主義的秩序に絡めとられてゆく。そしてついには、そこで利用されるのである。ウィンストンを愛するジュリアへの愛や、彼をスパイし裏切るオブライエンへの友情のなかではっきりしてくる親和性、思いがけない傷つきやすさや、数々の失策によって、情報が利用されるという、まさにその意味で。

ルフォールが強調するように、オーウェルの物語は、私的なものと公的なものとが重なり合うこの境界領域を照らし出しながら、次のことを露わにする。すなわち、支配が全面的に行使されるのは、それが、支配される人々ひとりひとりの特異な情熱と共生関係に入る限りにおいてでしかない、ということを。そして、人々が支配に屈する所以《ゆえん》となる主たる弱さとは、死ぬことへの怖れではなく、各々が人間になるためにそれぞれ代価として味わわねばならなかった、また味わわねばならない、秘めたる恐怖《テルール》であるということを(三)。

そのうえで、私はここできみのために、クロード・ルフォールの注釈に少し付け加えてみたいのだが、主人の奴隷へのこのような浸透を構想するのと、それを感じさせるのとはまったく別のことだ。読者にこのような浸透を感じさせるためには、それを絵に描くように表象するだけでは十分ではない。抵抗と屈服の結合が書くこと《エクリチュール》においてじかに起こらなければならない。書くこと《エクリチュール》がそれ自身において、その細部において、やって来たりやって来なかったりする語たちへの憂慮において、偶然やって来る言葉の受け入れにおいて、それ自身の弱さとそれ自身のエネルギーの探究というあの仕事をしなければならない。ひそかに進行する全体主義の脅威を前に、ウィンストンが苦労して行っているのと同じあの仕事をしなければならない。

書くこと《エクリチュール》の敵にして共犯者、その〈ビッグ・ブラザー〉(あるいはむしろ、そのオブライエン)は、言語《ラング》である。言語というのは母語のことだけではなく、文学的教養と呼ばれる諸々の語や言い回しや作品の遺産のことでもある。私たちは言語に抗して書くのだが、必然的に言語によって書く。言語がすでに言えることを言うのは、書くことではない。私たちは、言語には言えないけれども言えるべきだと思っていることを言おうとする。私たちは言語を犯し、言語を誘惑し、言語が知らなかった固有語法《イディオム》をそこに導入する。言語にはそれがすでに言えることとは別のことが言えるはずだという欲望が消え、言語が入り込めない、生気のない、いかなる書く《エクリチユール》ことをも無駄にするもののように感じられるようになるとき、それは〈新言語《ノヴラング》〔ニュースピーク〕〉と呼ばれる。

このような、書く《エクリチユール》ことの言語《ラング》への無条件降伏はそもそもありうるのか、と疑われるかもしれない。書く《エクリチユール》ことのこの衰弱状態、その「一九八四年」を描くためだけにでも、さらに書かねばならず、すでに言われたことの、いまだ言われていないことへの抵抗と、到来しようとする語たちの、すでに根づいた語たちへの抵抗という二重の抵抗を、いまいちど試練に晒《さら》さなければならないのである。

書く《エクリチユール》ことの契機は回避できない――このことから次のようなアポリアが生じる。たとえ全体主義が勝利し、全土を占領するようになったとしても、それが完全に達成されるのは、書く《エクリチユール》ことの制御不可能な偶発性を取り除いてからでしかない。それゆえ、全体主義は、私が（他の人々に続いて）明確にしようとしている意味において、書かれることを放棄しなければならない、ということになる。ところで、書かれないいままだとすれば、全体主義は全体的ではない。しかし逆に、書かれようとするならば、全体主義は書く《エクリチユール》ことに対して、少なくとも、不安や欠如や「愚かさ」が露わになるような領域を譲らなければならない。とすると、全体主義はそれゆえに、全体性を体現することも、制御することさえも放棄することになる。

このアポリアにおいて問題になっているのは、出来事に片を付けることである。理論というものは時代の流れから顔を上げていると考えられているが、それと同様に、全体主義的官僚主義も出来事を自らの力のもとに握っておこうとする。何かが起こっても、（歴史の、あるいは精神の）ゴミ箱行きとなる。それがゴミ箱から引き出されるのは、出来事が主人の見解の正しさを例証していたり、反逆者たちの過ちを叩きのめしたりできるときだけである。そこから範例が作られる。意味はといえば、教義のなかに固定される（オーウェルは教条主義者を憎んでいた）。意味の番人が出来事のことを考えに入れる必要があるのは、教義が現実に対して起こす審判に出来事を出頭させるためだけである。すでに予告されたことしか起こってはならず、予告されたことはすべて起こらなければならない。約束と遂行は等号で結ばれる。

瞬間と特異性のこのような殺害の対蹠点にあるものとして、ヴァルター・ベンヤミンの『一方通行路』や『ベルリンの幼年時代』に収められた、テオドール・アドルノなら「ミクロロギー」[四]と名づけたであろう短い散文群を思い出してみてほしい。あれらの散文は幼年時代の出来事を描いているのではなく、出来事の幼年時代を捉え、その捉えがたいものを刻み込んでいるのだ。ひとつの言葉、ひとつの匂い、ひとつの場所、一冊の本、ひとつの顔との出会いが出来事となるのは、それが他の「諸々の出来事」と比較して新しいからではない。それ自体のうちに、秘儀伝授《イニシエーション》の価値があるからだ。そのことは後になってみなければわからない。その出来事は感受性にひとつの傷口を開けたのである。そのことがわかるのは、その傷口が後に再び開いたからであり、秘やかな、おそらく気づかれないような時間性の韻律を刻みながら、再び開くだろうからである。この傷口は、けっしてそうと知られることなく、見知らぬ世界に誘い込んだのだ。イニシエーションは何の手ほどきをするのでもなく、ただ開始する。

私たちは出来事の治癒に抗して、「子どものするような過ち」という項目へのその分類に抗して闘い、イニシエーションを守ろうとする。この闘いは、官僚主義的〈ニュースピーク〉に対して書かれたもの《エクリチュール》がしかけるものである。〈ニュースピーク〉は、（何かが）到来するという驚異を曇らせなければならない。感情のコードに対する愛のゲリラ戦の場合にも、順応と暗示される意味に抗して瞬間を救うこと、という同じ目的が賭けられている。
〈ニュースピーク〉の〈ニュー〉を正当に取り扱い、また、現実の（一九八四年における）全体主義を正しい位置――政治的ではなく、経済的、マスメディア的な位置――に置き直すため、付け加えよう。そして、すでに言われたことの別の様態である革新《イノベーション》に抗して瞬間を救うためにも、付け加えよう。革新とは、売られるためのものである。売るとは、使用または摩耗による物の破壊を予期し、代金の支払いによる商品関係の終焉を予期することである。精算が済めば、何も起こらなかったのと同じこととなり、別れるだけである。あとは再び始めることができるだけだろう。新しいものの取引も、他のすべての取引と同じく、痕跡も残さず、傷口も開かない。

ここで、クロード・ルフォールが『一九八四年』のなかで照明を当てている第二の側面に移ろう。身体である。ルフォールは、オーウェルが物語る現在、ウィンストンが思い出す過去、ウィンストンの夢の連続性を示すまなざし、身振り、態度を取り出している（五）。主人公がオブライエンやジュリアと結んでいる現在の関係は、こうして、彼の幼年時代の日々や母親のイメージと織り合わせられる。

ルフォールは、身体という語で、メルロ＝ポンティが『見えるものと見えないもの』（六）において合わせて思考しようとしていた二つの実体を指している。すなわち、一方は、感覚するものと感覚されるものとを結びつける結び目、感受性の交叉配列《キアスム》、現象学的身体であり、また他方は、時空における隠れた特異な組織化、幻想《ファンタスム》、精神分析的身体である。一方は、身体がその一部を成し、身体が作り出し、身体を作り出す世界に結びついている身体であり、また他方は、自らが世界で生まれるために失ったものの闇のなかで、世界から退く身体である。

いずれの場合にも、到来するものを解読する、ある固有語法《イディオム》、きわめて特異で翻訳しがたい方法が問題になっている。感覚されるものたちが私を襲う、その視点、聴点、触点、嗅点は、時空のなかで他の位置に移すことができない。この共鳴の特異性は「実存」と呼ばれる。言語活動《ランガージュ》においては、この特異性は「私」、「これ」、「いま」、「そこ」等々の指呼詞にぶら下がっている。これらの指呼詞によって、この特異性はおのずと指し示される。ただし、この経験ないし実存は、その自動詞性において共有することができる。きみの聴点、触点、等々はけっして私のものにはならないが、しかし、その諸々の特異性が複数において現前し、それらがあの脆《もろ》い感覚アンテナによって、あの蟻のようなたどたどしい片言によって、たえず互いに接近し続けるということは、実存たちの世界のまばゆいばかりの謎である。

この接近においても、愛は例外である。愛は、私の視野がきみの視野に浸透され、降伏することを要請する。それゆえ、また別の感覚の固有語法《イディオム》がはてしなく試され、私の感覚もきみの感覚も消えてなくなり、互いを交換しようとし、抵抗し、互いを見つけ出すという、あの眩暈《めまい》が生じることになる。これこそ、裸形のあり方が告げていることである。というのはつまり、二人で裸でいることだ。そして言語活動《ランガージュ》においては、恋人たちのわけのわからないお喋りのことだ。それは、二つの裸の声の口移しから生まれた、共有されてはいるけれども伝達不可能な固有語法《イディオム》の試みである。

オーウェルが引き、ルフォールが辿っているもうひとつの身体の線は、幻想《ファンタスム》である。それは、現在のなかに痕跡をとどめると同時に隠されており、感じる前に刻み込まれている恐怖《テルール》であり、さまざまな情動をひそかに組織するものである。オーウェルは、このうえない弱さの線を引いている。ウィンストンの場合、それは鼠への恐怖であり、オブライエンはその幻想《ファンタスム》を見破り、それを演出することで、ウィンストンの抵抗を弱め、屈従させるのである。

何に対する弱さなのだろうか。いかなる程度の力に対する弱さなのだろうか。幻想とは、私が語る固有語法のなかで語られる固有語法である。それは私よりも低い声で語る。それは私が望まず、私が言わない何ごとかを語ろうとする。それはひとつの特異性であり、私の感覚点よりも馴染みがあると同時により疎遠なものでもある。(七)幻想は私の感覚点に指令を与え、見えるもの、聞こえるものに対して私の目を盲目にし、聾唖《ろうあ》にし、無害なものに対してアレルギーをもつようにし、文化の諸規範からすれば恐怖や恥を感じるべきところに私が至福を感じるように仕向ける。したがって、それは規範に対する弱さであり、伝達能力の失調である。

身体のこの二重の線を辿り、それを穿《うが》つことで、官僚主義的主人（または商業取引の主人）は、反逆者たちが互いを警察に「差し出す」ように仕向けることができる。彼らが愛し合いさえすればよいのだ。彼らは共に、出来事をそのイニシエーション的な価値において迎え入れ、感受性と官能性と裸の言葉の迷宮を共に手探りで進み、自分たちを支配しているもっとも貪欲な者たちの姿を、互いにも自分にも露わにしてみせた。自らの愛の対象を〈ビッグ・ブラザー〉に「差し出す」（何という言葉だ）ことで、愛する者は、自分たちそれぞれのあり方を明かすだけでなく、自分たちがそうでないもの、自分たちに欠けているもの、自分たちの欠落部分をも明かすことになる。失調の告白は、もっとも貴重な密告である。それは主人に、彼を獲得する情報と手段を提供するからだ。ひとつの行為は確実に現実のなかに書き込まれ、痕跡はつねに文書化《アーカイヴ》されうる。しかし、各々のうちで待機し、希望し、絶望しているものは、把握したり登録したりすることができるような何かではない。そこに、あらゆる犯罪行為以前の真の犯罪があるのだ。

無意識は打ち明けられ、宣言されねばならない。告解において、悪魔《サタン》は神の言語《ラング》を語り、カーメネフ(八)はスターリンの言語を語る。事由は聞かれるかもしれないが、固有語法と規範とのあいだの争異は些細な係争へと還元される。犯罪者が報いを受けるかどうかは付随的なことである。重要なのは、犯罪者が告白と公言――偽造されたものだとしても――によって、コミュニケーション言語の完全性と統一性を回復させたということである。すべての告白は〈ニュースピーク〉を強固にする。なぜなら、告白は言語活動の放棄、諸々の争異の消滅、それらと結びついている出来事の解消をもたらすと同時に許容するからである。新聞やメディアが書くこと《エクリチュール》のための場所をもたないのと同様に、〈ニュースピーク〉は固有語法のための場所をもたない。〈ニュースピーク〉が広がるにつれて文化は衰退する。「ベーシック・ラングィッジ」は降伏と忘却の言語である。

　これは一九三〇年代の諸々の「審判」以来、ありふれたものとなったテーマだ。しかし、オーウェルが想像する否認の機構は、それほどありふれたものではない。というのも、その機構は愛と書くこと《エクリチュール》によって作用するからであり、愛と書くこと《エクリチュール》があえて露わにするもの、それらだけが表に出しうるもの、名づけえない特異性によって作用するからである。フルシチョフは、自白を引き出すためのGPU《ゲーペーウー》(九)の秘密は、ただ殴ること、殴ること、さらに殴ることだけだったと述べていた。オーウェルが想像しているのは、欲求を責め苛《さいな》むのではなく（それだけではなく）、欲望を惹きつける専制政治である。それが本当にあちこちで起こるかどうかについては、議論の余地がある。それでもやはり、オーウェルにおいては、最後の抵抗が試されるのはこの極限的な失調の線上においてのことであり、そこにこそ、真の共和政の運命が賭けられているのである。

　私が共和政と言うのは、きみを最後の考察へと導いていくためだ。一九八四年は実際にはオーウェルが約束した状況には至っていない、というのは常套句になっている。けれども、そのような否認は性急だ。その状況というものを狭義の政治論理的ないし社会論理的な意味で理解するならば、少なくとも西洋についてはそう言えるだろう。しかし、デジタル言語の普及、遠隔通信の発達の結果としての〈いまここ〉と〈あのときあそこ〉の差異の消失、国際取引のヘゲモニーに伴う戦略重視のための感情の忘却、といったことに注意するならば、この現在の状況ゆえに書くこと《エクリチュール》や愛や特異性にのしかかっている脅威は、その根本的な性格において、オーウェルが描いた脅威に近いものだということがわかるだろう。

そして私は、クロード・ルフォールと共に思うのだが、オーウェルの小説を深く考えずに取りのけてしまうとき、私たちは、確かに異なる調子とジャンルにおいてではあるが、ウィンストンの証言や彼の日記などを排除する体制の代表者の行いを繰り返している。今日、間違いなく同じ種類の脅威が存在するのであり、この排除はその数ある徴候のうちのひとつだ。そのような脅威を与えてくるのは、まとめてにせよばらばらにせよ、メディア的な民主主義（共和政の対極）、言語活動によって、また言語活動に対して働きかけてくる科学技術、世界的規模の経済的・軍事的な競争、「近代的」理想の全般的衰退、といったものの衝撃である。

近代《モデルニテ》は私たちに、少なくとも二世紀前から、政治的自由、科学、芸術、そして技術の拡大を望むようにと教えてきた。近代は私たちに、この欲望を正当なものとして承認するように、と教えてきた。なぜなら、近代の言うところでは、この進歩は人間を専制、無知、野蛮、そして貧困から解放するに違いないのだから。共和政、それは市民的人間のことである。この進歩は、今日では、発展という、さらに恥ずべき名称のもとに追求されている。しかし、人間全体の解放という約束のもとに発展を正当化することは不可能となっている。この約束は守られなかったのだ。このような偽証が起こったのは、約束が忘却されたからではなく、発展そのものが約束を守ることを禁じているためである。新たな文盲、〈南〉と〈第三世界〉の人々の貧困化、失業、メディアによって伝播される臆見、つまり偏見の専制、高性能のものほどよいという法則、――こうしたことは発展の不足のために起こっているのではなく、発展によってこそ生じているのである。だから、こうしたことはもはやあえて進歩と呼ばれはしないのだ。

解放の約束は、偉大なる知識人たち――啓蒙に端を発し、諸々の理想と共和国の守護者であるあの種の人々――によって呼び起こされ、擁護され、提示されてきた。今日、この使命を、あらゆる全体主義への最低限の抵抗という形ではない仕方で永続させようとし、諸理念や諸権力間の闘争のうちに不用意にも正当な理由があるとみなした人々――チョムスキー、ネグリ、サルトル、フーコーといった人々――は、悲劇的なまでの誤りを犯してしまった。理想の諸々の徴候は曇って混乱している。解放のための戦争は、人間が解放され続けるということも、人間が自らに与え、自らを豊かにするような新たな市場の開幕も告げることはなく、学校が養成するのはもはや市民ではなく、せいぜい専門家でしかない。だとすれば、発展の追求のために、いかなる正当化を与えることができるだろうか。

アドルノは、私が語っている悲しみを、その大部分の後継者よりもよく理解している。彼はそれを形而上学の失墜に、そしておそらく、ある種の政治概念の衰退に結びつけている（一〇）。彼が芸術の方に向かうのは、確かに容赦のないこの悲しみを和《やわ》らげるためではなく、その証人となり、言ってみれば、名誉を救うためである。それこそ、オーウェルの小説が行っていることである。

オーウェルの作品が引いた抵抗の線に議論の余地がないとは言わない。むしろ逆である。近代のさまざまな理想への呼びかけは、理性の普遍性に訴えるということだった。さまざまな理念が互いに議論を交わし、議論は相手を説得する。ところで、理性とは原則として普遍的に分かち合われているものである。身体の場合はまさしく、すでに見たように、それとはまったく異なる。とりわけ、こう言ってよければ、伝達しえない秘密のなかに私たちひとりひとりを閉じ込める無意識の身体の場合には、まったく異なる。

それゆえに、私には、身体の線を書くこと《エクリチュール》の線のなかに引き伸ばしてゆくことが必要だと思われるのだ。書くという労苦は愛という仕事に似通っているが、それは、イニシエーション的な出来事の痕跡を言語活動のなかに刻み込み、その言語活動を、認識が共有されるわけではないにせよ、少なくとも、感受性――書くという労苦はそれを共通のものであるとみなすことができるし、そうでなければならない――が共有されるように、差し出すのである。

書くこと《エクリチュール》――あるいは「芸術」、というのも、きみも理解しているように、私たちはあらゆる支持体(電子媒体も含めて)の上に書くことができるのだから――がひとつの抵抗の線であること、このことについては、多くの否定的な徴候がある。政治的全体主義がいわゆる歴史的な数々の「前衛」に割り当てた運命を想起すれば、十分だろう。あるいは、大衆とのコミュニケーションに回帰するという口実で武装した、今日の前衛主義の「乗り越え」と言われるもののなかに、前衛たちが一世紀にわたって引き受けてきた抵抗し証言することの責任に対する軽蔑を見て取れば、十分だろう。

私が語っている、抵抗に由来する諸問題は、まだ姿を現したばかりだ。私たちは、きみもそうしてくれるだろうが、これらの問題を練り上げていかねばならない。このことだけは、きみに言っておきたい。この線を辿ることで、私たちは象牙の塔に引きこもることはないし、現代の科学や技術が授けてくれる新しい表現手段に背を向けることもない、ということだ。それどころか、私たちはそれらと共に、それらによって、ただひとつ重要なこと、つまり、出会いがもたらす幼年時代、(何ごとかが)到来するという驚異を迎え入れること、出来事への尊敬を証言しようと努めることだろう。きみ自身がこの、迎え入れられた驚異、尊敬された出来事、両親と混ざり合った幼年時代であったのだし、そうであるのだということを、忘れないでほしい。

【訳注】

（一）Claude Lefort, « Le corps interposé : *1984* de George Orwell » (*Passé-présent, La force de l'événement*, n° 3, 1984), *Écrire : À l'épreuve du politique*, Calmann-Lévy, 1992, pp. 15-36. クロード・ルフォール「あいだに置かれた肉体——ジョージ・オーウェルの『一九八四年』」、『エクリール——政治的なものに耐えて』宇京頼三訳、法政大学出版局、一九九五年、七—三〇頁。

（二）たとえば以下を参照。「物語は、情報や業務報告がするように、事柄を純粋に「それ自体」だけ伝えることを狙っているのではない。それは事柄を、いったん報告者の生のなかに深く沈め、その後再びそこから取り出してくる。そういうわけで物語には、ちょうど陶器の皿に陶工の手の跡がついているように、語り手の痕跡がついている」。ヴァルター・ベンヤミン「物語作者」三宅晶子訳、『ベンヤミン・コレクション2　エッセイの思想』ちくま学芸文庫、一九九六年、三〇一頁。

（三）「彼〔オーウェル〕は、〔……〕全体主義を支配する幻想に適する何かが彼のなかにあることを示唆している」(*Écrire*, p. 27.『エクリール』、二〇頁／訳文一部変更、以下同様)。ルフォールはまた、「さまざまな徴候が、死刑執行人と犠牲者のあいだに共犯関係があること、またこれはたんにオブライエンがウィンストンをより服従させるための術としてつくったものではないことを示している」(p. 30. 二三頁）と述べ、オブライエンがあくまで〈党中枢〉の存在であることを悟った後も、ウィンストンが彼に惹かれ続けることに注目している。

（四）アドルノがベンヤミンの歴史叙述に見出し自らも実践した、微視的に細部を分析する手法。

（五）ルフォールは、ウィンストンが古道具屋で見つけたガラスの文鎮と、彼が最初の日記に書いた、前日に見た映画で救命ボートに乗る母子の場面と、彼の幼年時代の母や妹の思い出を解き放つ夢を繋ぐイメージの連鎖を解き明かしている。*Écrire*, pp. 20-27.『エクリール』、一三—一九頁。

（六）　モーリス・メルロ＝ポンティ『見えるものと見えないもの』（一九六四年）滝浦静雄・木田元訳、みすず書房、一九八九年。ルフォールはメルロ＝ポンティの高弟であり、『見えるものと見えないもの』を含むその遺著の編集・注釈を行っている。

（七）「馴染みがあると同時に疎遠である」とは、フロイトにおける「不気味なもの（Unheimliche）」の二重性への暗示。フロイト「不気味なもの」（一九一九年）藤野寛訳、『フロイト全集17』岩波書店、二〇〇六年。

（八）　ソ連の革命家、政治家（一八八三―一九三六）。一九一七年の十月革命の際には党最高幹部の一人であったが、準備の過程でジノビエフと共に武装蜂起に反対。レーニン死後、国政を担ったが、ジノビエフと共にスターリンに粛清された。

（九）　ロシア・ソヴィエト連邦社会主義共和国内務人民委員部附属国家政治局。レーニン、スターリン政権下で反政府的な運動を弾圧した秘密警察。

（一〇）　たとえば、『否定弁証法』（一九六六年）最終章「形而上学についての省察」の以下の一節を参照。「形而上学はみずからがそれに反抗するなかで構想されたその当のものの方へ向かってとどまることなく消滅しつつあるが、そのプロセスはついに消点としての目標にまで到達したのである」（『否定弁証法』木田元・渡辺祐邦・須田朗・徳永恂・三島憲一・宮武昭訳、作品社、一九九六年、四四五頁）。なお、アドルノは『プリズメン』（一九五五年）所収の評論で、未来の管理社会を描いた『一九八四年』と並ぶディストピア小説であるハクスリーの『すばらしい新世界』を批判的に論じている（「オルダス・ハックスリーとユートピア」、『プリズメン』渡辺祐邦・三原弟平訳、ちくま学芸文庫、一九九六年）。

＊＊＊

解題

本稿は、Jean-François Lyotard, « Glose sur la résistance » in *Le Postmoderne expliqué aux enfants*, Galilée, 1986, Le livre de poche, 1993, pp. 123-137 の全訳である。本稿が収められたリオタール（一九二四―一九九八）の『子どもたちに語るポストモダン』には全訳があり（『こどもたちに語るポストモダン』管啓次郎訳、朝日出版社、一九八六年／ちくま学芸文庫、一九九三年）、本稿の訳出にあたって参照させていただいた。再訳を許可してくださった訳者と出版社に深くお礼申し上げる。

本稿はまず「抵抗の線」という表題で雑誌『トラヴェルス』「世紀末の政治（politique fin de siècle）」特集号（第三三―三四号、一九八五年一月）に発表され、その後、『「一九八四年」と情報宇宙のさまざまな現在』と題された総勢三四名による論集（*1984 et les présents de l'univers informationnel*, dir. Jean-Louis Weissberg, Centre de création industrielle / Centre Georges-Pompidou, 1985）に収録された。「きみ」に語りかける書簡体形式となったのは、『子どもたちに語るポストモダン』収録に際してのことである（本稿で語りかけられているダヴィドはリオタール自身の息子である）。同書は、一九七九年に刊行されてリオタールの名を一躍世に知らしめた小著『ポストモダンの条件』（小林康夫訳、書肆風の薔薇＝水声社、一九八六年）が巻き起こした議論を背景に、著者が「ポストモダン」と呼ぶ二〇世紀後半の知をめぐる状況について考えていることを次世代の「子どもたち」に世界各地の都市から一〇の書簡として送るという形式になっている。後の『インファンス読解』（一九九一年／小林康夫・竹森佳史・根本美作子・高木繁光・竹内孝宏訳、未來社、一九九五年）からもわかるように、「子ども《アンファン》」や「幼年時代《アンファンス》」はリオタールにとって単なる生の一時期を超えて、「語らないもの、語ることができないもの」を表す特権的な形象である。ルフォールの指摘を引き継いだものとはいえ、本稿での『一九八四年』における幼年時代の記憶への注目も、リオタールの関心と響き合うものである。

本稿には、とりわけ「近代」をめぐる結論部分に、『ポストモダンの条件』で示された近代的価値観の終焉についての著者の見解が読み取れる。『ポストモダンの条件』は、科学が自らの規則を正当化し基礎づけるために「大きな物語」を必要としていた時代を「近代《モダン》」、そのような物語の失効が露わになり、不信が高まってきた時代を「ポストモダン」と呼んだ。それは単なる時代区分ではなく、「ポストモダン」は「モダン」に向き合うことで起こる知の変化である。リオタールは本稿で、啓蒙の光で世界を照らし出すことを金科玉条とする近代は、偉大な知識人という担い手を通して、政治的自由、科学、芸術、そして技術が人間を専制、無知、野蛮から解放するという物語を植え付けてきたが、その約束は守られず、それどころか世界には格差や貧困、メディアによる臆見の伝播が生じており、にもかかわらず「発展」の名のもとに近代の物語が追求され続けていると、一九八〇年代半ばの現状を批判している。彼は、そのような全体化の物語に抵抗するものとして、ある種の芸術家や哲学者が紡ぐ「小さな物語」と、そこでの諸々の特異な形象に目を向けようとする。『一九八四年』はその眼差しの先に浮かび上がってくる作品のひとつである。

そのように言えるのは、本稿の『一九八四年』読解に、やはりリオタールの他の著作や『子どもたちに語るポストモダン』の他のテクストと響き合う解釈格子が出てくるからである。そのひとつは、オセアニアの公用語である「ニュースピーク」と呼ばれる新言語《ノヴラング》——リオタールが依拠している『一九八四年』の仏訳では「newspeak」は「novlangue」と訳されている——と、この言語に何とかして抵抗しようとするウィンストンやジュリアの固有語法《イディオム》との対立である。『一九八四年』は固有語法《イディオム》に対する言語矯正による思考改造の物語だと言えるが、この対立について、リオタールはしばしば『一九八四年』の枠を超えて「on（ひと、私たち）」という不定代名詞を主語に語っている。私たちひとりひとりの特異な感覚は共通の言語には翻訳されず、それは、本稿の言うように、指呼詞（「いま」「ここ」「私」「あなた」）にぶら下がって表現されるしかない。けれども、「私たちは言語には言えないけれども言えるべきだと思っていることを言おうとする。私たちは言語を犯し、言語を誘惑し、言語が知らなかった固有語法《イディオム》をそこに導入する」のだと著者は言う。「言語《ラング》」とは通常、英語やフランス語といった個々の言語のことだが、『一九八四年』では〈ニュースピーク〉のことであり、「悪魔《サタン》は神の言語《ラング》を語り、カーメネフはスターリンの言語を語る」という一節からは、支配者への隷従を証する語法のことであるとわかる。先述の「大きな物語」にも繋がってくるが、そのような言語に抗することが、本稿の主題たる「抵抗」である。

「抵抗」の言葉をめぐっては、もうひとつ、リオタール的な概念の読み込みが見られる。「争異（différend）」と「係争（litige）」の対立である。この対立概念は、本稿発表の二年前（おそらく執筆の前年）に刊行された『争異』（一九八三年／『文の抗争』陸井四郎・小野康男・外山和子・森田亜紀訳、法政大学出版局、一九八九年）において展開されたものである。「係争」が告訴人と被告人の間で争われる通常の弁証法的な訴訟のことであるのに対し、「争異」とは、双方のあいだに共通の判断規則が存在せず、一方の側が異議申し立ての機会を奪われ、「係争」が不可能となっている事態のことである。ここでも問題は言葉であるが、係争の見かけのもとでごまかされている争異の状態を何らかの仕方で掬い上げることが、抵抗の言葉、固有語法《イディオム》に求められる。しかし、オセアニアで行われているのは、自白や密告を公的な言語《ラング》として引き出し、「固有語法と規範とのあいだの争異」を「些細な係争」へと還元することである。

以上に見たのは本稿に読み取れるリオタール思想の要素であるが、本稿を読むにあたっては、さらに二つの文脈を押さえる必要がある。ひとつは、本稿が一九八四年において『一九八四年』を記念するという大きな気運のなかで、あるいは、そのうえで書かれたということである。実際、先述の通り、本稿自体が『一九八四年』を記念する四〇〇頁を超える論集に収録されており、これは、一九八四年一〇月一日から三日にかけてジョルジュ・ポンピドゥー・センターで行われた大規模なシンポジウムの記録集である。一九八四年のフランスでは、さらに、一月から同センターでナム・ジュン・パイクの「グッド・モーニング・ミスター・オーウェル」が上演され、八月にはスリジー・ラ・サル国際文化センターで「『一九八四年』と近代の反ユートピア」というテーマのもとに一〇日間のシンポジウムが行われ、またさまざまな雑誌で『一九八四年』関連の特集が組まれた。リオタールはそのような動向を踏まえたうえで、にもかかわらず、多くの者が『一九八四年』の意義を捉え損ねており、この小説を「取りのけ」てしまっていると言うのである。

押さえておくべきもうひとつの文脈は、かくして次々と生み出されるこうした『一九八四年』論のなかでリオタールの注目を引いたのが、クロード・ルフォールの「あいだに置かれた身体」だったことである。本稿はこの評論に賛同を示し、それを「引き伸ばす」という仕方で書かれている。ルフォールはリオタールと同じ一九二四年生まれで、メルロ゠ポンティの高弟にしてその遺著の注釈者であると同時に、当時、『民主主義の発明』（一九八一年）などで共産主義的全体主義の綿密な批判を行っていた政治哲学者である。リオタールは一九五四年から六三年まで、彼が創設したグループ「社会主義か野蛮か」に加わっていた。こうした背景からも予想されるように、ルフォールの『一九八四年』論は確かに全体主義批判という文脈で読むことができる。

しかし、この評論が特異なのは、そしてリオタールがこの評論に注目したのは、それが他の評論とは異なり、『一九八四年』における「書くこと《エクリチュール》」および身体の重要性を指摘していたからである。ルフォールの「あいだに置かれた身体」は『書く《エクリール》』と題された論集の巻頭に収められており、その序文にルフォールは、「政治的なものの試練に晒《さら》されるときに、文学と政治哲学、あるいは思考の運動と書くこと《エクリチュール》との運動が取り結ぶ特別な関係を強く自覚するようになった」(Claude Lefort, *Écrire*, Calmann-Lévy, 1992, p. 9.『エクリール』宇京頼三訳、法政大学出版局、一九九五年、一頁)と書いている。事実、巻頭論文でルフォールはまず、『一九八四年』の企てが「文学的探究」であることを強調する。その意味するところは、この小説が「「内部」と「外部」、個人的生存と政治的なものの境界がなくなる領域」(*ibid*., p. 17. 九頁)に踏み込んでいるということである。そのうえで、彼は『一九八四年』における「書くこと」の主題を指摘する。

『一九八四年』における「書くこと」とは、言うまでもなく、ウィンストンがテレスクリーンの監視から隠れてつける日記のことである。真理省で歴史文書改竄の仕事をしている彼が自宅に戻り、かつて古道具屋で見つけたまっさらなノートに日記をつけ始める、というのがこの物語の始まりである。先に確認した固有語法《イディオム》の言語《ラング》への抵抗は、ルフォールを踏まえたリオタールにおいて、書くこと《エクリチュール》の言語《ラング》への抵抗と重ね合わせられる。ルフォールはまた、ウィンストンにとって日記の執筆が、母や妹と別れた幼年時代の記憶の探求と切り離せないものであることを指摘している。リオタールがルフォールに付け加えてはっきりさせるのは、オーウェルのエクリチュール自体が、ウィンストンが行っているのと同じ仕事に取り組むことで、「「内部」と「外部」、個人的生存と政治的なものの境界がなくなる領域」への踏み込みを可能にしているということである。

この「領域」は、リオタールによるルフォールの敷衍によるならば、ウィンストンとジュリアに互いの感覚を浸透させる身体性と、ウィンストンの感覚により低いところで指令を与える幻想的身体性という二つの身体性によって描き出されている。ルフォールの評論の表題「あいだに置かれた身体」とは、結末に近い一〇一号室での場面において、ウィンストンが「他の人間の肉体を、自分とネズミのあいだの人柱として使わなければならない」(高橋和久訳、ハヤカワepi文庫、二〇〇九年、四四五頁)と決心することに由来している。けれどもルフォールは、この場面を超えて、「あいだに置かれた身体の政治的、存在論的意味作用」(*Écrire*, p. 33.『エクリール』、二七頁)を探究する。エクリチュールとそのような身体性の絡み合いによって初めて、「主人の奴隷への浸透」、「抵抗と屈服の結合」という、錯綜してはいるが私たちにけっして無縁ではない事態が描かれえたのである。

（郷原佳以）

[コラム]

フランスにおけるオーウェル『一九八四年』の受容

伊達聖伸

　二〇二〇年秋、フランス文学の殿堂「プレイヤード叢書」にオーウェルが入った。このイギリスの作家がフランスで世界文学の一員と認知されたことの何よりの証左だが、ここまでの道のりの長さを暗示してもいる。

　この作家は、母方の祖父がフランス人で、イートン校ではオルダス・ハクスリーからフランス語を学び、パリでの生活経験をもとにしたデビュー作『パリ・ロンドン放浪記』の出版と同時にジョージ・オーウェルとして「誕生」した。フランスとの因縁は深いのである。同世代の作家アンドレ・マルローにはスペイン内戦に参加した「同志」として親近感を持ち、アルベール・カミュとは相互に敬意の念を抱いていたという。『一九八四年』も原書出版の翌年である一九五〇年には早くも最初の仏訳がガリマール社から出ている。

　にもかかわらず、二〇世紀後半のフランスでは、オーウェルは必ずしも広く読まれていなかった。ベルギーの評論家ミシェル・アンドレは、マルクス主義が強いフランスでは反共産主義的なオーウェルの社会主義が理解されなかったためと指摘する（Michel André, « George Orwell, à contre-France », *Books*, n° 81, 2017）。実際、フランスでマルクス主義の相対化に与《あずか》って力があったのはレイモン・アロンであって、オーウェルではなかった。近代社会をパノプティコン社会と喝破し批判したミシェル・フーコーは、歴史を遡行してベンサムを論じたが、近未来小説の『一九八四年』には準拠していない。共産党独裁に抵抗してチェコスロヴァキアからフランスに亡命したミラン・クンデラは、『裏切られた遺言』（一九九三年）でカフカの『審判』を絶賛する一方、オーウェルの『一九八四年』は小説仕立ての政治思想でプロパガンダ作品にすぎないと手厳しい。

　それでも、一九八〇年に出たバーナード・クリックによるオーウェルの英語の伝記は一九八二年に仏訳が刊行されているし、一九八四年に合わせて『一九八四年』を読む動きもあった。クロード・ルフォールの「あいだに置かれた身体」は、『一九八四年』を全体主義の本質を暴こうとした作品と評価している。彼は、マルクス主義内部からスターリンの共産主義体制を批判した「社会主義か野蛮か」グループを代表するメンバーで、レイモン・アロン政治研究センター創設にも関与した。このルフォールの論考に論評を加えたのがリオタールの「抵抗についての注釈」である（本書所収の翻訳と解題を参照）。

　『一九八四年』は思想の小説化なのか、小説でしか表現できない作品なのか。二〇〇三年にコレージュ・ド・フランスのジャック・ブーヴレスの担当講座「言語哲学と認識論」でオーウェルを講じたジャン＝ジャック・ロザは、クンデラの評価を否定し、『一九八四年』は小説のみが可能にする全体主義についての認識をもたらすと主張している。ロザは、『一九八四年』でオブライエンが見たばかりのものを忘れ、その忘却すら忘れようと決め込むことができるくだりから、自由主義が設けたはずの政治権力と各人の意識＝良心の境界線は幻想かもしれず、権力者によって踏みにじられる可能性があると指摘する。オーウェルの慧眼とは、ナチズムと共産主義に新しいタイプの社会編成の最初の表出を見たことであり、それは将来にわたって長く続き、民主主義社会もつねにそこに落ち込む危険があるとロザは警鐘を鳴らす（Jean-Jacques Rosat, *Chroniques orwelliennes*, Collège de France, 2013）。

　フランスにおいてオーウェルの認知度を高めたもう一人の功績者に、ジャン＝クロード・ミシェアがいる。一九七〇年代に共産党に入党するも失望した彼は、国家と資本主義を批判する社会主義者で、『贈与論』で知られるマルセル・モースの名にちなむアラン・カイエらの「社会科学における反功利主義運動」（ＭＡＵＳＳ）に近い位置にいる。ミシェアは、悪がより少ないとされる自由主義が全盛を誇る現代でも全体主義は過ぎ去っていない、マネジメントや消費文化のようにリベラルな使い方をされていると論じる。そして、オーウェルの「全体主義」批判の射程はそこまで及ぶもので、権力欲に取り憑かれた者の道徳的感覚の麻痺を描いていると論じる（Jean-Claude Michéa, « Orwell, le socialisme et la « gauche » », *Le Magazine littéraire*, décembre 2009）。

オーウェルは右派にも人気がある。『フィガロ』や『マリアンヌ』など保守系のジャーナリストたちは、グローバル化の進展を懸念する主権主義の立場から二〇一五年に「オーウェル委員会」(Comité Orwell) を結成した(オーウェルの権利所有者からの抗議を受けて「オーウェリアン」(Orwelliens) に改称)。『一九八四年』の舞台と現代世界の動向に、メディアによる情報管理と画一思考の進展、ポスト・ナショナルな世界の到来(『一九八四年』の世界ではオセアニア、ユーラシア、イースタシアの三国しかない)などの対応関係を見出す彼らは、表現の自由と思想の多様性を擁護し、人民主権に基づくフランス共和国の遺産の防衛を主張する。

『フランス・ビッグ・ブラザー』(二〇一五年)の著者ロラン・オベルトーヌは一九八四年生まれで、自由で民主的に見えるフランス社会の大衆はシステムによって操作され、条件づけられていると論じ、左派のエリートたちを告発している。

近年のオーウェル人気は、『一九八四年』の翻訳ラッシュにも窺える。一九五〇年版の訳者アメリ・オーディベルティは、劇作家ジャック・オーディベルティを夫に持ち、オラフ・ステープルドンやアイザック・アシモフなども仏訳した人物であった。ガリマール社は七〇年間の著作権保護期間が二〇一九年に切れるのを見越して六八年ぶりに新訳を出した。二〇一八年の新訳を手がけたジョゼ・カムンは、フィリップ・ロス、リチャード・フォード、ジョナサン・コーなどの翻訳者として知られる。この新訳は、文体、時制、鍵語の訳語の変更を含み、議論を呼んだ。

カムンによれば、オーディベルティはSFの翻訳者でイギリス文化をよく理解していなかったという。プロールも標準的なフランス語で会話をする。神経質で簡素で辛辣なオーウェルの文体を再現するために、カムンは旧訳の単純過去形を現在形に改めた(フランス語では単純過去を使うと接続法半過去を用いる局面も生じて文章が重くなりがちである)。それによってリズミカルで生き生きとした描写になり、若い読者も引きつけると新訳を歓迎する声もあるが、過去を表現するニュアンスが消えて子ども向けの本のようになってしまったという批判もある。

また、« novlangue » と訳されていた「ニュースピーク」を、カムンは « néoparler » と訳した。彼女は、フランス語の « novlangue » を英語にすれば「ニューランゲージ」となるはずで、オーウェルが「ニュースピーク」と命名したのは、それが言語《ラング》を破壊する反言語《アンチ・ラング》だからと主張する。これに対し、ニュースピークは紋切り型を集めて党が人工的に作り出した言語《ラング》であって、オーウェルも「オセアニアの公用語《ラング・オフィシエル》」と規定したとの反論もある。

他にも、「思考警察」が « Police de la Pensée » から

« Mentopolice » に、「イングソック」が « Angsoc » から « Sociang » になど、『一九八四年』の世界を象徴する言葉の訳語に変更が加えられている。これは旧訳に馴染んできた読者の目には、時間をかけて定着してきた言葉の破棄と映る。こうしてわかりやすさを重視し、過去を葬り去る新訳は、まるでオーウェル『一九八四年』の世界のようだと皮肉る声もある。

一九五〇年版には誤訳や欠落があり、二〇一八年版には訳語変更の問題があると主張するセリア・イゾアールは、カナダ・ケベック州の版元（Éditions de la Rue Dorion）から二〇一九年に別の新訳を出した。冒頭で触れた「プレイヤード叢書」の『一九八四年』は、編者のフィリップ・ジャウォースキー自身が訳している。

『一九八四年』における愛と情動

小川公代

1　はじめに

ジョージ・オーウェルの『一九八四年』（一九四九年）は、全体主義国家の一形態が描かれているためもあり、最近では偏狭なナショナリズムやディストピア的な状況が「オーウェリアン」（Orwellian）という言葉で形容されることもある。(1) オーウェルが作家生活を送っていた時期の大半は、スペイン内戦、ファシズム体制下のイタリア、ナチスドイツ、スターリン治下のソ連などの権威主義や全体主義がありふれていた。スペイン内戦については、オーウェル自身参加して、『カタロニア讃歌』（一九三八年）というルポルタージュも執筆している。つまり、全体主義の権力形態を不可避の結論とした小説を書く動機は充分にあった。

『一九八四年』が当時のヨーロッパの政治情勢を寓話として書いたであろうことは明らかであり、「オーウェリアン」という言葉が殺伐としたディストピア的な社会を示す言葉として流通してしまうことも至極当然のことだろう。また、この小説の執筆時期、オーウェルは長年連れ添った妻アイリーンを喪い、さらに悪いことに結核を再発し、幾重にも禍患に見舞われていた。さらに、スターリン主義者たちが『動物農場』(一九四五年)を酷く毛嫌いしていると聞き及んでいたオーウェルは「私が新しい本を書いていると聞いて」スパイを送り込んできたと疑っていた。そして、その〝スパイ〟疑惑の対象となっていたのが、彼の家で働いていた家政婦の恋人デイヴィッド・ホルブルックであった(Bissell 117)。猜疑心に苛《さいな》まれていたオーウェルが全体主義的な傾向を強める世界を自身のディストピア小説に映し出していたとしてもなんら不思議はない。

しかし、「オーウェリアン」、あるいは「オーウェルの」という形容詞の意味が全体主義と完全に一致してしまうことは明らかな誤読であり、『一九八四年』も灰色一色の世界だけを描いているわけではない。それは、彼が愛国心、郷土愛、家族愛の「愛」という概念にさまざまな思いを重ねていたからである。オーウェル自身が、スターリン的な全体主義に抵抗しつつ、民主主義という大義のためにこの小説を書いていたことを踏まえれば(Newsinger 137)、『一九八四年』という作品にも、ある種のユートピア的な光を描き込んでいたと考えられるのではないか。

さらにいうと、『一九八四年』がオルダス・ハクスリーのディストピア小説『すばらしい新世界』(一九三二年)の系譜に連なる作品であることも、小説解釈において誤解を生んできた。ハクスリーがオーウェルのイートン校時代の恩師であった事実を踏まえても、いずれも全体主義的な社会を描いた小説として自然に読める。『すばらしい新世界』は、生まれながらに階級分けがなされ、思想を徹底的に制御されている社会で、主人公ジョンが現体制に疑念を抱くようになる物語であり、『一九八四年』もまた〈テレスクリーン〉と呼ばれる装置に四六時中監視される社会で、主人公ウィンストンがその支配から自由になる方法を模索し、最終的には〈思考警察〉の取り締まりの対象となってしまう物語である。

しかし、これらの小説の相似性は決して自明ではなく、オーウェルは自身の作品がむしろハクスリーのディストピア世界と併置されることに抵抗を覚えていた。彼は「ソーマ」と呼ばれる精神安定剤や「快楽（gratification）」が支配するようなハクスリーの新世界を、「あまりに無意味なため、そんな社会は到底持続するとは思えない」と言って批判した。ドリアン・リンスキーによれば、享楽的な幸福感が徹底的に排除された『一九八四年』では、ディストピア感がさらに強められている。悲壮感や強い支配による抑圧といった暗黒の側面が前景化され、「光は描かれない（It does not glitter）」のだという（Lynskey 76）。

たしかに、この小説にはオブライエンという人物によるウィンストンの非情な拷問場面があるため、結末も悲観的であり、オーウェルが快楽や喜びという感情に対して極端にシニカルであることも否めない。先述した「誤解」というのはこの点にある。『一九八四年』にハクスリー的な幸福感が描かれないからといって、そこに希望がないとは言い切れないのではないか。オーウェル同様、『侍女の物語』や『誓願』でディストピア的な社会を描いたマーガレット・アトウッドは『一九八四年』の結末について次のように述べている。「希望があること（uplifting）をどのように捉えるか次第でしょう。〔……〕ときに人は物語的な完結性（closure）を好みますが、それが楽観的かどうかは相対的なものです」（Kinos-Goodwin）。

アトウッド自身、『侍女の物語』の巻末に「歴史的背景に関する注釈」を附録として挿入し、物語の完結性を回避している。「ギレアデ」という全体主義的な社会では、健康な女性はただ子供を産むための道具として支配者層である司令官たちに仕える「侍女」になるよう強制される。監視下におかれる侍女のオブフレッドが追い込まれていくこの物語は入れ子構造になっており、外側には架空の未来である二一九五年のシンポジウムについて注釈が付されている。そのシンポジウムの登壇者の講演テーマが「ギレアデ」の歴史なのである。「かつて恐ろしい出来事が起こったとしても、未来の見地からその出来事を振り返る」設定を創り出せば、「楽観的な結末」がもたらされるというわけだ。つまり、アトウッドにとって、オーウェルが付した「附録」(Appendix)も、希望の「微光」(glimmers)を意味するのである。

アトウッドのいう「微光」を意識して『一九八四年』を読み直してみると、全体主義の鬱屈した世界のなかにも、鮮烈に描かれた〝黄金郷〟というユートピアのヴィジョンや、またそれと共振するようなウィンストンの剝き出しの〈生〉が過去の記憶から惹起される。そして、それはハクスリー的な快楽の幸福に対するアンチテーゼとしても読めるだろう。

もちろん、これまでも全体主義の文脈で広く読まれてきた『一九八四年』を快楽主義批判としてより広い枠組みで捉え直そうとする研究もあった。ユートピア思想の研究で知られるグレゴリー・クレイズによれば、オーウェルは近代《モダニティ》、つまり資本主義と社会主義両方における産業文明が生み出す快楽主義《ヘドニズム》を批判する作家として読まれるべきだという(Claeys 219)。長期的な科学技術の進歩の影響によって、労働者階級や中流階級の人々の「趣味、習慣、未来展望」が混然一体となりつつある近代においてオーウェルは「文化を喪失した《カルチャーレス》」(231)生活が支配することに警鐘を鳴らしたとクレイズは論じている。

たしかに、ある種の快楽主義への批判や諦観というものは『一九八四年』から読み取れることには違いないが、それが人間の「快楽」「欲望」をすべて否定しているわけではない。オーウェルは、むしろ肉体が欲する快楽と人間らしい感情でもある「愛」とを重ねつつ肯定的に描いている。そもそも、オーウェルにとって「愛国心」は必ずしも国粋主義とイコールの関係にはない。本稿では、彼にとって「快楽」や「愛」という情動とはどのようなものなのか、小説のテクストやオーウェルの伝記と照らし合わせながら考察する。その過程で、主人公ウィンストンと恋人ジュリアとの密会、反復される家族の回顧的記憶が、いかにフロイト的な幼児期への回帰という意味を孕んでいたか、また自然讃美や動植物への憧憬などがどのようにその回顧的記憶と連関するものとして描かれているかを検証する。

2　ナショナリズムと愛国心

オーウェルはドイツのユダヤ人迫害政策という偏狭なナショナリズムに対して強い危機感を抱いていた。さらにいえば、ナショナリズムを当時のドイツ特有の現象として考えていたわけではなく、イギリスにおいても、階級によって程度の差はあるものの——ブルジョアより労働者階級の方が強いと述べている——「島国根性」や「外国人嫌い」という形で顕著に表れていたという。「ほんとうに愛国心を感じないのはヨーロッパ化されたインテリだけである」と、愛国心のない人間がむしろ例外であると考えている節もある（"Lion" 399 二七）。

つまり、オーウェルがナショナリズムや愛国心について論じるとき、それはユダヤ人という個別の民族への人種差別を行うドイツの国粋主義的ナショナリズムに限定されない。「もっと大きなナショナリズムという病気」がなぜ見過ごされるのかという実態を明らかにしないままで「ユダヤ人差別という病気を根治できるとは、わたしには信じられない」とオーウェルは主張する（"Anti-Semitism" 70 二七五—二七六）。しかし、オーウェルの日記や伝記を紐解くと、愛国心という概念は一筋縄ではいかないことが分かる。

上層中流階級出身のオーウェルは、イギリスでは労働者階級の人々のあいだでより特徴的であるという愛国心を「無意識のものである」（"Lion" 399 二七）と言い、その概念から距離を取るような素振りを見せる。他方で、ナチスの迫りくる侵略の危機のなかで、「必要とあらば、イギリスのために命を捧げる覚悟はできている」と自国に対する驚くべき献身を日記に綴っているのだ。[2] このように、「外国人嫌い」を牽制しながらも、愛国心は彼のアイデンティティの核心部分にあった。つまり、オーウェルのなかには、ナショナリズムをある種の病理として捉える視点と、それとは相反する郷土愛を肯定する視点が同居している。「ナショナリスティックな愛憎については、われわれたいていの人間が、好むと好まざるとにかかわらず、みんな持っているのである」というオーウェルの言葉はまさにその両義性を示している（"Notes" 155 七一）。

日本で「愛国心」というと、保守主義や国家主義に近い語として認識されている。「いまの日本語の一般的な語感からすると「愛国心」は極右、あるいは歴史修正主義者の振りかざす用語であるようにも思えるので、「パトリオティズム」を「愛国心」と訳すのはいささか危うい」と川端康雄も指摘している（一六二）。従って、日本で一般に理解されるいわゆる「愛国心」とオーウェルの概念とを混同してはならない。「ナショナリズム覚え書き」（一九四五年）によれば、「愛国心」（patriotism）が郷土愛という意味に近いものだとすれば、「ナショナリズム」（nationalism）は人間の集団全体に「自信をもって「善」とか「悪」とかのレッテルが貼れるものと思い込んでいる精神的習慣」を意味する。

私が「愛国心」と言う場合、自分では世界中でいちばんよいものだとは信じるが他人にまで押しつけようとは思わない、特定の地域と特定の生活様式に対する献身を意味する。愛国心は軍事的な意味でも文化的な意味でも本来防御的なものである。それに反して、ナショナリズムは権力欲と切り離すことができない。すべてのナショナリストの不断の目標は、より大きな勢力、より大きな威信を獲得すること、といってもそれは自己のためではなく、彼がそこに自己の存在を没入させることを誓った国なり何なりの単位のために獲得することである。

（"Notes" 142 三六）

つまり、愛国心とは「特定の地域と特定の生活様式に対する献身」であり、決してその考えを他者に強制するような態度ではない。オーウェルの「一杯のおいしい紅茶」というエッセイを読めば、イギリス人として愛着を持つ紅茶の文化がその一例となっていることが理解できるだろう（"A Nice Cup" 33-35）。他方、ナショナリズムとは、個人のためではなく、国家の「大きな勢力、より大きな威信」を獲得しようとする権力欲と同義であると考えている。

オーウェルの考える愛国主義は、文字通り、地域やその地域特有の文化に対する愛着が前提である。逆説的に、『一九八四年』はそのような愛を否定し、国家への狂信的な献身を強制するナショナリズムの世界である。三つの超大国オセアニア、ユーラシア、イースタシアによって分割され、互いに交戦状態にある。オセアニア国に属する〈第一エアストリップ〉という旧イギリスの首都ロンドンを中心に物語が繰り広げられる。巨大な顔のポスターが常に住人らを見つめ、その絵の下には〝ビッグ・ブラザーがあなたを見ている〟というキャプションがついている（3 八）。主人公ウィンストン・スミスは、真理省の記録局に勤務する党員であるが、エマニュエル・ゴールドスタイン著『寡頭制集産主義の理論と実践』という禁書を入手して読む機会を得る。そこには、二〇世紀初頭と比べると世界がなぜすっかり荒廃してしまったのか、どのようにしてその状態が維持されているのかが解説されている。

オーウェルが生きた時代から見た近未来の世界は、「全てに潤いがなく、食料も乏しく、荒廃した場所」である（218 二九一）。いつまでも続く戦争は、「大衆に過度な快適を与え、それによって、ゆくゆくは彼らに過度な知性を与えてしまいかねない物質を、粉々に破壊する、もしくは、成層圏に送り込む、あるいは海の底に沈める為の一手段である」（220 二九五）。オセアニアの人々が、歴史が恒久的に改竄され、捏造されているにもかかわらず、この社会に対してさほど不満を抱かない理由として、「外国から帰ってきた者」の視点が欠如していることが挙げられている。人々が自国の政治に疑念を抱かないためには、「捕虜や、有色人種の奴隷といった一部を除いて、一切の外国人と接触しないことが絶対に必要なのだ」（225 三〇二）。

この世界の人びとにはレイモンド・ウィリアムズのいうところの「俯瞰する目」が備わっていない。禁止されている日記を密かに書いたり、ゴールドスタインの本に関心を持ったりするようなウィンストンはそんな「俯瞰する目」を持ったばかりに罰せられる人間である。ウィリアムズは、ウェールズの南西に聳える山々であるブラック・マウンテンに生きたであろう人々を描いた短編連作集『ブラック・マウンテンズの人びと』（一九八一年）に、「俯瞰する目」を持つ知識人の例として「計測者」ダール・メレドのものの見方を提示している。[3]「計測者の到来」（"The Coming of the Measurer"）は、知と権力の寓話としても読めるという点で、他の短編より突出してオーウェル的な主題が色濃く表れている。ダール・メレドは古代の知識人であるが、カレン（Karen）という少年が暮らすブラック・マウンテンに当時の「知」の先進国からやってきた人物である。彼は、知識を富と権力のために利用し始めた祖国に背を向け、ウェールズの辺境な土地に「外国人」としてやってきたのだ。ダール・メレドから「知」を分有されたカレンはこの「俯瞰する目」を獲得し、彼の家族や彼が属する社会の紐帯のために尽力するという物語である。

友愛、恋愛、家族愛という情動を介した共同体の紐帯が可能になるとすれば、それは「俯瞰する目」が養われ、偏狭なナショナリズムに対して批判精神が向けられる場合においてである。愛といった人間本来の情動があらかじめ禁止される社会では個人が孤立させられ、人間同士の連帯などおよそ不可能であるからだ。『一九八四年』の世界で、唯一許されるのは国家への「愛」であり、友愛、恋愛、家族愛といった人間らしい愛とはほど遠い。また唯一感情の吐露が正当と見なされるのが〈二分間憎悪〉である。〈人民の敵〉と想定されるエマニュエル・ゴールドスタインを標的に憎悪をぶつけ、この時間だけ不満を発散させることができるのだ。

党員たちは、自由な私的空間が与えられない窮屈な生活空間でも充足することが求められ、現政権に対する批判も許されない(4)。ウィンストンは、〈ビッグ・ブラザー〉以前の旧世界において体制を変えようと英雄的な活動をしていた三人の偉人に出会ってはいるものの、その頃には彼らは現政権の敵としてすでに「不可触賤民」に落ちぶれていた。後述するが、このシーンは非人間的な機械(テレスクリーン)による監視社会が始まる以前の、個人にまだ自由とプライバシーが与えられていた時代にノスタルジックな思いを寄せる活動家が感情を吐露する場面として重要である。

3　快楽《エロス》と愛《アガペー》のあいだ

オーウェルは快楽に支配されるハクスリーのディストピアには懐疑的である。おそらく、心の安寧を保つために錠剤に依存する新世界の快楽至上主義の描かれ方を批判したいのだろう。たしかに、『一九八四年』の世界では、戦争でさえ社会の秩序を保持するための道具と化し、快楽は許容されない。組織全体の秩序が恐怖によって制御される世界であり、ある意味でハクスリーの新世界とはまるで正反対である。オーウェルの近未来社会では、砂糖の供給を極限まで減らそうとする全体主義社会の禁欲の要請のみならず、食の快楽や性的欲望を制限するような自己検閲も顕著に見られる。

愛の分類については、C・S・ルイスの「愛情」「友情」「恋愛（エロス）」「聖愛」の四つの愛がよく知られているが、オーウェルの「愛」について考える際に参照したいのがA・ニーグレンの「アガペー」と「エロス」の二分法である。ニーグレンは、ある対象を愛することによってその対象のうちに新しい「価値」が産み出されてくる聖書的な「他己愛（アガペー）」と、自己を追求する上昇運動が身上であるギリシャ哲学的な「自己愛（エロス）」とは本来相容れないものであり、エロス的な要素を全く含まない純粋なアガペーこそ、キリスト教本来の愛であると考えた（五―一〇）。ニーグレンのアガペー論は、一九四五年に大手出版社フェイバー・アンド・フェイバー社から刊行されたマーティン・C・ダーシー『愛のロゴスとパトス』（一九四五年）に詳述されている（フェイバー・アンド・フェイバー社は、オーウェルが『動物農場』の原稿を送ったが、出版を断ったことで知られる）。

アガペーはエロス的な要素を全く含まない純粋性を保っていたが、キリスト教がヘレニズムの世界で拡大発展するにつれて、エロスという異教的な愛によって不純度が増していくというのがニーグレンの考え方であった。キリスト教のなかにエロス的な要素を含む不純な愛が登場し、その混合的なる愛がニーグレンのいうところの「カリタス」である（二〇―二四）。ニーグレンはカリタスの愛を否定的に捉えていたが（小原、二〇）、オーウェルの『一九八四年』で描かれる愛はこのエロス的な愛とキリスト教的なアガペーのあいだで揺れ動き、さらには記憶のなかで結びついている。その混合的な愛をオーウェルは肯定的に描いている。

まず『一九八四年』におけるウィンストンとジュリアの密会場面（エロスの愛）と彼の幼少期の回想

場面（アガペーの愛）とが互いに結びついていることに注目したい。さらに特筆すべきは、オーウェルが「快楽」（pleasure）という言葉をかなり頻繁に用いていることだ。そして、ウィンストンの快楽への執着は、過度に抑圧的な社会によって打ちのめされる人間の欲動が何度でも再生する、その存在感をひときわ鮮やかに印象づけている。ウィンストンの幼少時代の体験、無意識、夢が結びつく形で、抑圧されていた情動が蘇るプロセスは、奇しくもフロイトの精神分析をも彷彿とさせる。ただし、オーウェルにとっての「快楽」は必ずしも一枚岩的な概念ではない。

ウィンストンの性的抑圧が解放に導かれるのは、幼少期の経験が惹起される場面である。妻キャサリンとの性生活は儀礼的で「義務」でもあったが、ジュリアへの愛によって性的抑圧から解放される。彼の覚醒のきっかけとなるのが、ジュリアが闇市で手に入れたチョコレートを彼が食べるときの味覚の記憶である。ウィンストンの無意識に埋め込まれた彼の家族の記憶は一瞬にして召喚されるのではなく、五感の刺激によって忘れかけていた記憶が少しずつ取り戻されるのだ。オーウェル自身がフロイトの影響について語っているわけではないとしても、フロイトの快楽と愛の概念がオーウェルの作品に散見されることは確かである。ポール・ローゼンは、オーウェルとフロイトが政治的には全く異なる見解を持ちながらも、「啓蒙と脱神話化のために尽力した」著述家であるとその近接性を強調している。二人とも、社会の同調圧力によって危機にさらされる個のプライバシーの問題にもことさら敏感である。彼らは個人の自由を愛し、自らの「魂」（無意識）との誠実な関係を模索し続けた（Roazen 680）。

フロイトが患者の幼少期の記憶を紐解くことで、彼らの縛られた心を解放しようとしたのと同様、オーウェルは主人公の子供時代の記憶を辿ることで、抑圧されていた無意識を解放する方法を模索する。たとえば、ウィンストンはチョコレートの「匂い」から、「いつどこでのものかはっきりしないが、刺激される記憶」の存在に気づく（140 一八七）。そして、その快楽は決して全面的に否定されてはいない。その証拠に、「チョコレートの最初の一口はすでにウィンストンの舌の上で溶けていた。おいしかった」（140 一八八）と人間の味覚が素直に描写されている。

「欲望を抱くことは〈思考犯罪〉になる（Desire was thoughtcrime）」（78 一〇六）世界である。ウィンストンは妻キャサリンとの性生活が長らく「赤ちゃんづくり」という名の「党に対する義務」であったことによって、「自然な感情」が「心から追い払われて」しまっていた（78 一〇五）。ところが、ジュリアと心を通わせることをきっかけにして、人間に本来具《そな》わっている情動が目覚めてゆく。

夏の夕方の涼気立つなか、男と女が一糸もまとわず、好きなときに愛し合い、好きなことを話し合い、起きなくてはという強迫観念に囚われることもなく、ただそこに横になって、外から聞こえてくる平和な響きに耳を傾ける。（165 二一二）

そしてまた、ジュリアが手に入れた砂糖を口に入れ、ウィンストンはその快楽を堪能する。「砂糖のおかげで舌に残る絹のような感触が素晴らしかった。何年もサッカリンを使っていたためにウィンストンが忘れかけていた感触だった」（167 二一三—二一四）。砂糖以外にも、コーヒーの香りやレモンの「すっぱくて、匂いを嗅いだだけで歯が浮くような感じ」を、ウィンストンは幼少期の記憶から取り戻していく（169 二一六）。

〈ビッグ・ブラザー〉の監視がまだ行き届かなかった時代というのは、「プライバシーや愛や友情が存在していた時代」である（35 四九）。ウィンストンにとって、愛や友情はもはや過去に埋没してしまっていたが、ジュリアと逢瀬を重ねるにつれ、その記憶が少しずつ呼び覚まされる。ウィンストンの欲望の原点にあったのが、配給されたチョコレートを母から手渡されたときの記憶であるのも偶然ではないのだ。

母はチョコレートを割って、四分の三をウィンストンに与え、残りを妹に渡した。小さな妹はそれを手にすると、どんな食べものか分からないためか、ぼんやりと眺めるだけだった。ウィンストンは立ったまま、しばしそんな彼女を見ていた。それから不意に、素早く身を躍らせると、妹の手からチョコレートを引ったくり、ドアに向かって駆け出した。（188 二五二）

ジュリアに愛情を感じることによって、チョコレートを独り占めしてしまったウィンストンが母にも妹にも二度と会うことはなかったという苦い過去の思い出が蘇る。「愛」と「喪失」が結びつく苦しみの記憶が抑圧されていたことが明らかになる。

一九〇三年生まれのオーウェルと一八五六年生まれのフロイトとのあいだには、もちろん時代的な隔たりはある。しかし、二人は同時代の知識人であり、「快楽、喜び（pleasure）」と「愛（love）」という概念についていえば、両者間に驚くほどの共通点が認められる。フロイトの快楽原理の前提には、性的欲動があり、愛の営みがある。愛の喪失を体験したのちにそれが「病理（pathology）」となり、その苦しみを「愛を通して治癒するのが精神分析である」という考え方は、フロイトの「転移性恋愛についての見解」（一九一五年）という論文に綴られている（Guy Thompson 129）。

フロイトの想定する「転移性恋愛」には、意識的に偽るものは含まれておらず、それが「幼児期の反復」であるにせよ、愛の情動は確かに存在するという信頼がある（Freud 178）。ここでフロイトの理論に言及するのは、ウィンストンのジュリアへの恋愛感情が転移性恋愛であることを証明しようとしているからではない。むしろ、オーウェルの伝記的情報と作品やエッセイを丹念に確認しながら、家族愛に飢えていた彼が小説世界においてウィンストンと自分を重ね合わせ、幼児期の始原へと至る愛の道を開こうとしていたのではないかという可能性に着目したい。オーウェルは八歳というまだ幼い時期に全寮制の学校に通うために家族から引き離された。オーウェル自身は理想的な家庭環境を経験したことがないにもかかわらず、作品中では「温かくて安心感を与える家族」のイメージが繰り返し描かれている。ジェフリー・メイヤーズによれば、彼の家族愛への固執は彼自身の「愛の喪失感」を映し出している（Meyers 4）。

オブライエンが、個人の愛は快楽を追求する愛《エロス》であっても他己愛《アガペー》であっても根絶せねばならないと考えていることは、ウィンストンの拷問場面で明らかになる。現政権の「組織全体の活力」を維持するために個の活力を犠牲にすべきであると説くオブライエンは、個人は所詮「一つの細胞に過ぎない」と言う（302 四〇九）。彼は「細胞の消耗は組織全体の活力になる」という論理のもとに、「親子間、個人間、男女間の絆を断ち切」ることを正当化する。そして、オブライエンは高らかに宣言する。「党に対する愛の他に愛はなく、敵を打ちのめしたときの勝ち誇った笑いの他に笑いはなくなるだろう。芸術も文学も科学もなくなる。〔……〕ぞくぞくする勝利の快感。無力な敵を踏みにじる感興はこれから先ずっと、どんなときにも消えることがない」（306-07 四一四―四一五）。

オブライエンの信条に則した狭義の「愛」という概念は、オーウェルがヒトラーやフィリップ・ペタンらのなかに見出した（権力を愛する）ナショナリズムという「愛」であり、真の愛ではない。彼らは序列的な社会を望み、自分たちの財産や特権を守るために、人々の小さな「喜び」でさえ「物質主義」であると見なして取り締まった（"Looking Back" 509 八九）。「スペイン戦争回顧」というエッセイで、オーウェルは労働者階級の人々から快楽を奪おうとするペタンを批判し、人間が享受すべき喜びを抑圧しないよう諭している。

バーナード・ハーコートが『一九八四年』の世界について、極めて洞察力に富む視座を提供している。

オーウェルの小説においては、オブライエンと〈ビッグ・ブラザー〉が達成したすべての偉業が、人々の欲望や感情を押しつぶし、破壊し、粛清することによって実現したのだ。つまり、あらゆることが人間の快楽（human pleasure）を排除することに依存している。（Harcourt 39）

そして、この快楽排除論の骨子は、虚構の裏切り者であるゴールドスタインの『寡頭制集産主義の理論と実践』に詳細に綴られている。そして、この人間性の源泉でもある情動を制御してきたのがニュースピーク（Newspeak）という簡略言語であることも解説されている。

『一九八四年』の「附録」には、ニュースピークという新言語がオールドスピークという旧言語を凌駕することで、いかに人間の多様な感情や自由を奪うことに成功してきたかが説明されている。

市民は「良セックス」が何を意味するか——即ち、それが夫婦間の正常な性行為であり、しかも、子どもを作ることだけを目的とし、女性側の肉体的な快感を伴わないものを意味すること——を承知していた。それ以外〔私通、姦通、同性愛やその他の性的倒錯〕はすべて「性犯罪」なのだった。

ニュースピークを使う限り、異端の思想に関して、たとえそれはまさしく異端であると認識することは出来ても、そこから進んで、その思想の意味を追い求めることはまず不可能だった。その認識を超えて追求するために必要な語が存在しなかったからである。（349-50 四七一―四七二）

「技術関係の取り扱い説明書」だけでなく、シェイクスピアが奏でる愛の言葉、ミルトンの政治的な言葉、スウィフトが寓意的に描く風刺、ディケンズが綴る弱者の言葉などを含むオールドスピークこそ、社会の隅々に存在する多様な人間像、あるいは多様な性的指向や生き方を許容する言語であった。『一九八四年』の結末が悲劇的なのは、もちろんウィンストンが銃殺刑のために連行される場面を思い描く場面で彼が想起する過去の記憶が重なるからであるが、それよりもはるかに悲劇的なのは、拷問に耐えきれずジュリアを裏切ってしまったウィンストンが、その後彼女と再会したときに、彼女への愛情や性的欲動を失ってしまっていたことである。ジュリアからももはや生命力が感じられず、「死体（corpse）」のような感触しかないのだ（335-36 四五四）。「何かが胸の内で葬られる、燃え尽き、何も感じなくなったとき、ウィンストンがそれまでオブライエンに強要されていたが頑なに拒否していた「2＋2＝5」という虚偽の計算式をすんなり受け入れることができた。彼の心が抵抗する力を失った瞬間である。

物語のなかに、ウィンストンのチョコレートをめぐる家族の記憶も綴られている。ニュースピークが支配しつつあった世界でウィンストンがジュリアに魅了された理由は、「彼女が自ら用意した規範に従って行動したからだった」。ウィンストンは、親密になった彼女に自分の遠い過去の記憶を共有し、思索に耽っている。「誰かを愛するなら、ひたすら愛するのであり、与えるものが他に何もないときでも、愛を与えるのだ。チョコレートの最後の一かけらがなくなってしまったとき、母はわが子を胸に抱きしめていた」(190 二五三―二五四)。これは、他己愛《アガペー》を象徴的に表した場面であるが、ジュリアとの恋愛(エロス)が引き金となり、母親の愛(アガペー)への道筋がつけられるという種類のカリタスが提示されている。ここに、ニーグレンとは異なるオーウェルの世俗化した愛というテーマが鮮やかに浮かび上がるのだ。

4 動植物への愛、少年期の歓喜

愛の喪失がテーマ化された『一九八四年』には、やはりシニカルな視点しかないのかというと、決してそうではない。〈ビッグ・ブラザー〉以前の旧世界においては、「重要なのは個人と個人の関係であり、無力さを示す仕草、抱擁、涙、死にゆくものにかけることばといったものが、それ自体で価値を持っていた」(190 二五四)。これこそがウィンストンが夢にまでみた〝黄金郷〟の原型である。

ジュリアとの逢引きの場面で、ウィンストンが思わず〝黄金郷〟と呟いてしまうほど美しい田舎の光景がある。そこでは「ツグミ(thrush)」とそのさえずりが存在感を放っている。ここでは「それ自体で価値を持っていた」旧世界的な「愛」そのものの象徴として、ツグミが描かれている。「ウィンストンはツグミをどこか敬虔な気持ちになって見つめた。その鳥は誰のために、何のために歌っているのだろう? 仲間も競争相手も見ているわけではない」。鳥のさえずりが高まるにつれ、彼の憶測は脳裏から追い出されていく。「まるで全身に浴びた何か液状のものが葉のあいだを通って差し込む陽光と混ざり合ったような感覚。彼は考えるのを止め、ただ感じる。腕に抱えた彼女の腰は柔らかく温かい」(142-143 一九一―一九二)というウィンストンの甘美な経験が綴られている。

ウィンストンがオブライエンの拷問に屈服した後にジュリアと再会し、彼女の身体を死体のように感じるとき、個人と個人を繋ぐ愛の情動はすでに失われていた。個と個の絆が分断される場所として描かれる〈栗の木カフェ〉は、じつはウィンストンが二度訪れる因縁ある場所である。一度目に彼はそこで先述した三人の男たちを目撃している。テレスクリーンから「おおきな栗の木の下でー／あーなーたーとーわーたーしー／なーかーよーくー裏切ったー／おおきな栗の木の下でー」という歌声が流れてきて、それを聴いた男たちのうちの一人の「目には涙があふれ」る（89 一二一）。「栗の木」という言葉が、旧世界へのノスタルジックな気分を喚起する装置となっていることが見てとれる。

動植物はオーウェルにとって、重要なメタファーである。(5)『一九八四年』の〝黄金郷〟のヴィジョンの原型は、おそらくオーウェル自身の少年時代にあるのだろう。その記憶は、小説『空気をもとめて』（一九三九年）にも鮮明に描かれている。妻と子供二人とロンドン郊外の新興住宅地に住んでいるジョージ・ボウリングの物語であるが、戦争勃発を予感した彼が、少年時代に池で大魚をつり損ねたことを思い出す。その甘美な記憶を辿ってじっさい訪れてみると、その池はかつての美しさを失っていたのだが、少年時代に見た美しい自然の記憶、動植物との触れ合いは、ボウリングにも、ひいてはオーウェルにとっても、少なからず慰めになったに違いない。

「ブレイの教区牧師のために弁明を一言」というエッセイには、くるみの木についての次のような一節がある。「近ごろではくるみを植える人がいなくなってしまった——くるみを見かけてもほとんど老木ばかりである。くるみを植えるというのは孫のために植えることである」（“A Good Word” 261 二九七）。「ひきがえる頌」というエッセイも、人間の社会で失われつつある家族の結びつきが主題である。家族愛というものが、皮肉にも、ひきがえるの産卵の様子から連想されるのだ。オーウェルは「私がひきがえるの産卵のことを述べたのは、それが私にもっとも深い感銘を与える春の事象のひとつだからであ」

ると述べている（"Some Thoughts" 239 二八九）。ひきがえるなどに対する「幼少時代の愛」を保持すれば、「平和で穏やかな未来が到来する公算がいくらか大きくなる」と、愛そのものの価値を主張してもいる。

「あの楽しかりし日々」（一九五三年）は、そんなオーウェルの思い入れが素直に反映されたエッセイである。この表題はウィリアム・ブレイク（William Blake, 1757-1827）の詩「こだまする緑地」（"The Ecchoing Green," 1789）の一行から採られている。この詩で読者の心に響いてくるのは、子供時代の幸福感である。昇る太陽とともに、教会の鐘が鳴り、鳥たちの歌声が響いて、世界が春を迎える喜びに溢れている。子供たちの朗《ほが》らかな声も草原に響き渡り、太陽は万物を輝かせる生命力を象徴する。子供たちは、なんの憂いもなく、嬉々として遊び、夜の訪れとともに、母の元に帰っていく。

　オーウェルがブレイクのこの詩の一節から「あの楽しかりし日々」というタイトルを抜き出したのは、彼自身にもビーチー岬を嬉々として散策したり、黄昏の時間が長い夏の夜に水に飛び込んで泳いだりした思い出があるからだろう（"Such" 366 一七九）。オーウェルにとっての「愛」とは、幼少期に自然の営為に立ち会うことによって気づかされる情動であった。反対に「鋼鉄とコンクリート以外の何物も讃美すべきではないという教義」は、「憎悪と独裁者崇拝」を生むだろうという見立てを提示している（"Some Thoughts" 240 二九〇）。『一九八四年』執筆時、オーウェルは結核の再発に苦しんでいたが、この小説を完成させることと、養子に迎えた息子リッキーに「できるかぎりのチャンスを与えておく」ことを諦めてはいなかった。オーウェルは、小説の執筆と息子への愛を「素朴な喜び（simple pleasures）」と形容している（Bissell 170）。

5　おわりに

『一九八四年』が描く社会は、人々の欲望や愛の情動を「押しつぶし、破壊し、粛清する」ことによって実現した世界である。「愛情省（Ministry of Love）」が拷問という手段を通じてそうしたのは、皮肉にも、個々人の愛と生命エネルギーの強大さを信じて、恐れていたからではないか。組織全体に個人の愛が封じ込められるとき、ハクスリーの快楽至上主義的なディストピアにも通じるような、「意味のない」社会が出来上がる。オーウェルは、いかなる欲望も許されない世界を描くことによって、逆説的に、生の欲動が生じさせる「快楽」「歓喜」「愛」が人間に必要不可欠であることを示すことができた。

『一九八四年』の「附録」から希望を意味する「微光」を読み取ったのはアトウッドだった。そこには、〈ビッグ・ブラザー〉の「検閲の目をくぐって」オールドスピークの「過去の文献の断片」がずっと未来にまだ「生き残っている」記録が綴られている（354 四六六）。オーウェルはまた、ニュースピークに認められた夫婦間の「正常な性行為」から零《こぼ》れ落ちるジュリアとの愛を前景化することによって、旧世界への郷愁や幼少期の記憶との結びつきをさらに強めている。ウィンストンとジュリアの愛は、かつて満たされなかった家族愛への渇望を孕み、失ったものを再び手に入れようとするオーウェル自身の心の作用を映し出しているとも解釈できる。『一九八四年』の大半が自然溢れるジュラ島で執筆されたことも重要であろう。

彼が死よりも恐れていたのは「現実の生命現象に対する喜びをなくしてしまえば、われわれの前途にどういう未来を用意することになるだろうか」という不安だったのではないか。息子とジュラ島に移住する少し前に発表した「ひきがえる頌」に書かれている言葉である。このエッセイでは、「めぐりくる春を楽しめなくて果たして省力化されるユートピアで幸せになれるのだろうか」と遠回しにハクスリー的ディストピアを批判してもいる（"Some Thoughts" 239 二八九）。このことは、「微光はよい。ハッピーエンドはもはや信じられなくなったが、微光とともに生きることはできるはずだ」（Kinos-Goodwin）というアトウッドの言葉とも重なるだろう。

【注】

（1）二〇一四年五月、安倍晋三（元）首相が憲法九条の解釈を変更して集団的自衛権の行使を容認させようとしたときの記事には「オーウェリアン」という言葉が用いられている。安倍内閣が「日本を軍事国に変容させる法整備を容認する」という「オーウェリアン」な再解釈を主張したという文脈で書かれている。Ackerman 参照。

（2）一九四〇年八月九日の日記には、"Yet, I would give my life for England readily enough, if I thought it necessary." と書かれている（*Diaries* 272）。

（3）この点については、大貫、一七二頁を参照。

（4）そういう点では、プロールという種類の人々（労働者階級の人々）には、ある程度の自由は与えられている。

（5）たしかに、「カブトムシ」（67-68 九五）などの動物は下等で知性を欠いた人間の寓意として用いられるが、オーウェルにとって動物や植物の記憶は家族愛に結びつくことも多い。

【引用文献】

Ackerman, Bruce, and Tokujin Matsudaira. "Cry 'Havoc' and Let Slip the Constitution of War." *Foreign Policy*, 28 Sept. 2015, foreignpolicy.com/2015/09/28/japan_constitution_war_peace_article_self_defense_force_shinzo_abe_obama/. 二〇二〇年八月二〇日閲覧。

Bissell, Norman. *Barnhill: A Novel*. Luath, 2019.

Claeys, Gregory. "Industrialism and Hedonism in Orwell's Literary and Political Development." *Albion: A Quarterly Journal Concerned with British Studies*, vol. 18, no. 2, Summer, 1986, pp. 219-45.

Freud, Sigmund. "Observations on Transference-Love: Further Recommendations on the Technique of Psycho-Analysis III." *Journal of Psychotherapy Practice and Research*, vol. 2, no. 2, Spring 1993, pp. 171-80.

Harcourt, Bernard E. *Exposed: Desire and Disobedience in the Digital Age*. Harvard UP, 2015.

Kinos-Goodwin, Jesse. "We're all reading 1984 wrong, according to Margaret Atwood." *CBC*, 9 May 2017, www.cbc.ca/radio/q/blog/we-re-all-reading-1984-wrong-according-to-margaret-atwood-1.4105314. 二〇二〇年八月二〇日閲覧。

Lynskey, Dorian. *The Ministry of Truth: The Biography of George Orwell's 1984*. Anchor, 2020.

Meyers, Jeffrey. *Orwell: Life and Art*. U of Illinois P, 2010.

Newsinger, John. *Hope Lies in the Proles: George Orwell and the Left*. Pluto, 2018.

Orwell, George. "Anti-Semitism in Britain." *The Complete Works of George Orwell*, vol. 17, pp. 64-70.（「イギリスにおける反ユダヤ主義」、小野寺健編『オーウェル評論集』岩波文庫、一九八二年、二五九―二七六頁）

——. *The Complete Works of George Orwell*, 20 vols, edited by Peter Davison and assisted by Ian Angus and Sheila Davison, Secker & Warburg, 1998.

——. *Diaries*. Penguin, 2010.

——. "A Good Word for the Vicar of Bray." *The Complete Works of George Orwell*, vol. 18, pp. 258-61.（「ブレイの教区牧師のために弁明を一言」工藤昭雄訳、『ライオンと一角獣　オーウェル評論集４』川端康雄編、平凡社ライブラリー、一九九五年、二九一―二九八頁）

——. "The Lion and the Unicorn: Socialism and the English Genius." *The Complete Works of George Orwell*, vol. 12, pp. 391-434.（「ライオンと一角獣――社会主義とイギリス精神」小野協一訳、『ライオンと一角獣　オーウェル評論集４』、九―一一八頁）

——. "Looking Back on the Spanish War." *The Complete Works of George Orwell*, vol. 13, pp. 497-511.（「スペイン戦争回顧」小野

協一訳、『象を撃つ　オーウェル評論集1』、五七―九四頁）

―――. "A Nice Cup of Tea." *The Complete Works of George Orwell*, vol. 18, pp. 33-35.（「一杯のおいしい紅茶」小野寺健訳、『ライオンと一角獣　オーウェル評論集4』、二六五―二六九頁）

―――. *Nineteen Eighty-Four: The Annotated Edition*. With an Introduction and Notes by D. J. Taylor and A Note on the Text by Peter Davison. Penguin, 2013.（『一九八四年』高橋和久訳、ハヤカワepi文庫、二〇〇九年）

―――. "Notes on Nationalism." *The Complete Works of George Orwell*, vol. 17, pp. 141-57.（「ナショナリズム覚え書き」小野協一訳、『水晶の精神　オーウェル評論集2』、三五―七四頁）

―――. "Some Thoughts on the Common Toad." *The Complete Works of George Orwell*, vol. 18, pp. 238-41.（「ひきがえる頌」、工藤昭雄訳、『ライオンと一角獣　オーウェル評論集4』、二八四―二九〇頁）

―――. "Such, Such Were the Joy." *The Complete Works of George Orwell*, vol. 19, pp. 356-87.（「あの楽しかりし日々」鈴木建三訳、『象を撃つ　オーウェル評論集1』、一四八―二三六頁）

Roazen, Paul. "Orwell, Freud, and 1984." *The Virginia Quarterly Review*, Autumn 1978, vol. 54, no. 4 (1978), pp. 675-95.

Thompson, M. Guy. *The Truth About Freud's Technique: The Encounter With the Real*. New York UP, 1994.

大貫隆史『「わたしのソーシャリズム」へ――二〇世紀イギリス文化とレイモンド・ウィリアムズ』研究社、二〇一六年。

小原琢「アウグスティヌスにおけるカリタスとしての愛の意義」、『天使大学紀要』第一一巻第二号、二〇一八年。

川端康雄『ジョージ・オーウェル――「人間らしさ」への讃歌』岩波新書、二〇二〇年。

ダーシー、マーティン・C『愛のロゴスとパトス』井筒俊彦訳、上智大学、一九五七年。

ニーグレン、A『アガペーとエロース』第一巻、岸千年・大内弘助訳、新教出版社、一九五四年。

ルイス、C・S『C・S・ルイス宗教著作集2　四つの愛』蛭沼寿雄訳、新教出版社、一九七七年。

鳥とネズミのあいだ——『一九八四年』における「人間らしさ」と動物たち

秦邦生

1　はじめに——ジュラ島のオーウェル

一九四六年五月、ジョージ・オーウェルはロンドンからスコットランド北西のジュラ島への移住を決めた。最終的に死病となった結核の悪化のため本土の療養所に移った四九年一月まで、彼はこの島北方の海岸近くに位置する古い農家バーンヒルに住んだ（最初の年の冬のロンドン滞在と、四七年末から七カ月にわたった長期入院などの期間を除く）。緯度の高さのわりに比較的温和な気候だったとはいえ島の人口は当時約二五〇人、電気も水道も通らないバーンヒルでの彼のつましい暮らしは、「ジュラ島日記」に記録されている。執筆のかたわら、悪天候でも菜園や果樹園の手入れに勤《いそ》しみ、食肉用の鵞鳥《がちょう》を育て、釣った鯖は保存食にし、猟師から譲り受けた鹿はみずから解体する。控えめに言っても厳しい生活のなか、彼は多種多様な野鳥や海生哺乳類の観察を楽しんでいた(1)。その一方で彼は菜園を荒らすウサギやネズミ、養子リチャードに危害を加える恐れのあった蛇などは容赦なく殺し、それを逐一日記に書き残している。オーウェルにとって動物は喜びの源であると同時に、しばしば生活の必要性と密接に結びついたむき出しの暴力の対象でもあったようだ。

『一九八四年』の大半が書かれたのはこの場所だった。アントニイ・バージェスは、いっけん奇妙な田園的イメージや比喩がこの小説にしばしば登場することを指摘しているが（Burgess 216）、それは執筆時のオーウェルの住環境からの影響だったかもしれない。オセアニアの都市を巡視する警察のヘリコプターは「アオバエ」（4 九）、崩壊しかかった木造住居は「鶏小屋」（5 一〇）のようだと描写され、「ヤギ髭」をはやしたゴールドスタインの顔は「羊」に似ており（15 二二）、ジュリアたち若者は「ウサギが犬をかわすように」党の支配をやりすごそうとしている、とウィンストンは思う[2]（151 二〇二）。すぐ目につく例を挙げるだけでも、ディストピアと化した未来のロンドンにはこのような比喩をとおして辺境の自然がひそかに浸透している。『一九八四年』の架空のディストピア都市には、晩年の作家が現実に親しんだ島の自然がうすく重ね書きされているのだ。

本稿はこのような比喩形象による空間の二重化――いわば、都市＝中心／自然＝周縁、という対立する二項の両義的重複――を出発点にして、『一九八四年』における動物表象を再検討したい。のちに言及する鳥とネズミを例外として、この物語には実際の動物はほとんど登場しない。だが、とりわけ主人公ウィンストンの意識に浮上するイメージのなかには、じつに多種多様な動物があらわれる。この小説で使われる動物の比喩形象は被抑圧者の蔑視につながるものとしてしばしば批判されてきた。しかし、この小説中の「動物」は決して固定したものではなく、特に「人間性」との関係で複雑な変容を受けている。以下で論じるようにこの物語における「人間」と「動物」との境界の流動化には、人間性の現状と未来をめぐるオーウェルの思索が刻み込まれているのである。

議論を先取りすると、本稿はこうした動物の形象のなかにこのテクストの逆説的なユートピア性を読み込む試みである。急いで留保すれば、一般にディストピアとして読まれるこの小説にオーウェルが忍び込ませたユートピア的希望は、その実現をはばむ巨大な困難への痛切な認識を前提としていた。一九四八年末の友人への手紙によれば、オーウェルはアメリカ、イギリス、ソヴィエト連邦の首脳が第二次大戦後の世界秩序を協議した一九四三年末のテヘラン会議に想を得て、世界をいくつかの「勢力圏」に分割することの含意をこの小説で探究したという（*A Life in Letters* 427 四六八）。三つの超大国による恒久戦争を描いたこの小説が批判したのはソ連の全体主義体制ばかりではなく、その批判の標的は核開発で超大国化した米ソ両国の冷戦による世界の分割統治の帰結そのものだった。この悪夢を予見しつつもなおオーウェルは、イギリス一国の社会主義に留まらず、グローバルな平等、「人間の連帯」（"Review" 334）のユートピアを希求し続けていたのである。(3)

だが、そうした「人間の連帯」の可能性を真に幻視するためには、そもそも人間性自体を再吟味し、その他者としての動物的存在との関係を省察せねばならないのではないか——この問いかけは、オーウェルの言う「人間らしさ《ディーセンシー》」という核心的な問題にも通じている。以下ではまず、右で素描したオーウェルの困難なユートピア主義が動物の形象を巻き込む一つの契機として、全体主義批判と並行する彼のイギリス帝国主義批判を検討する。『一九八四年』における動物の形象は、グローバルな分断によって人間性を縮減させる全体主義と帝国主義という二重の政治性を刻印されている。だが動物の形象は、逆説的にも現実の分断を越える連帯の予兆ともなるのである。最終的に本稿は、この小説の描く人間性の隘路とその困難なユートピア的変容の可能性が、相反する二つの形象である「鳥」と「ネズミ」のあいだに走っていることを明らかにしたい。

2　動物化の問題

『一九八四年』には動物の比喩があふれている。ウィンストンはしばしば内心で真理省の同僚たちを「カエル」（64 八七）や「アヒル」（58 七九）、「カブトムシ」（69 九四）に喩え、ジュリアは〈党中枢〉のメンバーでも「豚野郎」と呼ぶのをためらわない（144 一九三）。この小説中であらゆる地位のキャラクターたちが比喩的な動物化を免れない状況は、まずなによりもオセアニアにおける人間性の全般的荒廃を暗示していると言えるだろう。

それでもなお、この世界でもっとも徹底的な動物化をこうむるのがプロールであることは間違いない。ウィンストンの同僚サイムは「プロールどもは人間じゃない」と言い捨てているが（61 八三）、べつの場面で言及されるこの世界の教科書はそれを党の公式教義として説明している。「プロールは生まれながらに劣った存在であり、動物同様に、いくつかの単純な規則を適用することによってつねに服従させておかねばならない」。彼らは「アルゼンチンの平原で放し飼いにされる牛」のように、過酷な肉体労働と粗悪な娯楽の生活に留め置かれ、放置されているのだ（82 一一〇―一一一）。

読者を当惑させてきたのは、党に抵抗するウィンストンもまたこの思考習慣を免れていないという事実である。「希望があるとするなら〔……〕それはプロールたちのなかにある」。このように日記に書くそばから、彼はプロールを動物に喩える。「しかしプロールたちは、どうにかして自らの力を意識しさえすれば、陰謀を企む必要などないだろう。かれらはただ立ち上がり、馬がハエを振り払うように身震いするだけでいい」（80 一〇八）。プロールの革命的潜在力に期待すると同時に、彼らを動物的存在へと貶《おとし》める――この思考の両面性を、レイモンド・ウィリアムズは『動物農場』と『一九八四年』に通底するオーウェル自身の認識の問題と見なして批判した。ウィリアムズによれば、このような労働者と動物との同一視、さらにその潜在力への期待は「陳腐な革命的ロマン主義」でしかない。それはいっけん賛美のようでいて個々の人間を「大衆《マス》」として侮蔑するものであり、そこに究極的に露呈するのは観察者自身の偏見なのである。そこでは「興奮した観察者自身の側に、あきらかに不完全な人間性が見て取れる」、とウィリアムズは言う(4)(Williams 79)。

しかしながら、観察者の「不完全な人間性」は、オーウェル自身が自覚的に問題化してきたものだったのではないだろうか。よく知られているように、彼はそもそも幼少期から動植物への愛を育んでいた【図1】。それが成人後の彼の作家的想像力にも流れ込んでいることは、「鯨の腹のなかで」(一九四〇年)や『ライオンと一角獣』(一九四一年)など代表的なエッセイのタイトルにもうかがえる。だが、そこに潜在する政治的屈折は、植民地での経験を題材にした彼の初期作品に特に顕著にあらわれている。『ビルマの日々』(一九三四年)の登場人物たちはくり返し卑しい動物に比されるし、「絞首刑」(一九三一年)に登場する犬や「象を撃つ」(一九三六年)の象の例を見ても、動物は字義通りにも、比喩としても無視できない役割を果たしている。

ここで注意すべきは、動物性の修辞の二重の機能だろう。一方で「人間」による「動物」の支配はヨーロッパの植民地主義を正当化してきた幻想であり(ラドヤード・キプリングの『ジャングル・ブック』がその代表的な例)、オーウェルもその伝統からの影響を完全には脱していない。他方で、「人間」と「動物」の関係が攪乱される瞬間も彼のテクストはたしかに刻印している(Kerr 239)。例えば「象を撃つ」の語り手が被植民者たちの無言の期待に抗しきれずにおとなしい象を撃つとき、彼は不意に自分が空虚な「かかし《ダミー》」と化したことに気づく("Shooting" 504 二一七)。ここで描かれるのはまさに、動物を前にした人間がみずからの「不完全な人間性」に不意打ちされる瞬間なのだ。

他者を動物視し、その人間性を剥奪すること――ジョルジョ・アガンベンのいう「人類学機械」（五九）――が、全体主義と帝国主義に通底した支配の構造であることを、オーウェルはたしかに見抜き、戦時中のエッセイで批判していた。彼によれば、そもそも全体主義とは共通の人間性を否定するものだった。例えば、ナチズムの人種差別は他者の人間性を否認することで徹底的な搾取を正当化する方法だと彼は指摘する。「ユダヤ人やポーランド人は人間ではない。だから搾取してなにが悪い？」というわけだ（"Notes" 123）。だが彼は同時に、公的にはナチズムに敵対するイギリスもまたこの発想と決して無縁ではなかったと言う。かつてイギリス領ビルマに赴く船旅の途上で目撃した、ある白人が苦力《クーリー》を蹴り飛ばした事件を想起したオーウェルは、その様子を黙認した船客たちの精神的態度について次のように述べる。「彼らは白人で、苦力は黒人だった。言いかえれば彼は人間以下で、違う種類の動物だったのだ」（121）。オーウェルが憎んだ植民地支配とはまさにこのような他者の動物化に立脚した体制だった。その意味で「ヒトラーはわれわれに敵対するわれわれ自身の過去の亡霊」（123）にほかならない[5]。だとすれば、全体主義との対決はまずイギリス帝国への批判的反省をともなわねばならない。全体主義による他

図1　1912年3月に当時9歳のエリック・ブレア少年（のちのオーウェル）が寄宿学校から母親に送った手紙に添えられた動物たちのイラスト（*Complete Works*, Vol. 10, p. 16 より転載）。およそ30年後に書かれた『動物農場』を彷彿させる。

者の動物化を批判するオーウェルは、「われわれ自身の手も汚れている」ことへの自覚を読者に求めていたのである。

第二次世界大戦以降のオーウェルがナチズムやソ連共産主義を拒絶しつつ、イギリスの社会主義に希望を託したのは、その国民的伝統が育んだ“decency”――しばしば「人間らしさ」と訳されるもの――に期待したからだった。(6) だが彼のキャリア初期から一貫したイギリス帝国主義批判は、この「人間らしさ」の信念に一定の屈折を与えている。例えば一九四二年のキプリング論でオーウェルは、植民地主義への構造的な依存をイギリス左翼の根源的ジレンマとして剔出《てきしゅつ》していた。

高度に工業化された国々のすべての左翼党は実はいかさまである。〔……〕彼らは国際主義的な目標を持ちながら、同時に、そうした目標と相容れない生活水準を維持しようとつとめている。われわれはみなアジアの苦力《クーリー》から略奪することで生きているのだが、われわれのうちの「進歩的な」連中はみな、そうした苦力の解放を主張する。だが、われわれの生活水準を維持するためには、したがってわれわれの「文明の進歩」のためには、その略奪が続くことが求められる。人道主義者(humanitarian)〔既訳では「博愛家」〕というのはいつでも偽善者〔なのだ〕。

(“Rudyard” 153 二〇一―二〇二)

この省察が重要なのは、彼が信奉した「人間らしさ《ディーセンシー》」自体が、このような搾取を前提に育まれた可能性を無視できないからにほかならない。事実、一九四一年のべつのエッセイで彼は「民主主義社会の相対的な平穏さと人間らしさ《ディーセンシー》はたんに高めの国民所得の反映であり、過去一〇〇年のあいだその主な土台は有色人種の労働だった」という敵対者の主張に譲歩していた（"Will" 462）。真の社会主義はこのような搾取の構造を廃絶しつつ、なお「人間らしさ」の存続に希望を託さねばならない。オーウェルが理想とした真の社会主義は、「人間らしさ」の伝統がいわば帝国主義と他者の動物化に依存してきた事実の承認からはじまるのである。

　つまり、オーウェルの思索における「人間」と「動物」とは、決して安定した二項対立ではない。一方で、彼が追求した社会主義に不可欠な「人間性」は、他者の動物化に依存している限りでは永遠に「不完全」なものに留まり続ける。他方で動物化された存在のなかには、つねに抑圧者によって否認された「人間性」が宿っている。「人間」と「動物」はかりそめの境界線を絶えず逸脱し、混淆し、しばしばその位置を入れ替えるのである。

　一九四五年の『動物農場』はこの逆説を体現した作品と見なせるだろう。一九四七年のウクライナ語版への序文でオーウェルは、この寓話の発想源が動物と被抑圧者との同一視であったことを率直に告白している（"Preface" 88 一〇二）。ウィリアムズが批判したように、このような寓意が労働者への蔑視に横滑りしうることは確かだろう[7]。他方でマーガレット・ドラブルは、馬のボクサーやクローヴァーこそが「オーウェルが擁護し温存したいと願った本質的な人間性と人間らしさ《ディーセンシー》」を体現すると観察している(Drabble 43)。動物的存在こそが、この物語の人間性を担保しているのである。

　だがこの物語でなによりも印象に残るのは、人間自身の残忍さではないだろうか。農場主を追放していったん革命に成功した動物たちは、「ジョーンズが支配した憎むべき時代のなごり」――犬の鎖、豚や羊の去勢用ナイフ、手綱や鞭など――をことごとく炎に投げ込み、消し去ろうとする（13 三〇）。ところが、狡猾な豚たちは最後には人間自体と区別のつかない存在へと変貌する（95 一六九）。ここでは奇妙な居心地の悪さが巧みに喚起されている。搾取される動物に共感する読者は、同時に自分が人間であり、動物の搾取者であることを絶えず想起させられる。読者の位置における「動物」と「人間」の交錯は、被抑圧者への共感が抑圧者としての自意識へと転化する瞬間を喚起するのだ。

3 「動物の人間化」と「人間の動物化」

この観点から『一九八四年』に立ち戻ってまず目につくのは、党への抵抗者でありつつ同時にその共犯者でもあるという主人公ウィンストンの両義的立場だろう。〈党外郭〉のメンバーかつ真理省の知的労働者である彼は、過酷な労働のなか〈思考警察〉の影に怯《おび》えながらも、なおプロールたちのような極貧状態は免れている。彼のなかにはまさしく抑圧者と被抑圧者の側面が同居している。クロード・ルフォールが言うように、ウィンストンのなかには支配への屈従を欲望する要素がはじめから埋め込まれているのだ（二〇）。だがその欲望が彼の無意識に留まる点で、少なくとも物語中盤までのウィンストンは、オーウェルが求めた「不完全な人間性」への批判的自意識とは隔てられている。(8)

ウィンストンの不透明な意識は、ある程度までは彼の孤立の帰結として理解できる。党の構成員たちは家族や恋人・友人などとの親密な絆を奪われ、〈ビッグ・ブラザー〉への排他的愛情と敵への憎悪を求められる。この孤立がより大きな時間的・空間的分断に条件づけられることは、ゴースドスタインの「本」が説明している。党員は過去から切り離されることで現在と過去の生活とを比較する「基準」を奪われる（242 三二六）。さらに三つの超大国による恒久戦争状態は外国との接触を断絶し、国内の支配体制への盲従をうながす。「オセアニアの一般市民は、ユーラシアないしはイースタシアの市民を目にする機会はなく、また外国語の習得も禁じられている。仮に外国人との接触が許されたなら、彼らが自分たちと同じような人間であり、彼らに関して言われていた情報の大半が嘘であったと気づくだろう」(226 三〇二)。こうした多重的な分断こそが、他者との「共通の人間性」という認識の成長を妨げ、党員たちの人間性をも損なうのである。

この世界観が本稿冒頭で説明したオーウェルの冷戦状況への諷刺であることは論を俟《ま》たないが、ここで重要なのはやはり人間性の命運である。かつてアーヴィング・ハウは、この物語が非人間的な社会で主人公たちがゆっくりと人間性を学び直す過程を描いていると指摘していた (Howe 15)。この指摘に付言したいのは、このような人間性の学び直しは自己のそれまでの非人間性への自覚をもたらさずにはいないという点である。日記を書く序盤のウィンストンはみずからの正気が「人類の遺産」(32 四五) の継承に寄与すると自負していたが、その彼が無意識にどれほど党の教義に影響され、汚染されているのかは、すでに指摘したプロールを動物化する彼の視線に明らかだろう。

それでもなお、ウィンストンが人間性を学び直すプロセスは注目に値する。彼は党のプロパガンダ、断片的な記憶、不条理な夢などを手がかりとして、かつて自身が動物視したプロールのなかに人間性を再発見する。彼の不透明な意識に焦点化する語りの技法は、この気づきの追体験を読者にうながしている。物語の冒頭で日記をつけはじめたウィンストンは、前日夜に観た戦争映画をまず想起する。ヘリコプターが海上の船を襲撃し、難民たちを虐殺する様子を映し出す映画のなかで彼は、機銃掃射に対して子供を守ろうとした無力な女性の姿を目撃する。「ユダヤ人と思しき中年の婦人が舳先《へさき》に座り、三歳くらいの男の子を抱いている。〔……〕自分の腕で銃弾が防げると思い込んでいるのか、できるだけ男の子を覆い隠そうとする」(11 一七―一八)。ウィンストンはこの場面に説明のつかない動揺を覚えている。だが、爆撃で千切れた子供の腕が舞い上がるショットに感嘆する彼は、党への長い迎合のなかで養った冷酷な無感覚ゆえに、その真の重要性をいったん見過ごしてしまう。
遅延された認識の衝撃が彼を襲うのは、ジュリアとの逢瀬がはじまってしばらく経ってからである。ウィンストンは夢のなかで、飢えに苦しんだ子供時代の彼がチョコレートを幼い妹から奪い、それに対して母が腕で妹を胸にかき抱いたさまを想起する。失踪した母と映画のなかで目撃した女性、二人の「腕のジェスチャー」の不気味な反復に気づいた彼は、そこに自身が喪失していた人間性を見出す。

彼女〔ウィンストンの母〕の感情は彼女自身のものであり、外部からそれを変えることはできなかった。実を結ばない行動は、そのために無意味であるなどとは、夢にも思わなかっただろう。誰かを愛するなら、ひたすら愛するのであり、与えるものが他に何もないときでも、愛を与えるのだ。チョコレートの最後の一かけらがなくなってしまったとき、母は我が子を胸に抱きしめていた。それは無駄なことであり、そうしたからといって何も変わらない。チョコレートが新たに出てくるわけでもなく、我が子の死や彼女自身の死が回避されるわけでもない。しかし彼女にはそれが自然だったのだ。船に乗っていた避難民の女性も小さな男の子を自分の腕でかばった。銃弾に対して紙切れ一枚同様、まったく無力であるにもかかわらず。（190 二五三―二五四）

いっけんどれほど無益に思えようとも、この腕のジェスチャーがあらわす無償の愛に気づいた彼は、そのような私的関係の感情と倫理をプロールのなかにも見出す。ウィンストンは、母と難民女性、そしてプロールとの複雑な同一視を経由して、彼らの深い「人間性」を再発見する。「プロールたちは人間性を保ってきたのだ。内側まで無感覚になってはいない。自分にとっては意識的な努力によって再学習しなければならないものとなった素朴な感情を、かれらは手放さないでいたのだ」(191 二五五)。

ここでの人間性の再発見には、さらに二つの重要性がある。第一に注目すべきは、ウィンストンの自己認識の変容である。彼はジュリアに「プロールたちは人間なんだ〔……〕ぼくたちは人間じゃない」と告白する(191 二五五)。プロールの人間性への気づきは、自己の「不完全な人間性」の再認識と完全に同時的なのだ。そもそも母が幼い妹を腕で抱きしめたのは、飢えに駆られた子供時代の彼からの攻撃に対してだった。彼は難民たちに対しては傍観者として、母と妹に対しては加害者として振る舞った自己の人間性の欠如に気づかずにはいられない。[2] この時点で、自己の人間性と他者の動物性という、それまでの彼の認識の構図は逆転する。ここではいわば「動物(他者)の人間化」と「人間(自己)の動物化」が交錯しているのだ。

ここでもう一つ重要なのは、腕のジェスチャーに不気味な反復を見出したウィンストンが、母の記憶を媒介として、内部の他者(プロールたち)と外部の他者(難民たち)とをつかのま同一視していることだろう。リンジー・ストーンブリッジはこの難民船の挿話が、戦後に地中海経由でパレスティナに向かった数多くのユダヤ人難民船を土台にしていたのではないかと推測している。難民たちのアーレント的「根無し草性《アップルーテッドネス》」は、国民国家に枠づけられた人間性の限界を暗示する(Stonebridge 76-87)。一九四七年のエッセイでオーウェルは、イギリスの読者の国外の出来事に対する無関心に警告を発していた。「飢餓、都市の崩壊、強制収容所、大規模な国外追放、居場所のない難民たち、迫害されたユダヤ人たちなどの物語——これらはすべて無頓着な驚きで迎えられる。〔……〕時間が経ってぞっとする事件が積み上がると精神は一種の自己防衛的な無知を分泌し、それを貫くにはますます強いショックが必要となるかのようだ」(“As” 19)。難民虐殺の映画に当初は無関心で応えたウィンストンは、まさにこのような精神状態を体現していた。そのような意識が自己の非人間性に気づくことは、多重的な分断をこうむった世界の内部から抜け出る、最初の、だが弱々しい一歩なのである。

4　鳥の飛翔、ネズミの檻

しかしながら、オセアニアの自閉した社会は市民たちの外部への気づきを阻害し続けている。この世界の日常生活において外国人を目にするのは、映像やポスターに描かれる敵兵士の表象か捕虜の公開処刑くらいの機会でしかなく、ある場面では熱狂的な愛国心をあおられたプロールたちが「外国の人の血をひいていると疑われた老夫婦」をスパイ容疑で虐殺したことまで報じられる（172 二三二）。ゴールドスタインの「本」は、この世界秩序が遠隔地の他者の奴隷化に支えられていることを説明する。三つの超大国が奪い合う係争地域――「タンジール、ブラザヴィル、ダーウィン、香港を四隅に据えた大略四辺形」（217 二八九）――の人々はどの国にも属さない余剰労働力として扱われており、その存在はウィンストンにも、プロールたちにも触知しえない霧の向こうにある。『一九八四年』の世界はこの点でオーウェルが拒絶した植民地主義を反復している。

ダグラス・カーが指摘するように、オーウェル作品における重要な気づきの瞬間はしばしば他者とのまなざしの交差を契機としていた（Kerr 237, 240）。例えば『ウィガン波止場への道』（一九三七年）の有名な場面で、下水管を掃除する労働者階級の女を汽車の窓から見たオーウェルは、そのまなざしに「動物的な無感覚さとはほど遠いもの」を認める（15 二七）。また、「マラケシュ」（一九三九年）での彼は行進するセネガル人の若い兵士から尊敬のまなざしを受けて、彼自身を含む白人支配者たちの欺瞞を痛感する（"Marrakech" 420 四四）。

ところが、こうした先例とは対照的に『一九八四年』の世界では、このようなまなざしの機能は失われている。第二部第一章でウィンストンは、ジュリアとの密会の手筈《てはず》を相談するために、捕虜たちを載せたトラックの行列に群がる人々にまぎれ込む。「外国人は、ユーラシア人であれイースタシア人であれ、一種の珍しい動物なのだ」（133 一七九）。そこで監視を警戒するためジュリアと話しながらも目を交わせない彼は、捕虜たちの顔をのぞき込む。彼は「娘の目の代わりに、年老いた捕虜の目が鬚だらけの顔の奥から悲しげにウィンストンを見つめていた」ことを知覚する（134 一八〇）。だが、ジュリアのまなざしを代補するこの外国人捕虜のまなざしが、「珍しい動物」の深奥にある人間性への気づきへとウィンストンを誘うことはないのである。

この事例を踏まえて言えば、恒久戦争状態がこの世界を分断するとき、動物性のヴェールを引き裂いて共通の人間性の承認をもたらすまなざしの機能は失効してしまうのである。だがこの分断が生み出すジレンマを象徴的に表現しつつ、なおウィンストンの想像力をグローバルな連帯の地平へと誘うのが、やはり動物の形象であると指摘したら、逆説的に響くだろうか。

本稿冒頭で確認したように、そもそもこの小説は比喩形象を通じて、荒廃した都市と辺境の自然とが混淆した不均質な空間を形成していた。このような空間の不均質性はウィンストンが経験するディストピアの文字通りの特徴でもある。『一九八四年』には、ザミャーチンの『われら』（一九二四年）やハクスリーの『すばらしい新世界』（一九三二年）など先行するディストピアに見られたような都市と自然とを完全に隔絶する境界は存在しない。都市と田園との境界はゆるやかであり、最悪の瞬間には、田園にも〈思考警察〉の監視網が張り巡らされているのではとウィンストンは恐れている。この不均質性を究極的に表現するのが、物語中でウィンストンがくり返し幻視する〝黄金郷〟である。彼はその光景を以前から夢に見ていたが（36 五〇）、ジュリアとのはじめての逢瀬で夢と瓜二つの場所を目撃したウィンストンは、心地よくも不気味な既視感《デジャヴ》に襲われる（141 一九〇）。夢とも現実ともつかないこの〝黄金郷〟は、都市の荒廃を執拗に描くこの小説が、自然主義的リアリズムの限界を逸脱する契機となる。〝黄金郷〟の反復はフロイト的な意味で「見慣れたもの《ハイムリッヒ》」と「見慣れないもの《ウンハイムリッヒ》」とを不気味に共存させている。この不気味な反復を受けて自然界へのいっけん保守的なノスタルジアはその退行性を払拭し、その情動は「見慣れない《ウンハイムリッヒ》＝未知の」ユートピアへと振り向けられるのだ[10]。

　このユートピア的想像力の直接の契機となるのは、ウィンストンとジュリアがはじめての逢瀬で耳にしたツグミの歌だった。〝黄金郷〟の近くに降り立ったツグミに気づいた二人は、その喜びにあふれた歌に圧倒される。「その調べは果てしなく続いた。毎分ごとに驚くべき変奏を加え、一度として同じ調べにはならない」（142 一九一）。しばらくのちチャリントンの骨董屋の二階で、ウィンストンはプロールの洗濯女がくり返し口ずさむ歌に聞き惚れるようになる。その歌は機械による製作物でしかなかったが、「その女性が実に見事な旋律をつけて歌ったので、このどうしようもない駄作が何とも心地よい調べに変わっていた」（160 二一三）。一方の決して「同じ調べ」を反復しない鳥の歌、他方の洗濯女がただひたすら反復する同じ歌――いっけん正反対のこの二つの歌をのちに連想することで、ウィンストンの想像力は驚くべき飛翔へと誘われることになる。

　ウィンストンとジュリアが囚われる直前、夕闇に近い空の下で洗濯物を干す女の歌に耳を傾けた彼は、そのプロールの歌と鳥の歌との同一視から、鳥が飛翔する空に注意を惹きつけられる。「林立する煙突の向こうの果てしない彼方まで広がる淡くて雲一つない空〔……〕空は誰にとっても同じもの、ユーラシアでもイースタシアでもここと同じなのだと考えると不思議な気がした」（251 三三八）。このような思索を経て彼は、その同じ空の下で鳥のように歌い続ける人々の姿に想いを馳せるに至る。

鳥は歌う。プロールは歌う。党は歌わない。世界中で――ロンドンでもニューヨークでも、アフリカでもブラジルでも、フロンティアの彼方の神秘的な禁断の地でも、パリやベルリンの街頭でも、果てしないロシアの草原の村々でも、中国や日本の商店街でも――そこかしこに、強固で不屈の同じ姿が立っている。労働と出産とで途方もなく大きな身体になり、生まれてから死ぬまでこつこつ働きながら、なお歌い続ける姿が。（252 三三九）

この幻想的な一節が重要なのは、恒久戦争状態が世界に張り巡らした「憎しみと嘘の壁」（251 三三八）をかりそめにも越えるヴィジョンを提示しているからにほかならない。飛翔する鳥のように国境を越える「人間の連帯」という夢想は、多重的に分断された世界のなかでは確固とした「共通の人間性」への認識を基盤とはしえない。だがその不在のなかでも、ウィンストンはなお鳥と人間との比喩的な同一視を経由してユートピアを幻視するのである。

鳥と人間とのこのような比喩的融合は、前節で論じた「動物の人間化」からさらに一層の飛躍を彼の想像力に迫っている。オーウェルが批判した他者の動物化とは、共通の人間性の否認によって他者の搾取を正当化する修辞だった。ところが、「歌」を共通項とした鳥と人間との融合は見失われた人間性に代わる連帯のヴィジョンを呼び込んでいる。世界の分断が人間性を囲い込み縮減するとしたら、ここでの鳥の形象は、そのような現実の人間がいまだ到達しえないグローバルな地平を喚起するのである。[11]

だがオーウェルの困難なユートピア主義が、冷戦初期の国際状況と植民地搾取の継続に対する批判的認識に裏打ちされていたこともまた想起せねばならない。人間の真の連帯を可能にするグローバルな地平は、都市と自然との逆説的な混淆が生み出す不均質な空間の内側からのみ幻視されるのである。その意味でこの小説が、愛情省の拷問室というもう一つの場を含んでいることを忘れるべきではないだろう。ウィンストンを監禁するこの部屋は、骨董屋の二階の窓から彼が幻視したユートピアとは対極の位置にある。同時にそれは、どれほど極限的でも、物語の冒頭から彼がこうむっていた多重的分断――「閉ざされた孤立」(21 三二)――の延長線上に置かれている。一〇一号室で檻に閉じ込められて凶暴化したネズミを突きつけられたウィンストンは「叫び声をあげる動物」(329 四四四)と化し、最後に残ったジュリアへの愛をも裏切ってしまう。[12] この動物化がウィンストンの人間性の完全な喪失であり、党の支配の完成であることに説明は不要だろう。

ルフォールは少年期のウィンストンの飢えに言及しつつ、このおぞましいネズミが「一部分、彼自身である」と観察していた(二六)。だが彼とネズミとの近似性はいわば動物的身体性のみならず、空間的なものでもある。「閉ざされた孤立」に苦しむ彼は、すでに第一章から「ハツカネズミのように」監視を恐れていた(23 三三)。第三部における彼の監禁と拷問は、そのような孤立を徹底するものだった。かたやネズミが拷問道具となるのは、人為的な監禁と飢餓によって凶暴化したからなのである。ウィンストンとネズミとの相同性が暗示するのは、不可避の動物性の恐怖ではなく、むしろ分断と孤立の悪夢なのではないか。[13]「檻」に閉ざされた彼は人間性の最後の一片を失い、このネズミのような存在と化す。だがそのような存在が幻視するのは、鳥が飛翔する、あらゆる分断を越えた空なのである。『一九八四年』が提示する人間性の困難な進路は、この二つの動物の形象それぞれが体現する「空」と「檻」という異質な空間のあいだを走っているのだ。

5　おわりに

一九四二年にスペイン内戦の体験を回顧した文章でオーウェルは、全体主義が破壊するのは「人間はすべて同種の動物だ」という信念だと述べていた（"Looking" 504 七五）。この全体主義批判は、いっけん思える以上に両義的なものである。というのも彼は人間の共通性を、自明な「人間性」の共有ではなく、「同種の動物」であることに見出していたからだ。「人間らしさ《ディーセンシー》」を擁護したオーウェルは、同時にその人間にはつねに動物的要素が内在していることを認めていた。「他者の動物化」が危険なのは、そのような「人間」と「動物」との内的混淆に恣意的な分断線を引き、他者の搾取と同時に、隔離された人間性の縮減をもたらすからにほかならない。

こうしたオーウェルの立場が、「すべての動物は平等である」という標語を『動物農場』から借用しつつ「動物の権利」を唱えた哲学者ピーター・シンガーのような急進的な動物解放論とも異なることには留意すべきだろう。動物の苦痛に目を向け「種差別《スピーシーシズム》」の撤廃を謳う論理はいっけん理想的である（四一）。だがジャック・デリダが警告したように、そのような身振りには「生物学主義」を招き寄せつつ、問題含みの人間中心主義を温存する危険もあるかもしれない[14]（六三）。ひるがえって言えば、オーウェルの言う「人間らしさ」とは安定した実体でも過去に存在する不変の本質でもない。本稿で詳述したように、『一九八四年』における人間は、目の前の動物化された他者や動物そのものとの緊張関係によって、自己の人間性の限界を絶え間なく問い直されている。これを踏まえるならば、私たちは彼が信奉した「人間らしさ」を、現代にも通じる未解決の問題と、そのジレンマを脱却する道をためらいがちに指し示す一つの身振りとして継承すべきではないだろうか。

人間に内在する動物的側面を承認しつつ、なおも人間性の未来に希望を託したオーウェルは、なによりもまずグローバルな分断状況に生きる「人間」がいまだ不完全なものであることに、私たちの注意をうながしていた。ジュラ島で晩年を過ごした彼は、動物や自然との困難な共生――動物への注視と暴力との逆説的な共存――を実践しつつ、人類史と自然史との比喩的な融合を幻視していた。それは今なお分断された世界の現実を越えて、真の人間性が共有される未来のつかのまのヴィジョンだった。そこで書かれた『一九八四年』のネズミと鳥が喚起しているのは、そのような窮状の最悪の危険性であると同時に、まだ見ぬ理想のユートピアなのである。

【注】

（1）「ジュラ島日記」については、Orwell, *Diaries* 369-79 ならびに高儀進による貴重な邦訳を参照。例えばオーウェルは海岸近くでアザラシやクジラを観察したことを記録している。またこの日記で彼は鵟《のすり》、四十雀《しじゅうから》、渡鴉《わたりがらす》、鷦鷯《みそさざい》、鶺鴒《せきれい》などなど、二〇を越える種類の鳥を観察して見分けており、彼の野鳥愛の強さがうかがえる。

（2）ただしD・J・テイラーも指摘するように、オーウェルの動物愛や自然愛はオックスフォードシャーの子供時代からのものであり、ジュラ島ばかりが彼にとって特権的な場所であったわけではない（Taylor, *On Nineteen Eighty-Four* 15）。

（3）「人間の連帯」（human brotherhood）という引用は、ウィリアム・モリスやオスカー・ワイルドのユートピアを評価したオーウェルの一九四八年のエッセイから取られている。『一九八四年』の描くディストピアが帝国主義や初期冷戦に対する諷刺であること、またその内奥に秘められたグローバルなユートピアへの欲望については、二〇一七年の英語論文でより詳細に論じている（Shin を参照）。一九四七年の "Toward European Unity" という論考に表現された晩年のオーウェルの政治的コミットメントと悲観主義との逆説的な共存については Woloch 183, 354 も参照。

（4）　スチュワート・コールは『一九八四年』の女性表象に対するフェミニズム批評を援用しつつ、女性キャラクターもまた類似の動物化を受けている、と指摘している（Cole 343）。

（5）　帝国主義と全体主義との連続性についてオーウェルは体系的に論じていないが、この指摘はハンナ・アーレントの議論とも近似している。特に帝国主義と人種差別が論じられる『全体主義の起源』第二巻第三章を参照。

（6）　"decency"は「品位」、「高潔さ」、「まっとうさ」などとも訳され、一義的な定義や訳語をあてるのが難しい言葉の一つである。この言葉を「人間らしさ」とする解釈としては、川端、二六四頁を参照。デイヴィッド・ドワンもまた、他者への敬意と気遣いを含意するこの言葉にオーウェルの「ヒューマニズム」の核を見ている（Dwan 88）。

（7）　デイヴィッド・ドワンはまた、オーウェルによる動物の寓意の利用が「適切な平等の範囲」（すなわち、平等が人間ならざる存在を含むべきかどうか）についての疑問を引き起こしていると論じる（Dwan 83）。近年のアニマル・スタディーズの見地からの『動物農場』批判としてはRobles 172-76を参照。

（8）　この点で、本稿の解釈はオーウェルとウィンストンを安易に同一視するマーサ・ヌスバウムの解釈とは異なる（Nussbaum 292）。またリチャード・ローティは、自己のサディズム的傾向への認識からオーウェルが拷問者オブライエンのキャラクターを創造したと論じているが（Rorty 184）、本稿はこの見方も取らない。

（9）　子供時代のチョコレートの逸話をウィンストンから聞いたジュリアは、「その頃のあなたはひどい子豚（a beastly little swine）だったのね」と感想を漏らしている（190 二五三／訳文変更）。冗談めかした発言ではあるが、ここでウィンストンが「豚」と化す展開は、第二節の終わりで言及した『動物農場』において豚たちが人間化する局面をちょうど反転するものだと言えるかもしれない。

（10）　『一九八四年』の〝黄金郷〟表象における既視感の役割とフロイト的な「不気味な反復」については、二〇一七年の英語論文でより詳細に論じている（Shin を参照）。以下、特にこの節の「鳥」に関する議論はこの既出論文の論旨を動物性の形象から論じ直したものであることをお断りしておく。

（11）　なおこの鳥の形象には旧約聖書「伝道の書」のなかにある、よく知られた鳥のイメージの残響が聞き取れるかもしれない。この語句はマーガレット・アトウッドの『誓願』にくり返し引用されており、より明示的にあらわれている。「空飛ぶ鳥が声をはこび／翼あるものがことを告げるだろう」（四二〇、五七八）。

（12）　この段落の二つの引用では邦訳書の訳文を部分的に変更してある。

（13）　ネズミの形象については、例えばテイラーの伝記研究のようにオーウェル自身の生理的嫌悪や恐怖症のあらわれと解されることが多い（Taylor, *Orwell* 143-46）。だが、ここで言及したハツカネズミの比喩や監房内で登場する「齧歯類」に似た男のように（269 三六三）、ネズミに類する形象自体がつねに凶暴性を暗示するものとは言えない。

（14）　ジャック・デリダの動物論における動物福祉論に対する違和感については、Weil 20-23 ならびに宮崎の第五章・第六章を参照。

【引用文献】

Burgess, Anthony. *1985*. Serpent's Tail, 2013.

Cole, Stewart. "'The True Struggle': Orwell and the Specter of the Animal." *Lit: Literature Interpretation Theory*, vol. 28, no. 4, 2017, pp. 335-53.

Dwan, David. *Liberty, Equality, and Humbug: Orwell's Political Ideas*. Oxford UP, 2018.

Drabble, Margaret. "Of Beasts and Men: Orwell on Beastliness." *On Nineteen Eighty-Four: Orwell and Our Future*, edited by Abbott Gleason, Jack Goldsmith, and Martha C. Nussbaum, Princeton UP, 2005, pp. 38-48.

Howe, Irving. *Politics and the Novel*. Horizon, 1957.

Kerr, Douglas. "Orwell, Animals, and the East." *Essays in Criticism*, vol. 49, no. 3, 1999, pp. 234-55.

Nussbaum, Martha C. "The Death of Pity: Orwell and American Political Life." *On Nineteen Eighty-Four: Orwell and Our Future*, edited by Abbott Gleason, Jack Goldsmith, and Martha C. Nussbaum, Princeton UP, 2005, pp. 279-300.

Orwell, George, *Animal Farm*. Penguin, 2000.（『動物農場——おとぎばなし』川端康雄訳、岩波文庫、二〇〇九年）

——. "As I Please." *The Complete Works of George Orwell*, vol. 19, pp. 18-21.

——. *The Complete Works of George Orwell*, 20 vols, edited by Peter Davison and assisted by Ian Angus and Sheila Davison, Secker & Warburg, 1998.

——. *Diaries*. Penguin, 2010.（『ジョージ・オーウェル日記』ピーター・デイヴィソン編、高儀進訳、白水社、二〇一〇年）

——. *A Life in Letters*, edited by Peter Davison, Penguin, 2010.（『ジョージ・オーウェル書簡集』ピーター・デイヴィソン編、高儀進訳、白水社、二〇一〇年）

——. "Looking Back on the Spanish War." *The Complete Works of George Orwell*, vol. 13, pp. 497-511.（「スペイン戦争回顧」小野協一訳、『象を撃つ　オーウェル評論集1』川端康雄編、平凡社ライブラリー、一九九五年、五七—九四頁）

——. "Marrakech." *The Complete Works of George Orwell*, vol. 11, pp. 416-21.（「マラケシュ」川端康雄訳、『象を撃つ　オーウェル評論集1』、三四—四五頁）

——. *Nineteen Eighty-Four: The Annotated Edition*. With an Introduction and Notes by D. J. Taylor and A Note on the Text by Peter Davison. Penguin, 2013.（『一九八四年』高橋和久訳、ハヤカワ epi 文庫、二〇〇九年）

——. "Notes on the Way." *The Complete Works of George Orwell*, vol. 12, pp. 121-27.

——. "Preface to the Ukrainian Edition of *Animal Farm*." *The Complete Works of George Orwell*, vol. 19, pp. 86-89.（「『動物農場』ウクライナ版への序文」小野寺健訳、『象を撃つ　オーウェル評論集1』、九五—一〇四頁）

——. "Review of *The Soul of Man under Socialism* by Oscar Wilde." *The Complete Works of George Orwell*, vol. 19, pp. 333-34.

——. *The Road to Wigan Pier*. Penguin, 1989.（『ウィガン波止場への道』土屋宏之・上野勇訳、ちくま学芸文庫、一九九六年）

——. "Rudyard Kipling." *The Complete Works of George Orwell*, vol. 13, pp. 150-62.（「ラドヤード・キップリング」川端康雄訳、『鯨の腹のなかで　オーウェル評論集3』、一九四—二二九頁）

——. "Shooting an Elephant." *The Complete Works of George Orwell*, vol. 10, pp. 501-06.（「象を撃つ」井上摩耶子訳、『象を撃つ　オーウェル評論集1』、一九—三三頁）

——. "Will Freedom Die with Capitalism?" *The Complete Works of George Orwell*, vol. 12, pp. 458-64.

Robles, Mario Ortiz. *Literature and Animal Studies*. Routledge, 2016.

Rorty, Richard. *Contingency, Irony, and Solidarity*. Cambridge UP, 1989.

Shin, Kunio. "The Uncanny Golden Country: Late-Modernist Utopia in *Nineteen Eighty-Four*." *Modernism/modernity* Print Plus. 2. 2 (2017), doi.org/10.26597/mod.0007. 二〇二一年二月一二日閲覧。

Stonebridge, Lindsey. *Placeless People: Writing, Rights, and Refugees*. Oxford UP, 2018.

Taylor, D. J. *On Nineteen Eighty-Four: A Biography*. Abrams, 2019.

——. *Orwell: The Life*. Vintage, 2004.

Weil, Kari. *Thinking Animals: Why Animal Studies Now?* Columbia UP, 2012.

Williams, Raymond. *Orwell*. 3rd ed., Fontana, 1991.

Woloch, Alex. *Or Orwell: Writing and Democratic Socialism*. Harvard UP, 2016.

アガンベン、ジョルジョ『開かれ——人間と動物』岡田温司・多賀健太郎訳、平凡社、二〇〇四年。

アトウッド、マーガレット『誓願』鴻巣友季子訳、早川書房、二〇二〇年。

アーレント、ハナ『全体主義の起源2　帝国主義』大島通義・大島かおり訳、みすず書房、一九七二年。

川端康雄『オーウェル——「人間らしさ」への讃歌』岩波新書、二〇二〇年。

シンガー、ピーター『動物の解放』改訂版、戸田清訳、人文書院、二〇一一年。

デリダ、ジャック『動物を追う、ゆえに私は（動物で）ある』鵜飼哲訳、筑摩書房、二〇一四年。

ルフォール、クロード『エクリール——政治的なるものに耐えて』宇京頼三訳、法政大学出版局、一九九五年。

宮﨑裕助『ジャック・デリダ——死後の生を与える』岩波書店、二〇二〇年。

日本における『一九八四年』の初期受容

川端康雄

1　はじめに

本稿の標題から「初期」を外して、七〇年あまりのタイムスパンで日本における『一九八四年』の受容史をまとめるやり方もありうるが、数次にわたる『一九八四年』受容の大きな波をそれぞれの政治状況、社会背景に照らして記述するとなると、与えられたスペースではごく簡単な概略を示すだけになるだろう。むしろここでは原書刊行の一九四九年から一〇年ほどの初期に絞り、この時期に出された主要な論点をなるべく詳しく紹介していきたい。時代の制約を受けたがゆえの誤読、謬見、先入観をふくめ、この初期段階に支配的となった『一九八四年』観がその後の受容に大きく作用したと思われるので、このように限ることに一定の意義があると思われる。

『一九八四年』は英国版がまず一九四九年六月八日にロンドンのセッカー・アンド・ウォーバーグ社から刊行され、米国版が五日後の六月一三日にニューヨークのハーコート・ブレイス社から刊行された。初版初刷りは英国版が二万六五七五部、米国版は二万部だったが、米国の「月間優良図書《ブック・オヴ・ザ・マンス》クラブ」の選書に選ばれたため二年間で約二〇万部頒布されたので、米国のほうが一桁多く出た。米国では『リーダーズ・ダイジェスト』一九四九年九月号が『一九八四年』の要約（第一部のみを四割程度に要約）を掲載し、つづけてグラフィックな雑誌『ライフ』が「一九八四年の奇妙な世界」と題して特集記事を組み、八ページにわたって物語の要約を漫画入りで紹介した（一九四九年七月四日号）。

『リーダーズ・ダイジェスト』は一九二二年にニューヨークで創刊された月刊誌、その名（読者のための要約）のとおり、主要各誌の記事を要約して載せるという編集方針が好評を得て拡大し、一九四九年の時点でスペイン語版、アラビア語版、日本語版、フランス語版、ドイツ語版をふくめ、五〇カ国で発行されていた。日本語版での『一九八四年』要約は一九四九年一一月号（第四巻第一一号）に掲載された。[1]日本語の全訳が出る前であったので、日本人の読者のなかにはまずこの要約で物語にふれる人もいたといえる。

時は冷戦の初期であった。第二次世界大戦で連合軍側の勝利がほぼ決していたヤルタ会談（一九四五年二月）あたりから雲行きが怪しくなっていたが、終戦後ソ連と米国の関係が急速に冷え込んだ。一九四八年六月にはソ連によるベルリン封鎖があった。一九四九年八月にはソ連が初の原爆の爆発実験に成功し、米ソの核開発競争となる。そうしたなかで、米国は『一九八四年』を反ソ反共のプロパガンダに利用した。そもそも『リーダーズ・ダイジェスト』はアメリカの共和党の政策に親和的であり、『一九八四年』の要約を載せたのもその宣伝の効果を狙ったのではないかと思われる。[2]『ライフ』の要約も、同誌が打ち出す豊かなアメリカ的生活様式の対極に立つ社会主義体制を批判した本として『一九八四年』を切り取っている。

2 『一九八四年』の初訳とその反響

『一九八四年』の最初の日本語訳は一九五〇年、吉田健一・龍口直太郎共訳で、文藝春秋新社から刊行された【図2】。奥付には「昭和二十五年四月十日発行／昭和二十五年四月二十日発行」とある。日本語版は原書刊行からわずか一〇カ月で刊行にこぎつけたわけであり、二人の共訳とはいえ、相当に翻訳作業を急いだことがうかがえる（なお、この初訳刊行に先立って、その第二部の最初の二章、および第三章の半分の訳文が『文藝春秋』一九五〇年三月号に龍口の「まえがき」を附して掲載された）。題扉の裏面には「総司令部民同《〔ママ〕》情報局第十回飜譯権の許可書」（「同」は「間」の誤植であろう）とあり、原書名、原著者のあと「出版社」として"Christy & Moore Limited, Gerrards Cross, Buckinghamshire, England"（英国バッキンガムシャー、ジェラーズ・クロス、クリスティ&ムーア有限会社）の名が記されているが、英国版の版元はセッカー・アンド・ウォーバーグ社なので、正確にはこれは著作権の代理会社の名である（一九三二年以来、そこのレナード・ムーアがオーウェルの著作権代理の業務を担当していた）。その記名の下に「文藝春秋新社に於て1949年12月17日より向ふ4箇年上記書の飜譯出版権を取得獨占す」と記されている。「翻訳権の許可書」に関して注記しておくと、日

図2　ジョージ・オーウェル『一九八四年』吉田健一・龍口直太郎訳，文藝春秋新社，1950年。

本は一九四五年八月の敗戦で主権を失って連合国軍最高司令官総司令部（GHQ）の統治下に入った際に、占領政策の一環として翻訳書出版が抑制され、版権のある本の新たな翻訳出版が凍結されていた。日本出版協会（一九四五年創設）などの働きかけでようやく凍結が解除されたのが一九四八年で、同年六月にGHQの民間情報局（CIE、日本の民主化政策のために教育や芸術などの文化戦略を担当した部局）によって著作権のある海外書籍九八点が入札に付され、九一点が落札された。そのなかの一冊が『動物農場』であった。『一九八四年』は第一〇回の入札で、入札締切日は一九四九年一二月九日、落札決定日は一二月一四日だった。なお、占領下で翻訳権の競争入札は一九四八年六月から一九五一年六月まで、都合一四回おこなわれ、未確定の第一四回をのぞいて合計すると入札点数は八六四点、落札点数は四七四件で、一点についての最高応札社数では第一回入札時の『動物農場』（大阪教育図書が落札）が四六社、これは第二回のパール・バック『水牛の子供達』（文祥堂が落札）の四八社に次いで第二位だった。[3]

『動物農場』と『一九八四年』が入札に付されたのはGHQの占領目的を推進するものとして有用であるという判断からであったのは明らかである。本の選択はすべてGHQによってなされた。そしてその方針はアメリカ政府のそれとほとんど同一といってよく、日本国内でのソ連の文化攻勢を阻止する意図があった。じっさい、一九四〇年代後半から五〇年代にかけて、アメリカ政府はこの二作品の各国語訳刊行、および映像化などによるプロモーションに関与した。ジョン・ロデンによれば、一九四八年の『動物農場』の韓国語訳を皮切りに、米国海外情報局はオーウェルの本を三〇以上の言語に翻訳し配布するための資金援助をおこなったという。トルーマン政権下で国務長官の任にあったディーン・アチスン（一八九三―一九七一）が一九五一年四月一一日に国務省内で出した「国務省の反共闘争における書物の関与」と題する回状には、「『動物農場』と『一九八四年』は共産主義への心理的な攻撃の点で国務省にとって大きな価値を有してきた。〔……〕それがもちうる心理的価値ゆえに、国務省は公然と、あるいは内密に、翻訳の資金援助をすることが正当であると感じてきた」と記されている（qtd. in Rodden 48, 202）。アイザック・ドイッチャー（一九〇七―六七）のオーウェル論のなかに、ニューヨークで彼が売り子に「これ読んだかい、だんな。ぜったい読まなきゃだめだよ。読んだらなんでボルシェヴィキの頭のうえに原爆を落とさなきゃならねえのかわかるよ」と言われて『一九八四年』を勧められたという回想が出ている。自分の本が「憎悪週間」の種にされるとはかわいそうなオーウェル、とドイッチャーが概嘆しているのが、冷戦状況での米国政府による『一九八四年』の領有のありさまをよく伝えている（Deutscher 245）。一九七〇年に発表した論考で英文学者の小池滋はこのエピソードを紹介したうえで、「著者が好むと好まざるとにかかわらず、また意識していたかいないかにも関係なしに、ジョージ・オーウェルは「時流に乗った反共的政治小説作家」というレッテルを貼られ、残念ながら今日でもそのレッテルはかなり有効であり得る」（三九六）と指摘している。

3 「イールズ旋風」と『一九八四年』

当然ながら、一九五〇年前後になされたアメリカ政府主導による「反共政治小説作家」オーウェル利用のキャンペーンは、アメリカの政策に批判的な人びとにとってオーウェルを遠ざけることとなった。そのあたりのことについて、歴史学者の萩原延壽《のぶとし》（一九二六―二〇〇一）は一九七二年に書いたエッセイのなかで以下のように回想している。

一九四九年の夏から翌一九五〇年の春にかけて、当時アメリカ占領軍の民間情報教育局顧問という資格で日本にきていたイールズという人物が、各地の大学をまわって、「共産主義者」である教授は教授の名に値しない、そういう教授はさっさと大学から追放すべきである、という趣旨の講演をぶってあるいたことがある。もっとも、東北大とか、北大では、学生の反対にあって、講演をするところまでゆかなかったが。

その講演の中で、イールズがしばしば口にしたのが、じつはオーウェルの『一九八四年』であり、わたしがオーウェルの名前をはじめてきいたのも、そのときであった。

ちなみにオーウェルが四十六歳の生涯をおえたのは、一九五〇年一月、つまり、この「イールズ旋風」――そんなことばがあった――の真最中である。だが、イールズによって、すでにはじまっていた「冷戦の時代」に好都合な武器、単純な「反共の闘志」に仕立てあげられているのを知ったなら、オーウェルが苦痛の表情で顔をゆがめ、おそらく怒りのこぶしをつよく握りしめたことは、断言してよい。

（二八六―二八七／傍点原文）

ここで言及されているイールズとはウォルター・クロスビー・イールズ（Walter Crosby Eells, 1886-1962）、一九四九年七月からおよそ一年間、新潟大学ほか二〇あまりの学校に赴き反共演説をおこなった。ちょうど日本での赤狩り《レッド・パージ》が強行された時期にあたる。イールズの声明に対して学生組織（全日本学生自治会総連合）が中心となって反対闘争がなされた。設立されて間もない日本学術会議（一九四九年一月発足）も反対の姿勢を強く打ち出した。そんなイールズが持ち上げた「オーウェル」に対して、学生および教員たちのほとんどがろくに読まずに反感を募らせたのだった。萩原はつづけて「ともかくイールズによって発音されたというだけで、オーウェルという名前は、わたしのような非政治的学生の中にも、たちまち拒絶反応をひきおこしてしまった。オーウェルなどは金輪際よんでやるものかという、いまから考えると、なんとも青くさい、肩ひじを張った恰好をわたしはしていたわけである」（二八七）と反省を込めてふりかえっている。

「イールズ旋風」の一エピソードを加えておくと、一九五〇年五月一五日に北海道大学でイールズの講演会と討論会が開催された折には、「当時の〝北大の良識〟を代表する教授たちが、占領軍の権威を背にしたイールズらに対しなんら臆することなく正面から堂々と立ち向かい、そのデマゴギーを完全に打ち破」（大藤、一九七頁に引用）ったとのことで、そのときのやり取りのなかでもイールズは『一九八四年』を持ち出している。その小説にあるとおり「ソ連では将来二＋二＝五といわざるを得なくなる」ので、「共産主義のもとでは数学すら真理たり得なくなる」とイールズは述べた。するとそれに対してひとりの教授が「二＋二＝五がソ連の数学ならソ連に原爆も飛行機もできないことになる。したがって、米国はソ連の侵略にたいしてなんら心配することがないことになる」（大藤、一九八頁に引用）と反論してフロアから大拍手を浴びたのだった。[4]

このような文脈で『一九八四年』が日本に導入されたわけで、共産党員のみならず萩原のような「ノンポリ」だが心ある人びとがこれを許しがたい本として忌み嫌うことになったのは、やむをえなかったといえる。イールズが各地で反共演説を精力的におこなっていたころ、のちに作家となる小松左京（一九三四―二〇一一）は日本共産党の党員として、武装闘争の一環としての山村工作隊にも関わっていたが、まもなくして幻滅して党を離れた。小松の回想によると、『一九八四年』を購入して読むのには大変な抵抗があったのだという。

『一九八四年』を読んだのは昭和二十六年〔一九五一年〕の終わりか二十七年ぐらい、つまり、もうほとんどこれ（党除名）になってるとき。あれは一種の禁書だった。いや、禁書はいい過ぎでまだそこまでは行ってないけど、これとこれは読んじゃいけないという、そういう通達はまだ何も出てなかった。しかし、何とはなしに一種の反共小説だと。そういうのはもうあったんです。〔……〕五条松原へ何かのことでアルバイトに行った時に、ヒョッと見て、アッタと思って買ったんです。ワイ本を買うような神経。ポルノを買うような神経で。それで隠し読んだ。古本屋だけどカバーをかけてもらってね。（一〇四、一〇九）

『一九八四年』を反共宣伝に有用と見る人も、また反共小説として喧伝されたことで反感を覚えた人も、等しく色眼鏡でこの小説を見てしまった――そしておそらく大半は読まずにその偏見を変えずにいた――というのは日本でのオーウェルの初期の受容として不幸なことであった。

4　党派性に囚われぬ評価

もっとも、そうした偏見に囚われない読み手も――そう多くはないものの――早くから存在した。英文学者の中橋一夫（一九一一―五七）は文藝春秋新社版『一九八四年』の書評で「この小説のうちには救いはない」としながらも、「救いは、このような作品を書いて世に示した作者の行為のうちにのみあるといえよう」と指摘し、以下のように結んでいる。

この小説の社会がソヴィエット的な全体主義社会にたいする諷刺であると同時に、(ポスターに描かれた「偉大なる兄弟」の顔はスターリンを思わせるそれである。)ラッセルも指摘したように、実在は客観的な外在的なものではなく、党という人間の自由になるというような思想にはアメリカのプラグマティズムに通ずるものがあり、オシエイニアの公用語「新語《ニュースピーク》」にも『タイム』などに散見するアメリカ新語の匂いがあつて、思想の規格化が行われているようでもある。現在のアメリカ社会から万一にも西欧的ヒューマニズムの伝統という地盤が排除されるときに、オシエイニアの社会にならないとは保証されない。二つの世界の対立する現在にあつて、この二つの世界にたいして絶望的な批判を行つたオーウェルの苦しい立場にわれわれは注目しなければなるまい。

(一六三/引用文中の漢字の旧字体は新字体に改めた、以下同様)

終わりのほうの「現在のアメリカ社会から万一にも西欧的ヒューマニズムの伝統という地盤が排除されるときに」云々は、これが発表された一九五〇年にすでに米国で進行中であったマッカーシズムとそれに伴う政治的非寛容を示唆している。

龍口・吉田訳刊行の直後に出された書評のなかでは、加藤周一(一九一九—二〇〇八)もこの「色眼鏡」を避けるアプローチを取っている。「この小説の後味は、ひどくわるいが、どうしてこうも後味がわるいのか」という「もう少し主観的な、心理的なことがらを問題にしたい」(二五)と断って、加藤はこう述べる。

〔後味が悪い〕第一の理由は、むろん、ここで云われていることが、今の日本人であるわれわれにとつても、他人事でないからであろう。舞台は一九八四年のイギリスで、そのモデルになっているのはソヴィエット・ロシヤであるが、――従つてこれが反共小説であることは明白なわけだが、どうもそれだけのことでなく、われわれの周囲にも類似のことが少くない。われわれは、ソヴィエットの全体主義なるものを直接に体験したことはないが、日本の全体主義は直接に体験したことがあるし、その成りたちの複雑な理由が今日まったく雲散霧消したとは、考えていない。外国の人々がその復活を警戒しているように、われわれ自身もその復活をおそれている。そしてもしそれが復活すれば、一九八四年のイギリスに想定された結果の少くとも一部分は、わが国に実現されるはずである――というよりも、この小説をよみながら、われわれは、日本のたどり得る運命の一つをそこに眺めるのである。たとえば、全体主義的な権力が主人公の心のなかにまでたち入り、彼が、「埃だらけのテーブルの上に、指で、殆ど無意識に、2+2=5と書く」條をよみながら、われわれがどうして何も想出さずにいることができようか。われわれの総理大臣はたしかにそう宣言したし、議会はだまつてそれを聞いたたし、日本国民は「無意識に」それを承認しなかったにしても、全く意識的に、明晰判明に、それを誤として認めたわけではなかった。そのこと、またその他の今日からみれば不合理なことの多くが二度とおこり得ないという信念を、われわれはもっていない。小説の世界は、われわれ自身の想出や不安と強くからみあつているからこそ、われわれに消しがたい後味をのこすのである。

（二一五―二一六）

『一九八四年』が「反共小説であることは明白」としながらも、ここでむしろ強調しているのは一九四五年に無条件降伏するまでの日本帝国主義とそれを復古しようとする動きであるのは明らかである。

「彼〔オーウェル〕のいささかヒステリックな絶叫」（二八）と言ったり、小説の「後味」の悪さや暗い絶望感ばかりを強調したりしているところは、加藤の『一九八四年』読解の狭さというか限界を示すものであるように思うが、(5) 先に見たような党派的な色眼鏡に囚われずに小説を読む姿勢は評価されてよいだろう。なお、『日本評論』に掲載されたこの『一九八四年』評は、加藤の単著『抵抗の文化』（未來社、一九五二年【図3】）に再録されている。

図3　寺田透『寺田透文学論集』東京大学出版部，1951年，加藤周一『抵抗の文化』，未來社，1952年。

『一九八四年』の最初の日本語訳に反応した論考として取り上げずにすまされないものがひとつある。寺田透（一九一五—九五）の「序にかえて——『二十五時』と『一九八四年』あるいは、わがヴァレリー」がそれだ。一九五一年刊行の寺田の第二評論集（『寺田透文学論集』【図3】）の巻頭に収められた論考である（それで「序にかえて」というタイトルになる）。その冒頭で寺田は、訳者のひとりである吉田健一に（おそらく『一九八四年』訳本贈呈の礼状として）送った葉書で、この小説に大きなインパクトを受けた旨を知らせた次第を語っている。それは横浜市役所の「教養講座」で『一九八四年』、C・V・ゲオルギウ（一九一六—九二）の『二十五時』（一九四九年）、そしてアルベール・カミュ（一九一三—六〇）の『ペスト』（一九四七年）といった作品について「求められて講演して来た日」に書いた葉書で、そこで言わんとしたことをさらに詳しく書くなら以下のようであったのだという。

――思うにあなたは大変な書物をお訳しになった。従来とて人間の機械化、平均値化、その精神の規格化、なんらかの勢力の函数化を指摘し、警告する書物は数多くあったけれど、しかしそれらはことごとく、精神的な世界で、つまり感情や思想の世界で近来の精神が示す自由や個性や創造に背馳した態度を観察しての言葉であった。ところがここでは自由とは二足す二は四ということが言える自由だ、という風に自由の問題が提出されている。ということは、もっぱら人間の自由をはばみ、その内界の尊厳を否定し、合理主義的近代社会を成りたたせることにのみ社会的には役立って来た、少くも役立つものと考えられて来た必然的な自然法則が、自由の担保と考えられている、ということだ。しかもその自由すらここでは政治の都合で扼殺されてしまう。この物語は徹底している。

――一方この作品の形態は小説の伝統につらなっており、フィクティヴな世界が現実の人間の経験を積分することによって成りたっている。ウィンストン・スミスの感情的反応や思想的反撥は、すべていわゆる総力戦という、極端な計画経済によって戦力を組織むしろ捻出しつつ遂行される戦争のさなかに、われわれがひとしく感じたもの、考えざるをえなかったことの具象化である。〔……〕ウィンストン・スミスは、フィクティヴな明瞭な未来図のなかにはめこまれた存在ではなく、彼の生活感情からむしろ一九八四年の社会もまた積分されていると言えそうだ。しかもジョージ・オーウェルがその未来社会について抱いている心象は、けして登場人物をマリオネット化するほど明示的には表現されず、又表現されることを求めず、その登場人物とのあいだに、われわれとわれわれが社会について持つ心象とのあいだの相互関係（相互的認識・相互的反応）にひとしいものを持っている。オーウェルは書きすすむにつれて、彼が一九八四年の社会について抱いている心象から、いよいよ細部にわたるいよいよ明確な観念を洗い出しているようである。

——昨日ようやく必要あって読み終えたのだが、これを読んでは『二十五時』も『ペスト』も全く色あせたように僕には思える。（一—二）

ゲオルギウの『二十五時』もカミュの『ペスト』も『一九八四年』と同様に一九五〇年に日本語の初訳がなされ評判となっていた小説であった[6]。寺田はこの論考では『ペスト』は遠景に置き、『二十五時』と『一九八四年』を主に論じている。その際に寺田はフランスの批評家ポール・ヴァレリー（一八七一—一九四五）の『精神の政治学』や『歴史学講義』での思考をそれらにぶつけ、『一九八四年』でのイングソックの原理と構造、それへのウィンストン・スミスの抵抗の語りがヴァレリーの批評と深く響き合っていること、「ヴァレリーの文章を読んでよく考えたものにはこの小説はなんら新しい思想を掲示するものではない」ものの、本作が「その実作様式によって優れていることを認めねばならないだろう」（二八）と評価している。対照的に、『二十五時』については、「〔ヴァレリーの〕純粋に知的な分析に比べれば『二十五時』の物語は粗雑で得意気で、特に機械を技術奴隷と呼び、これと人間を交配させるという擬生物学的説話を設けた点できわめて幼稚であると思われる」（二二）と切り捨てている。『一九八四年』の初訳版の翻訳は第一部、第二部および附録の「新語《ニュースピーク》の原理」を龍口が、残りの第三部を吉田が担当したと訳書巻頭の「解説」にある（三）。寺田の論考はこの訳書に依っていて、原書を参照した気配はない。龍口・吉田訳は多少の誤訳はあるものの、寺田がおこなったような精緻な読解に耐える出来映えであったということは強調しておくべきだろう(7)。
日本の作家で色眼鏡に囚われずに『一九八四年』に反応した最初期の論考として武田泰淳の一九五一年のエッセイ「小説家とは何か」も挙げておこう。武田はこう書いている。

オウエルもゲオルギウも、ケストラアも、奇をてらつてことさらに人間をおびやかす政治的小説をでつちあげたわけではない。一躍名声を博したいといふ処世の念だけで、あれだけ痛烈な問題を提出できるはずはない。小説家としてのつぶやき、どこの試験場でも通過しさうもない答案を自分ひとり永いこともてあつかひかね、いぢくり廻してゐるうちにあれらの作品は自然と成立した。製作した当人がそのおどろ〳〵しい形相に顔をしかめずにはゐられぬ鬼子が知らず〳〵生み落されてしまつたのである。世の試験官をすべて見はなして自ら試験官になつたことを得意がるひまもない。試験官たるの喜びよりさきに苦悩と恐怖がまづ渦巻き押し寄せる。新問題の大海の黒々とした波しぶきをあびて岬の突端に立ちすくんだ瞬間、無知の泥土にうづくまつてゐられる平凡な市民の平穏をうらやましいとふりかへつたかもしれないのである。おそらく彼等は自己の作品が美であるか醜であるかさへ判定できないにちがひない。その美醜を決めてくれる試験官がこの世のどこかに厳として存在してゐるくらいなら、これらの作品を生み出す必要もなかつたにちがひない。悪しき独裁主義に対する善き個人主義の批判であると解説したところで、それだけでは未知の航海にあてどなく乗り出した作家的情熱がうまく表現できるはずもない。
（一五四）

寺田透がおこなったような『一九八四年』と『二十五時』の細かい分析ではなく、オーウェル、ゲオルギウ、そして『真昼の暗黒』のアーサー・ケストラーを従来にない「新型小説」(いまの私たちであれば「ディストピア小説」と称するであろうジャンル)の書き手として、彼らの小説世界に武田が感じたすさまじい「息苦しさ」の根源を言語化しようと格闘しているさまがよくあらわれたくだりである。

以上紹介したようなまともな『一九八四年』論が日本での紹介の初期にすでにあったわけであるが、最初に述べたような政治イデオロギーに囚われた読み手(あるいは読まずに言及する者)の「反ソ・反共」小説という単純なレッテルは、一度こびりついてしまったら、それを引き剥がすのはたいへんにむずかしいということをのちのち私たちは思い知ることになる。

5 石川達三の『一九八四年』批判

一九五六年、作家の石川達三(一九〇五―八五)はアジア連帯委員会文化使節団の一員として四月下旬に離日してインド(ニューデリー)、エジプト(カイロ)、ギリシア(アテネ)、ユーゴ(ベオグラード)、オーストリア(ウィーン)、ソ連(モスクワ、レニングラード、コーカサス)、モンゴル(ウランバートル)、中国(北京、広東)の各国を訪問し、七月初めに帰国した。帰国後まもなく『朝日新聞』夕刊に「世界は変った――ソ連・中国から帰って」と題する論説文を五回にわたって連載した。連載第一回で石川は「共産主義の脅威」という言葉が流布していることに異議を唱えている。たしかに共産主義から「一種の脅威」を感じたことはあると石川は断る。「血の粛清やゲーペーウーや小説『二十五時』や『一九八四年』という作品」などから、「共産革命の反人格的な実相をたびたび知らされて」きた。また日本共産党の「愚劣な破壊行動」が知識人に「抜きがたい反感」を植えつけた。だがそうした「脅威」は「共産主義という政治思想からくる本質的なものではなくて、革命行動に附随した一種の混乱から生ずる脅威にすぎなかった」のであり、両者を区別する必要があるという。連載第二回で石川は自分自身も四月までは日本の多くの知識人と同様に共産国家に対して批判的であったが、ソ連をじっさいに訪れて考えを改めたと告げている。これは以前に西欧の知識人（H・G・ウェルズ、G・B・ショー、ロマン・ロランら）がモスクワに招かれて、負の側面を隠したまま輝かしい面だけを見せられて帰国しソ連讃美をおこなったのと構図が似ている。石川の場合はスターリン批判がなされた一九五六年二月のソ連共産党第二〇回大会からわずか二カ月後のモスクワ訪問であったが、ソ連のその動きを肯定的に解して、スターリン批判が許されるくらいにソ連という国家が安定し自由度が増した証左だとする。

こういう言い方をしても疑いぶかい知識人には納得がゆかないかも知れない。われわれは今まで共産主義というものに対して大きな認識の誤りを冒していた。個人の自由は許されないのが当然だという風に考えていた。『一九八四年』という小説は悪い作品だ。大変なデマゴーグである。完全に個人がまっ殺された社会などというものは要するに抽象的な観念にすぎない。人間の社会において個人がなくなることなどは有り得ないのだ。そして完全なる共産主義社会は、その中で個人が活発に活動している社会でなくてはならないのだ。つまり、共産主義革命は個人を活かすようになって始めて成功と言い得るのだ。

石川も『一九八四年』を反ソ・反共小説としてのみとらえていて、それが自身の見（せられ）た「個人の自由を大幅にひろげ」たソ連の「実相」と相容れぬものなので「悪い作品」と断言しているわけである。この連載は大きな反響を呼んだ。[8] これを受けた臼井吉見（一九〇五―八七）と石川の座談会がもうけられ、石川による日本の知識人批判に対して臼井が反論するというかたちで議論がなされた。そのなかで石川は日本のインテリが「人民は革命の被害者だと思っている」が、社会主義革命は人民革命であって、人民の幸福を目標にしており、「事実中国だつてソ連だつて人民は幸福になつている」と断ずる。「スターリンの粛清なんか最上部の勢力争いにすぎないのであつて、そのために人民が非常に不幸にされたというのとは違うものがある」(二九)という発言も、六〇有余年後のいまから見るとその認識の甘さは歴然としていて痛々しくさえ思える。

6　オーウェルを「マトモ」に読むこと

石川達三が『一九八四年』を「大変なデマゴーグ」と決めつけたことに対して、はっきりと異議申し立てをしたのは英文学者の平野敬一(一九二四—二〇〇七)であった。トム・ホプキンソン(一九〇五—九〇)による小冊子版のオーウェル評伝の翻訳(一九五六年刊)に附した一文のなかで平野はこう述べた。

オーウェルは、わが国ではすでに『一九八四年』の翻訳もでており、けっして未紹介な未知の作家とはいえないが、オーウェルのいわんとするところが、どれほどただしく理解されているか、疑問である。さいきん、石川達三氏だったか、『一九八四年』のオーウェルに言及して、「大変なデマゴーグである」ときめつけていたが、これなぞひとつの典型的な評価のしかたではあるが、たいへんな見当ちがいだ。オーウェルほどデマゴーギズムを憎悪し、果敢にそれと闘ってきた作家はほとんど例がないのだから。これは虚心にオーウェルの書いたもの(とくにその諸エッセイ)を読めばわかること。自分の目で見、自分の耳できき、自分の心でたしかめることをあれほど真摯に実行してきた人間が、なんでデマゴーグであるものか。

石川氏のばあいがそうだというわけではないが、マトモに読みもせずに、もっぱら自分の政治的偏見ないし好悪からオーウェルを評価する、という例はじつにおおい――否定するばあいでも肯定するばあいでも。こういう、いわば、政治的な歪みから、オーウェルを救いだし、あらためてオーウェルという人間とその作品とを、そのただしい位相においてとらえるのに、ここに訳出した小冊子は、なにかの役に立つかと思う。（iii―iv）

作家オーウェルを「マトモ」に読んできた平野ならではの当を得た指摘である。マザー・グース研究でもっともよく知られる平野であるが、彼は早い時期からオーウェルに関心を寄せていて、『パリ・ロンドン放浪記』や『カタロニア讃歌』といった当時未訳の作品を取り上げてオーウェルの生涯と仕事を「そのただしい位相においてとらえる」作業をおこなっている。[9]

平野、あるいは前述の中橋一夫にとどまらず、小野協一（一九二一―二〇〇二）、飯沼馨（一九一六―二〇〇六）といった英文学者によるオーウェルの全体像を捉えようとする試みが一九五〇年代に積極的になされていた。[10] とくに小野協一は一九五六年発表の「ジョージ・オーウェル論」以後、半世紀近くにわたって論文、評伝、また翻訳によってオーウェル研究を牽引した。そして彼ら英文学者の仕事として、一般には重要な業績とみなされないものの、それなりに影響力を及ぼしたのは、大学の英語の教科書としてオーウェルのさまざまな著作を注釈つきで出したことである。これは複数の教科書出版社から多くのタイトルで刊行され、トータルで見るとその部数も膨大であった。[11] 学生に原文で読ませるのに最適な英語作家のひとりとしてオーウェルの著作が評価されていたわけである。

7　大学入試に出るオーウェル

オーウェルの著作は早くも一九五〇年代に英語教科書や副読本として盛んに使われたのみならず、大学入試問題でもよく使われるようになっていた。これにも英文学専攻の大学教員が大いに関わっていたと思われる。たとえばいま言及した小野協一は一九五八年に受験雑誌のなかで、オーウェルを教材にして英文解釈の記事を六ページにわたって書いている（肩書きは「東京外国語大学助教授」である）。そのタイトルは「入試頻出作家の研究　ジョージ・オーウェル」となっている。扱っているテキストは五点、出典はエッセイ「象を撃つ」、「イギリス人」、『パリとロンドンに零落して』（『パリ・ロンドン放浪記』）、『動物農場』、そして『一九八四年』である。『一九八四年』は第二部第九章、小説中でウィンストン・スミスが読むエマニュエル・ゴールドスタインの『寡頭制集産主義の理論と実践』のなかの「党のメンバーは、生まれてから死ぬまで、思考警察の監視下で生きていく」（240 三二三）で始まる一五〇語ほどのくだりが使われている。小野は要所の語句説明をして試訳を示したうえで、「病床において書き上げられた『一九八四年』には、オーウェルの上に迫っていた死の影が濃くにじんで」おり、「これは、いわばオーウェルがその生命をかけて書いた全体主義批判の書である」（一八〇）と解説している。この英文解釈に先立ち、冒頭ページで小野は「人とその作品」としてオーウェルの略伝を記している。さらに末尾では、「具体的な言葉の方が抽象的な言葉よりもよく、いちばん短い言い方がつねに最上である」という「政治と英語」のよく知られた一文を引用したうえで、「［オーウェルの］文章はきわめて簡潔・明快・正確で、皆さん方の語学力でも充分読みこなせるものと思います」（一八〇）と結んでいる。受験生は、この英文解釈の五つの抜粋をとおして、オーウェルの世界を味わう機会をもったわけである。

その二年前、一九五六年の別の受験雑誌では「東京大学助教授」の英文学者、神山正治が「英語完全対策講座」でオーウェルを扱っている。四つの抜粋はそれぞれ『動物農場』、『一九八四年』、「象を撃つ」そして「英国、君の英国」から採られている。『一九八四年』はこれまた第二部第九章のゴールドスタインの論文から、例の「二足す二は五」の語句をふくむ戦争に言及したくだりであった（「ジョージ・オーウェル」、一三六）。神山は一九五九年にも受験雑誌にオーウェルの『動物農場』を教材として使った記事を寄稿している。これも物語の解説とオーウェル略伝をコラムにし、末尾に入手しやすいオーウェルの原書（教科書会社のテキストなど）をリストアップしている。タイトルの左上には「入試頻出作家の名作から」（「オーウェルの「動物農園」から」、一二五）と記されていて、一九五〇年代後半において大学受験の英語入試問題でオーウェルの著作が流行していたことをうかがわせる。[12]

以上のように、受験雑誌や受験参考書に出てくるオーウェルは英語散文の名手たる英米作家のひとりとしてであり、エッセイストとしてのオーウェルの真価を理解した研究者がそれらを執筆していたことによって、政治的党派に囚われて歪んだオーウェル像を、完全にではないにせよ、ある程度矯正することに貢献したのだと評価できる。

8　おわりに

文藝春秋新社版の『一九八四年』初訳は一九五四年一二月で翻訳出版権が切れた。[13] 小松左京や開高健が入手したように、その訳本は古書市場に多少出回っていたのであっても、しばらく空白期間があった。二番目の日本語訳が刊行されたのは一九六八年、翻訳家新庄哲夫（一九二一―二〇〇六）によって早川書房から「世界SF全集」の一巻として、オルダス・ハクスリーの『すばらしい新世界』（松村達雄訳）と併せて刊行され、七年後の一九七二年にハヤカワ文庫に単独で収録された。[14] とくに文庫版はロングセラーとなり、二〇〇九年におなじ版元から出た高橋和久訳に取って代わられるまで、およそ四〇年にわたって多くの読者を得てきた。「オーウェル年」と称された一九八四年には、一九五〇年代初頭につづく二番目の「『一九八四年』ブーム」が起こり、この新庄訳は短期間で何度も版を重ねた。高橋訳が出た二〇〇九年はちょうど村上春樹（一九四九―）の『1Q84』が刊行された年でもあり、書店にこのふたつが並んで平積みになっていたことは記録に新しい。コロナ禍のなかでの二〇二〇年代初頭、新たな『一九八四年』ブームとなっている。それぞれのブームで別々の日本語訳が役割を果たしてきたといえる。

そしてそれぞれのブームをへて、一九五〇年代初頭の初期受容の折の「政治的な歪み」がある程度は正されてきたとはいえるものの、自らの政治的偏見からオーウェルを叩いたり持ち上げたりする傾向はいまも残っている。この問題を考えるには、「オーウェル年」にあふれ出た、初期受容における謬見の復唱とでも称すべき言説の数々をふりかえってみなければならないが、そこに立ち入るには新たに稿を立てなければならない。本稿は初期（一九五〇年代）の『一九八四年』受容の諸相を概観したことで、日本におけるオーウェル受容史の基礎固めとした。

【注】

（1）「新刊書の要約　一九八四年／ジョージ・オーウェル」。なお、同誌の表紙には「永続性の興味と価値ある記事」という文句に加え、「世界最大の発行部数を有する国際雑誌／一一カ国語で発行五〇カ国で愛読さる」と記載されている。

（2）冷戦期に『リーダーズ・ダイジェスト』が果たした役割についてはSharpを参照。

（3）第一回入札の締切日は一九四八年六月五日、落札決定日は六月一四日だった（宮田、八四―八五頁を参照）。

（4）こうしたやりとりでイールズらは「満座のなかで笑いものにされ完全に権威を失墜させられた」（大藤、一九七頁に引用）とのことだが、イールズが『一九八四年』をちゃんと読んでいたら、「哲学や宗教、倫理、政治に於いては、二足す二が五になることもあるだろうが、大砲や飛行機の設計に関しては、必ず四でなければならなかった」（227 三〇四）というイングソックの「二重思考」（doublethink）を持ち出して反駁することもできただろう（もっともそれを言えばGHQの思想・言論統制に関わる自分自身の立場にも跳ね返ってきたことだろうが）。

（5）「われわれがジョージ・オーウェルの絶望的な思想から完全に解放されるためには、われわれがわれわれ自らほんとうの未来を描き、ほんとうの現在を自覚し、そうしてわれわれが真に自由であることが必要であろう。それは容易ではないけれども、もしそうでなければ、彼の本がわれわれにのこす苦い後味は、いつまでも消えないだろう。彼のいささかヒステリックな絶叫の代りに、われわれが、われわれにとつてほとんど習慣となった、またならされた、諦めと忍従とをもういちどみ出すにしても」（加藤、二八）。西野照太郎（一九一四―九三）は『一九八四年』を政治小説としながら、その徹底的な諷刺性を看過し」た一連の論考に反駁し、つぎのように述べている。「日本の評論家の中にも、この作品の絶望性や後味の悪さを強調する人（たとえば加藤周一氏）があるが、それはオーウェルの現代イギリスに対する認識不足をも含めた思想的立場を、余りにも知らな過ぎる者の誤解にすぎない。現代のスウィフトを気取つてインテリの弱さを自嘲した彼にしてみれば、『一九八四年』を絶望的だと評する人達を嘲笑したであらう、そうした嘲笑の中にこそ現代の危機の深さを正視する立場がある、と感じた筈である」（二〇）。

（6）コンスタンティン・ヴィルヂル・ゲオルギウ『二十五時』上下巻、河盛好蔵訳、筑摩書房、一九五〇年。アルベール・カミュ『ペスト』宮崎嶺雄訳、創元社、一九五〇年。

（7）たとえば（これは龍口の担当箇所だが）真理省の音楽局が「作詞機」で製造した流行歌の歌詞がコックニー（ロ

ンドンの下町の労働者訛り）で表記されている箇所がそうで、“It passed like an Ipril dye”（159）を「イプリル染めの色のごと消えぬ」（一七六）と訳したのは、「四月の一日〔an April day〕のごとく過ぎ去りぬ」とすべきであった。なお、共訳者のひとり吉田健一はオーウェルを扱ったエッセイをいくつか残している。いずれもバランスの取れた論考である。そのうち一九五〇年初めに発表した「オォウェル「一九八四年」」では、「「動物農園」とは異つて、左翼、右翼を問わず、凡て全体主義的な政治を諷刺したものである」（一一四）と指摘したうえで、この小説に「救い」があるとすれば、それは「この作品に出て来る人物の心理に向けられた、人間性の厳密な認識にあり、これを支えているものが、凡ての欺瞞に対する作者の不信と、人間に対する究極の信頼であることによつて、この作品には一種の爽快味さえ漂つている。スウィフトの作品を遙かに凌ぐ、今世紀に現われた最高の諷刺小説たる所以であると考えられる」（一一五）と結んでいる。

（8）「石川氏の“世界は変った”〔……〕という文章がいま世間の注目をひいている。石川氏の過去の業績とか、文壇論壇に占めている地位、氏のものの考え方とか動き方――あるいは、それらに対し世間一般のもっているイメージ――そのような要素が交互に作用し合って、この文章に対する世間の受取り方を一層複雑にしている」（池田潔）。

（9）例えば一九五七年に『英語研究』に発表した『パリ・ロンドン放浪記』の抜粋と対訳の解説文で平野はこう述べている。「［全体主義をテーマにした『動物農場』と『一九八四年』という］この二書によってのみ、オーウエルが、ひとに記憶されるとしたら、文学者オーウエルとしては、むしろ不幸なことだ、というべきであろう。かれが、現代政治の批判家（あるいは非難家）であったことには間違いはないが、そういった政治批判を底でささえている、かれの人生や人間にたいするアプローチを無視しては、オーウエルのただしい評価は、のぞめないであろう」（「「パリーとロンドンで零落して」」一八）。

（10）一九五七年に『英語研究』に発表した「ジョージ・オーウェルの人間像」で飯沼馨（当時京都大学助教授）はオーウェルの略伝と主要作品を概説し、「オーウェルがコミュニズムの真の姿を誤りなく伝えているかどうかは読者の判断にゆだねられるわけであるが、すくなくとも彼の小説〔『一九八四年』〕は、人類が形〔ママ〕ずくってはならぬ悲惨な社会形態への鋭い警告として、多くの示唆を含んでいると言えるだろう」（一七）と結んでいる。

（11）相良英明は「日本におけるジョージ・オーウェル受容の諸相」において、一九四九年から一九八六年までのオーウェル受容を第一期（一九四九—五二年頃）、第二期（一九五六—六一年頃）、第三期（一九六六—七三年頃）、第四期（一九八二—八六年）と四つに大別したうえで、第二期をオーウェルが「名文家、名エッセイストとして受容された」のと同時に、「語学用の英語教科書として、高校や大学で広範に用いられるようになった」時期であったと述べている。「南雲堂から出ているオーウェルの教科書のみで、現在〔一九八四年〕まで四十万部ぐらいが発売されている。ということは、少なくとも四十万の学生が、オーウェルの教科書を一年間習ったことになり、他の出版社のものを入れれば膨大な数になるだろう」（二〇）。大石・相良編の「日本におけるオーウェル研究文献」はそうした教科書の書誌情報も拾っている。ちなみに、作家の開高健（一九三〇—八九）は、三〇歳代の半ば頃になって「吉祥寺《きちじょうじ》の駅裏の古本屋の穢《よご》れた投売箱のなかに五〇エンでころがっていた〔吉田・龍口訳の初訳の〕『一九八四年』」を買い求めて初めて読み、「出来映えからすると悲壮《ひそう》な失敗作」と思えたものの、その「頁のうらにひそむ気魄《きはく》にみちた切実さ」に圧倒されたのがきっかけとなって、オーウェルで翻訳のあるものをすべて読み、未訳のものは原書を買い、また「大学で英語の教科書や副教科書にするために出版されているペラペラの本でも〝オーウェル〟とあれば買いこ」んで「辞書を片手によちよちと」読み込んだと回想している（開高、二〇〇三）。

(12)　一九五〇年代に英語の大学入試問題でオーウェルの文章から出題した例を挙げると以下がある。①一九五五（昭和三〇）年、東京大学第二次試験。パンフレット『ライオンと一角獣』（一九四一年）の第一章第二節から抜粋し、下線をほどこした二カ所を和訳させる問題（『全国主要大学入試問題正解　昭和30年度』、九六頁）。②一九五六（昭和三一）年、東京教育大学。『イギリス人』（一九四四年）の最初から四つ目の段落の全文を掲げ、文中の一〇の単語の意味を問う問題（『全国主要大学入試問題正解　昭和31年度』、五八—五九頁）。

(13)　ただし、吉田・龍口訳は一九五八年に出版協同社から「世界の名著」シリーズの一冊として『1984年』のタイトルで刊行されている。これは附録の「新語《ニュースピーク》の原理」ほか、全文にわたって省略がなされている。

(14)　なお、新庄訳はもうひとつ、ハードカバー版が一九七五年に早川書房から刊行されている。この版でイラストレーターの生頼範義《おおらいのりよし》（一九三五—二〇一五）が手がけたブックカバーは非常にインパクトが強いデザインである。

【引用文献】

Deutscher, Isaac. "'1984'-the Mysticism of Cruelty." *Russia in Transition and Other Essays*, Coward McCann, 1957, 230-45.（アイザック・ドイッチャー「"一九八四年"――残酷な神秘主義の産物」、『変貌するソヴェト』町野武・渡辺敏訳、みすず書房、一九五八年、一五六―一六七頁）

"Nineteen Eighty-Four." *Reader's Digest*, September 1949, pp. 129-57. "The Strange World of 1984." *Life*, 4 July 1949, pp. 78-85.

Orwell, George. *Nineteen Eighty-Four: The Annotated Edition*. With an Introduction and Notes by D. J. Taylor and A Note on the Text by Peter Davison. Penguin, 2013.（『一九八四年』高橋和久訳、ハヤカワ epi 文庫、二〇〇九年）

Rodden, John. *The Politics of Literary Reputation: The Making and Claiming of 'St. George' Orwell*. Oxford UP, 1989.

Sharp, Joanne P. *Condensing the Cold War: Reader's Digest and American Identity*. U of Minnesota P, 2000.

飯沼馨「ジョージ・オーウェルの人間像」、『英語研究』一九五七年五月号、一二―一七頁。

池田潔「石川達三氏の"世界は変った"を読んで」、『朝日新聞』一九五六年七月三一日付、第七面。

石川達三「世界は変った――ソ連・中国から帰って①」、『朝日新聞』一九五六年七月一一日付夕刊、第一面。

――「世界は変った――ソ連・中国から帰って②」、『朝日新聞』一九五六年七月一二日付夕刊、第一面。

石川達三・臼井吉見（対談）「日本知識人と革命」、『中央公論』一九五六年七月号、二八―三七頁。

大石健太郎・相良英明編「日本におけるオーウェル研究文献」、『人物書誌大系32 ジョージ・オーウェル』日外アソシエーツ、一九九五年、四七―一六五頁。

オーウェル、ジョージ『一九八四年』新庄哲夫訳、『世界SF全集10』早川書房、一九六八年。ハヤカワ文庫、一九七二年。

――「一九八四年」龍口直太郎訳、『文藝春秋』一九五〇年三月号、一八二―二〇〇頁。

――『一九八四年』吉田健一・龍口直太郎訳、文藝春秋新社、一九五〇年。

大藤修『検証 イールズ事件――占領下の学問の自由と大学自治』清文堂、二〇一〇年。

小野協一「ジョージ・オーウェル論」、『東京外国語大学論集』第五号、一九五六年、一―一五頁。

――「入試頻出作家の研究 ジョージ・オーウェル」（入試突破夏期講座 英語〈英文解釈〉）、『大学入試受験コース』一九五八年八月号、一八〇―一八五頁。

開高健「24金の率直――オーウェル瞥見」、ジョージ・オーウェル『動物農場』高畠文夫訳、角川文庫、一九七二年、二〇二―二一一頁。

加藤周一「『一九八四年』の絶望」、『日本評論』一九五〇年一〇月号、二五―二八頁。

神山正治「オーウェルの『動物農園』から――サイド・リーダーへのガイド」（入試頻出作家の名作から）、『受験の国語 大学入試マガジン』一九五九年五月号、一二一―一二五頁。

――「ジョージ・オーウェル」（英文解釈受験基礎講座・5）、『学燈 受験の国語』一九五六年八月号、一三四―一三七頁。

小池滋「解説 小説家オーウェル」、『オーウェル著作集Ⅲ』平凡社、一九七〇年、三九三―四一五頁。

小松左京「誌上講演 わが青春の『一九八四年』――ジョージ・オーウェル回想」、『正論』一九八四年二月号、一〇四―一一六頁。

相良英明「日本におけるジョージ・オーウェル受容の諸相」、『比較文学』第三〇巻、一九九八年、一九―三〇頁。

「新刊書の要約 一九八四年／ジョージ・オーウェル」、『リーダーズダイジェスト』一九四九年一一月号、四六―六五頁。

『全国主要大学入試問題正解 昭和30年度』旺文社、一九五五年。

『全国主要大学入試問題正解 昭和31年度』旺文社、一九五六年。

武田泰淳「小説家とは何か」、『文學界』一九五一年二月号、一五二―一五五頁。

龍口直太郎「解説」、ジョージ・オーウェル『一九八四年』吉田健一・龍口直太郎訳、文藝春秋新社、一九五〇年、一一―三頁。

寺田透「序にかえて――『二十五時』と『一九八四年』あるいは、わがヴァレリー」、『寺田透文学論集』東京大学出版部、一九五一年、一―三一頁。

中橋一夫「ジョージ・オーウェル「一八九四年」――文藝春秋新社刊」、『人間』一九五〇年六月号、一六二―一六三頁。

西野照太郎「オーウェル『一九八四年』の諷刺性について」、『読書春秋』一九五一年二月号、一八―二一頁。

荻原延寿「はじめに言葉ありき――ジョージ・オーウェル『右であれ左であれ、わが祖国』」、『文藝春秋』一九七二年一〇月号、二八六―二九五頁。

平野敬一「はしがき」、トム・ホプキンソン『オーウェル』（英文学ハンドブック「作家と作品」シリーズ）平野敬一訳、研究社、一九五六年、iii—v頁。

——「「パリーとロンドンで零落して」——ジョージ・オーウエルの作品より」、『英語研究』(研究社)一九五七年五月号、一八—二三頁。

宮田昇『翻訳権の戦後史』みすず書房、一九九九年。

吉田健一「オォウェルの「一九八四年」」、『英語青年』一九五〇年三月号、一一四—一一五頁。

［コラム］

アントニイ・バージェス『時計じかけのオレンジ』と『一九八五年』

星野真志

『一九八四年』に続いたイギリスのディストピア小説として最も有名なのは、アントニイ・バージェス（一九一七―九三）による小説『時計じかけのオレンジ』（一九六二年、以下『オレンジ』）だろう。『一九八四年』と同じく、バージェスの作品も抑圧的な国家に抵抗する個人の自由への信念を表明している。本コラムでは、バージェスによる『一九八四年』の書き直しを検討しながら、二〇世紀後半のイギリスにおける「自由」の意味について考えてみたい。

『オレンジ』が『一九八四年』を下敷きにしていることはあきらかだろう。両作品の主人公はどちらも陰鬱で社会主義的な国家の公営住宅に住み、政府にとって不都合な存在であるために逮捕され、「治療」を受ける。どちらの作品にも架空の言語（『オレンジ』においてはロシア語や初期近代英語などを混ぜたナッドサット語）が登場する。『一九八四年』はスターリン主義的な全体主義がイギリスにも生じうることに警鐘を鳴らした作品であるが、バージェスによれば『オレンジ』も「注意を怠った場合にわれわれ西洋に起こりうる事態」についての作品である。バージェスはつぎのように語っている――「もし『オレンジ』が、『一九八四年』のように、軟弱さ、軽率な思考、そして国家への過剰な信頼に対する、有益な文学的警告――あるいは映画的警告――となるならば、それはなんらかの価値ある貢献をしたといえるだろう」（Burgess. “Clockwork Marmalade.” *The Listener*, vol. 87, 1972, p. 199）。

有名な話だが、スタンリー・キューブリックによる『オレンジ』の映画版（一九七一年）では原作の最終章がカットされており、バージェスはこれが作品の本質を損なう改変であると考えていた。問題の最終章では、「治療」の効果の解けた非行少年アレックスが、あるとき暴力行為から足を洗い、家庭をもち父親となることを夢想する様子が描かれる。『一九八四年』のウィンストンは「治療」によってオセアニアの体制に屈服するのに対し、アレックスの「治療」の効果は一度消え、再び暴力の日々に舞い戻るにもかかわらず、やがて自発的に、よき父親になれという社会の規範に順応してゆく。バージェスによれば、これはハッピーエンドである。なぜならこの結末は、アレックスが、「治療」の効果による機械的な反射によってのみ制御される存在——つまり「時計じかけのオレンジ」——ではなく、自由意志によって行動を選択できる主体であることを示しているからだ（"The Clockwork Condition." *The New Yorker*, May 28, 2012）。

「時計じかけのオレンジ」、つまり機械的な人間という主題は、同時期の風刺小説『隻手の声』（*One Hand Clapping*、一九六一年、未邦訳）にも見られる。イングランド北部のブラッドカスター（バージェスの故郷マンチェスターを思わせる架空の町）の公営住宅に暮らす自動車工のハワードは、一九四四年の教育法で無償化されたグラマー・スクール出身であり、福祉国家の産物として描かれる。彼には見たものを写真のように記憶できる特殊能力（フォトグラフィック・ブレイン）があり、それを用いてテレビのクイズ番組に出場し大金を得る。しかし彼は、消費文化に支配される現代社会を嘆き、意義申し立てとして、大金をバラまいて豪遊したのちに妻と無理心中を図る。機械のように暗記しかできないハワードは福祉国家と消費社会が生んだ「時計じかけのオレンジ」であるが、同時に現代社会を批判的に捉える判断力を有している点で、アレックス同様に完全に「時計じかけ」ではなく、むしろ画一化を強いる国家に抵抗する自由な個人でもある。

このような国家への抵抗は、バージェスが直接的に『一九八四年』へと応答した『一九八五年』（一九七八年）という作品（サンリオ文庫より日本語版があるが現在絶版）で、さらに強烈に提示される。この作品は、第一部「一九八四年」（『一九八四年』をめぐる架空のインタビューとエッセイ）と第二部「一九八五年」（中編小説）から成る（日本語版では順序が逆）。「一九八五年」の世界では、イギリスは「タックランド」（労働組合会議 Trade Union Congress と The United Kingdom のかけ言葉）と呼ばれ、強大化した労働組合があらゆる部門でストライキを繰り返し、生活機能を麻痺させている。ある日、ベヴ・ジョーンズ（この名はアトリー内閣の保健相ベヴァンと外相ベヴィン、および福祉国家構想の元となったベヴァリッジ報告にちなんでいる）は、自宅の入り口で不良少年たちに暴行されながらもなんとか帰宅すると、妻が入院している病院で火災が起き、消防がストライキ中で出動しなかったために犠牲となったことを知る。この事件により組合への怒りに燃えたベヴは、タックランドへの反逆を決意する。

バージェスがここまであからさまに反労働組合的な物語を書いたのは、同時代イギリスの状況への応答だった。『一九八五年』が出版された一九七八年の冬は、キャラハン労働党政権がインフレ抑制のために課した賃上げ制限に対して全国規模のストライキが起こり、イギリス社会は大混乱に陥った。バージェスの眼には、この状況は戦後の福祉国家の「行き過ぎ」がもたらした悪夢のように映ったのだろう。だが、この「不満の冬」にキャラハン政権が倒れて成立したサッチャー政権は組合を弱体化させ、一九八四年の全国炭鉱ストライキは、警察の暴力の助けも借りて抑え込まれた。その後の新自由主義政策がいかに福祉国家を徹底的に解体したかを知る現代の読者にとって、バージェスの警告は、まるで当時誕生しつつあったもうひとつの悪夢を待望したもののように読める。

政治的立場は曖昧だが（一九四五年には労働党に、一九五一年には保守党に投票した）文化的には確実にエリート主義者であったバージェスにとって、サッチャーはオペラや観劇よりもベストセラー小説を好む教養のない俗物であり、すべてを市場価値に還元するという彼女が体現したイデオロギーは支持できるものではなかった。バージェスが市場に還元できないと考えた最たるものは教育だった（Burgess, "Thoughts on the Thatcher Decade." *One Man's Chorus*, pp. 147-48）。労働組合に支配され、「労働者英語」（「ニュースピーク」のバージェス版であり、『一九八四年』と同じく、巻末に解説が付されている）が規範とされる「一九八五年」の世界では、国家によって伝統的な教養が不要なものとされ、ラテン語やギリシア語、シェイクスピアやプラトンを学ぶことは反社会的行為となる。バージェスが恐れたその世界は、市場で価値を生まない教育を不要なものとみなす新自由主義によって、イデオロギー的には真逆のかたちで実現してしまった。バージェスが「自由」への脅威とみなした組合が実際に無力化されたとき、だれもが市場における「自由」に従って働くだけの「時計じかけのオレンジ」となることを求められる世界が訪れてしまった——二〇世紀における「自由」の扱いづらさをかくも皮肉に示す事例は、そう多くはないだろう。

改竄される『一九八四年』——冷戦初期の映像三作品と原作、そしてオーディエンス

渡辺愛子

1　はじめに

東西冷戦が深刻化の様相を見せた一九五〇年代、イギリスでもソ連とその衛星国である東欧諸国に対する警戒感が強まり、大衆文化はこの気運を反映して、東西対立をモチーフとした映画やテレビ番組、科学小説、スパイ小説などを数多く生み出した。

一九五〇年代の三つの映像作品『一九八四年』も例外ではない。オーウェルが原作で描いた全体主義国家の悲劇を、これらの映像作品は冷戦下のソ連や東欧諸国の状況として還元解釈することで、当時の人々に臨場感と危機感をもたらしたのである。しかし、実際の評価はさまざまで、原作のエッセンスを見事に視覚的に表現したという好意的なものもあったなか、原作を忠実に表現しようとしたために生まれたサディスティックな描写や、逆に原作を大胆に翻案したために生じた原作との齟齬をめぐり、社会を動揺させることにもつながった。本稿では、大衆文化の隆盛が起こり、反共産主義パラノイアが渦巻いた冷戦初期という特異な歴史的文脈のなかで量産されたこれら三つの『一九八四年』に着目する。以

下では、時代背景を押さえたあと、これらの映像作品がいかなる経緯のもとに生まれたのかを検証しながら、それらが当時のオーディエンスに与えた影響とオーディエンスから得た反響の連鎖の意味について考えていきたい。

2　三つの映像作品の成立――「影響の不安」と反響への配慮

戦後の一九五〇年代・六〇年代、イギリスは経済的な復興期にあり、人々はいわゆる「三種の神器」(車、冷蔵庫、テレビ)を手に入れた。なかでもテレビは急激な発展を遂げる消費社会の象徴であり、イギリスでは、一九五〇年にわずか四パーセントであったテレビの世帯別保有率が、一九五五年には四〇パーセント、そして一九六〇年には八〇パーセントに達した(Williams 156)。とくに一九五三年六月に行われたエリザベス二世の戴冠式の様子をBBCが独占中継したことが、テレビの普及に大きく貢献したといわれている(Jacobs 110)。戦前より、人々は家のなかで新聞や雑誌といった活字文化を個別に楽しむ余暇の過ごし方には慣れていたが、耳から情報を得るラジオの到来を経験し、耳と目で楽しめるテレビが家庭に迎え入れられると、個人が家族と同じ番組を、同じ時間に、同じ場所で一緒に観る、いわゆる「お茶の間」が形成された。テレビの放送網の発達は、国民全体がさまざまな情報を瞬時に共有できる巨大な空間の誕生を意味していた。一九五〇年代に遂げられたテレビの大衆化は、人々が即時的に実感可能な想像の共同体を提供したといえるだろう。

一九五〇年代はまた、冷戦の気運が重苦しく立ち込めた一〇年であった。戦火を交えた第二次世界大戦(“hot war”)との対比において、「冷戦(“cold war”)」ということばを最初に世に送り出したのは、ジョージ・オーウェルその人である。一九四五年一〇月の『トリビューン』紙において、彼は「隣国と恒常的に「冷戦」状態にある国家」と記し、この時点ですでに『一九八四年』の世界観をとらえていたように思われる（"You" 321 九）。『一九八四年』は、右であれ左であれ、全体主義の恐怖への警鐘として書かれたが、社会では東西陣営を遮断した鉄のカーテンの向こう側への猜疑心が膨張していくなかで、小説の内容はソ連体制の縮図であると考えられるようになったのである。一九四九年六月、『一九八四年』が英米で出版されると、物語の内容が冷戦期に西側諸国が感じていた恐怖心に非常に近かったためか、前作の『動物農場』（一九四五年）よりも早い時期に映像化が始まっている。

（1）一九五三年版

最初の映像作品は、一九五三年九月二一日にアメリカCBSテレビのオムニバスドラマシリーズ「スタジオ・ワン」で放映された『一九八四年』であった。スタジオ内での生演劇をそのまま放送するというたってシンプルな作法ではあったが、そこには総勢五〇名ほどの役者が登場し、そのほか一〇〇名ほどの制作スタッフが従事した、当時にしてはスケールの大きな番組となっている（Lohman）。舞台装飾としてイラストも使用され、オープニングでは、テレスクリーンを象徴する複数の目が、画面中央で頭を抱えて悩むような人影を見つめ、〈ビッグ・ブラザー〉も戯画的に表現されている。演劇性が強いためか、ウィンストン役のエディ・アルバートの演技は表現豊かで感傷的であり、妖艶なジュリアとの絡みはメロドラマティックな雰囲気を醸し出している【図4】。

CMを除くと五〇分程度の短いストーリーのため、原作の大筋は追っているものの、カット部分も多い。とりわけ原作との相違が目立つのは結末で、映像では、ウィンストンとジュリアが相手への裏切り行為をお互いに伝え、ジュリアがウィンストンを残して去ると、もの悲しいプロールの女性の歌声

図4　1953年版：ウィンストン（エディ・アルバート）とジュリア（ノーマン・クレイン）。

（「おおきな栗の木の下でー／なーかーよーくー裏切ったー……」（338 四五七））が響くなかで幕が下りる。つまり、本作は原作の結末まで到達していない。戦況アナウンスが流れる場面もカットされているため、これを聞いたウィンストンが洗脳されたのかどうかもわからないままとなっている。もっとも、このマイルドな終わり方が功を奏したのか、この番組はアメリカの約八七〇万（Shaw, *British* 230n）の家庭で視聴され、好評を博した（Rodden, *Politics* 274）。『ニューヨーカー』誌は、「このように創造力に富み、また効果的に表現されたテレビドラマを観たことがない」（Shaw, *British* 154）とコメントし、『ニューヨーク・タイムズ』紙に寄せられた投書には、本作は「人間の精神と魂の崩壊を描いた素晴らしい翻案」であり、「一度きりのテレビ放送で終わってしまうには惜しい」とまで絶賛されている（Gould）。だが、本作の熱はその後またたく間に冷め、長期的に見て原作のセールスを伸ばすほどの影響力は残さなかった（Rodden, *Becoming* 197）。唯一、見逃せないインパクトがあったとすれば、この作品がイギリスにおける新たな番組制作を促したことである。

（2）一九五四年版

翌年の一二月一二日にイギリス本国でＢＢＣが放映した『一九八四年』は、社会に大きなセンセーショナルを巻き起こすこととなった。当時のＢＢＣ脚本スタッフであったナイジェル・ニールが監督を務め、オーウェルの未亡人ソニア・オーウェルの承認のもと、原作に忠実な作品づくりが目指されたものであった。とはいえ、オープニングテロップのあとにはすかさず「これは、ある男が恐れた未来図である。彼が予感した未来は、こんな危険な平和とともに訪れるかもしれない」というナレーションが入り、実際の核爆弾投下の映像を挿入することで、視聴者にドキュメンタリー作品を観ているような緊張感を与える演出となっている。同じことは実写の人物を使った〈ビッグ・ブラザー〉のポスターにも窺える。本作のウィンストンを演じるピーター・カッシング（クッシング）は、権力に颯爽と対抗しようとしていた前作のウィンストンとは異なり、冒頭からすでにやつれ、物憂げな表情をしている【図5】。そして彼が美しくも知的なジュリアと出会ってから、密通を重ね、〈思考警察〉に摘発されて拷問を受ける様子などが、前作よりも詳細に描写されている。原作に忠実であろうとする意図のあらわれか、セリフも相当量が原作からの引用で、それが各シーンを引き延ばす一因ともなり、ドラマ自体は前作のアメリカ版の倍以上の長さ（約一〇七分）となった。結末では、カフェでお互いがお互いの裏切りを告白し、ジュリアが去ったあと、戦線で勝利を収めたというアナウンスを耳にしたウィンストンが、〈ビッグ・ブラザー〉への愛に気づいて画面に向きあう。放心状態にも似た薄ら笑いを浮かべながら、「私は〈ビッグ・ブラザー〉を愛している」とつぶやくところで物語は終わっている。

　本作は、放送から四日後の再放送を含め[1]、それまでイギリスで

図5　1954年版：ウィンストン（ピーター・カッシング）とジュリア（イヴォンヌ・ミッチェル）。

放送された番組のなかでもっとも視聴者数が多い作品となった（Shaw, "Some" 155）。小説を忠実に体現したあまり、拷問シーンを観た視聴者のひとりが心臓発作で亡くなるという事件まで起き（Shaw, "The BBC" 1374n）、議会ではテレビにおける検閲の是非だけでなく番組内容に触発された暴力や犯罪行動との関連性について、一カ月にもわたって議論が繰り広げられた（"Quatermass"）。実際、番組放送中から、BBCには作品の「残酷さ」や「恐怖」に抗議する電話が殺到し（"Cries"）、ウィンストンとジュリアの「猥褻な描写」にも批判が集まった（Jacobs 155）。放送終了後、BBCには二〇〇〇通以上の電報や手紙が舞い込み、そのほとんどが、日曜の晩という家族団欒の時間帯に、あれほどまでにショッキングな番組をBBCが公共の電波を使って放送したことへの憤りと、その翌週に予定されていた再放送を断固阻止しようという訴えで占められていた。(2)

戦後も長い間、BBCはテレビ放送において主導権を握っていた。政府から補助金を受け、視聴者からの視聴料によって成り立つこの公共事業体は、戦間期の設立以来、放送は文化的・教育的な役割を担うべきであり、たんに娯楽の手段になるべきではない、という理念に支えられていた（Morris 2）。しかし戦後、いわゆる「豊かな時代」が到来し、人々の嗜好が多様化していくにつれ、BBCの番組はお堅く、保守的で退屈なものと敬遠されるようになる。視聴者離れに危機感を覚えたBBCに改革が迫られていた折、当時のテレビドラマ局長マイケル・バリーの目に留まったのが、新進気鋭の映画制作者ルドルフ・カルティエであった。彼はバリーから「BBCのテレビドラマを刷新する機会と自由を与えられ」（Cooke 23）、ニールとともに、これまでにない斬新なドラマ制作に乗り出したのである。(3) そんな彼らが手掛けた本作品の衝撃は、当時の視聴者にとってあまりあるものであったに違いない。しかも、彼らには選択肢がなかった。当時はいまだ民間放送が確立されておらず、(4) 自分用のテレビが各部屋に置かれていたわけでもなく、視聴時間帯にずれをもたらすことになった録画機器が登場する、はるか以前の時代であった。とある日曜の晩、家族が集うお茶の間に君臨していたテレビが映し出した唯一の番組が、『一九八四年』だったのである。今回の騒動は、国民の眼差しが否応なしにこの番組に差し向けられた「五〇年代性」を反映していたともいえよう。

そのようななか、視聴者からの反応として特筆に値するのは、放送内容の適正に関する抗議もさることながら、この番組を観たほかの視聴者への影響を懸念する声である。検閲のないテレビにおいて、漠然と社会に及ぼす影響を案じたものから（Jacobs 155）、この番組が子どもに与える弊害を訴える学校長からの苦情もあった（"1965"）。ここで批判の声をあげた人々は、テレビによって作り上げられた想像の共同体の一員というアイデンティティをすでに兼ね備えているといえる。

さらに、一九五〇年代、社会は反共パラノイアのなかにあった。人々は甚大なる緊迫感をもって、この作品に対峙することとなったのである。『タイムズ』紙は、この作品が冷戦イデオロギーの存在をわかりやすく提示しながら全体主義の恐怖に焦点を絞り、これを生々しく映像化していく「テレビの力」に注目している（Jacobs 154）。作品をソ連の共産主義体制の具現化とする解釈については、イギリス共産党の幹部でジャーナリストでもあったパルメ・ダッドが『マンチェスター・ガーディアン』紙で異議を唱え、オーウェルが『一九八四年』の世界で支配的に描いているのは、実は西洋を席巻していた資本主義のほうだと投稿して、論争が巻き起こった(5)。スターリンの伝記作家であるアイザック・ドイッチャーは、本作の放映後、『一九八四年』がことばの戦争といえる冷戦時代の「イデオロギー的な超強力兵器の一つ」となったと評している（Shaw, *British* 106）。こうして、本作をめぐる予想以上の反響とこれをとり巻く冷戦の暗い気運が、さらに『一九八四年』の映画化への道を拓くことになったと思われる(6)。

そしてそこには、この動きに乗じた新たな力が介入することともなった。

（3） 一九五六年版

一九五〇年前後、映画は、庶民にとって依然として主要な大衆文化であり、一九四五年以降の最初の五年間、イギリスの全人口五一〇〇万人中三〇〇〇万人が毎週、映画館へ通っていた。一九五五年までにはテレビの台頭で客足は落ち込んだが、それでもこの年の映画館への動員数は二三〇〇万人を記録している（Gorman and McLean 132）。戦後もしばらくの間はドキュメンタリー要素の強いニュース映画が健在であり、反ソ連を前面に押し出した作品も多数制作された。その後、テレビのニュース番組が一般化するにつれニュース映画は下火になるが、テレビとは異なる活路を得た娯楽映画のほうは生き残り、ジョン・ル・カレ原作『寒い国からやってきたスパイ』（一九六五年）のようなシリアスな作品や、『007』シリーズ（一九六二年〜）のようなエンターテインメント性の強い作品に代表される「冷戦映画」や「スパイ映画」が作られるようになった。

一九五六年に映画化された『一九八四年』は、公式にはイギリス映画とされているものの、アメリカ合衆国との合作映画とも見紛うほどで、監督はイギリス出身のマイケル・アンダーソンであるが、脚本にはスコットランド出身ながら長らくアメリカでキャリアを重ね、一九五三年CBS版を手掛けたウィリアム・テンプルトンがふたたび起用された。そのほか、ウィンストンやジュリアといった主要キャストやプロデューサーもアメリカ人が顔をそろえている。(7) 公開はイギリスが同年三月、アメリカが九月のほか、一九五〇年代後半にかけて西側の数カ国(8)で公開され、アメリカでは一九六一年に再公開を果たした。

本作がエンタメ作品にはなり切れなかった特徴的な要因として、政府機関からの密接な関与が挙げられる。中央情報局（CIA）を後ろ盾に持ち、反共主義的文化人団体である文化自由会議（CCF）のアメリカ支部ともいえるアメリカ文化自由委員会（ACCF）は、映画の脚本、配給、映画評、割引チケットの操作などに影響力を持ち（Morris 9）、CIAとは別組織ながら対外パブリシティに関して冷戦当時重要な役割を担っていた米国情報局（USIA）[9]は、本作に密かに一〇万ドルの資金を拠出し、この映画の世界公開を保証した。USIAの当時の局長によると、その目的は「これまでにない、もっとも衝撃的な反共産主義映画」を作ることであった（Shaw, *British* 106）。商業的にだけでなく「政治的にも」成功を収めたいという意識は、プロデューサーのピーター・ラスヴォンも共有しており、彼はUSIAによる資金援助だけでなく脚本への修正要請をも受け入れた（106）。

本作のもうひとつの特徴は、おそらく長い映画史上においてもそう多くは見られない、興味深い編集が施されたことだった。公開時期に約半年の間隔があったイギリス公開版とアメリカ公開版とでは、作品の結末がまったく異なるのである。

作品の長さは一九五四年作のBBC版よりも二〇分ほど短く、オブライエンは「オコナー」、ゴールドスタインは「カラドー」と名称が変わっている。BBC版でサイムを演じたドナルド・プレザンスが本作でも再登場するが、サイムとパーソンズを融合した人物の「パーソンズ」として登場するため、BBC版を観た観客は親近感（あるいは違和感）を抱いたかもしれない。冒頭において「ジョージ・オーウェル原作の『一九八四年』を自由に翻案した」という但し書きが入ることで、原作の『一九八四年』とは異なる展開になるのではないかと、観客は身構えたことだろう。続いて、「これは未来の話である。しかしそれは、宇宙船や異星人が出てくる未来なのではなく、いまにも訪れんとする未来のことである」というメッセージがナレーションなしで流される。

ウィンストン役のエドモンド・オブライエンは先のCBS版のエディ・アルバートよりも抑制された情緒表現でありながら、前BBC版のピーター・カッシングよりも、最初から抵抗の意志を示す演技が目立ちすぎな感がある。（そしてアメリカ英語が幾分きつい。）金髪のジュリアは若く、表情が豊かで溌剌としている【図6】。時間的な制約を受けてか、さまざまな箇所で原作が端折られている。たとえば、オコナーに誘導され、地下組織に入る誓いを交わす際の乾杯は、BBC版が踏襲したオーウェル原作における思慮深くも示唆的な「過去に」（204 二七三）ではなく、「〈ビッグ・ブラザー〉を打倒せよ」とかなりストレートなセリフへと変更されている。また、〈思考警察〉に逮捕されるとき、ふたりが自分たちの破滅的未来を予見する「ぼくたちはもう死んでいる」（252 三四〇）というセリフはなく、〈思考警察〉が「君たちはもう死んでいる」（同前）と声を発してふたりの密会の場に侵入するといった、時間的制約を受ける映画作品にはありがちなカットである。

それでは、結末の描写はどうだろうか。まず、一九五六年九月に公開され、現在DVDとしても流通しているアメリカ公開版に目を向けてみよう。原作のウィンストンは、戦勝ニュースを耳にしたとき、みずからが罪深き反体制分子であったことをついに悟り、内面に芽生えた〈ビッグ・ブラザー〉への愛に深く感じ入るのだが、このアメリカ公開版のウィンストンは、〈ビッグ・ブラザー〉への愛を賛美というかたちで大胆に表現する。戦況を伝えるアナウンスを聞きに行ったウィンストンが勝利を知ると、彼の表情にはひとりでに安堵と喜びの笑みが漏れる。そしてこのうれしい知らせをジュリアとも分かち合おうと、先ほどまで彼女と話していた場所に目を移すも、彼女はもはやそこにはいない。だが、そのことをさほど気に留めることもなく、彼は向き直り、周りの聴衆とともに「〈ビッグ・ブラザー〉、万歳！」と連呼するのである。そして画面がブラックアウトすると、舞台であるロンドンの街が映し出され、「この映画は未来の話である。もし自由という遺産を守れなければ、これはわれわれの子どもたちの話になるかもしれない」というナレーションが入って作品は終わる。これは、全体主義を容認すれば人間らしさや人間としての尊厳が剥奪されるという、観客への警鐘だといえる。

一方、これよりも半年前に公開されたイギリス版では、大胆な結末の書き換えが行われていた。現在入手可能なイギリス公開版のドイツ語吹き替え動画[10]によると、失意のうちにジュリアと別れ、戦勝アナウンスを耳にしたウィンストンは、その瞬間、党への本来の敵意が呼び覚まされるのである。そして彼は、激しい形相で画面に向かって「〈ビッグ・ブラザー〉を打倒せよ！」と何度も叫び、駆け付けた〈思考警察〉に射殺される。さらにこの状景を目の当たりにして駆け寄ったジュリアもまたもとの自分に立ち返り、〈思考警察〉の制止を無視してウィンストンに近づこうとしたために銃撃される。倒れ込んだジュリアは、最後の力を振り絞ってウィンストンの手を握ろうとするも、息絶える。その後カメラは〈ビッグ・ブラザー〉の大きな肖像画を映し出し、画面がブラックアウトしたあと、アメリカ版と同内容のメッセージが（ドイツ語で）映し出されて終わるのである。ということは、ここでのメッセージの意味はアメリカ公開版とは大きく変わってくる。観客への警鐘の焦点は、洗脳されたウィンストンに代表される人間としての魂を根絶せしめる全体主義支配の恐怖なのではなく、銃殺によって肉体

図6　1956年版：ウィンストン（エドモンド・オブライエン）とジュリア（ジャン・スターリング）。

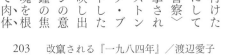

を制圧しうる全体主義の無情さを強調した恐怖ということになる。党がウィンストンの〈思考犯罪〉を矯正する前に肉体のみを葬ったこの行為は、党による彼への洗脳処理が失敗したことを露呈し、この物語の結末がウィンストンの勝利を暗示することになるために、最後にあらわれる警鐘メッセージとの整合性がとれない。加えて、原作でも本作でもウィンストンとジュリアのお互いへの裏切り行為は明かされるものの、本編でのジュリアは反体制分子として死んでいったウィンストンの姿を見た瞬間、党への反抗心を取り戻し、彼との愛を貫いてともに死ぬことをみずから選択する自由が与えられている。彼女もまた、肉体よりも魂を優先させた勝者となる。本編は、当時、映画館にやってきた観客が期待したであろう、永遠なる男女愛の絆と、体制に反旗を翻す西側ヒーローの屈強な意志とが表現された「ハッピー・エンド」作品なのである。

本編のこのあまりにも極端な結末の改編には、映画制作開始以前に起こった前作BBC版をめぐる視聴者からの強烈な反響が影響していると思われる。本編がイギリスで公開されるにあたり、全英映画検閲機構によって一六歳未満を視聴不可とする「X－指定」[11]映画とされたのは、そうした配慮の一環であろう。BBC版放映直後の動揺がいまだ冷めやらぬ一九五五年一月、プロデューサーのラスヴォンが、作家で脚本家としても知られ、ACCFの事務局長であったソル・スタインに映画の方向性について助言を仰ぐと、彼はラスヴォンに宛てた同月三一日付の手紙のなかで、結末では、ウィンストンとジュリアとの変わらぬ愛のかたちを強調することで、「人間は全体主義によって変えられるものではない。鉄のカーテンの向こう側にいる人々と同じように、〔イギリスの〕視聴者は少なからず希望を持つことができるだろう」(Saunders 297)[12]と述べている。ACCFと同様、CIAが秘密裏に資金援助していた雑誌『エンカウンター』もまた、前年放映されたBBCテレビ番組に対して、人々がいかに憤慨し絶望させられたか、戦争を経験したばかりの人間にはあまりにも残酷なので、ふさぎ込んだ気持ちを盛り上げるような作品を放送すべきである、という読者の意見を紹介している。これを受け、「この国の人々は現実に直面することに慣れていないのだ」(Sylvester 36) とコメントを付した雑誌の寄稿者の解釈に、CIAのイギリス社会への認識が反映されていると考えることもできる。これまでにない視聴率をはじき出し、話題性にも事欠かなかった前BBC版を政治的に利用しようとしたアメリカ政府としては、とくにこの番組に動揺させられたばかりのイギリスの視聴者を、さらに絶望の淵に貶《おとし》めるような展開の演出は避けるべきとの判断がはたらいたのであろう。

しかし、今回の結末変更の原因は、アメリカ政府組織からの圧力に限らなかったようである。映画批評家で『ニューヨーク・タイムズ』紙のロンドン特派員であったスティーヴン・ワッツは、イギリス公開版に「非オーウェル的」な結末を採用したのは、イギリスの配給会社の意向を受けてのことだったという記事を某映画専門誌で見つけた。そこで彼が監督のアンダーソンに直接インタビューしたところ、アンダーソンは、当初「BB打倒」編はアメリカと諸外国公開用に、「BB万歳」編(すなわち、「オーウェル的」な結末)はイギリス公開用に用意されたが、イギリスの仲介業者およびリテイラーの指示で、アメリカ用とイギリス用とが入れ替わったのだという。ワッツはこうした経緯が、映画産業においていかに配給業者が制作側に対して権力を握っていたかを示すものだと解釈している[13] (Watts, "Orwell")。しかし、注意すべきはむしろ、興行収入の行方にもっとも神経を使ったであろう配給会社側の心理なのではないだろうか。彼らは、原作を大胆に翻案することで受ける非難よりも、原作の結末を踏襲し完全なるディストピアを描くことで、ふたたびイギリス社会に衝撃を与えて観客から大きな批判を受けることを怖れていたのではないか。もちろんそこには、前作によって知られすぎた本作の内容の結末に意外性を持ち込むことで、願わくは好評を得たいという胸算用がはたらいたのかもしれない。後続の制作者たちは、先行作品からの「影響の不安」をつねに意識しながら、先行作品を超えるべく、それらとの差異化を図り、新しい視点や解釈を自作に織り込もうとした可能性は十分に考えられる。こうして、さまざまな思惑と忖度感情が渦巻いた末に、観客により近しい、制作者ではない配給業者が、作品の運命を決定することになったのであろう。

ところが、彼らの想定は見事に外れ、本編公開後の反響は惨憺たるものだった。案の定というべきか、批判の矛先はもっぱら結末の改編に関するもので、「非常に問題含みなオーウェル小説の翻案」("A Guide" 166)、「反共映画のなかで最悪の出来」(Shaw, *British* 161) といった酷評が相次いだ。[14] プロデューサーのラスヴォンは、「ぞっとするほど真逆な結末」(Hill 198) に批判が集まったことに対し、「こちら〔イギリス公開版〕のほうが理にかなっている。オーウェルは、人間の魂が洗脳によって破壊される様をあらわにした。われわれの結末は、つねにそうとは限らないことを示したのだ。オーウェルだって、本書を執筆したとき自分の死期が近いことを知らなかったとしたら、われわれのような結末を描いていたかもしれない」("Doublethink" 170) と弁明している。では、原作どおりの結末であれば好評を得られたのか、というとそうとも限らず、「BB万歳」顛末を公開したアメリカにおいても、反応はいまひとつであった[15](Shaw, *British* 112-13)。これまでにない反共プロパガンダ作品を制作しようとしたUSIAの目論見とは裏腹に、興行成績は不振に終わり、[16] 以後一〇年ほど『一九八四年』の再映像化はなされなかった。[17] その理由として、人々が冷戦下に生きるという現実に慣れていくなかで『一九八四年』という映像作品がもはやその「導入」としては機能しなくなっただけでなく、人々が平常心を取り戻していったがゆえの作品への「飽き」も手伝ったと考えられる。結果的に、『一九八四年』の映像化の波は冷戦初期における特異な現象となった。

3　変容したオーディエンス

一九五〇年代に起こった『一九八四年』の映像化「三部作」(あるいは「三・五部作」とでも呼ぶべきであろうか)は、冷戦初期の反共パラノイアのなかで生まれた一過性の狂騒的なブームとして片付けられるべきだろうか。たしかにこの時期、政府が望んだ反共プロパガンダ作品として成功したのは、オーウェルの原作のほうであった。

周知のように、オーウェルの独裁権力への批判的メッセージは、全体主義の恐怖を予告した寓話形式の『動物農場』とディストピア小説『一九八四年』となって結実した。「私が本を書くのは、あばきたいと思う何かの嘘があるからであり、注意をひきたい何かの事実があるからであり、まっさきに思うのは、人に聞いてもらうことである」("Why" 319 八)という確固とした信念を持って執筆活動を続けていたオーウェルは、『動物農場』出版直後、この作品を東欧諸国に積極的に広めようと試み、ソ連支配下の諸地域の覚醒に努めた。『動物農場』と同様『一九八四年』はソ連やほとんどの東欧諸国で禁書とされたが、[18] イギリス政府の情報機関からの援助もあり、ふたつの小説は東側陣営の地下組織のなかで、体制の転覆を志す読者にとっての「真実」を伝える書として流通していたのである[19](Jacobsen 3)。一方、冷戦の気運を大きく背負った一九五〇年代の三つの映像作品は、東側陣営への猜疑心が渦巻く西側陣営内でのみ視聴される運命にあった。[20] それらは翻案であって原作ではなく、全体主義国家でない資本主義社会でのみ消費されたという点で、真実はどこにも存在しなかった。これらの作品は、英米国内および西側諸国をターゲットにした娯楽作品にしかなることができなかったのである。

しかし、これら映像化三作品は、たんに原作のお粗末な二番煎じとして一九五〇年代を彩っただけではなかった。一般的にオーウェルを一躍有名人にしたのは『動物農場』と『一九八四年』の成功だったとされているが、実際のところ、出版当時の『一九八四年』は一般のイギリス市民にはほとんど知られていなかったのである（Morris 3）。ジョン・ロデンは、オーウェルを二〇世紀を代表する作家たらしめたのが、一九五〇年代の映像作品、なかでも一九五四年BBC版であったと断言している（*Becoming* 198）。『タイムズ』紙の社説は、それまで〈ビッグ・ブラザー〉と聞いても何のことだかわからなかった九九パーセントの国民は、この番組を契機に、だれもが家庭でこのことばを口にするようになったと記している（199）。一週間以内の二度の放送によって、約一四〇〇万人がこのBBC番組を視聴したが、実際、この番組放映をきっかけに、原作の売れ行きが激増している。

原作が出版された一九四九年の末までに二万二七〇〇部、そして出版から一年以内に約五万部を売り上げたが、セッカー・アンド・ウォーバーグのハードバック版は一九五四年の半ばまでに、週に一五〇〇部の売り上げにまで落ち込んでいた。その後、新たにペンギン版ペーパーバックが刊行された。そしてこの番組が初放映されると、一週間のうちに一〇〇〇部のハードバックと一万八〇〇〇部のペーパーバックが売れた。〔……〕テレビ放映以来、ペンギン版だけで少なくとも三六版が発行され、オーウェルのほかの作品も絶え間なく売り上げの伸びを見せ続けた。（199-200）

この記述からも、ロデンが本番組を高く評価し、その影響力の大きさに注目したことは理解できる。だが、どんなに優れた作品であったとしても、受容的効果が得られなければ何も生み出されなかったはずである。つまり、オーウェルの「名」を上げた真の立役者は、制作側のBBCなのではなく、番組に感化され、原作を読もうと書店に足を運んだ不特定多数の視聴者だったのではないだろうか。視聴者が原作に回帰して読者となるといった現象は、前年にCBSのテレビ版が放映されたアメリカでは起こらなかった。イギリスでは、原作を忠実に再現しようとしたBBC版が視聴者に非常なる衝撃を与え、社会に一種のモラルパニックをもたらした一方で、その衝撃の受容者の一部が、映像による再現ではない、本物をみずから欲する行為者となって、一作品の著者オーウェルを、世界的予言者「オーウェル」へと祭り上げたのである。

4　おわりに

一九五〇年代、第二次世界大戦による国民の精神的な傷が癒える間もなく、西欧社会を新たに覆った冷たい戦争は、『一九八四年』という映像作品に表象されることとなった。一九五三年にアメリカで放送された同名番組に着想を得てその翌年の末に制作されたBBC版『一九八四年』は、野心的なプロデューサーの手によって放送されるや否や、未曾有の賛否両論を巻き起こした。これがさらに一九五六年上映映画『一九八四年』制作へのインスピレーションを与えることとなったが、これら三作品の成立経緯を詳《つまび》らかにすることで見えてきたのは、映像作品の制作者たちや政府関係者以上に作品の創出や評価に大きな発言権を持つようになった「オーディエンス」の存在である。

　小説の読者、テレビ番組の視聴者や映画の観客を総称するオーディエンスに注目すると、一九五〇年代、テレビという神器を手にした彼らが、エンコードされたメッセージをただ受け取るだけの「サイレント・マジョリティ」の地位に甘んじてはいられずに、抵抗するオーディエンスへと変貌を遂げたことがわかる。見知らぬ人々とも同じ情報を同時に共有していることを自覚した彼らは、想像上の連帯感に支えられ、巨大なオーディエンス空間のなかから、やかましく主張し始めた。そんな彼らが五〇年代の映像制作を揺るがし続けていたのではないだろうか。オーディエンスからの好評を狙ってマイルドに仕上げたCBS版を皮切りに、徹底的な写実主義で彼らからの集中砲火を浴びたBBC版。そして、その影響で制作者だけでなく仲介業者までもが彼らの反応を斟酌した結果、英米で正反対の結末シーンを持つという、きわめて不可思議な映画作品が生まれることとなった。その意味で、これら三つの映像作品は、オーディエンスに揉まれ続けて改編に次ぐ改編を余儀なくされた、「一作品」であったといえるかもしれない。

物言うオーディエンスは、そして読者空間にも難なく入り込んでいった。映像作品に影響を受けた彼らの一部が、故オーウェルの功績を世界に広めることにも一役買ったのである。世界的にその名を知られることとなった「オーウェル」と『一九八四年』は、のちに批評空間で融合し、「不吉な」「悪夢のような」「圧政的な」、そしてさらには「全体主義の」という意味を持つ「オーウェリアン」ということばを生むこととなった。多様な解釈力と強靭な主張力を持つ能動的なオーディエンスが、このパラドクシカルな派生語の意味について考えるとき、そこにオーウェルの真意——冷戦終結後も生き延びた全体主義国家への警鐘——を読みとることとなるのであろう。

【注】

（1） 一九五五年にＩＴＶが参入するまで、ＢＢＣでは日曜日のドラマを翌週の木曜日に再放送していた（Jacob 115）。

（2）　こうした応答は、現在では BBC Archive に保存されている（たとえば、“1965”を参照）。

（3）　カルティエとニールは、まず一九五三年にＳＦ・怪奇ドラマ「クエーターマスの実験」を制作して注目を集め、同じコンビで次に手掛けたのが本作であった。

（4）　一九五四年には、政府内でもＢＢＣの放送独占体制を批判する声が上がり、七月末にテレビ法案（TV bill）が可決され、初の民間テレビサービスＩＴＶが誕生した。ＩＴＶが実際に運用を開始したのは、一九五五年九月である（Jacobs 115）。

（5）　この論争は、『マンチェスター・ガーディアン』紙において、一九五四年一二月一八日から翌年一月にかけて続いた。詳細は、Labour History Archive and Study Centre 資料を参照。

（6）　この騒動によって、収益を見込んだ映画関係者から映画化の企画が持ち上がった、とショーは見ている（Shaw, *British* 106）。

（7）　Columbia Pictures Company は当時イギリスの配給会社であったが、A Holiday Film Production は、アメリカ出身のプロデューサー、ピーター・ラスヴォンが設立した会社である。

（8）　一九五〇年代には、フィンランド（一九五六年）、オーストリア・西ドイツ・スウェーデン・メキシコ（一九五七年）、イタリア（一九五八年）、デンマーク（一九五九年）で本作が公開された。

（9）　一九五三年八月に創設された公然情報機関ＵＳＩＡは、非公然情報機関のＣＩＡとは別組織である。しかし、設立当時ソ連への政策を視野に入れない活動は非現実的であり、前者は後者と同様、過激な反共路線を公然と打ち出していた（MacCann 27 を参照）。

（10）　このイギリス公開版はヨーロッパでも上映されたが、現在入手困難なため、本稿では一九五七年六月に西ドイツで放映されたドイツ語による吹き替え動画を使用した。

（11）　ラスヴォンは、親と同伴で子どもも視聴可能な「Ａ‐指定」ではないＸ‐指定の場合、イギリスでの収益は見込めないため、アメリカ市場に期待するしかない、と考えていた（Watts, “Shaping”）。

（12）　*Encounter* はＣＩＡとイギリス諜報部ＭＩ６の協議のもと一九五三年に創刊され、ＣＩＡから資金援助を受けていた。その目的は、リベラルな左翼思想を持ちつつ反共産主義かつ親アメリカ的な読者に訴えることであった（Hammond

7を参照)。

(13) こんな陰鬱な結末はアメリカでは受け入れられないと判断したラスヴォンは、「BB万歳」編を撮影後、監督のアンダーソンに「BB打倒」編を撮影させた。しかし、完成した作品を見たアメリカの配給会社は「BB万歳」編を選び、イギリスの配給会社は匿名投票の結果、「BB打倒」編を選んだという(Watts, "Noted")。

(14) "Short", "Warner", Powell も参照。

(15) アメリカ公開版に対して比較的好意的であった論評に、Weiler がある。そこでは原作の衝撃的な描写をやわらげた点が評価されている。

(16) ボックスオフィスで一〇〇万ドル以上の興行売り上げを果たしたすべての映画が掲載される雑誌『バラエティ』の一九五五年から五七年までの記録に、本作は掲載されていない(Rodden, *Politics* 445n を参照)。また、制作費三万二二七四ポンドに対し八万七三ポンドというイギリスでの興行収入は、「失敗作」と位置付けられるという(Morris 14 を参照)。

(17) 一九六五年にBBC TWOのオムニバスドラマシリーズ『シアター625』がオーウェル特集「ジョージ・オーウェルの世界」を組み、数作品がドラマ化された。一一月二八日には『一九八四年』も放送されたが、大きな話題とはならなかった。作品自体は残存しない(Morris 8)。その約二〇年後に世に出たマイケル・ラドフォード監督の『一九八四年』は、「オーウェル年」ともいえる実際の一九八四年に公開され、世界的に好調な興行成績を残した。本書二一六頁からのコラムを参照。

(18) 『一九八四年』はソ連では出版されず、翻訳もされなかったが、党の上層部で検閲された際、対抗プロパガンダ政策のために上層部内部でロシア語に翻訳された(Lázaro と Viktorovich を参照)。なお、禁書が解かれたのは一九八八年である(Rodden, *The Politics* 202)。

(19) Jacobsen は、ソ連・東欧諸国から来た反体制派の人間は必ずこの二作品を読んでいたと回想している(このほか Shaw, *British* 152-53 も参照)。

(20) そもそも映画コンテンツを物理的に運搬することしかできなかったこの当時、作品を機器とともに共産主義国に持ち込めたとは考えにくいが、イギリス外務省所管の情報調査局(IRD)がBBCと提携し、電波を通じて反共的なテレビ・コンテンツをソ連・東欧諸国に普及させようとしていた形跡はある。だが、一九五四年ＢＢＣ版の『一九八四年』がこれに利用されたという記録は見つかっていない（Shaw, "Some" 155 を参照）。

【引用文献】

〈映像作品〉

一九五三年版：*1984*. *YouTube*, uploaded by NBN Television. 20 Aug. 2018, www.youtube.com/watch?v=hM5Us7z16dg. 二〇二一年二月一二日閲覧。

一九五四年版：*Nineteen Eighty-Four*. *YouTube*, uploaded by Beast System Revealed. 3 May 2020, www.youtube.com/watch? time_continue3955&v=ZphxiCeTfJw&feature=emb_title. 二〇二一年二月一二日閲覧。

一九五六年版（イギリス・ヨーロッパ公開版）：*1984*. *YouTube*, uploaded by Ken Tucky, 22 Sep. 2017, www.youtube.com/watch?v=1x74Nm3Q5hA.（ドイツ語）二〇二一年二月一二日閲覧。

一九五六年版（アメリカ公開版）：*1984*. 1956. Columbia Pictures Corporation, 2013.

〈文献資料〉

"A Guide to Current Films." *Sight and Sound*, vol. 25, no. 4. Spring 1956.

Cooke, Lez. *British Television Drama: A History*. BFI Publishing, 2003.

"Cries of 'Brutality' and 'Horror' Raised Over '1984' on British TV." *New York Times*, 14 Dec. 1954.

"Doublethink." *Sight and Sound*, vol. 25, no. 4. Spring 1956.

Gorman, Lyn, and David McLean. *Media and Society in the Twentieth Century: A Historical Introduction*. Blackwell, 2003.

Gould, Jack. "Television in Review: Orwell's '1984'." *New York Times*, 23 Sep. 1953.

Hammond, Andrew. *British Fiction and the Cold War*. Palgrave Macmillan, 2013.

Hill, Derek. "*1984*." *Sight and Sound*, vol. 25, no. 4. Spring 1956.

Jacobs, Jason. *The Intimate Screen: Early British Television Drama*. Oxford UP, 1971.

Jacobsen, Dan. "The Invention of 'Orwell'." *Times Literary Supplement*, 21 Aug. 1998.

Labour History Archive and Study Centre. "Controversy about the televising of Orwell's '1984' – RPD [= R. Palme Dutt]'s protests in the *Manchester Guardian* and responses. Also - some correspondence directly with RPD." CP/IND/DUTT/08/16 (Date: 1954-1955).

Lázaro, Alberto. "The Censorship of British Fiction in Twentieth-Century Europe." *British and American Studies* (A Journal of the Romanian Society of English and American Studies), no. 18, 2012, pp. 9-23.

Lohman, Sidney. "News and Notes from the Studios." *New York Times*, 6. Sep. 1953.

MacCann, Richard Dyer. "Film and Foreign Policy: The USIA, 1962-67." *Cinema Journal*, vol. 9, no. 1, 1969.

Morris, Nigel. "Keeping It All in the (Nuclear) Family: Big Brother, Auntie BBC, Uncle Sam and George Orwell's *Nineteen Eighty-Four*." *Frames Cinema Journal*, 2012, Open Access.

"1965: Late Night Line-Up: Public Outcry over BBC's 1984." *BBC Archive*, 27 Nov. 2017, www.facebook.com/BBCArchive/videos/490397231333312/. 二〇二一年二月一二日閲覧。

Orwell, George. *The Complete Works of George Orwell*, 20 vols, edited by Peter Davison and assisted by Ian Angus and Sheila Davison, Secker & Warburg, 1998.

——. *Nineteen Eighty-Four: The Annotated Edition*. With an Introduction and Notes by D. J. Taylor and A Note on the Text by Peter Davison. Penguin, 2013.（『一九八四年』高橋和久訳、ハヤカワ epi 文庫、二〇〇九年）

——. "Why I Write." *The Complete Works of George Orwell*, vol. 18, pp. 316-21.（「なぜ私は書くか」鶴見俊輔訳、『象を撃つ　オーウェル評論集1』川端康雄編、平凡社ライブラリー、一九九五年）

——. "You and the Atom Bomb." *The Complete Works of George Orwell*, vol. 17, pp. 319-21.（「あなたと原子爆弾」工藤昭雄訳、『オーウェル著作集』第四巻、平凡社、一九七一年）

Powell, Dilys. "Less 1984." *The Sunday Times*, 4 Mar. 1956.

"Quatermass creator dies, aged 84." *BBC News*, 1 Nov. 2006, news.bbc.co.uk/2/hi/entertainment/6105578.stm. 二〇二一年二月一二日閲覧。

Rodden, John. *Becoming George Orwell: Life and Letters, Legend and Legacy*. Princeton UP, 2020.

——. *The Politics of Literary Reputation*. Oxford UP, 1989.

Saunders, Frances Stonor. *Who Paid the Piper?: The CIA and the Cultural Cold War*. Granta, 1999.

Shaw, Tony. "The BBC, the State and Cold War Culture: The Case of Television's The War Game (1965)." *The English Historical Review*, vol. 121, no. 494, Dec. 2006.

——. *British Cinema and the Cold War*. I. B. Tauris, 2001.

——. "'Some Writers are More Equal than Others': George Orwell, the State and Cold War Privilege." *Cold War History*, vol. 4, no. 1, 2003, pp. 143-70.

"Short Takes." *New York Times*, 7 Oct. 1956.

Sylvester, David. "Orwell on Screen." TV and Films, *Encounter*, Mar. 1955.

Viktorovich, Arlen Blum. "Orwell's Travels to the Country of Bolsheviks." Translation from Russian, *The New York Times*, RF, Moscow, 2003.

"Warner Cinema '1984'." *Times*, 1 Mar. 1956.

Watts, Stephen. "Noted on the British Film Scene." *New York Times*, 18 Mar. 1956.

——. "Orwell That Ends Well?: To the Editor of the *Times*." *Times*, 10 Mar. 1956.

——. "Shaping the World of '1984' to the Screen." *New York Times*, 24 Jul. 1955.

Weiler, A. H., "The Screen: Adaptation of Orwell's Novel at Normandie." *New York Times*, 1. Oct. 1956.

Williams, Kevin. *Get Me a Murder a Day!: A History of Mass Communication in Britain*. Arnold, 1998.

定点としての一九八四年と『一九八四年』の時空

［コラム］

渡辺愛子

一九八四年四月四日、ロンドンのナショナル・フィルム・シアターでは、一九五四年にBBCで放映されたテレビドラマの『一九八四年』と、一九五六年に公開された映画版の『一九八四年』の二作品が再上映された。そしてこの日は、マイケル・ラドフォード監督による新作映画『一九八四年』（一九八四年）にとっても特別な日だった。この日彼は、原作のなかでウィンストンが真っ新《さら》な日記に「一九八四年四月四日」（9 一五）と記すシーンを撮影したのである。

時代は、一九八四年という「定点」に、ついに到達した。「オーウェル年」を目前にブームは前年から盛り上がりの兆候を見せていた。英米各地でオーウェルを回顧するさまざまなイベントが企画され、『一九八四年』のTシャツやカレンダーまで販売された。そしていよいよその年となると、書店では『一九八四年』の売り切れが相次いだ。運よく小説を手にすることのできた読者たちは、オーウェルが予言した一九八四年と、実際の一九八四年を比較したいという欲望に駆られたのか。あるいは、小説が示した警告を当年の社会事象に照らし合わせて、腐敗した権力構造や管理社会の恐怖を再解釈しようとしたのだろうか。

小説の再ベストセラー化は、たいていの場合、新しい翻案映像作品の登場によって引き起こされるものであるが、そういった起爆剤もなしに起こった今回の現象は出版史上でも稀であり、当の映画はというと、むしろ一連のオーウエルブームへの遅参者であった。一九八三年も秋になり、いまだだれも映画化に乗り出していないという驚きの事実を知ったBBC新進気鋭の脚本家マイケル・ラドフォードは、その冬、当時映画化権を有していたシカゴの法律家マーヴィン・ローゼンブルムに接近した。オーウェルの未亡人ソニアは、原作の大幅な書き換えが施された一九五六年公開のアンダーソン版にひどく落胆し、以来、再度の映画化に非常なる懐疑心を抱いていたが、一九八〇年一二月、病床のソニアに面会したローゼンブルムは、彼女のまえで『一九八四年』からのフレーズを一字一句違わず暗唱してみせ、見事、彼女からの信頼と映画化権とを獲得したのだった（ソニアはその九日後に死去した）。ラドフォードはローゼンブルムを新作のエグゼクティヴ・プロデューサーに据えると、プロデューサーとなったサイモン・ペリーがヴァージン・フィルムズを有する実業家のリチャード・ブランソンから資金を調達し、そこから怒濤の映画製作が始まったのだった。ラドフォードは三週間で脚本を書き上げ、撮影は小説に記された場所と日記の日付通りに進行させるという「こだわり」に縛られながらも、四月から六月までの約三カ月という強行軍のなか成し遂げられた。年内の公開を断念すべきかという当初の懸案をよそに、一〇月一〇日にロンドンで初上映を果たし、アメリカでは年の瀬の一二月一四日に公開が間に合い、日本をはじめとする二〇を超える西側諸国でも一九八六年までに次々と上映された。

本作品は、急ごしらえとは思えないほど、精巧かつ入念に作り上げられたいくつもの舞台セットを、荘厳で悲壮感漂うドミニク・マルドウィニーの音楽が包み込み、その中心で役者たちの迫真の演技が光を放っている。ラドフォードの世界観が十二分に表現されたこの作品は、英国映画テレビ芸術アカデミー（BAFTA）の最優秀デザイン賞にノミネートされ、『イブニング・スタンダード』紙によって最優秀映画賞および最優秀俳優賞を受賞した。オーウェルブームの遅参者にして、「オーウェル年」に花を手向けたかたちとなった。

一方、すでに小説を知り尽くし、ギラギラとした目であら捜しをしようと映画館に足を運んだ観客は、この作品をどうとらえたのか。これまでの映像作品の俳優たちの「貢献」によって茶髪のウィンストンが許容され、もはや原作のウィンストンが「まばゆいばかりのブロンド」の髪（48）をしていたことは、さしたる問題にはならなかったかもしれない。むしろ、先述の最優秀俳優賞に輝いたジョン・ハートに、すでに世界的作家として名声を確立していたオーウェルの面影を重ねた観客は、かなりの数にのぼったのではないだろうか。原作のウィンストンが、ここにきて、いつの間にか作家オーウェルに成り代わった印象さえ受ける。ラドフォード本人も、ウィンストン役にはハート

図7　1984年版：ウィンストン（ジョン・ハート）とジュリア（スザンナ・ハミルトン）。

以外にいないと、彼を念頭に脚本を執筆したというエピソードは示唆的である。

ヒロインのジュリア役には、歴代のグラマラスで繊細な俳優たちとは対照的に、鋭い眼光と痩せて引き締まった身体に意志の強さをみなぎらせた、（こちらは原作通りに）黒髪のスザンナ・ハミルトンを配した。そんな彼女とつねにどこか物思いに沈むウィンストンとの関係に感傷的なメロドラマが入り込む余地はなく、むしろ映画にお決まりの要素の排除を観客は歓迎したようだ【図7】。

もっとも、改変だらけのアンダーソン作品をラドフォードが毛嫌いしていたとしても、メディアの性質上、小説の完全なる映像化が不可能なことはだれもが知っている。本作と原作とのオープニングの相違に典型的にみられるプロットの入れ替え、コスチュームの変更、小道具の追加、原作にはないジェスチャーの創出など、原作との相違点を挙げればきりがない。なかでもラドフォードの創作が際立っているのは、ウィンストンの深層心理の描写であろう。ウィンストンの過去の記憶が、一〇一号室の扉の先に広がる古き良きイングランドの丘陵地にたびたび再現され、その原風景に、本作が遺作となったリチャード・バートン扮するオブライエンが、ウィンストンのよき理解者として彼に寄り添い、慈しみのまなざしを注ぐのである。だが、こうした改編にも多くの観客たちは異議を唱えなかった。彼らの「肥えた目」に見張られた、有名になり過ぎた原作の主要シーンを、ラドフォードがオーウェルの言葉とともに温存したことは、この点で大きな意味をもっている。

そして、ひとたび近視眼的な批評から離れ、原作成立以来の大きな時空から鳥瞰すると、この作品の別の価値が見えてくる。ラドフォード版は、ハイテクを駆使した『スター・ウォーズ』のような舞台風景を断固拒否したソニアの遺志も汲み入れ、八〇年代の技術が描けた未来像を極力封印し、一九四八年時点のオーウェルが描いた舞台設定にこだわった。本書の渡辺論文で紹介した一九五〇年代の三作品が、未来である現実の一九八四年をひとつの定点と想定しながらも冷戦初期当時の世相を多分に反映していたのに対し、ラドフォード版だけが、定点としての一九八四年にいながらにして、東側陣営との関係が依然として緊迫していた冷戦後期の当時を置き去りにし、作品が生まれた当時の一九四八年にタイムスリップしたかのような印象を観客に与えようとしたのである。実際、この作品に映し出される世界から「クールな未来性」を読みとることは到底できず、党の科学技術を駆使して作られたであろうハイテク装置の権化ともいえるテレスクリーンや口述筆記具、そしてウィンストンを苦しめる拷問器具までもが、粗悪で錆びついた「骨董品」でしかない。唯一、ラドフォードの意に反し、プロデューサーのペリーが（ヴァージン・ミュージックの圧力を受けて）起用を決めた八〇年代の人気ポップグループ、ユーリズミックスによる挿入曲が、マルドウィニーのクラシカルな音楽と気まずい不協和音を醸し出してはいるものの、本作は総じて、観客の鋭い検閲を上手くかわすことに成功している。

冷戦の終焉後、「予言の書」では必ずしもなくなった原作の『一九八四年』は、「風刺」あるいは「警告の書」として二一世紀の現代にまで大きなインパクトを与えつづけている。作者のオーウェルは、まさに非歴史的存在「オーウェル」となって、一九八四年をゆうに飛び越え、歴史に遍在している。そのようななか、ラドフォード版『一九八四年』は、あえて生身のオーウェルが生きた一九四八年を描き出そうとしたために、未来ではなく過去を向く作品となった。一九八四年という定点をとうに過ぎた「未来」に位置する現在、私たちが定点としての一九八四年をあらためて振り返るとき、そこに見つけるのは、象徴としての原作ではなく、浮遊する「オーウェル」を繋ぎとめ、しっかりと定点に楔《くさび》を打ち込む、実在としての本作品なのである。

舞台化された『一九八四年』——三つの脚本

小田島創志

1 『一九八四年』の上演例と舞台化の傾向

多くの小説が舞台化されているなかでも、『一九八四年』は演劇界において特に人気が高い作品の一つと言える。近年での英米圏におけるストレート・プレイの主な上演例をあげるだけでも、二〇〇六年にロサンゼルスのアクターズ・ギャングの製作で初演を迎えたマイケル・ジーン・サリヴァンによる脚本、二〇一〇年にマンチェスターのロイヤル・エクスチェンジ・シアターで初演を迎えたマシュー・ダンスターによる脚本、そして二〇一三年にノッティンガム・プレイハウスとヘッドロングの共同製作によって初演を迎えた、ロバート・アイクとダンカン・マクミランによる脚本などがあり、短期間で複数の脚本が生まれていることが分かるだろう。(1)また、最後にあげたアイク/マクミラン版はノッティンガムでの初演後、二〇一四年にロンドンのアルメイダ劇場に移されており、その後オーストラリアやアメリカなどでも上演された。日本でも二〇一八年に新国立劇場で上演され、このときは小川絵梨子が演出を、平川大作が翻訳を手掛けている。

この三つの脚本――サリヴァン版、ダンスター版、アイク／マクミラン版――は、小説の舞台化における課題への取り組み方がそれぞれ大きく異なっているのだが、そもそも舞台化の過程ではどのような課題が生じうるのだろうか。例えば、原作における語り手の声、つまり地の文をどう舞台上に移植し、物語を進行させながらいかにして演劇としてのダイナミズムを生むかという点は、しばしば脚本家や演出家の頭を悩ませる。原作が長編である場合は、想定する上演時間に合わせて内容の剪定作業を行う必要も生じるだろう。また、観客にとってなじみのない時代や土地を背景とした原作の場合、その異質な世界観をどの程度まで維持しながら舞台化するか、逆に劇を受容する観客の時代的・文化的コンテクストにどこまで適応させるかが問題となる。[2]

こうした課題に向き合っている演劇には、いくつかの共通した特徴が見られる。特に近年増えているのは、地の文を登場人物同士の会話に置き換えつつ、さらにギリシャ悲劇のコロスのような複数の語り手や進行役を設定し、物語の枠組みに変更を加えた試みだ。例えば、ヴァージニア・ウルフ原作で二〇一〇年にサラ・ルールによって舞台化された『オーランドー』では、オーランドー本人も自分の感情や行動を三人称的に説明し、それと同時に不特定多数の「コーラス」の語りによって物語が進行する。複数の進行役を設定しつつ、コンテクストそのものを現代へと大胆に置き換えた例の一つが、二〇一八年に初演を迎えたマシュー・ロペス脚本の『継承（*The Inheritance*）』である。[3] この芝居では、二〇世紀初頭のイギリスを舞台にしたE・M・フォースターの小説『ハワーズ・エンド』を、現代のニューヨークに生きるゲイの男性たちの物語へと移し替えている。全体としては、ある青年が『ハワーズ・エンド』を参考にしながら自身の物語を執筆していくというメタ構造を取っているが、その際に登場人物たちがルール版『オーランドー』のように自身の行動や感情を第三人称で語る場面もあるため、彼らは物語の進行役も担う。

　このように物語の枠組みや登場人物の構成、時代的な設定に変更を加える試みだけではなく、ト書きやヴォイスオーヴァーによって様々な工夫が凝らされるといった場合もある。アメリカのキャサリン・クレスマン・テイラーが一九三八年に発表した短編の書簡体小説『受取人不明（*Address Unknown*）』をフランク・ダンロップが二〇〇四年にアダプトした際、彼は原作の手紙部分をそのまま俳優に読み上げさせる脚本として仕上げたが、ト書きにおいて原作には記されていない登場人物の関係性や心情、原作では曖昧だった動機の解釈を提示した。またこの後で述べる『一九八四年』にも携《たずさ》わったダンカン・マクミランが二〇一七年に脚本を手掛けた、ポール・オースター原作『ガラスの街』では、原作における地の文がヴォイスオーヴァーによるナレーションとト書きに、内容は削られていても表現はほぼ原文のまま移された。特に現代戯曲のト書きは俳優への指示書きという機能にとどまらず、音響や照明、舞台美術、衣装、映像といった各セクションが演出家と相談してプランを立てる際の指針となる。そのため、台詞だけではなくト書きもまた、原作者とその翻案者の創造的な表現として重要視すべきテクストだと見なさなければならない(4)。

　このような舞台化の傾向を踏まえつつ、本章では最初にあげたサリヴァン版、ダンスター版、アイク／マクミラン版が『一九八四年』をどうアダプトしているのか分析していく。サリヴァン版は前述したような複数の進行役を配置しつつ、舞台を一つの場所に限定しており、物語の枠組みに変更を加えていないダンスター版とは異なっているが、そのダンスター版も原作に「忠実」に置き換えているわけではない。また、ダンスター版は時代設定を過去に据えているが、アイク／マクミラン版はそれとは対照的な試みが行われている。それぞれのアダプテーションが何を重視し、その効果は何なのかを考察していくことで、『一九八四年』を現代において舞台化することの意味を明らかにしたい。

2 サリヴァン版『一九八四年』

サリヴァン版の『一九八四年』は、姿の見えないオブライエンが他の党員たち四人とともに、ウィンストン・スミスを尋問する場面から幕を開ける。党員たちはそれぞれ、ウィンストンの日記のコピーを手にしており、原作における地の文に相当する箇所やウィンストンの台詞を「党員その一」にあたる人物が読み上げる。他の党員たちは、ジュリアやチャリントンなどといった原作の登場人物を再現形式で演じる。そしてウィンストンは、目の前で展開されるその内容についてテレスクリーンから聞こえてくるオブライエンの声に尋問されながら、捕えられるまでに何があったのかを振り返っていく【図8】。クローディアスの秘密を明るみに出そうとした『ハムレット』の劇中劇のパロディとも思えるこのメタシアトリカルな形式は、再現される「ウィンストンの日記」が『一九八四年』というテクストであるという前提に立っている(5)。ただし終盤の拷問シーンに至るとこの再現形式は終わりを迎えるため、厳密に言えばそこまでの原作内容が「ウィンストンの日記」として舞台上に提示される。

図8　アクターズ・ギャングによる公演トレーラーより。スーツを着た俳優たちが党員を演じている。

　このように、党員という複数の進行役を設定することで原作の語りを移植しようとしている点では、前述したルール版『オーランドー』と同様の工夫が凝らされている。ただし、例えば『オーランドー』では、進行役を担う俳優の人数や、誰がどの台詞を言うのかといった指定がないのに対し、サリヴァン版の『一九八四年』では、党員は四人という指定があり、再現場面においてどの党員がジュリアを演じ、どの党員がチャリントンを演じるのか、厳密に定められている。また、戯曲冒頭に置かれたサリヴァン本人による注釈で書かれているように、この再現場面はウィンストンのフラッシュバックではなく、党員たちによって行われるリアルタイムの尋問である（Sullivan 4）。

つまり、このアダプテーションにおける登場人物は、ウィンストンとオブライエンを除くと四人の党員たちのみであり、ジュリア本人やチャリントン本人が登場するわけではない。あくまでも舞台上にいるのは、ジュリアやチャリントンたちを演劇的に再現する党員たちである。ウィンストンは再現シーンのさなか、過去を想起して感情がこみ上げてしまい、ジュリアを演じている党員に抱きつこうとしてしまう。

党員1　（ウィンストンとして）時刻は？

党員2　（ジュリアとして）一五時前後。待たせることになるかも。わたしは別のルートで行くわ。本当にすっかり覚えた？

党員1　（ウィンストンとして）ああ。

党員2　（ジュリアとして）じゃあ、できるだけ早くわたしから離れて。

党員2は立ち去ろうとするが、ウィンストンは記憶に圧倒され、彼女を抱きしめようとする。彼女は激しく反応し、彼を地面に押し倒す。

党員2　わたしから離れて！

他の党員たちは、ウィンストンに近づき、彼を殴ろうとする。　(Sullivan 32)[6]

ウィンストンは、党員たちが繰り広げる劇中劇に没入することを許されないのだが、観客にとってもまた、ジュリア本人がそこにいるわけではなく、党員によって演じられた存在であるということが、こういったシーンから強く印象づけられる。観客にとっては、ジュリアたちはもはや本当にいたかどうかも分からない、曖昧模糊とした存在であり、こうした意味ではウィンストン以外のキャラクターへの感情移入を許さないアダプテーションと見なせる。感情移入は難しいだろうが、引用した場面では、原作におけるジュリアが別れの際に言った言葉と、党員がウィンストンを撥《は》ね退《の》けるときの言葉で、同じ表現(「わたしから離れて」)が使用されており、俳優が瞬時にキャラクターを切り替えて、同じ台詞を全く違う意味合いで言う演技的な面白さを感じることができるだろう。

全体をオブライエンたちによる室内での尋問という形でまとめたために、原作小説の持つディストピアの閉塞感は目に見える形でより強まったと言えるが、その閉塞感はウィンストン一人だけが感じているわけではない。劇の終盤で、ウィンストンを尋問する党員の一人が、自分たちの置かれた立場もけっして安定的なものではないと他の党員たちに訴える。

党員3　もしわたしたちが試されているのだとしたら?　ここでやっていることが、彼の〈思考犯罪〉に対して、わたしたちがどう反応するか見るための試験だとしたら?　(75)

試されているのはウィンストンではなく自分たちかもしれない、と考えるこの党員は、ウィンストンを尋問・拷問するにしても常に党の「目」を意識しなければならず、自分たちもまた常に監視されているのだという閉塞的状況を意識している。彼ら党員たちもいつ粛清されてもおかしくない存在であり、どんな人物も粛清される可能性があるのだ。またこの台詞は、原作に登場するテレスクリーンのあり方とも関係していると考えられるだろう。尋問室に限定されたこの舞台でのテレスクリーンは、オブライエンが離れた場所からウィンストンを尋問し、党員たちに指示を飛ばす機械としての役割が強く、日常生活に至るまでの監視の意味が薄れてしまっている。そのため、こうした台詞を設けることで、監視社会の恐怖をテレスクリーンとは別の形で表現したとも考えられる。

時代的にも党の支配下にある世界という限定がなされているが、サリヴァンによる注釈では、必要最小限の小道具と舞台美術で上演するよう要求されており、時代背景を観客が想像力で補完する必要がある。その想像次第では、観客が自分たちの置かれた時代や社会と重ねることも可能だろう。二〇一九年にアクターズ・ギャングが再演した際の『ハリウッド・リポーター』における劇評では、前述したような尋問という設定への特化と、初演が二〇〇〇年代のアメリカだったという背景から、初演時はブッシュ政権下における非人道的な拷問、特にイラク戦争時にアブグレイブ刑務所で米兵が行った捕虜に対する虐待を連想させたのではないかと記述されている（Riefe）。実際に『ワールド・ソーシャリスト・ウェブサイト』の初演時における劇評では、アブグレイブ刑務所だけでなく、やはりアメリカ軍による過酷な尋問が行われていたグアンタナモ湾収容キャンプを連想させる公演だったと述べられている（Adams and Valle）。現代のアメリカというコンテクストに『一九八四年』を置く考察自体は、サリヴァン版の上演以前にもなされてきているが、ここまで述べてきたような脚本上の工夫が、その連想をより容易にしていると言えるだろう(7)。

もっとも、その初演時の劇評では評価が大きく分かれた。『ヴァラエティ』誌の劇評では、ティム・ロビンスが演出を手掛けた上演は「退屈」であり、「二時間近く、俳優たちが原作小説の内容をただ叫んでいる」という辛辣な表現で批判された（Oxman）。その一方で、『ロサンゼルス・タイムズ』は、完全に成功しているとは言えないまでも、サリヴァンの脚本からはオーウェルの思想の豊かさを充分に感じられ、特に強調されていなくても、アメリカの現状と繋がるような公演だったとしている（Mcnulty）。いずれにしても、四人の党員という進行役が原作のストーリーを伝える役割を果たすと同時に、現代にも通じるような、誰もが粛清されうる監視社会の恐怖を伝える存在として機能しており、限られた舞台の空間で俳優という生身の人間が演じる際の工夫や面白さを活かすことのできる構成だと言えるだろう。

3　ダンスター版『一九八四年』

サリヴァン版と、この後で述べるアイク／マクミラン版とは違い、ダンスター版は物語の構造そのものに変更を加えているわけではない。出だしがウィンストンの帰宅ではなく、真理省での二分間憎悪の場面になっているなど、いくつかの点でプロットが入れ替わっているが、おおむね原作と同じように組み立てられている【図9】。そのため、終始尋問室で演じられるサリヴァン版とは違い、シーンごとに頻繁に場所の設定が変わる。

このダンスター版の大きな特徴の一つと言えるのが時代設定だろう。脚本の前書きには「一九四〇年代」という指定があり、現在の演出技術を入れつつも、全体的に第二次世界大戦後のイングランドを感じさせるような演出を要求している（Dunster 7）。観客の置かれたコンテクストに世界観を合わせるのではなく、オーウェルが『一九八四年』を執筆していた時代と文化に合わせる指定は、サリヴァン版や

図9　ロイヤル・エクスチェンジ・シアターによる公演トレーラーより。ウィンストンとジュリアが拘束される場面では，原作同様に，舞台上の版画が落ちてテレスクリーンが出現する。

アイク／マクミラン版とは大きく異なる。ロイヤル・エクスチェンジ・シアターでの初演の際にダンスター本人が説明しているが、彼は原作が書かれた時代のコンテクストを重視しつつ、観客がそこに現代の反響を見いだせるような舞台を意図した。(8) 観客は歴史の縦軸を意識することで、過去から現代に至るまで変わっていない要素があるのだということを痛感する。

さらに、前述したマクミラン版『ガラスの街』のようなヴォイスオーヴァーを使用している点もこの脚本の特徴で、それらと俳優による台詞、さらには詳細なト書きの記述を合わせる形で脚本を組み立てている。サリヴァン版でも、終盤に至るまでオブライエンは声のみの登場だったが、ダンスター版ではウィンストンが記す日記の文章がヴォイスオーヴァーによるナレーションとして読み上げられる。例えば原作では、第一部の第六章で「プロール」の女性との性交を書きつつ、ウィンストンは妻のキャサリンのことを思い出すが、ダンスター版ではヴォイスオーヴァーによって日記部分が読み上げられ、それに続いて「ウィンストンの夢」の光景であると題したシーンが始まり、キャサリンが舞台上に登場する。

キャサリン　私たち、党のために子供を作らなくちゃ。

ウィンストンはキャサリンに触れようとする。彼女は身体をこわばらせる。彼女は離れ、ベッドに横たわる。

(Dunster 26)

このように、原作ではウィンストンが回想や夢で見ている場面を、ダンスター版では舞台上で俳優が実際に演じて見せる。さらにこの後、ウィンストンの空想としてジュリアや「プロール」の女性が登場するが、その部分はト書きで記述されている。

ジュリアはオーバーオールを脱ぎ始める。彼女はゆっくりと、四〇年代のウィンドミル・ガールズのストリップ・ショーのように脱ぎ、すらりとしたバーレスクの衣装になる。キャサリンは板のようにベッドに横たわっている。ウィンストンは書き物机に戻る。三人目の女性が現れる。彼女は安っぽく、露出が多くて汚れた服を着ていて、化粧が濃い。

(Dunster 26)

ここでは、時代設定である「四〇年代」が意識されており、その当時の「ウィンドミル・ガールズ」のように、ジュリアがオーバーオールを脱いでバーレスクの衣装となる。(9) この「夢」のシーンのジュリアはすぐに退場するものの、ウィンストンの抑圧された欲望が向けられる対象として、脚本ではより強く印象づけられる。言い換えると、ここで観客はウィンストンのまなざしを通してジュリアを意識するよう誘導されている。

ジュリアの名前の表記もまた、「夢」のシーン以外でそのような距離感を表すのに貢献している。前述した引用部分のように、ト書きでは「ジュリア」と書かれることもあるが、ウィンストンに名乗る前の彼女が台詞を言う場合、基本的には「黒い髪の娘(The Girl With The Dark Hair もしくは GWITH)」と表記されている。つまり、「ジュリアが台詞を言う」とするのではなく、「黒い髪の娘が台詞を言う」と指示することで、そこにいる人間がウィンストンの視線を通した存在であることが示唆されている。サリヴァン版ではそもそも、「党員が再現するジュリア」という形を取っていたが、ダンスター版でもまた、観客とジュリアの間にウィンストンを置くことで距離が生まれていると言えるだろう。

ただし興味深いことに、終盤になってこのような距離感の変化がト書きによって表現され、それによって原作との差異が生まれている。原作では最後、ウィンストンが三月のある日に公園でジュリアと再会するが、ダンスター版の脚本ではジュリアがカフェに入ってくる形で再会が果たされる。そこで交わされる会話はほぼ原作通りだが、脚本では別れ際に、「2＋2＝5」という、原作ではウィンストンがテーブルの上の埃で書いていた数式を、ジュリアに向かって言う。

店員　何かご注文は？

ジュリア　私……時間がなくて……今は。地下鉄に……地下鉄に乗らないといけないの。

店員　かしこまりました。

店員は退場。二人はまだ座っている。

ウィンストン　二足す二は五。

ジュリアは彼を見る、理解できず、怯《おび》えて。

(Dunster 117)

「二足す二は五」と言われたジュリアが理解できずに怯えた様子を見せるよう、台詞の後のト書きで指示されている。ここではウィンストンを前にしたジュリアの感情が表れており、最後までウィンストンの視線を通して描かれていた原作のジュリアとは違った印象を与える。単純に何を言われているのか分からなかっただけ、という可能性もあるかもしれない。しかし、党から押し付けられた現実に対して、ジュリアが思考停止に陥っていないという解釈や、ウィンストンが党の言説をただ繰り返していることに対する彼女の恐怖が表れているという解釈も可能ではないだろうか。そう考えると、このト書き一行で、観客とジュリアの距離感をどう操作するかという演出上の重要な判断を迫られるかもしれない。対照的に、思考停止に陥ったウィンストンは観客にとっても、原作以上に不気味でぞっとする存在として立ち現れる。

二〇一三年にこのダンスター版の脚本が異なるプロダクションと演出によって上演された際、『ブリティッシュ・シアター・ガイド』の劇評で、「オリジナルに忠実すぎる」と批判気味に指摘されたったということ（言い換えれば原作の要素をもっと削っても良かったのではないかということ）、また(Upton)。その指摘の根拠はおそらく、ダンスター版をカットせずに行うと上演時間が約三時間にのぼこれに関連して、ダンスター版ではゴールドスタイン本人が『寡頭制集産主義の理論と実践』の第一章「無知は力なり」を、内容は多少カットされているとはいえ、一五分近くにわたって読み上げるシーンがある、といったことなどが理由になっていると思われる。[10] しかし、何をもって「忠実」なアダプテーションと言うのかどうかは簡単に定義できる問題ではない。ここまで述べてきたように、時代設定とその効果や「夢」のシーンの記述、さらに脚本上のジュリアの反応などを考えると、原作に忠実な舞台なのかどうか、またどのような意味で忠実なのかということは、けっして一義的には決められないのである。

ダンスター版よりも、そしておそらくサリヴァン版よりも、原作になじみのある観客が出だしで驚くかもしれないのが、アイクとマクミランによる脚本である。この脚本では、とある読書会のグループが本を読み、内容について話し合うという場面から始まる。その「本」が原作小説に相当し、読書会のなかにはウィンストンや、原作ではオブライエンの部下として登場するマーティンも加わっている。読書会の人々は、劇の進行に伴い実際の『一九八四年』の場面に移ると小説内の人物になり、誰がどの人物に相当するかもテクストで指示されている。冒頭で登場した「コロス」のような人物たちがその後の登場人物も演じていくという点では、先にあげた『継承』と似たような構造を取っている。ただし『継承』では『ハワーズ・エンド』に該当するストーリーも現代のニューヨークに置き換えられているが、アイク／マクミラン版では『一九八四年』のストーリー自体に大きな変更が加えられているわけではない。

4　アイク／マクミラン版『一九八四年』

サリヴァン版では、党員たちが再現していくという形式であったために、舞台上は党の支配する時代に限定されていた。一方でアイク／マクミラン版の読書会の人々は、「現代のように思える」というト書きはあるものの（Icke and Macmillan 12）、一九八四年からかなり時が経った二〇五〇年以降の「未来」の人物たちであることが示唆されている。アイクとマクミランが戯曲版の前書きで説明しているように、原作を舞台化する上で、彼らは原作小説の「附録」に注目した（Icke and Macmillan 9）。そこに書かれているニュースピーク語の説明は過去形で書いてあるため、主人公ウィンストンの物語を読んだ誰かが後世になってから付け足した、あるいは一九八四年から時が経った時点で、とある人物がウィンストンの話を知り、小説としてまとめた後で「附録」を書いた、という解釈が成り立つ。この可能性自体は、以前から度々指摘されてきたことでもある。例えば二〇〇三年のペンギン版の序文として書かれ、ハヤカワ epi 文庫版にも収録されたトマス・ピンチョンの解説では、「附録」で使用されている時制が過去形であるために、党との戦いにヒューマニズムが勝利を収めた可能性があると述べられている（五〇七）。後で述べるように、アイク／マクミラン版の読書会は「党が崩壊した時代である」とまで断定できないが、「附録」まで含めた『一九八四年』の舞台化は、ひとつの時代に限定したサリヴァン版やダンスター版とは明らかに異なっている。

注目すべきなのは、この「語り手」たちをまとめる読書会の主催者が、劇の終盤において不自然な断定を下すという点である。

ホスト　いいえ――私たちが知る限り、本当にあったんです。二〇五〇年よりも前に党は滅びました。私たちはそれを知っています。だから、ここにいるのです。私たちの話し方だってお聞きの通り、ニュースピークではありません。一ページ目に記してあるように、これらの記述が本当に一九八四年のものなのかは不明です――はっきり分かればいいのですが、なにも証拠が残っていないので。確かなことは、ほとんどありません。

ただウィンストン・スミスが存在しなかったことは分かっています――少なくとも本の外では。彼は想像上の人物です。

ウィンストンが顔を上げる。状況を理解しようと。

(Icke and Macmillan 88-89　一八五)

読書会の主催者（ホスト）は、テクストについて「確かなことは、ほとんどありません」と言っているにもかかわらず、なぜかウィンストンについては、そんな人物など存在せず、想像上の人物であると断言する。前述したように、劇の序盤ではウィンストンは読書会の一員のように混じっており、読書会の人々とも会話を交わしているが、終盤における主催者の台詞以降、読書会の人々には彼のことは見えなくなっている。そのため、まるで主催者の言葉によってウィンストンの存在が掻き消されたかのような印象を受けてしまう。

このような点が、異なる時代の読書会という枠組みを設定した舞台版の肝になっていると考えられる。存在していたはずの人物を、あるいは「存在したことになっている」人物を、言説によって「存在しなかった人物」に書き換える主催者の行為は、原作小説において〈ビッグ・ブラザー〉率いる党が行っていた「非在人間」という処置と同じ行為だ。言葉による現実の歪曲は、読書会が開かれている時代においても行われている。党が行っていることは異なる時代においても繰り返されるという事実が、この読書会という枠組みによって示されていると言える。

ただアイク／マクミラン版では、読書会が開かれている時代に至るまでに党が崩壊したかどうかは、意図的に曖昧にされている。先ほど引用した終盤のやりとりで、読書会の主催者は「党は既に崩壊した」と述べていたが、読書会の場面で描かれているエクササイズの放送、チョコレートの配給の遅延の記述（Icke and Macmillan 17）からは、むしろ党の支配する時代との共通点を強調しているように思える。読書会に参加していた「母親」は最後になって、本当に党は崩壊したのか、自分たちがそう信じ込むように仕組まれているのではないか、と疑念を呈するものの、解決されないまま劇は終わりを迎える（90）。現実を捕捉できない不気味さは、過去が改変され続ける原作の世界とも共通しているが、そもそも原作で描かれているような世界が読書会の時代まで続いている可能性すら残されているのだ。読書会に参加している人々が自分たちとウィンストンの日記を切り離せなくなった以上、それを目撃する観客もまた、自分たちと切り離して考えることはできなくなる。

　原作の世界に観客を巻き込む仕掛けは、読書会という脚本上の枠組みだけでなく実際の上演でも確認された。初演でも、また日本における公演でも、舞台上には大きなスクリーンが掛けられており【図10】、それがテレスクリーンの役割を果たしていたが、チャリントンの店の場面ではそこにウィンストンとジュリアの様子が映し出されていた[11]。ヴェラ・カントーニはこの点について、スクリーンによって観客が〈ビッグ・ブラザー〉の代理のような役割を帯びると述べている(Cantoni 14)。観客は党とある種の共犯関係を結ばされることにより、全体主義的な監視社会のあり方に無関心ではいられなくなるのだ。

図10　演劇情報サイト WhatsOnStage が掲載した，アイク／マクミラン版の公演トレーラーより。舞台中央のスクリーンがテレスクリーンの役割を果たしている。

　もっとも、観客を巻き込む仕掛けが一部では物議を醸した。この脚本による公演は、二〇一四年のローレンス・オリヴィエ賞における「ベスト・ニュー・プレイ賞」にノミネートされるなど、初演時やロンドン公演時はおおむね高評価を得ている[12]。ただし、このアイク／マクミラン版では「プロール」という単語が登場せず、「人々(people)」という言葉に置き換わっており、この点を批判的に指摘するメディアもあった。原作の第一部の第七章冒頭における「希望」(80 一〇八)の対象を限定しないことで、読書会の主催者の言葉にもあった、ウィンストンの日記が「私たち」に向けて書かれている（Icke and Macmillan 13）という印象が強まる一方、『デジタル・スパイ』におけるロンドン公演の劇評が示唆しているように、「プロール」の存在を曖昧にすることで、現存する格差の存在をぼやかしてしまう懸念も考えられる（"1984 Review"）。また『ハリウッド・リポーター』によると、アメリカのブロードウェイでの公演では、ウィンストンが拷問されるシーンなどの過激さのあまり、失神する観客や嘔吐する観客が出たという。それに対してアイクは、「観客は客席に残ってもいいし、出て行ってもいい」としながらも、「世界では舞台上よりもひどいことが起こっている」と述べ、自分たちの演出を変更しない意向を示した（Lee）。アイク／マクミラン版では、観客は原作と現実の繋がりから目を背《そむ》けずに、『一九八四年』について当事者として考えるよう要請されている(13)。

5　おわりに

「今」の社会を照射する役割を原作に求めるのは、もちろん演劇上演の場に限らないが、ここまで述べてきたように、それを演劇でどう表現するか、という工夫が、舞台版『一九八四年』のそれぞれの脚本において活かされていた。イラク戦争という横軸の関連を想起させたサリヴァン版は、四人の党員による再現形式によって原作の物語を展開し、その四人の党員自身もテストされているという点で、テレスクリーンとは異なる形で監視社会の恐怖が表現されている。必要最小限の小道具で、尋問室に限定された舞台設定もまた、アメリカ軍による拷問を連想しやすくさせていた。しかしダンスター版では対照的に、一九四〇年代の戦後イングランドに舞台を限定することで、観客に歴史の縦軸を意識させ、現在において過去から残存する要素に目を向けさせている。ダンスター版ではまた、物語の枠組みに変更を加えていないものの、終盤のト書きによってジュリアの感情の動きを指示しつつ、思考停止に陥ったウィンストンが不気味な存在として観客の目に映るよう誘導しており、原作とは異なった視座を提供している。そして、「附録」の存在を重視したアイク／マクミラン版では、未来における読書会のグループを設定し、党が行っていることは異なる時代においても繰り返されるということを示唆している。さらには、それにとどまらない観客を巻き込む仕掛けが脚本上でも、また実際の上演時においても確認された。

舞台版『一九八四年』はそれぞれ、同時代の社会との繋がりと演劇的な経験の結節点として機能しており、そうした意味において、原作の「単なる二次的なもの」にとどまらない新たな価値が創出されている。

【注】

（1）　近年における舞台へのアダプテーションは、これ以外にアラン・リディヤード脚本のものがあり、ノーザン・ステージ・アンサンブルが二〇〇一年にニューカッスル・プレイハウスにて上演している。二〇〇五年にはロリン・マゼールの作曲によってオペラ化されており、ロンドンのロイヤル・オペラ・ハウスにて上演された。また二〇一五年にはジョナサン・ワトキンスの振り付けによってバレエ化され、ノーザン・バレエの公演がウエスト・ヨークシャー・プレイハウスにて初演を迎えた。

（2）　このような区分については、例えばマルゲリタ・ラエラが『演劇とアダプテーション』の序文において、ローレンス・ヴェヌーティの翻訳論を参照しつつ述べている（Laera 8-10）。

（3）　アダプテーションの定義自体をどこまで敷衍しうるかは議論の的となっている。ジュリー・サンダースによれば、アダプテーションよりも原作から離れて、原作を劇中劇で提示する、あるいは遠回しに仄めかすというように、より複雑な関係を結んでいるものは「アプロプリエーション」と定義されるが（Sanders 35-36）、ラエラはこの二つの峻別が困難であると認識している（Laera 5)。

（4）『演劇とアダプテーション』に収録されたインタヴューにおいて、演出家のイヴォ・ヴァン・ホーヴェは、作者がト書きを通して何を表現したかったかを考えるのが重要であり、台詞の「ポエトリー」同様にト書きの「ポエトリー」を理解しようと努めていることを明かしている（Hove 54-55)。

（5）ハムレットは第二幕第二場の独白において「もっと確かな証拠が欲しい。それには芝居だ。／芝居を打って、王の本心をつかまえてみせる」（94）と述べ、芝居上演の目的が叔父クローディアスによる先王殺しを暴露することであると説明している。また、同様の類似は『ワールド・ソーシャリスト・ウェブサイト』でも仄めかされている（Adams and Valle)。

（6）以下、サリヴァン版とダンスター版の脚本は拙訳だが、原作と同じ表現を用いている部分は高橋和久訳を用いた。また、アイク／マクミラン版の引用は、『悲劇喜劇』二〇一八年五月号に掲載された平川大作訳を用いた。

（7）例えばマーサ・C・ヌスバウムは、「悪の枢軸」のような言葉で「邪悪な敵」を作り、「善良な自分たち」を正当化するブッシュ政権の萌芽をレーガン時代に求めつつ、その点に『一九八四年』の要素を見出している（Nussbaum 294-95)。

（8）ダンスターのインタヴューは、ロイヤル・エクスチェンジ・シアターがホームページ上で公開している他、YouTube でも視聴可能となっている。

（9）「ウィンドミル・ガールズ」は、一九三一年にオープンしたロンドンのウィンドミル劇場でヌード・ショーを行っていた女性たちのことである。ただし、宮内大臣（Lord Chamberlain）の規定により「舞台上で動いてはいけない」というのが原則だった。

（10）この点で比較すると、サリヴァン版やアイク／マクミラン版では一部の抜粋にとどまっている。

（11）初演におけるおおまかな舞台美術については、現在でもノッティンガム・プレイハウスのウェブサイト（www.nottinghamplayhouse.co.uk/whats-on/drama/1984-2015/）にて確認できる。

（12）アルメイダ劇場で再演された際の『ガーディアン』における劇評で、マイケル・ビリントンは独創的な手法が効果的であったと作品自体は評価しつつも、アダプテーション作品がオリジナル作品より重視される傾向には懸念を示している（Billington）。

（13）　この点からは、九〇年代以降のイギリス演劇における潮流の一つである「イン・ヤー・フェイス・シアター（In-Yer-Face Theatre）」の影響が認められるかもしれない。この呼称を生み出したアレックス・シアズによると、「イン・ヤー・フェイス・シアター」では暴力、性描写など我々が目を背けてしまうものを、スラングを多用しつつあえて舞台上で表現して直視させ、観客と俳優が同じ空気を吸う劇場でのショッキングな経験が、観客の習慣的なものの見方を揺るがせる（Sierz 5-7）。

【引用文献】

Adams, Richard and Ramon Valle. "Stage Adaptation of George Orwell's *1984*: Puppets of the Police State." *World Socialist Website*, 13 Mar. 2006, www.wsws.org/en/articles/2006/03/1984-m13.html. 二〇二〇年八月二九日閲覧。

Billington, Michael. "1984-Review." *The Guardian*, 16 Feb. 2014, www.theguardian.com/stage/2014/feb/16/1984-review. 二〇二〇年八月二九日閲覧。

Cantoni, Vera. "Unpresence: Headlong's *1984* and the Screen on Stage." *Between*, vol. 8, no. 16, University of Cagliari, 2018, pp. 1-19. ojs.unica.it/index.php/between/article/view/3335/3115. 二〇二〇年八月二九日閲覧。

Dunster, Matthew. *George Orwell's 1984*. Oberon, 2012.

Icke, Robert, and Duncan Macmillan. *1984 by George Orwell*. Rev, ed., Oberon, 2015.「１９８４」平川大作訳、『悲劇喜劇』二〇一八年五月号、一三五―一八五頁。

Laera, Margherita, editor. *Theatre and Adaptation: Return, Rewrite, Repeat*. Bloomsbury, 2014.

Lee, Ashley. "Why Broadway's '1984' Audiences Are Fainting, Vomiting and Getting Arrested." *The Hollywood Reporter*, 24 June 2017, www.hollywoodreporter.com/news/why-broadways-1984-audiences-are-fainting-vomiting-getting-arrested-1016534. 二〇二〇年八月二九日閲覧。

Lopez, Matthew. *The Inheritance*. Faber and Faber, 2018.

Macmillan, Duncan. *Paul Auster's City of Glass*. Oberon, 2017.

"Matthew Dunster talks about adapting and directing 1984 at the Royal Exchange Theatre." *YouTube*, uploaded by rxtheatre, 9 Feb. 2010, www.youtube.com/watch?v=YgQRe0snup4. 二〇二〇年八月二九日閲覧。

Mcnulty, Charles. "Where Big Brother Lurks." *Los Angeles Times*, 28 Feb. 2006, www.latimes.com/archives/la-xpm-2006-feb-28-et-actors28-story.html. 二〇二〇年八月二九日閲覧。

"1984 at Nottingham Playhouse." Nottingham *Playhouse*, www.nottinghamplayhouse.co.uk/whats-on/drama/1984-2015/. 二〇二〇年八月二九日閲覧。

"1984 Review: When We Watch Big Brother, What Does Orwell Mean Today?" *Digital Spy*, 17 Feb, 2014, www.digitalspy.com/showbiz/a551898/1984-review-when-we-watch-big-brother-what-does-orwell-mean-today/. 二〇二〇年八月二九日閲覧。

Nussbaum, Martha C. "The Death of Pity: Orwell and American Political Life." *On Nineteen Eighty-Four: Orwell and Our Future*, edited by Abbott Gleason, Jack Goldsmith, and Martha C. Nussbaum, Princeton UP, 2005, pp. 279-99.

Oxman, Steven. "1984." *Variet*, 27 Feb. 2006, variety.com/2006/legit/markets-festivals/1984-4-1200518032/. 二〇二〇年八月二九日閲覧。

Riefe, Jordan."'1984': Theater Review." 21 Oct. 2019, www.hollywoodreporter.com/review/1984-theater-1249096. 二〇二〇年八月二九日閲覧。

Ruhl, Sarah. *Chekhov's Three Sisters and Woolf's Orlando*. TCG, 2013.

Sanders, Julie. *Adaptation and Appropriation*. 2nd ed., Routledge, 2016.

Sierz, Aleks. *In-Yer-Face Theatre: British Drama Today*. Faber and Faber, 2001.

Sullivan, Michael Gene. *1984 By George Orwell*. Playscripts, Inc., 2013, www.playscripts.com/sample/2535. 二〇二〇年八月二九日閲覧。

Taylor, Kathrine Kressmann. *Address Unknown*, edited by Frank Dunlop, Dramatists Play Service, 2017.

Upton, David. "1984" *British Theatre Guide*, www.britishtheatreguide.info/reviews/1984-grand-theatre-8913. 二〇二〇年八月二九日閲覧。

シェイクスピア、ウィリアム『新訳　ハムレット』河合祥一郎訳、角川文庫、二〇〇三年。

［コラム］

ブアレム・サンサール
『二〇八四年——世界の終わり』

伊達聖伸

二〇一五年、アルジェリア人作家ブアレム・サンサールが『一九八四年』に着想を得た『二〇八四年——世界の終わり』をガリマール社から出版した。同書はさまざまな文学賞にノミネートされ、アカデミーフランセーズ小説賞のグランプリを獲得するなど話題をさらった（日本語版は中村佳子訳で『２０８４——世界の終わり』として河出書房新社から二〇一七年に刊行されている）。

ブアレム・サンサールは、一九四九年アルジェリアに生まれ、フランス語で執筆活動をしている作家である。アルジェの理工科大学とパリの高等電気通信大学に学び、工学と経済学の学位を取得した。一九七二年からアルジェ近郊のブーメルデースに居を構え、教員や経営者などを経て、商業省と産業省で働いた経歴を持つ。

エンジニアで役人だった彼は、熱心な読書家ではあったが、もともと作家になる気はなかったという。きっかけとなったのは、一九九〇年代のアルジェリア内戦である。

一九六二年のアルジェリア独立以来、アラブ社会主義政党の民族解放戦線（ＦＬＮ）は一党独裁の長期政権を敷いてきた。腐敗も進み、国民の不満が高まるなか、イスラーム救済戦線（ＦＩＳ）が政治改革の期待を集めた。一九九一年末の国政選挙でＦＩＳは圧勝したが、翌年初頭に軍がクーデタを起こすと、国民は分断され、ＦＩＳも内部分裂し、そこから出てきた武装イスラーム集団（ＧＩＡ）は一般市民をもテロの対象とした。

泥沼化する内戦のなかで、サンサールは文章を書きはじめた。それを小説としてまとめた原稿をパリのガリマール社に送り、最初の作品『蛮人の誓約』が一九九九年に刊行された。五〇歳での作家デビューである。

官僚の身分のまま作家となったサンサールだが、彼の本領は体制批判にある。二〇〇三年に産業省の役人を辞めさせられ、以来ブーメルデースの自宅を拠点にもっぱら作家活動で生計を立てている。アルジェリアでは大っぴらには読めない作家だが、フランスなど海外で人気があり、国際的名声があってのことである。政権に対して厳しいサンサールは、イスラーム主義にも、アルジェリア社会にも批判的である。

新しい作品を発表するたびに、彼の自宅にはいくつもの脅迫状が届くという。いわば当局や社会の監視の目に晒《さら》されながら書くという行為をサンサールはしているわけで、その様子は『一九八四年』のウィンストンが日記をつけるシーンも連想させる。

『二〇八四年』の舞台は、唯一神ヨラーとその代理人アビが絶対視される宗教国家アビスタンである。歴史の改竄が行なわれる監視社会で、人びとはアビラングという言語の使用を強いられ、思考の幅が狭められている。体制に対してよからぬ考えを抱いていないか、検査が定期的に行なわれる。主人公アティのなかにはこのような社会に対する疑念が芽生え、職場の同僚コアとその成り立ちを解明しようとする。社会から見捨てられているゲットーには、実は人間らしい活気も見られる。国家の秘密を握った者は消され、次第にアティとコアも追い詰められていく。設定や話の流れが『一九八四年』に似ているし、読み進めるとオセアニアを滅ぼしたのが実はアビスタンであったという種明かしがなされている。つまり、サンサールは『二〇八四年』を『一九八四年』の「続編」としても読むことができるように計算している。

『一九八四年』から『二〇八四年』へ。二つのディストピア小説を比較すると、全体主義の恐怖の対象が共産主義（政治的ディストピア）からイスラーム主義（宗教的ディストピア）に移行している様子が強く印象づけられる。だが、フィクションを現実と重ね合わせて考えようとすると、いくつかの問題が生じる。たとえば、東西の冷戦に代わって西洋とイスラームが対立するといった見方をなぞるような単純な図式で理解すると、むしろ対立の図式を強化し固定化するおそれがある。

サンサール自身はどのような全体主義の系譜を描こうとしているのだろうか。二〇〇八年に原書が刊行された『ドイツ人の村――シラー兄弟の日記』（青柳悦子訳、水声社、二〇二〇年）は、ドイツ人の父とアルジェリア人の母を持ち、フランスで暮らす兄弟の物語である。兄ラシェルは、アルジェリア内戦で故郷の村がイスラーム過激派に襲撃され、両親が虐殺されたことをニュースで知る。村を訪れた彼は、アルジェリア独立のために戦った英雄として知られる父がナチスの将校だったことを遺品から知る。そしてユダヤ人を虐殺した親の子どもであることに悩み、自殺するに至る。弟マルリクは、残された兄の日記を頼りに兄とは違う形で家族の歴史をたどり直す。

この小説でサンサールはマルリクに、「ヒトラーってのは〔……〕導師《イマーム》の大親玉みたいなもんだね。権力の座につくと、新しい宗教をおっ始めた。それがナチズムだ」と語らせている。ナチズムとイスラーム主義を並行関係でとらえていることがわかる。『二〇八四年』が『一九八四年』のアダプテーションであることを踏まえると、サンサールの念頭には、ナチズム、スターリニズム、イスラーム主義という全体主義の流れがあることが窺える。ただし、フィクションを介在させているために、一筋縄ではいかないところもある。

『二〇八四年』で描かれているのがイスラーム主義のディストピアであることは歴然としている。唯一神ヨラーはアラーを連想させるし、アビラングはアラビア語を思わせる。しかし、小説のなかで「イスラーム」という語は一度も出てこない。読者はアビスタンのモデルとして「イスラーム国」やイランやアルジェリアなどを連想するかもしれないが、それを確定させるものはない。アルジェリア当局から睨まれ、イスラーム主義者から命を狙われる身の彼は、「イスラーム嫌悪者《イスラモフオブ》」を自認さえしているが（*Causeur*, 13 novembre 2019）、少なくとも『二〇八四年』ではイスラーム自体を否定していると判断される箇所は見つからない。それはオーウェルが『一九八四年』でソ連のスターリニズムを連想させる世界を描きながら、ロンドンを舞台とし党の名をイングソックとしてイギリスのイメージを喚起し、オセアニアという国名をつけたことに通じるかもしれない。また、一九八九年にイランの宗教指導者ホメイニ師がファトワーを発して『悪魔の詩』の著者サルマン・ラシュディに死刑を宣告した経緯などが、サンサールの念頭にはあっただろう。イスラーム風刺は微妙な問題を孕み、二〇〇四年にはオランダの映画監督テオ・ファン・ゴッホが暗殺されているし、二〇一五年一月にはフランスの風刺新聞『シャルリ・エブド』本社が襲撃された。

この「シャルリ・エブド襲撃事件」が起きた二〇一五年一月七日は奇しくも、二〇二二年の大統領選挙でムスリムの候補者が当選するという近未来を描いたミシェル・ウエルベックの新作『服従』の発売日でもあった。サンサールの『二〇八四年』が刊行されたのは八月で、ウェルベックもこの作品に好意的な評価を寄せている。一一月には「パリ同時多発テロ事件」が起きた。『二〇八四年』が評判になったのは、こうした当時の状況も影響している。

しかし、サンサールが『二〇八四年』のような作品を書くことと、イスラーム嫌悪《イスラモフォビア》の傾向を強める現代フランス社会で評価されることは、連動はしていても、区別しておくべきかもしれない。一人の作家がアルジェリアに身を置きつつイスラーム主義の脅威と筆で闘うことは、フランスにおけるマイノリティであるムスリムに対する差別の助長を正当化するものではないからである。確かなのは、サンサールが抵抗の作家としてオーウェルの精神を受け継いでいることだろう。

ポスト・トゥルースの時代のオーウェル——カクタニとローティによる読解

髙村峰生

1　再読される『一九八四年』

ジョージ・オーウェルの『一九八四年』は、現実世界に何らかの動揺が起きるたびに、危機意識と共に思い起こされてきた書物である。かつてアーヴィング・ハウは、オーウェルは同時代のために「最も意義深く生きた」作家の一人であると評し、後世には残らないかもしれないが重要な作家である、と述べた（Howe 53）。オーウェルの文学は同時代の事象についてのコメンタリーであり、時代を越えた芸術的普遍性を持っているわけではない、という見方だ。だが、幸か不幸か、オーウェルは今なお我々の同時代人である。小説出版時の一九四九年には「未来」であった一九八四年を越えてもなお、『一九八四年』は現実社会に示唆を与える書物として読まれ続けている。[1]ことに、アメリカ合衆国においては、冷戦期から今日に至るまで、『一九八四年』は現実の社会や政治を考えるうえでの重要な参照点であり続け、とりわけ二〇一〇年代以降は、社会情勢の変化に刺激されてよく売れるということが頻繁に起きている。[2]現実を読み取る手掛かりとしてこの小説が参照されているのだ。いくつか例を見てみよう。

二〇一三年六月、アメリカ国家保障安全局（National Security Agency）が全世界のインターネットと電話回線を通信傍受していると、NSAおよびCIAの元局員であるエドワード・スノーデンがリークした際、『一九八四年』が売れたことがあった[3]（Trotter）。冷戦時代には「そのような組織は存在しない（No Such Agency）」の略称だとさえ言われたNSAという組織は、メール、チャット、ビデオ通話、ネット検索履歴、携帯電話での通話などのデータやメタデータすべてを監視する〈ビッグ・ブラザー〉であったというわけだ。その年、スノーデンは、BBCのために録画したクリスマス・メッセージの中で、『一九八四年』で描かれている監視システムは、現在国家が用いている監視システムと比べれば「何ものでもない」と述べている（Witte）。私たちが、スマートフォンという監視システム装置を、いつでもどこでも持ち歩くからである。この時、『一九八四年』は監視社会の脅威を予言する書として読まれた。

二〇一六年から翌年にかけては、ドナルド・トランプという一人の男がこの小説の売り上げに大きく貢献した。泡沫候補だった彼は数々の差別的発言や問題行動を繰り返しながらも、着実に国民の支持を広げ、ついには民主党代表候補のヒラリー・クリントンを打ち負かして大統領になった。メディアは、「ポピュリズム」、「ファシズム」、「反知性主義」といった言葉を使いながら、この奇怪な現象を驚きと共に報じた。オーウェルは、この「トランプ現象」が吹き荒れる中、新聞や雑誌の記事にしばしば引用されていた。二〇一六年七月にクリーブランドで開かれた共和党全国大会の様子を伝えた『ニュー・レパブリック』は、「〈ビッグ・ブラザー〉はあなたに求愛している」という題の記事を、四カ所の巨大なスクリーンにトランプの顔を映した会場の写真と共に掲載している（Perlstein）。この記事の中で、トランプの応援演説を行ったクリス・クリスティーによるヒラリー・クリントンへの痛烈な罵倒は、『一九八四年』の「〈二分間憎悪〉」に対比された（17 二五）。クリスティーが、クリントンは刑務所に入るべきだと主張すると、「彼女を刑務所にぶち込め（"Lock her up"）」という熱狂的な合唱で観客が応えたのである。ただし、この記事の伝えるところによれば、ヒラリーへの「憎悪」は二分間ではなく、一五分続いた。『一九八四年』の「われわれの文明の基礎は憎悪にある」（306 四一四）というオブライエンの言葉を例証するような現象ではないか。

しかし、「トランプ現象」の中で『一九八四年』の売り上げを最も刺激した政治的事件は、二〇一七年一月二〇日に行われた大統領就任式にかかわるものである。メディアは、大統領演説の行われる合衆国議事堂の前の広場ナショナル・モールに集まった観衆の数がバラク・オバマの大統領就任時に比べて明らかに少ないことを示した写真を、当日の記事に掲載した（Baker）。翌日、ホワイトハウス報道官のショーン・スパイサーは、一部メディアが観衆の数をわざと少なく報じただけでなく、誤った情報と意図的に切り取った写真をツイートした、と批判した。そのうえで、彼は「事実に基づき」、大統領就任式には過去最大の観衆が集まったと主張したのである（Cillizza）。当然ながら、メディアはこれに対して再攻勢に出た。NBCの『ミート・ザ・プレス』の司会者チャック・トッドは、番組中のアメリカ大統領顧問ケリーアン・コンウェイへのインタヴューで、このスパイサーの「明らかな虚偽発言」について問いただしたのだ。スパイサーを擁護しようとしたコンウェイの口から咄嗟に出た言葉──「それは、オルタナティヴ・ファクツだった」──は、歴史に残ることになる（"Conway"）。この一言が、『一九八四年』の売り上げを急激に押し上げたのだ。[4] しかし、このコンウェイの言葉に先行して、『一九八四年』の小説世界に現実が似てきているという感覚は、「ポスト・トゥルース」という言葉が二〇一六年に何度もメディアによって取り上げられたことで、すでに共有されるようになっていた。[5]「オルタナティヴ・ファクツ」という言葉は、この「ポスト・トゥルース」現象の一端として捉えられるだろう。

こうしたアメリカ社会の『一九八四年』への関心の高まりを視野に入れつつ、本稿は「ポスト・トゥルース」時代にどのようにオーウェルを読みなおすことができるかを考察する。全体の見取り図を示しておこう。まず、『一九八四年』を含む後期の著作から、オーウェルが同時代の報道における「真実」についてどのように捉えていたのかについて考えたい。一九三〇〜四〇年代にオーウェルが目にしていたのが、まさに「真実」の価値の下落であり、政治による「真実」の統制であった。彼自身が「ポスト真実」の時代を生きていたのだ。次に、オーウェルの作品世界をトランプ時代のアメリカの状況と比較した例としてミチコ・カクタニの『真実の終わり』を検討する。カクタニと共に、トランプによる言葉の軽視について考えたい。最後に、カクタニのポストモダン文化全体に対する批判を相対化するために、『一九八四年』読解を通じて真偽や善悪についての二分法を攪乱するリチャード・ローティの議論を検討したい。オーウェルおよびオーウェルを読むカクタニやローティの視点から、「ポスト真実」時代における「真実」の位置づけについて考えていく。

2 オーウェルにとっての「ポスト真実」

二一世紀の報道がオーウェルを好んで引用するのはすでに見たとおりだが、オーウェル自身もまたスペイン内戦に従軍し、多くの報道が歪められていることを見聞していた。『一九八四年』執筆に至るオーウェルのファシズム観を知るうえで重要な一九四二年執筆のエッセイ「スペイン戦争回顧」において、彼は次のように述べている。「私はいつかアーサー・ケストラーに「歴史は一九三六年で止まった」と語ったことを覚えている。彼はすぐにうなずいてみせた」(503 七二)。「一九三六年」とは、二人が参加したスペイン内戦のことを指している。ハンガリー出身のユダヤ人であるケストラーは記者としてスペイン内戦を取材し、フランコ軍に捕らえられて死刑を宣告されていたこともある。オーウェルとケストラーが実際に出会ったのは一九四〇年だが、二人はスペイン内戦が報道の転機になったと考えている点で一致していた。オーウェルは次のように述べている。

私はずっと若いころから、どんな事件でも新聞には正確に報道されることがないことに気づいていたが、しかし新聞が事実となんの関係もない、普通の嘘に含まれている程度の関係すらもない報道をするのは、スペインへ来て初めて見たことであった。全然戦闘などなかったところで大激戦が報ぜられ、逆に何百人も戦死しても完全に沈黙を守っているのである。勇戦した部隊が卑怯者、裏切り者として弾劾されたり、一発の銃声も聞かなかった連中が架空の勝利の英雄としてもてはやされるのを見た。またロンドンの新聞がそうした嘘を受け売りし、熱心なインテリたちがありもしなかった事件を感情的にでっち上げているのを見た。実際、歴史は起こったことに基づいて書かれるのではなく、いろいろな「党路線」に照らして起こるべきはずだったことに基づいて書かれるのを見たのである。

（"Looking" 503 七一―七二）

事実の歪曲どころか、事実とは全く無関係に報道がなされ、歴史が権力者たちの意のままに構成され、書き換えられる――これがオーウェルの知ったスペイン内戦における現実であったのだ。その後、第二次世界大戦が開戦し、ドイツ、イタリア、ソ連などの国々が全体主義化を推し進める中、「歴史」は宙づりのままにされた。『一九八四年』においても、客観的な歴史は存在しない。未来、現在、過去の事象は党が管理し、〈現実コントロール〉を行っている。「党の押し付ける嘘」は、誰もがそれを受け入れることで「歴史へと移行し、真実になってしまう」(40 五六)。これは、オーウェルが現実の観察に基づいて「スペイン戦争回顧」で述べたことと同じである。この意味で、『一九八四年』は未来についてだけではなく、近過去についての小説でもあるのだ。

「スペイン戦争回顧」に戻れば、このような「真実」の軽視や無視は、ナチス・ドイツの政権下でもっとも顕著なものとなったとオーウェルは指摘する。

どっちみち記録された歴史はおおかた嘘だ、というのが流行であることは私も知っている。歴史がたいてい不正確で偏向のあることは私も信じるにやぶさかでないが、われわれの時代に独特なことは、歴史が正しく書かれうるという考えそのものが放棄されたことである。〔……〕ナチスの理論は「真実」といったものの存在を特に否定する。たとえば「科学」というようなものはない。「ドイツ科学」「ユダヤ科学」等々があるだけである。こうした考え方がひそかにねらっているのは、総統とか支配層とかが未来だけでなく過去までも支配する悪夢のような世界である。総統がしかじかの事件について「そんなことは起こらなかった」と言えば——さよう、それは起こらなかったのである。総統が二足す二は五だと言えば——さよう、二足す二は五である。私はこうした見通しが爆弾以上に恐ろしい。そしてこの数年の経験からすると、それはけっして冗談ではないのだ。

(504 七五—七六)

ナチスは「事実」も客観的な科学も否定し、未来だけでなく過去も支配する。オーウェルは「ポスト真実」的状況を、同時代に見ていたのだ。オーウェルにとって、客観的に成立しているはずの事実を一部の権力者のために歪めるというのは、権力の濫用の究極の形態であり、「爆弾以上に恐ろしい」ものであった。

こうした観察は『一九八四年』に生かされているが、とりわけ目を引くのが「2＋2＝5」という数式である。この数式は、『一九八四年』では為政者の押し付ける「現実」を象徴するものとして使われている。小説の前半において、主人公のウィンストンは〈ビッグ・ブラザー〉の肖像画を眺めながら、「最終的に、党は二足す二は五であると発表し、こちらもそれを信じなくてはならなくなるだろう」と感じている（92 一二四）。そして、ウィンストンは「自由とは二足す二が四であると言える自由である。その自由が認められるならば、他の自由はすべて後からついてくる」と監視の行き届かないプライベートな場である日記に書き、この等式に象徴される「自明の理」を「死守する」ことを決意する（93-92 一二五）。党の立場を代表するオブライエンによる拷問＝教育がなされる第三部において彼がウィンストンに強制するのは、正確に「2＋2＝5」という数式である。この数式が示しているのは、個人的に意味づけられた「自由」の領域すらウィンストンが「コントロールしていない」ということである（285 三八四）。つまり、オブライエンは、党に媒介されない「客観的事実」とウィンストン個人のつながりを断ち切ろうとしているのだ。そのためにまず、オブライエンは「君は日記に書いた――「自由とは二足す二が四であると言える自由である」と」、とウィンストンの中にしか存在しないはずのシンボリズムの体系へと勝手にアクセスする（286 三八五）。党が教えるのは、「現実は党の精神のなかにのみ存在する」のであり、「個人の生」などというものは存在しないということである（285 三八五）。したがって、オブライエンは「君は存在しないのだよ」とか、「君は非存在なのだ」などとウィンストンに告げることになる（296, 309 四〇一、四一九）。

ウィンストンにとって、人間が人間でなくなるのは「真実」へのアクセスがなくなるときであり、これは、ある意味では非常にストイックな考え方である。客観的な真実から切り離された人生は人生ではないという信念を、ウィンストンは持っている。これは、権力者が過去を支配する世界は「爆弾以上に恐ろしい」と言う作者オーウェル自身にも共有されている考え方だ。オーウェルは、「なぜ私は書くか」という一九四六年のエッセイにおいて、「歴史的衝動」を作家の「四つの大きな執筆の動機」のひとつとして数えている。その動機とは「物事をあるがままの姿で見たい、本当の事実を見つけて後世の使用のためにたくわえておきたいという欲望」というものである（"Why" 318 一一一―一一二）。これは、世界には客観的な真実が確実に存在し、作家の使命はそれを書いて後世に伝えることだというオーウェルの強い信念を示している。ウィンストンはこのオーウェル的な動機を継承した「書き手」であり、そのことは彼が書くことを禁止された社会の中で隠れて付けている「日記」の存在に示されているのである。ナチズムやスターリニズムの全体主義は「歴史」を宙づりにし、「事実」を歪曲するが、ウィンストンとオーウェルの「書く」行為は、これに対する抵抗と言えるだろう。

3　「ポスト真実」時代におけるオーウェル――カクタニを中心に

同時代における「真実」の地位の下落についてのオーウェルの診断は、確かに二〇一〇年代後半の政治的状況によくあてはまる。長年『ニューヨーク・タイムズ』で書評を担当したミチコ・カクタニによる二〇一八年の著作『真実の終わり』は、書名の示す通り、同時代の政治や文化における「ポスト真実」現象を考察した書物であり、オーウェルへの言及を多く含んでいる。「言語の乗っ取り」と題された第五章では、特に『一九八四年』と現在の政治状況の対比が多くなされている。ここで、カクタニは旧ソ連や東欧、ナチス・ドイツ、毛沢東政権下の中国など、歴史上の様々な全体主義的政権が言語統制を行っていた事実を確認したうえで、「トランプの言語に対する襲撃」を、オーウェルを参照しながら分析している（七七）。

トランプは言葉を真の定義とは真逆の意味で使うという、オーウェル的（「戦争は平和だ」、「自由は奴隷だ」、「無知は力だ」）で、不穏な策略を実行している。「フェイクニュース」という言葉をあべこべにして、自分にとって脅威であったり、好意的ではないと感じるジャーナリズムの信用を傷つけようとしている。それだけではなく、メディア、司法省、ＦＢＩ、諜報機関など、自身に敵対していると考える組織を繰り返し攻撃してきたのは自分であるにもかかわらず、ロシアによる米大統領選挙への介入をめぐる調査を「米国の政治史上、断トツで最大の魔女狩り」と呼んだ。（七八）

おそらくカクタニがここで念頭に置いている例の一つは、大統領就任式の少し前の記者会見において、彼に批判的であるＣＮＮの記者をトランプが「フェイクニュース」と呼んだことである（Jamieson）。「フェイクニュース」も「魔女狩り」もトランプがメディア批判をするときに好んで使う言葉である。

カクタニはさらに、『一九八四年』における党と〈ビッグ・ブラザー〉による支配が「自らの世界観に整合するよう過去を調整すること」で成し遂げられていることを指摘し、これに対応する現実として、「トランプの就任から数日も経たないうちに、ホワイトハウスのホームページ上では気候変動についての記述が変えられていた」ことを指摘している（八〇）。トランプの反環境保護政策は一貫しており、カクタニの著作の出版後の二〇一九年には、二〇一六年に締結された地球温暖化についての国際的な枠組みであるパリ協定からの米国の離脱を決定している。カクタニはトランプの事実の軽視と言語の軽視を重なりあうものと考え、彼が「英語という言語に対して個人的な攻撃」をしていると批判している（八一）。これは、「政治と英語」という一九四六年のエッセイの中で、文明の衰退と言語の濫用を結びつけたオーウェルの認識と重なる観点である。

全体として、カクタニの議論はオーウェルが小説で描いた事実や言語の歪曲がトランプ政権によって現実のものとなっていることを例証しているが、同時にそのような現象を推し進めた要因の一つとして、「インターネットとソーシャルメディア」の存在に注目してもいる（一〇二）。こうした情報技術はオーウェルの生きた時代にはもちろん、『一九八四年』の世界にも存在しないが、現代をオーウェル的なものにするのに大きな役割を果たしている。根拠のないフェイクニュースを一瞬のうちに世界中に伝播する情報技術は、「ポスト・トゥルース」成立のために必須のインフラである。トランプが活躍できる世界の条件は、二〇一六年までに整っていたのだ。

もちろん、インターネットは、適切に使えばより多くの正しい情報をもたらすツールである。しかし、オーウェルの比喩を使えば、インターネット上には「2＋2＝4」であるという情報も「2＋2＝5」であるという誤った情報も存在し、しばしば人々は後者の方を選んでしまう。もちろん「2＋2＝4」という情報が隠蔽されているというケースもあるだろうし、ウィキリークスのように権力による情報の独占への抵抗の試みも存在する。しかし、インターネットの本質は情報の不足であるよりは、過剰である。現代の人々は、多くの場合、『一九八四年』のウィンストンとは異なる条件によって「真実」から遠ざけられているのだ。我々は、自分たちが気づかぬうちに「2＋2＝4」よりは「2＋2＝5」を進んで選択してしまう世界に生きている。グーグルがユーザーの検索の統計を取り、それをユーザーごとの広告の選択にいかすとき、我々の「真実」へのアクセスは、党によってよりは検索エンジンによって、もっと言えばグローバル資本によって彼らの利益のために誘導されているのであり、そのような情報環境の中に我々が生きているという認識は、「真実」が唯一絶対のものであるという信念を挫《くじ》くだろう。そうした意味で、「オルタナティヴ・ファクツ」は確かに存在するのだ。カクタニの「フェイクニュース」をめぐる批判とオーウェルのスペイン内戦をめぐる報道批判は重なるところもあるが、インターネットやSNSという真偽以前のプラットフォームそのものが「真実」の形成に影響を及ぼしているとすれば、事態はより深刻と言いうるかもしれない。

4　ローティとアイロニー

オーウェルとカクタニは共に「真実」を伝える言葉の重要性に深い信を置いており、それらが同時代において棄損されていることに強い危機感を感じている。『一九八四年』の〈ビッグ・ブラザー〉は「ニュースピーク」によって言語的に人々の精神をコントロールする一方、カクタニの批判するトランプは、平気で嘘をついたり、言葉を歪めて使ったりするなど言語の乱暴な使い方をする。こうした言語使用を批判する二人は、逆に言えば、世界には真実が確かに存在し、それを正確に伝える言葉もまた確かに存在すると考えていたとも言えるだろう。だが、そこに疑問の余地があったらどうなるか。

カクタニは、「ポスト・トゥルース」の大きな要因の一つを、ジャック・デリダやポール・ド・マンらによって牽引されたポストモダニズム、特にその言語観や、言語的特徴に見ている。彼女は「ポストモダニズム」と呼ばれる現象すべてを一括して批判することに躊躇してはいるが、結局のところ次のような単純な整理に落ち着いてしまう。

非常に広く言うならば、その理論〔ポストモダニズム〕は、人間の知覚から独立して存在する客観的実在を否定し、認識が、階級、人種、ジェンダー等のプリズムによってフィルタリングされていると主張する。客観的実在が存在する可能性を否定し、真実という考えを視点や立場の概念に置き換えるポストモダニズムは、主観性の原理を尊重するのだ。（三七）

コンテクストが言表内容に影響を与えることを明らかにしたり、本質主義的な見方を回避したりするというのは、確かにポストモダン的思考の特徴だが、カクタニの議論は、それを主観と客観の差異に還元してしまっている。カクタニは「主観性への信奉によって、客観的真実の地位が低下した」と述べ、「知識より意見、事実より感情を賛美する傾向は、トランプの台頭を反映し、助長している」と主張している（五一）。つまり、彼女にとって、ポストモダニズムとトランプ政権の誕生は真っすぐに繋がっており、相互に影響を与えているのだ。彼女は、「脱構築主義者」（それは彼女にとってはポストモダニストと同義である）が「難解な表現が満載の文章と曲芸的にひねくれた構文を使うこと」を批判し、それを「逐語的」ではないとされるトランプの発言と対比する（四六）。このような見方を取るのはカクタニだけではない。リー・マッキンタイアの『ポストトゥルース』は、著作の一章を割き、ポストモダニズムが右翼によって利用され、ポスト・トゥルースの起源となったという見方を示している[6]（McIntyre 一六一―一九四）。

もちろん、「客観的真実」の尊重と共有は、民主主義の根本的な原理の一つである。だが、カクタニが「ポストモダン的」と呼ぶような言語の使用を避けることで、本当に「客観的真実」と正確な言語使用によって秩序づけられた社会は到来するのだろうか。あるいは、ウィンストンの言葉を使うならば、「二足す二が四であると言える自由」が認められるならば、本当に「他の自由はすべて後からついてくる」と言うことができるのだろうか。本稿の残りの部分において、ポストモダニストの一人に数えられるだけでなく、ポストモダニストを自認するリチャード・ローティの立場から、カクタニのポストモダン批判を相対化してみたい[7]。カクタニはローティの名前に触れていないが、ローティの主著の一つ『偶然性・アイロニー・連帯』（一九八九年）は『一九八四年』論のために一章を割いており、彼の「真実」に対する態度がカクタニのそれとは対立するものであることは、両者のオーウェル読解の違いにおいて明らかである。

『偶然性・アイロニー・連帯』の中心となる主張は、プラトン以来、西洋文明において中心的な価値をなしてきた「真実」とは、発見されるべく実在するわけではないということである。「真実」とは言語による創造物なのであって、物理的に対応する存在を持つわけではない。分析哲学から出発し、一九六七年に論集『言語論的転回』を編集して序文を書いたローティにとって、「何が真実か」という形而上学的な問いは無意味なものなのだ。ローティは「世界がそこに在るという主張と、真実がそこに在るという主張とは区別される必要がある」としたうえで、次のように述べる[8]（一六）。

真実がそこに在る――真実が人間の心から独立して存在する――ということはありえない。なぜなら、文がそのような形で存在し、そこに在るということはありえないからである。世界はそこに在る、しかし世界の記述はそこにはない。世界の記述だけが、真か偽になることができる。世界その

ものだけでは――つまり人間存在が記述行為によって補助しなければ――真や偽になりえないのである。(一七)

このように、「世界」と「世界の記述」を分離するローティの主張はきわめて単純明快である。しかし、ローティは同時に、人々は「世界あるいは人間の自己が、本有的特性、つまり本質を持っていると考えようとする、もっとも一般的な誘惑の一種」に容易に屈する、と指摘する(二〇)。たとえば、ある人間を本性的に善良である、というふうに。しかしながら、そうした見方は偶然性(contingency)を無視しているとローティは言う。「真実」は、それを表出するための言語、それを発する話者の主体性、それを受け止めるリベラルな共同体の存在が偶然に左右されるものである以上、絶対普遍的なものではありえず、非歴史的に「真実」を探究するのは誤った試みであるというのが、この著書の三分の一を占める第一部を通じて主張されていることなのだ。ローティは科学もまた一つの言説とみなしており、たとえば、「2+2=4」といった数式についても、それを本質的な真実とみなす立場を退ける。こうした数式は科学的客観性という尺度のもとに現象を特定の記述様式に従って表したものであるに過ぎず、これに対応する現実が「ある」わけではない。数式もまた、人間の世界理解の一表現として歴史的に創出されたものなのだ。共にすでに引用した部分の言葉を使うならば、ローティの「真実が人間の心から独立して存在する」ことはありえないという主張は、カクタニの「客観的真実」が「人間の知覚から独立して存在する」という見方ときれいな対称を成すだろう。

こうした観点から読解されたローティの『一九八四年』論において、本質的なのは「2+2=4」という「客観的な事実」に対するアクセスを持っているかどうかではない。むしろ、ローティは「「真理の可能性」についての問いは私たちの注意を本質的なものから逸らすものである」として、この作品の重要性は小説後半における拷問の場面にあるという（三七八）。その場面の要諦は、「世界に今起こっている事柄についての警告ではもはやなく、いつの日か生じるかもしれない事柄を例示するあるキャラクターの創出である」（三五五）。その人物こそがオブライエンなのだ。ローティは、オーウェルが自分自身の内にファシスト的傾向を認識していたと指摘する。一九四一年のエッセイ「ウェルズ・ヒトラー・世界国家」において、オーウェルは、H・G・ウェルズの科学や進歩主義への盲目的信頼、およびそれらに基づくナチス・ドイツへの認識の甘さをナイーヴなものとして退け、「ウェルズはあまりにも正気であるために、現代世界を理解できずにいる」と述べている（"Wells" 540 一二五）。オーウェルが、キプリングなら「ヒトラーの魅力や、さらに言えばスターリンの魅力でも」理解できただろうと述べるとき、オーウェルはキプリングと共に、ファシズムの魅力を理解できる側に自分をおいている（540 一二五）。ローティはこの箇所に触れながら、そのようなオーウェルの内なるファシズム性が「拷問のための拷問」を喜んで行うオブライエンの造形に投影されている、と論じているのだ（三八〇―三八一）。もちろん、本稿の第一節で見たように、ウィンストンの「真実」への強い意志は確実に作家オーウェルの考えを反映しており、『一九八四年』は真実が軽視される社会への警告となっている。しかし、ローティによれば、それは小説の可能性の半分しか示していない。ローティは、オーウェルがファシスト的な官吏に対しても自己同一化していると考え、しかもそれは特に奇矯なことではないと言っている。オブライエンは本性的に邪悪な人間なのではなく、知性的かつ理性的な人間であり、それがたまたま強権的な国家権力と結びついた、というわけである。したがって、ローティは次のように主張する――「オブライエンは、旺盛な関心をもった、鋭敏な知識人――つまり私たちに非常によく似た人物である」、と（三八〇）。オブライエンは、私たちのありうべき姿なのだ。

　このような主張は受け入れがたいと感じる人も多いだろう。「2＋2＝5」などというデタラメを人に押し付け、身体的な拷問を与えることになんらの良心の痛痒も感じないオブライエンは、本性的に邪悪な人間であり、私たちとは全く異なっていると考える方が、はるかに心休まることだろう。ローティの整理によれば、レイモンド・ウィリアムズは、「オーウェルが自らをオブライエンになぞらえていること」に気づきながら、そのような「権力崇拝」に屈伏したことは、オーウェルを含む「人間の尊厳、自由、平和」を信奉してきた人々に対して無礼である、として否定的な判断を下している（三七六）。しかしながら、ローティにとって、「人間の尊厳、自由、平和」といった大仰な理念ほど空虚なものは存在しない。ローティは、リベラルな価値を重んじる社会は、そのような価値に真実が宿っており人々がその真実を信じているから現出するのではないのであり、たまたま現出するにすぎない、と偶然性の役割を強調する。これは裏を返せば、強権的な独裁者の支配する世界はいつでもたまたま現出しうるということである。このような観点からすれば、ウィリアムズの言うのとは逆に、「オーウェルが自らをオブライエンになぞらえていること」こそが倫理的な態度であると言うことができるだろう。ローティがオーウェルの最大の功績を「オブライエンの発明」に見るのは、そのような理由からである。オーウェルは、オブライエンの造形を通じて我々を不安な気持ちにさせることに成功したのだ。

　ローティにとって、人間社会において最も忌避すべきことは「残酷さ」であるが、残酷な拷問を喜んで行うことのできるオブライエンというサディストは、潜在的には誰もがなりうるような存在に過ぎない。言い換えるならば、我々はたまたまオブライエンにならなかっただけである。アーレントの言うところの「悪の凡庸さ」を自己の内にも発見することこそが、残虐さを避けるための実践的な倫理なのである。これは、トランプの言動について考える時の我々の立場の取り方についても示唆を与えてくれるだろう。

5　おわりに

このように同じ作品を扱いながら、カクタニとローティは正反対と言っていいものをそこに読み取っている。カクタニからすれば、ウィンストンが「2＋2＝4」という真実と自由を守るために拷問を耐えているのは、倫理的で勇敢な行為である。それに対し、ローティにとっては、真実を固守しようとする態度こそが、抑圧と残酷さを生むのである。カクタニなら、ローティのような真実を決定不可能な曖昧なものとするポストモダニストこそが、ポスト・トゥルースの源泉であると考えるだろう。ところが、ローティの側からすれば、カクタニのように「真実」とそうでないものを明確に分断し、前者を追究しようという態度こそが、敵味方の分断を生み、「連帯」を妨げるのである。ローティにとって、オーウェルのオブライエンとの同一化は、そのような分断など幻想であることを示す生産的な攪乱である。このようにカクタニとローティの見方は対立しており、どちらかが絶対的に正しいと言うことはできない。カクタニの指摘するように、客観的な事実の歪曲がまかり通るような政治は許されるべきではないし、ローティの言うように、人は誰でも残虐な主体になりうるというのは必要な認識である。したがって、現実的な結論は、この両者の認識の射程を踏まえて具体的な局面で考えるしかないという、折衷的なものにならざるを得ない。

が、ローティのような立場が実際に現実に起きる「真実」から遠ざかるわけではない、ということを例証して本稿を締めくくることにしよう。冷戦終了間際に書かれた『偶然性・アイロニー・連帯』から約一〇年後の著作『アメリカ　未完のプロジェクト』（一九九八年）は、トランプ政権の誕生を予見したものとして、オーウェルほどではないにしても、二〇一六年から一七年にかけてメディアに引用された(Senior)。アメリカが冷戦後に大きな目標を失い、覇権も揺らいでいた時期に書かれたローティの著作は、近い将来、リベラル左翼大学人と労働者たちのグローバル資本主義をめぐる見解の不一致から、アメリカにおいて独裁的権力を持つ有力者が現れ、「国際的な超大富豪と手を結」んで、リベラルな価値観を否定するようになるだろうと述べている（九七）。ローティはこのとき大学人であったが、「労働市場のグローバル化」が必ず国内の分断を生むと労働者の立場に立って警告しており、グローバル化の直接的な影響を受けない安全地帯で理論構築にふける「文化〈左翼〉」に警告を発したのだ（九八）。これは、まさに二〇一〇年代後半に起きた様々な反グローバリズム的転回やポスト・トゥルース現象を説明していると言えるだろう。

「真実の探究」から最も遠ざかろうとしていたローティが、実際には真実に近かったというのはどういうことだろうか。私たちは、真実と非真実の布置について考え続けなければならない。オーウェルを再読する試みは、そのような思考の端緒となる。

【注】

（1）　『一九八四年』出版五〇周年を記念してシカゴ大学のロースクール主催で開かれたシンポジウム「オーウェルと我々の未来」と、二〇〇五年に出版されたその論集 *On Nineteen Eighty-Four* が代表的である（Gleason）。この論集には、Marha Nussbaum, Elaine Scarry, Homi K. Bhabha, Magaret Drabble をはじめとして、哲学者、政治学者、法学者、裁判官、作家などが寄稿しており、オーウェル研究の学際的性格を示している。
（2）　この理由の一つは、オーウェルの著作（特に『動物農場』や『一九八四年』などの小説）が、アメリカの学校教育において好んで取り上げられるテクストであることに求められる。Rodden を参照。
（3）　この事象については、デジタル時代の監視社会についての研究である Harcourt の第一章を参照。
（4）　CNNの日曜朝の討論番組 *Reliable Sources* という番組に出演した『ワシントン・ポスト』紙のリポーター、カレン・トュムルティ（Karen Tumulty）は、「オルタナティヴ・ファクツ」という言葉は「オーウェルのフレーズである」と短く発言し、CNNはそれをツイートした。このことは、『一九八四年』の突然のセールス上昇のきっかけの一つとされている（Nearly）。もっとも、正確に言えば、「オルタナティヴ・ファクツ」という言葉はそのままの形ではオーウェルの著作には現れない。
（5）　オックスフォード大学出版局の辞書部門は、「ポスト・トゥルース（Post-truth）」という言葉を二〇一六年の「今年の言葉」に選んだ。この言葉の定義は、「世論形成に際して、客観的事実が感情や個人的信条に訴えることよりも影響力が少ない状況を説明したり言い表したりしたもの」とされている（“Word”）。なお、本稿では「ポスト真実」という訳語も適宜用いている。
（6）　大橋完太郎はマッキンタイア『ポストトゥルース』の邦訳に付した「附論」において、ポストモダンをポスト・トゥルースの起源とみなす議論に反論を行っており、本稿の第四節と議論の方向性を共有する。大橋は、デリダの「人間科学の言説における構造、記号、遊び」を参照しながら、「「真理」の領域」と解釈の「遊び＝戯れ」の領域が同時に緊張関係をもって存在することを示し、「解釈の多様性を担保する「遊び」の肯定的思考とポストトゥルースのあいだには根本的な隔たりがある」と述べている（二四二）。
（7）　ローティは、「ポストモダニスト・ブルジョワ・リベラリズム」というのが自分の立場をよく表していると、同名の論文の中で表明している（一九七）。
（8）　訳書においては「真理」と訳されているが、原文は“truth”であるので、以下、ローティの著作からの引用では、本稿の他の箇所に合わせて「真実」という訳語を用いる。

【引用文献】

Baker, Peter, and Michael D. Shear. "Donald Trump Is Sworn in as President, Capping His Swift Ascent." *The New York Times*, 20 Jan. 2017, www.nytimes.com/2017/01/20/us/politics/trump-inauguration-day.html. 二〇二〇年九月一二日閲覧。

Cillizza, Chris. "Sean Spicer Held a Press Conference. He Didn't Take Questions. Or Tell the Whole Truth." *The Washington Post*, 21 Jan. 2017, www.washingtonpost.com/news/the-fix/wp/2017/01/21/sean-spicer-held-a-press-conference-he-didnt-take-questions-or-tell-the-whole-truth/. 二〇二〇年九月一二日閲覧。

"Conway: Press Secretary Gave 'Alternative Facts.'" *NBC.com*, 22 Jan. 2017, www.nbcnews.com/meet-the-press/video/conway-press-secretary-gave-alternative-facts-860142147643. 二〇二〇年九月一二日閲覧。

Gleason, Abbot, Jack Goldsmith, and Martha C. Nussbaum, editors. *On Nineteen Eighty-Four: Orwell and Our Future*. Princeton UP, 2005.

Harcourt, Bernard E. *Exposed: Desire and Disobedience in the Digital Age*. Harvard UP, 2015, pp. 31-53.

Howe, Irving. "Orwell: History as Nightmare." *Twentieth Century Interpretations of 1984: A Collection of Critical Essays*, edited by Samuel Hynes, Prentice-Hall, 1971, pp. 320-32.

Jamieson, Amber. "'You're Fake News,': Trump Attacks CNN and BuzzFeed at Press Conference." *The Guardian*, 11 Jan. 2017, www.theguardian.com/us-news/2017/jan/11/trump-attacks-cnn-buzzfeed-at-press-conference. 二〇二〇年九月一八日閲覧。

Nearly, Lynn. "Classic Novel '1984' Sales Are Up in the Era of 'Alternative Facts'." *NPR*, 25 Jan. 2017, www.npr.org/sections/thetwo-way/2017/01/25/511671118/classic-novel-1984-sales-are-up-in-the-era-of-alternative-facts. 二〇二〇年九月一二日閲覧。

Orwell, George. *The Complete Works of George Orwell*, 20 vols, edited by Peter Davison and assisted by Ian Angus and Sheila Davison, Secker & Warburg, 1998.

——. "Looking Back on the Spanish War." *The Complete Works of George Orwell*, vol. 13, pp. 497-511.（「スペイン戦争回顧」小野協一訳、『象を撃つ　オーウェル評論集1』川端康雄編、平凡社ライブラリー、一九九五年、五七—九四頁）

——. *Nineteen Eighty-Four: The Annotated Edition*. With an Introduction and Notes by D. J. Taylor and A Note on the Text by Peter Davison. Penguin, 2013.（『一九八四年』高橋和久訳、ハヤカワ epi 文庫、二〇〇九年）

——. "Politics and the English Language." *The Complete Works of George Orwell*, vol. 17, pp. 421-32.（「政治と英語」工藤昭雄訳、『水晶の精神　オーウェル評論集２』、九―三四頁）

——. "Wells, Hitler and the World State." *The Complete Works of George Orwell*, vol. 12, pp. 536-41.（「ウェルズ・ヒトラー・世界国家」川端康雄訳、『水晶の精神　オーウェル評論集２』、一一四―一二八頁）

——. "Why I Write." *The Complete Works of George Orwell*, vol. 18, pp. 316-21.（「なぜ私は書くか」鶴見俊輔訳、『象を撃つ　オーウェル評論集１』、一〇五―一二〇頁）

Perlstein, Rick. "Big Brother Is Wooing You." *The New Republic*, 21 July 2016, newrepublic.com/article/135339/big-brother-wooing. 二〇二〇年九月一二日閲覧。

Rodden, John. "Reputation, Canon-Formation, Pedagogy: George Orwell in the Classroom." *College English*, vol. 53, no. 5, 1991, pp. 503-30.

Rorty, Richard. "Postmodernist Bourgeois Liberalism." *Objectivity, Relativism, and Truth: Philosophical Papers*. vol. 1. Cambridge UP, 1997, pp. 197-202.

—— editor. *The Linguistic Turn: Essays in Philosophical Method*. U of Chicago P, 1992.

Senior, Jennifer. "Richard Rorty's 1998 Book Suggested Election 2016 Was Coming." *The New York Times*, 20 Nov. 2016, www.nytimes.com/2016/11/21/books/richard-rortys-1998-book-suggested-election-2016-was-coming.html. 二〇二〇年九月一七日閲覧。

Trotter, J. K. "Sales of George Orwell's *Nineteen Eighty-Four* Have Gone Up 3,100 Percent in the Past 24 Hours." *The Atlantic*, 11 June 2013, www.theatlantic.com/business/archive/2013/06/sales-1984-spike-3100-amazon/314373/. 二〇二〇年九月一二日閲覧。

"Trump: Russia Inquiry Witch Hunt." *BBC News*, 18 May 2017, www.bbc.com/news/av/world-us-canada-39969871/trump-russia-inquiry-witch-hunt. 二〇二〇年九月一七日閲覧。

Witte, Griff. "Snowden Says Government Spying Worse than Orwellian." *The Washington Post*, 25 Dec. 2013, www.washingtonpost.com/world/europe/snowden-says-spying-worse-than-orwellian/2013/12/25/e9c806aa-6d90-11e3-a5d0-6f31cd74f760_story.html. 二〇二〇年九月一二日閲覧。

"Word of the Year 2016." *Oxford Languages*, Oxford University Press, languages.oup.com/word-of-the-year/2016. 二〇二〇年九月一

二日閲覧。

大橋完太郎「解釈の不安とレトリックの誕生――フランス・ポストモダニズムの北米展開と「ポストトゥルース」」、リー・マッキンタイア『ポストトゥルース』大橋完太郎監訳、人文書院、二〇二〇年、二二五―二五六頁。

カクタニ、ミチコ『真実の終わり』岡崎玲子訳、集英社、二〇一九年。

マッキンタイア、リー『ポストトゥルース』大橋完太郎監訳、人文書院、二〇二〇年。

ローティ、リチャード『偶然性・アイロニー・連帯――リベラル・ユートピアの可能性』斎藤純一・山岡龍一・大川正彦訳、岩波書店、二〇〇〇年。

――『アメリカ　未完のプロジェクト――20世紀のアメリカにおける左翼思想』新装版、小澤照彦訳、晃洋書房、二〇一七年。

［コラム］
現代アメリカの風刺ディストピア小説

吉田恭子

理想郷を目指してみたら裏目に出た、という元祖アメリカ小説といえば、ナサニエル・ホーソーンの『緋文字』（一八五〇年）である。だとすれば、アメリカ文学にとってユートピアは「どこにもない場所」どころか「ここにしかない場所」だ。二〇二一年のバイデン大統領就任式で詩人アマンダ・ゴーマンが朗唱した「わたしたちの登る丘」もまた入植以来のレトリックに依拠し、丘の上の理想郷がまさに実現の途上にあるというヴィジョンを改めて描き出したのだった。

ところが第二次世界大戦後の小説を振り返ると、戦間期のモダニズムに表れた幅広い政治傾向が戦後に整理総括され、個人の内省を描く作品が正典化し、社会変革を促す作品は傍流化していた。その内向きな冷戦的文学美学の潮流を変えたのは、総得票数ではなくフロリダ州の法廷が選挙結果を決した二〇〇〇年の大統領選であり、同時多発テロ後の当然の帰結であるかのごとく、「大量破壊兵器」製造という捏造された情報を根拠に遂行された二〇〇三年のイラク侵攻である。ジョージ・W・ブッシュは当初からそのパッとしない二世キャリアや問題ありな英語運用能力が揶揄の対象となり、誤用や誤謬を集めた珍言集が「ブッシズム」として流通していたが、ここに至って小説家らが現政権を正面から批判するフィクションが刊行されるようになると同時に、『一九八四年』が新たな文脈で注目されるようになった。

二〇〇三年版『一九八四年』にはトマス・ピンチョンによる序文が新たに加えられている。一九四九年の出版当初、合衆国では共産主義批判の書として広く受け入れられた本作について、ピンチョンはオーウェルの書簡などを引きつつ単純化された読みを退ける。そして、〈二重思考〉や〈ニュースピーク〉が我々の普遍的な潜在意識であり、それが歴史修正と集団的忘却に支えられて、政府やメディアによる「情報操作《スピン》」に繋がっていると指摘する。

また、二〇〇四年のニコルソン・ベイカー作『チェックポイント』(*Checkpoint*/以下、未邦訳作品には原題を付す)は、高校の同級生だった二人の男の会話録音という設定で、一方がブッシュ暗殺を決行しようとするのを他方がやめさせようと説得を試みる。昼休みの会社員の意識の流れを描いた『中二階』(一九八八年/岸本佐知子訳、白水社、一九九七年)でデビューし、テレフォン・セックスを描いた『もしもし』(一九九二年/岸本佐知子訳、白水社、一九九六年)で思いがけなく政治的脚光を浴びたマイクロリアリズム作家の意外な展開だった。

劣化する政治言説への憂慮を表現する手法として、ディストピア小説がふたたび有効な手段とみなされるようになった。ジョージ・ソーンダーズ作の中編『短くて恐ろしいフィルの時代』(二〇〇五年/岸本佐知子訳、角川書店、二〇一一年)は、ほぼすべての悪漢登場人物が政権の中心人物と符合する異世界風刺アレゴリーで、おとぎ話風なところが『動物農場』を思い起こさせ、対立する〈外《アウター》ホーナー国〉〈内《インナー》ホーナー国〉も『一九八四年』の〈党中枢〉〈党外郭〉を髣髴とさせる。ソーンダーズはデビュー以来、中編「南北戦争ランドの没落」(“CivilWarLand in Bad Decline”、一九九六年)と「パストラリア」(同題短編集、二〇〇〇年/法村里絵訳、角川書店、二〇〇二年)に代表される「笑えるテーマパーク・ディストピア小説」で、亜ユートピアとしてのテーマパークを運営する後期資本主義的労働環境の不条理滑稽譚を様式化し、ひとりジャンルを形成してきた。また、新自由主義をどうしようもなく内面化してしまったふつうの人々の意思決定に、最新テクノロジーが介入する様を描き出し泣き笑いを誘う諸短編もお家芸の域に達していて、オーウェルの恐怖を悲壮な笑いに転換したともいえる。

シラキューズ大学大学院創作科でソーンダーズに学んだナナ・クワメ・アジェイ=ブレニヤーは、デビュー短編集『フライデー・ブラック』(二〇一八年/押尾素子訳、駒草出版、二〇二〇年)で、テーマパーク・ディストピアと経済至上主義的テクノロジーの介入という主題を継承しつつ、人種の視点を持ち込むことで、笑いを怒りにシフトさせた。

レニングラード生まれで七歳のときソ連から米国に移住したゲイリー・シュタインガートは、二〇〇二年のデビュー長編『ロシアン・デビュタント・ハンドブック』（*The Russian Debutante's Handbook*）以来、地政学的激動の煽りを食らったへんてこな世界を舞台に、一見成功者だが実は負け犬という軟弱男の主人公が気の強いヒロインに翻弄されるラブコメディを生み出してきた。企業社会に君臨する「アルファ男」が凡庸なヒロインと恋に落ちるのがロマンス小説ジャンルの慣習だとすれば、シュタインガートの小説は「ベータ男子ロマンス」とも呼べるとマーク・マクガールは指摘する。二〇一〇年の『スーパー・サッド・トゥルー・ラブ・ストーリー』（近藤隆文訳、NHK出版、二〇一三年）は、近未来の没落全体主義国家米国のニューヨークが舞台で、人民元が通貨となり、スマホのようなポータブル電子機器「アパラット」が個人の経済価値と性的魅力を常時数値化して通知する。永遠の延命を手にできるとするテクノロジーを選ばれた超富裕者に売る主人公は、読書家だが、あらゆる教養や情報が映像化された社会では、焚書を待つまでもなく書籍は「キモオタ」の所有物でしかない。

　テクノロジーがユートピアを実現するという思想は、あらゆる問題の解決策を先端技術に求めるシリコンヴァレー、サンフランシスコ湾岸文化圏のイデオロギーに今日顕在化しており、その気風をうまく摑んだのが、デイヴ・エガーズの長編『ザ・サークル』（二〇一三年／吉田恭子訳、早川書房、二〇一四年）である。対抗文化《カウンター・カルチャー》的理想主義とプラグマティズムが融合して生まれた西海岸的IT文化の行く先を描く。Google と Facebook を足したような巨大IT企業ザ・サークルが、経済原理と技術者の善意に後押しされて、世界をよりよくしようと超透明化した直接民主主義体制を実現する。

　エガーズは、執筆・編集・出版・社会運動と多岐にわたるその文学活動全般を、慣習にとらわれない社会変革を模索する新世代の総合的な表現手段として蘇らせ、活力を与えた。『ザ・サークル』に明らかなのは、ディストピア小説がすぐれてインターテクスト的なジャンルであることである。

　ITディストピアがいかに恐ろしいものであるかは、今日の読者であれば、過去の文学・映像作品から重々承知である。だから本作はディストピアでいかに生きるかではなく、ディストピアがいかにして生まれるかというプロセスを、ヒロインの出世譚と重ねて描く。

　主人公のメイ・ホランドは、マーガレット・アトウッド作『侍女の物語』（一九八五年）の名乗らぬ語り手ジューンの妹分であり、メイが生み出すザ・サークル社のスローガンは「秘密は嘘」「分かち合いは思いやり」「プライバシーは盗み」と、『一九八四年』へのトリビュートとなっている。『ザ・サークル』に登場するテクノロジーは今やほぼ実現してしまった。一見賞味期限が短い小説と思われたが、本作が今日浮き彫りにするのはデータ管理への生々しく果てなき欲望である。

エガーズは二〇一九年にトランプ大統領をターゲットにした風刺中編『船長とグローリー号』(*The Captain and the Glory*)を出版している。ウォルト・ホイットマンがリンカーンを頌徳《しょうとく》した追悼詩「嗚呼、船長! 我が船長!」(一八六五年)を本歌にした本作は、装画入りの小ぶりなデザインといい、おとぎ話風の語りといい、明白に現職大統領を揶揄したプロットといい、様々な点でソーンダーズ『短くて恐ろしいフィルの時代』を髣髴とさせる。けれども、ポスト・トゥルース時代の風刺小説は、悲しいかな、想像力の跳躍台としての虚構が持つパワーを風刺の対象に奪われてしまった印象を与えてしまうのだ。

オーウェルからアトウッドへ――「フェミニスト・ディストピア」が描く未来への希望

加藤めぐみ

1　はじめに――トランプ政権崩壊への青写真？

「ギレアデは倒れたの？」わたしは尋ねた。うれしいけれど、現実ではないような気がして。なんだかひとごとみたいに思えた。

〔……〕

「『ギレアデ日報《ニュース》』はぜんぶフェイクニュースだと反論している」ガースが言った。「〈メーデー〉の陰謀だってね」

エイダがしゃがれた短い笑い声をたてた。「いかにも、あいつらの言いそうなことだよ」

（*The Testaments* 398 五五七―五五八）

二〇二〇年一一月のアメリカ大統領選挙でトランプ政権に終止符が打たれた。しかし敗北したトランプは「不正選挙が起きた」「私は大差で選挙に勝った」とツイッターのフォロワー八九〇〇万人に向けて根拠のない話を流し続ける。これまでも自分に都合の悪い情報はすべて「フェイクニュース」と一蹴してきたトランプの最後の悪あがきのように見える。それでもこの「不正選挙」情報に踊らされる支持者らは大統領選の正当性に不信感を抱き、一一月一八日発表の米モンマス大学の世論調査に対し、その七七パーセントが「バイデンが勝利したのは不正選挙だったため」と答えた、という(園田)。

冒頭の引用は、『侍女の物語』(一九八五年)の続編として二〇一九年九月に発表され、その一カ月後にブッカー賞に輝いたマーガレット・アトウッドの『誓願』が大団円を迎えたところからの一節。物語世界を支配していた全体主義国家ギレアデ共和国が転覆された直後の体制側の反応は、この一年後の大統領選後のトランプ、および支持者たちの言動を見事に予見している。

二〇一七年、トランプ政権の誕生後、自国第一主義を掲げ、女性をモノ化し、性差別的な発言を繰り返す大統領を、人々はディストピアの独裁者と重ねて見るようになり、政権批判の書として『一九八四年』とともにマーガレット・アトウッドの『侍女の物語』がベストセラーとなった。同年四月から放映されたMGMとHuluの共同制作テレビドラマシリーズ『ハンドメイズ・テイル／侍女の物語』の影響もあって、ある種の『侍女の物語』ブームが巻き起こる。またドラマで侍女たちが身にまとっていた白い「翼」(ボンネット)と赤いマントのコスチュームは、トランプの大統領就任直後からアメリカ全土だけでなく世界各地で行われたウィメンズ・マーチや反中絶禁止法、「#MeToo」運動などで、女性たちが性暴力への抗議のメッセージを伝える際のユニフォームになり、映画『V・フォー・ヴェンデッタ』(二〇〇五年)のガイ・フォークスや『ジョーカー』(二〇一九年)のマスクと並んで、全体主義的圧力に対する「抵抗」の象徴となっている(Beaumont)。

読むこと、書くこと、考えること、所有すること、そして自らの身体――女性たちからあらゆる権利・自由を奪い、生殖能力のある女性を「侍女」と呼んで、その身体を「産む機械」として国家が管理する『侍女の物語』の世界は、明らかに女たちにとってのディストピアである。語り手のオブフレッドことジューンはそのギレアデ共和国の理不尽な状況に表面的には順応しつつも、心の中で抗い、未来への希望を信じ続けていく。物語の結語が「そういうわけで、私はステップを登って暗闇のなかに入っていく。そうでなければ、光のなかへ」（295 五三五）とオープンエンディングになっていたこともあり、アトウッドのもとには読者から三〇余年にわたって『侍女の物語』の結末の後、一体何が起こったのか、ギレアデはどんなふうに滅んだのかといった質問が絶えず寄せられてきたという。そして、その答えとして続編『誓願』が執筆された（『誓願』謝辞 417 五七九）。テレビドラマシリーズではシーズン1が『侍女の物語』の原作にほぼ沿うように展開し、シーズン2・3が『侍女の物語』後の数年間を描いているが、『誓願』はそのさらに先、約一五年後に物語が設定されている。[1]

『一九八四年』が三五年後の世界を描きながら同時代のスターリニズム支配下のソ連を批判したのと同様、時代を近未来に設定しつつ同時代の政治体制を批判するという手法は『侍女の物語』でも使われている。二一世紀初頭の北アメリカに想定されたギレアデ共和国の世界観は、一九八〇年代当時、キリスト教原理主義が勢力を持ち始め、右傾化する冷戦期のレーガン政権下のアメリカが主軸に据えられている。加えてアトウッド自身が大学院で研究した初期ピューリタンの神権政治、セーラムの魔女狩り、二〇世紀のルーマニアや中国での国家による生殖の管理、イスラム圏での女性の抑圧など、人類史上のいつかどこかで実際に起きた出来事に基づいて構築されている。この「人類史上前例のない出来事は作中に登場させない」（『誓願』謝辞 418 五八〇）という基本原則がテレビのドラマシリーズ、そして『誓

ることとなったのである。

本書に収録されているエッセイで「わたしはジョージ・オーウェルとともに大人になった」（三三）と述べているように、アトウッドは九歳でオーウェルの『動物農場』、高校生の多感な時期に『一九八四年』と出会い、専制的な暴君の言葉の歪曲や情報操作によりイデオロギーが恣意的に利用される危険性に対する警戒心、鋭敏な批判眼を育んできた。一九八四年になって、自らのディストピア小説を書き始めたとき、オーウェル作品を直接のモデルとしたのだが、アトウッドはそれまでのディストピア小説の大半が男性により男性の視点から書かれていること、そこに登場する女性たちが、ジュリアにしても、『すばらしい新世界』の下着姿で野蛮人を誘惑する乱交好きのレーニナにしても、常に「男性主人公を誘惑する役回り」でしかなかったことに疑問を覚え、女性の視点から描いたディストピア小説、いわば「ジュリアから見た世界」（三九）を書いてみたいと思うようになる。そうしてディストピアを生き抜く女性の声、内面の世界を描いた『侍女の物語』が誕生した。「形態としては明らかに家父長制［……］内実はときとして女族長制」（308 五五四）という支配体制の下、女性が権力に抗いつつも、屈していく様子、そこで体感する恥辱、痛み、不安、怒り、葛藤、疼き、欲望、悦び、希望など、心と身体の遍歴が、侍女オブフレッドの「声／語り」を通してつぶさに描かれていく。この「エクリチュール・フェミニン」こそがフェミニスト・ディストピアとしての『侍女の物語』のテクストを特異なものとし、これまでも高く評価されてきたが (2) (Howells, 松田、一六七―一七五)、さらに続編『誓願』では、ギレアデの物語が、支配する側の視点から、しかも女性のヒエラルキーのなかで頂点を極めた最高権力者リディア小母が密やかに記した「手稿」という形で、再構築されていく。そこにオブフレッドの二人の娘たち、ギレアデの司令官の家庭で育ったアグネス、ギレアデをその外部であるカナダから見るデイジーという二人の「声／視点」が「証人の供述の書き起こし」として加わることで、ディストピア世界の全体が複眼的に捉えられる。

本稿では『侍女の物語』と『誓願』が、『一九八四年』を意識的に取り込みつつ、そこにいかなる捻《ひね》りを加え、さらにアクロバティックに転回／展開させているのかを検証していく。まず第二節でオーウェルとアトウッドが描くディストピアの物語の構造、言語・思想統制、監視、拷問、洗脳、情報の改竄など、その支配のあり方を比較し、第三節でアトウッドがギレアデの世界に散りばめている『一九八四年』のモチーフ――古道具屋、鼠、数式、ゲーム――を拾い集めていきたい。それぞれの意味を紐解くことで、テクストの謎に肉薄できることだろう。そして第四節では『誓願』が、リディアによる「書くこと」の物語であり、さらにそれが未来の「読者」に宛てられたメッセージにもなっているというメタフィクション性に着目する。『一九八四年』のウィンストンの日記ともパラレルな関係にあるリディアの手稿が、『一九八四年』の描いた悪夢の世界を覆し、ディストピアの終焉という未来への希望に向かっていること。過去から未来、小母から侍女、娘たち、そしてまだ見ぬ「読者」へ――「読むこと／書くこと」でリディアが繋ぐ「女性たちの連帯」が、ディストピアをユートピアへと転じさせていく契機となる瞬間を捉えていきたい。

2 オーウェルを超えて――『一九八四年』、『侍女の物語』から『誓願』へ

「『侍女の物語』の最後に、『一九八四年』に多くを負う部分がある」（四〇）とアトウッドが認めているように、まずは『侍女の物語』『誓願』のいずれの物語の最後にも置かれている「歴史的背景に関す

る注釈」が、『一九八四年』の巻末に付けられた「ニュースピークの諸原理」と同じ役目を果たしている点から検討していこう。つまり小説に現れる抑圧的な政府のもと、どんなに残酷で悲惨な世界が展開していようとも、それが数百年先に学術分析の対象になっている、と示すことで、物語を相対化・歴史化し、その体制が「すでに過去のもの」(Hancock 217)であることが明かされているのである。「ディストピア小説は常に、どんなに小さくても結末では希望の要素を示すべき」(Kinos-Goodwin)と言うアトウッドは「物語の完結性」を回避し、「微かな光」を残すすべをオーウェルに倣ったといえる(小川、五九八)。

しかしアトウッドの附記はオーウェルの模倣には終わらない。そこにはギレアデ共和国の建国秘話から支配構造まで、ディストピア世界の背景の種明かしの要素が加えられている。『一九八四年』で、ウィンストンは〈党中枢〉の高級官僚オブライエンと出会い、エマニュエル・ゴールドスタインが書いたとされる禁書を渡されて読み、そこで体制の内幕を知る。つまり物語は内側から、そのフレームを明かしてしまい、語り手であるウィンストンは体制側の企図を熟知したうえで、そのシステムに洗脳されてしまうこととなる。対して、オブフレッドはギレアデ共和国に抗いつつも、本人はそのシステムの真の構造を知らないまま、翻弄、洗脳され、取り込まれていく。そして『誓願』は、『侍女の物語』の附記で明かされたギレアデの内幕のさらに裏側を、システムを構築した当事者であるリディア小母自身が暴き、自らの罪を告白すると同時にそのシステムを脱構築していく。『誓願』は、『一九八四年』に上書きした『侍女の物語』にさらに上書きをしたパリンセプトともなっているのである。

次にオーウェルが描く「監視」体制が、ギレアデではどのような形で敷かれているかを検討していこう。双方向式のテレスクリーン、盗聴器があらゆるところに設置され、二四時間監視体制が敷かれているうえ、子どもたちが幼い頃から親のスパイをするよう教育されている〈第一エアストリップ〉の首都では、違反行為があるとすぐに〈思考警察〉が現れるが、ギレアデ共和国でも同様に厳しい管理体制が敷かれている。やはり監視カメラ、盗聴器が各所に設置され、「目（The Eyes）」と呼ばれる政府の組織が常に監視の目を光らせている。ウィンストンはテレスクリーンの死角で禁じられた読み書きをしたが、『誓願』では監視カメラ、盗聴器を設置したリディア小母自身がその監視網を知り尽くしているからこそわかる死角で手稿を書く。体制の内部から体制への反逆を企てていることが示唆されているのである。

思想および言語統制についても『一九八四年』では徹底され、読むこと、書くこと、考えることが禁じられ、思考の範囲を狭めるためにニュースピークという単純化された言語が創出されている（51 七〇）。まさに「無知は力なり」が実践されているのである。『侍女の物語』でも女性たちは指導的立場にある小母以外は、読み、書き、思考、また聖書を読むこと、過去の言葉を使うことさえも禁じられている。だからこそ、オブフレッドが司令官の部屋に呼ばれ、言葉遊びのゲームである「スクラブルの相手をしてほしいんです」との依頼を受けたとき「今ではそれは危険なもの、猥雑なものだ。それは彼が妻とは一緒にできないものだ。今やそれは魅惑的なのだ。彼は危険を冒している。これはわたしにドラッグを勧めたようなものだ」（138-39 二五七）とオブフレッドは警戒するとともに、言語統制を掻《くぐ》い潜っ て行う言葉遊びのスリルに興じ、禁じられたセックス以上のエロティシズムをそこに見出そうとする司令官に対して「笑い」をこらえられなくなる。

オセアニア同様、ギレアデ共和国でメディアに流れる情報もすべてコントロールされていて、常に物資が不足し、戦争状態にあるとされているが、(3) その真偽は疑わしい。オブフレッド自身、テレビニュースも基本的にはフェイクニュースのつもりで楽しんでいる。

こんなふうにニュースを見られるのが、この儀式の夜の唯一の楽しみだ。これ——わたしたちが時間どおりに集まり、彼が決まって遅刻し、セリーナがわたしたちに必ずニュースを見せてくれること——はこの一家の暗黙のルールのように思える。これはくだらないことかもしれない。というのも、そのニュースが真実だという保証はまったくないからだ。ニュースで使われているのは、昔のビデオ・クリップかもしれないし、デッチあげた映像かもしれない。でも、隠されたものを見抜けるかもしれないと思い直して、とにかくわたしはそれを見る。今では、どんなニュースでもないよりはマシなのだ。

最初に、前線のニュース。もっとも、じっさいには、それは前線とは言えない。戦争はたくさんの場所でいっせいに戦われているらしいからだ。(*The Handmaid's Tale* 82 一五三)

恐怖政治の中の懲戒のあり方は『一九八四年』が肉体的苦痛に、『侍女の物語』『誓願』は精神的苦痛により重きが置かれている。『一九八四年』で「拷問は生半可なものではない。何度打擲されたのか、それがどれくらい続いたのか、彼には記憶がなかった。いつも黒い制服に身を包んだ男が五、六人、一斉に襲ってくるのだ。拳骨だったり、棍棒だったり、あるいは鋼鉄製の杖だったり、ブーツだったりと様々だった」(240 三七二)。体制に反抗した者は最終的に一〇一号室に送られるが、そこでは最も恐れているものを使って拷問が行われる。ウィンストンの場合は幼少期のトラウマであるネズミが使われる。そして、〈ビッグ・ブラザー〉への心からの愛を口にするまで監禁・拷問が続き、それが達成されると抹消させられる。さらにはその人が存在したこと自体が完全に消されてしまうのである。

いっぽう侍女たちの場合は罪を犯すと、罰として「コロニー」に送られる。そこでは戦闘やスラム街の死体、放射性廃棄物の処理で、過酷な労働と汚染により二、三年で命を落とすとされる（248 四五八）。コロニー送りよりも重罪を犯した場合は「救済の儀」で公開死刑に処せられる。『侍女』では絞首刑、『誓願』では銃殺が中心で、見せしめとして処刑を行うことで、人々の恐怖心を煽《あお》り支配体制を強化する。交換可能な存在である侍女は、三回の妊娠の失敗、姦通、逃亡、自殺企図などの罪を犯したら、「目」に連行され、代わってすぐに同じ名前の侍女が司令官の家に配属される。「一〇一号室」に相当する拷問部屋として『誓願』で「感謝房」（147 二〇九）が描かれるが、そこでは監禁、暗闇、孤独、汚物まみれといった精神的苦痛が与えられ徹底的な思想的矯正がなされる。真理省で歴史の改竄、愛情省で拷問が行われるように、ギレアデでも処刑に「救済」、拷問に「感謝」といった本来の役目とは逆の名称がつけられ、オーウェルの〈二重思考〉の影を漂わせる。

性的快楽の制限も全体主義国家の特徴と言えるだろう。『一九八四年』で「党は性本能を抹消しようとしていた」（76 一〇三）。そして結婚・セックスの目的を党に奉仕する子どもを作ることに限定する。〈反セックス青年同盟〉といった組織すらあり、そこでは男女ともに完全なる禁欲を目指すべき、子どもはすべて人工授精（ニュースピークでは〈アートセム〉という）で生まれ、公共の施設で養育されるべきだとされる。いっぽう『侍女の物語』が描くギレアデでも侍女のセックスは出産のみのために存在し（93-94 一七四―一七六）、子どもが産めなかったり、違法に性の快楽を味わったりすると不完全女《アンウーマン》として先述の「コロニー」送りとなる（248 四五八）。

3　オーウェルのモチーフからの変奏――古道具屋、鼠、数式、蛇と梯子

物語構造、支配構造の他にも、アトウッドの物語にはオーウェルのモチーフが散りばめられている。本節では、オーウェルの世界を読み解く鍵となるモチーフを、アトウッドが特に『誓願』で独自の世界観を表現するモチーフへといかに巧妙にすり替えているかを検証する。

デイジーを育てたメラニーとニールが営む古着屋「ザ・クローズ・ハウンド」は「宝物が詰まった洞窟みたい」(42 六一)で、まさにウィンストンがノートを買い、ジュリアとの密会の場所ともなったチャリントンの古道具屋を思わせる(小川、五九七)。特に二階にあるニールの仕事場には古いものが散在していて、その「ゴミの山」の細部には作品全体のテーマ、その後の展開にも関わる小道具が満載だ。デイジーが金庫に見つけたすごく古そうな「金属とガラスでできた小さな物体」(41 六〇)は、物語の終盤でギレアデ共和国の命運を左右する通信手段である「マイクロドット」(360 五〇五)の発信に使われるカメラであることが明かされる。また壁に貼ってある古いポスターに書かれた「口がすべると船が沈む(Loose lips sink ships, 口は災いの元)」というメッセージは、エイダやリディアからデイジーに、ミッションを果たすために重要な機密を守るよう告げられるなかで発せられ(193, 333 二七一、四六六)、「口を慎めば修復もたやすい(Least said, soonest mended)」(122, 139 一七四、一九六)という類似した表現でもエイダからデイジー、リディア小母からサリー小母への戒めの言葉として繰り返される。いずれもギレアデ滅亡という任務遂行のための合言葉なのである。「女だって爆弾が作れる」(42 六一)と書かれたポスターはテーザー銃を片手に侍女を支配するギレアデの小母たちの暴力性を暗に示しているし、今のロシアになる以前のロシアの「赤と黒のポスター」は旧ソ連(オーウェルの『一九八四年』

が批判の標的にした体制の一つ）を表現しているといえるだろう。

そしてウィンストンにとって「この世で最も恐ろしいもの」（326 四四〇）として一〇一号室での拷問に使われる「ネズミ」が、『侍女の物語』では侍女たちが恐れるリディア小母の表象に使われている。


彼女〔リディア小母〕は強すぎる光のために瞬きし、ちょっと出歯で長くて黄色い前歯のまわりの唇を震わせた。それを見てわたしは家の戸口の階段によく転がっていた鼠の死体を思い出した。当時、わたしたちはその家に家族三人で、いや猫を含めれば四人で住んでいた。この贈り物をするのは猫だった。

リディア小母は死んだ鼠に似た口に手を押しつけた。しばらくしてからその手を取り払った。わたしも泣きたい気分だった。彼女が昔を思い出させたからだ。鼠の死体の半分が食べられてなければまだ我慢できるんだけど、とわたしはルークに言ったものだ。

わたくしが気楽にやっているなどと思わないでください、とリディア小母は言った。

（55-56 一〇七―一〇八）


『侍女の物語』におけるリディア小母は、しばしば侍女にとっての「脅威」として一面的に捉えられがちだが、マータ・ドヴォルザークが指摘するように「鼠、齧歯類、ぞっとする害獣としてのリディア小母は単なる捕食者であるだけでなく、犠牲者、餌食、オブフレッド（Off(e)red）のように半分食べられた生贄（offer-ing）でもある」（Dvořák 78）といった多面性を持つ。オブフレッドが語るリディア小母の人物表象の綻《ほころ》びに垣間見られる彼女の葛藤や犠牲者としての側面は、『誓願』で小母自身が綴る手稿のなかで詳《つまび》らかにされる。自らの知性、言葉と暴力によってギレアデで最高権力を掌握するまでの政治的手腕、同時に体制崩壊を狙うテロ行為の首謀者としてのリディア小母の密やかな企てについては次節で詳述していきたい。

『一九八四年』と『誓願』を接続する重要なモチーフに「蛇と梯子（Snakes and Ladders）」という欧米圏で広く親しまれている双六《すごろく》のようなゲームがある。ウィンストンは一〇一号室での拷問を経て、朦朧とした状態で、「蛇と梯子」で母と遊んだ子ども時代の幸せな情景をノスタルジックに思い起こす。ウィンストンは「小さな円盤がうまくはしごの上のマス目までいくかと思いきや、再び蛇のマス目をずるずると下って、ほとんど出発地点にまで戻ってしまったりすると、大声をあげて笑ったりした」（340四六一）と語るが、実はそれは「偽りの記憶」だったとして、彼は直後にその情景を頭から締め出すことになる。「蛇と梯子」はウィンストンにとって銃殺される間際のつかの間の幸せを演出すると同時に、ジュリアと過ごした隠れ家で体制の裏側を知ったことで感じ得た全能感から一〇一号室での無力感への凋落のメタファーともなっている。『誓願』では良家の子女のみが通えるヴィダラ・スクールで許された遊びの一つとして紹介される。「〝祈り〟のマスに止まると、生命の木にかけられた梯子を登ってマスを飛ばせるが、〝罪〟のマスに止まると、悪魔の蛇をつたって逆戻りすることになる」（107一五二）というゲームである。さらに、アグネスが司令官夫妻の実の娘ではなく侍女から生まれたことがばれてスクールカーストを転落する比喩としても登場する。アグネスは「人を転落させる蛇がいて、人々を分ける階層の梯子があり、以前の私は生命の木に立てかけられた梯子の上段にいたけれど、蛇を踏んで滑り落ちてしまった」（86一二四）と自らの零落を「蛇と梯子」で表現するのである。

アトウッドはまた、オセアニア国民に求められる思考能力、すなわち矛盾する二つの考えを同時に持ち、受け入れるという〈二重思考〉を象徴する数式「二足す二は五」にも独自の捻りを何重かに加えている。『一九八四年』のウィンストンは党が二足す二は五であると発表し、それを信じなくてはならなくなる事態、党の哲学によって経験の妥当性や外部の現実の存在そのものまで暗黙のうちに否定されるようになる可能性に危機感を覚え、ノートに「自由とは二足す二が四であると言える自由である。その自由が認められるならば、ほかの自由はすべて後からついてくる」(93 一二五)と書き記すが、オブライエンの拷問を経て、どんなことでも真実になりうると「二足す二は五である」(334 四五二)を受け容れていく。

『侍女の物語』ではこの足し算が、フレッド司令官がオブフレッドに対して発した、女性に計算能力がないことを示す女性蔑視の表現のなかに出てくる。「女性は計算ができませんからね、と彼は一度冗談めいた口調で言ったものだ。〔……〕一足す一足す一足す一が四にならないんですよ、と。〔……〕ただの一足す一足す一足す一なんです」(186 三四一)と。しかしオブフレッドは司令官のセクシズムを逆手にとって、新たな解釈を加える。「司令官が言ったことは正しい」としつつ、「一足す一足す一足す一は四にはならない。それぞれが独自のものであり、それを一緒にすることはできない。それらは交換不能であり、お互いの代用にはならないのだ」(192 三五〇)とするのである。オブフレッドの論理ではニックはルークの代わりに、ルークはニックの代わりにはならない。侍女はじめ交換可能なモノとして女性たちを扱うギレアデの思想に対する力強いアンチテーゼである。アトウッドはオセアニアの党の哲学をギレアデのセクシズムの発言にすり替え、さらに一人一人の個性、主体性を謳う「女性の論理」へと読み替えているのである。

加えて『誓願』では、リディア小母がジャド司令官に〈幼子ニコール〉探しに成功したことを告げた際、自らの計画が予定通り鮮やかに進み、目標を達成したことを表し、「二と二を足せばちゃんと四になることもあるのです」（281 三九五）とその論理的思考、周到さを勝ち誇る。またリディア小母は自身の描いた〈幼子ニコール〉の逃亡劇の段取りについて、もしかしたらヴィダラ小母に感づかれてしまうかもしれないと考えたとき、「きっと、二と二を足して――こんなシナリオを実行できるのはリディア小母以外にいないと結論する」（387 五四一）という可能性を恐れる。ここでも「二と二を足して」は理論立てて考えることの表現となっている。『一九八四年』を貫く「二＋二＝五」という、党の非論理的な〈二重思考〉を象徴する計算式が、『侍女の物語』では男女両性一人一人の個性を主張する「一＋一＋一＋一≠四」となり、『誓願』においては、「二＋二＝四」となって、リディア小母の計略の綿密さ、頭脳の明晰さを示す計算式となるのである。

4 「書くこと」についての物語――メタフィクションとしての『誓願』

アトウッドが『侍女の物語』『誓願』を執筆するにあたり、物語構成、支配構造、世界観、モチーフなど、いかに『一九八四年』を意識し、性差を軸に批判的な転回を加えながら新たな世界を再創造してきたかを確認することができた。アトウッドはオーウェルの世界をなぞりながら、オマージュ、パロディ、反転など様々な手法を駆使しつつ、そこに遊び心や多様性、未来への希望といったポジティヴな要素も付け加えている。一つの小説の内部で先行作品からの引用が織り成され、新しい世界が再構築されているという点は、アトウッド作品のメタフィクション性の一面として再定義することもできるだろう。本節ではオーウェルとアトウッドの小説《フィクション》、特に『誓願』を特徴づけているその「メタフィクション性」について考察したい。『誓願』の自己言及的な語りによって、どんな批判的再創造が可能になっているのか。アトウッドの試みが『侍女の物語』を経て『誓願』で結実していく様を最後に捉えていけるはずである。

巽孝之はメタフィクションを「わたしたちのくらす現実《リアリティ》自体の虚構性を暴き立てる絶好の手段」と定義したうえで、その文学的自己言及装置のあり方として「小説内部にもう一つの小説を物語る小説家が登場する」、「小説内部で先行作品からの引用が織り成され、批判的再創造が行われる」、「小説内の人物が実在の人物と時空を超えて対話したり、作者自身や読者自身と対決したりする」といった具体例をあげる（一）。そうして『一九八四年』をメタフィクションのプロトタイプとして評価し、さらに『侍女の物語』については『一九八四年』のメタ構造を「性差を軸に最もラディカルに再組織化」してみせた作品と位置づける(4)（二二）。そこに『誓願』を加えることは比較的容易であろう。リンダ・ハッチオンもメタフィクションを「フィクションについてのフィクション」（Hutcheon 1）とし、作品内でそれ自体の語りのあり方についてコメントするといった内省的で自己言及的な側面、さらには読者の役割を意識した語りを特徴にあげる。なるほどメタフィクションとしての三つのディストピア小説には、ウィンストンが「日記」、オブフレッドが「テープレコーダー」、リディアが「手稿」（さらにアグネス、ニコールは「供述」）という違いこそあれ、それぞれが小説内でもう一つの物語を綴る／語るところの「書き手／語り手」として登場し、自分の語りに批判的考察を加えながら、時空を超えた見果てぬ読者に向けてメッセージを発信している。

ウィンストン・スミスは一貫して「書くこと」に従事している。真理省記録局下級職員として、過去の歴史を現在の状況に合致するよう書き換える作業を任務とする一方で、テレスクリーンの死角で密やかに「管理社会への反逆を書き綴る虚構内虚構」（巽、一八）としての「日記」を書きつけていく。党に反感を抱く彼に、〈党中枢〉のオブライエンが近づき、党に背《そむ》いた人民の敵ゴールドスタインが記したとされる禁断の書『寡頭制集産主義の理論と実践』(213 二八四)を渡される。仕掛けられた罠とは知らずに、古道具屋の二階の隠れ家でウィンストンは「テレスクリーンのない部屋で一人、発禁書を読んでいるという至福の感覚」(229 三〇七)を味わうが、古道具屋の大家が〈思考警察〉の手先だったために逮捕監禁。その後の拷問と洗脳をへて、〈二重思考〉を受容していく。「書くこと・読むこと」に熱中し、全体主義に異議申し立てをしながら再回収されてしまうウィンストン的主体成立の前提に巽は「いくら小説《フィクション》によって異議申し立てをしたところで、それに代替するフィクションを自ら発見できない限り〔……〕人間的主体はますます解体される一方である」という「諦念」を見出す。そのような構造こそが「作者《オーソリティ》＝人間主体の脱中心化を図り物語の同心円化を好んで読者を騙《かた》ろうと企てるメタフィクションならではの政略」(二〇)だったはずと結論づけるのである。[5]

クリスティーナ・チフェインはハッチオンの定義を踏まえつつ、『誓願』を「歴史記述的メタフィクション(historiographic metafiction)」というジャンルに位置づける(Chifane 1189)。『侍女の物語』の「物語(tale)」が単数形で示され、一人の語り手による声のテープの書き起こしのため、私的、主観的で、ピークソート教授からも「偽造」を疑われるのに対して、新旧の聖書という壮大な物語を示唆する複数形の「誓願(testaments)」というタイトルが、公的な人物による信憑性のある物語であることを裏書きしているという(1185)。オブフレッドの物語、リディアの手稿、アグネスとニコールの証人供述の書き起こしといった形で、家父長制の社会の歴史の中に埋もれた女性たちの声、物語を呼び起こしたアトウッドの「歴史記述的メタフィクション」は、今ある歴史のあり方そのものを問うだけでなく、「真実」の相対性、複層性を再提起するフィクションとなっているのである。

リディア小母はウィンストン同様、一貫して「書くこと」に専心している。アルドゥア・ホールの図書館内にある聖なる秘所で「腐敗し血塗られた過去の指紋は拭き取り、道徳的に純潔な来るべき次世代のために」(4 一一)と綴られる手稿は、ニューマン枢機卿の書物『わが生涯の弁明《アポロギア・プロ・ヴィータ・スーア》』のなかを四角にくりぬいて隠してある。そこでリディアは、ギレアデ体制下で権力側に立ち、血塗られた過去に加担せざるを得なかったその生涯の弁明をするとともに小母になるまでの前日譚を語る。父の虐待を受けながらのトレーラーハウス暮らしから家庭裁判所の判事まで這い上がったこと。そこでギレアデの反乱が起き、新体制下、一〇一号室ならぬ〈感謝房〉で「蹴りとテーザー銃」による暴行・拷問を受けたこと。その暴力に屈することなく「このお返しはかならずさせてもらう」(149 二一一)とギレアデへの復讐の決意を固くしたこと。そしてディストピアを生き抜くために「女性たちを束ねる幹部としてギレアデ共和国に協力する」という唯一の選択肢を受け入れ、頂点を極めていったこと。いっぽうで「情報源」というもう一つの顔を持ちながら「ギレアデ共和国の崩壊」という「復讐劇」の青写真を描き、密やかに断行したことを書き綴るのである。

そしてしばしば、「書き手/語り手」としてのリディアは読者に自らの葛藤、想いを語りかける。「見知らぬ読者よ。あなたが今これを読んでいるなら、この手記は少なくとも失われずにすんだということだ。〔……〕もしかしたら、だれにも読まれないかもしれない」(5 一一)、「わが読者よ、わたしはこれらを通して、あなたにメッセージを託している。〔……〕残念ながら、あなたの判断を知り得る機会はついぞ得られないのでは、という気がするが」(277 三八九)。そして最後にはわたしの手稿を読む読者をより具体的に想定し、対話をするように問う。「歴史学専攻の学生だろうか」、「わたしの想像するあなたは若い女性だ。聡明で、志の高い」(277 五六三)などとしたうえで、「伝記の作者」が自らの手稿を「読みこみ、読みなおし、読みなおしながらあら探しをし、そうして手記の筆者に魅入られつつもうんざりして嫌悪を募らせる」(404 五六四) などといった姿を思い描くのである。

ギレアデ崩壊というミッションを果たすために旅立つ前、ニコールは「あなたが例の情報源なのですか?」と尋ねるが、その際リディアは、「自分の考えを校閲《エディット》する癖をつけなさい。思考を止《アンシンク》めるのです」(333 四六六) とニコールを戒める。「書くこと」に従事する彼女は自らの「思考/手稿」を常に「校閲」しながら『誓願』を綴り、体制下での任務を果たすときには思考を止めてきたのであろう。第一三回シンポジウムの終わりにピークソート教授がリディアの手記とアグネスとニコールの供述の書き起こしのコピー、すなわち小説『誓願』の原本を参加者に配布する際、「物語作家は必ずしも歴史学者ではないが、歴史学者は本質的に物語作家ですからね!」(414 五七六—五七七) と物語作家を揶揄するような発言で会場の笑いを取る。ここでは教授が「女性たちの物語 (her-story)」に対する男性中心主義的な「歴史 (his-story)」の優位性を未だに信奉していることが示唆されるが、アトウッドのテクストは、リアルとされてきた「歴史」のフィクション性、フィクションとされてきた物語のリアリティを描いてきたといえるだろう。そして現在のアメリカ政治の虚構性が暴かれ、一時代の終わりとギレアデ共和国の崩壊とが重ね合わせられるのである。

5 おわりに——ディストピアからフェミニスト・ユートピアへ

『動物農場』から『一九八四年』、『侍女の物語』から『誓願』へというプロセスは、メビウスの輪のように捻転しながら円環を成し、最初とは違った次元ながらも原点に回帰しているように思われる。『動物農場』で人間の支配を逃れて築いたはずの動物たちのユートピアが、豚の支配するディストピアへと転じ、その世界が『一九八四年』に引き継がれた。オーウェルのディストピア世界を生きる男性の物語の女性版が『侍女の物語』として結実したが、続編『誓願』ではそれまでのプロセスを逆行するように、全体主義の独裁制の内側からの解放劇が、女性たちの連帯によって導かれ、「未来への希望」が描かれていく。ディストピアがフェミニスト・ユートピアへと転じていく可能性を秘めた『誓願』は、「女性たち」がオーウェルの世界を凌駕した勝利宣言とも、アトウッドが長い年月をかけてオーウェルと対話を重ねてきた末の応答とも読めてくるはずである。

　オーウェルのディストピア小説でイデオロギーへの批判眼を育んできたアトウッドは、一九八〇年代のアメリカの状況への危機感から『侍女の物語』を執筆し、二〇一七年のトランプ政権誕生でさらに深刻化したディストピア的状況を目の当たりにして、その体制に終止符を打つための青写真として『誓願』を書いた。その際、『侍女の物語』で憎まれ役だったリディア小母を、ディストピアを構築・牽引しながら終焉を導く首謀者／救世主として掲げた。そしてアトウッド／リディア小母の謀略の鍵を握ったのは彼女が築いたディストピア世界のなかで構築された女性たち《シスターフッド》の連帯であり、それこそが新たなユートピア建設のための布石となった。アトウッドの「メタフィクションの謀略」により、フィクション内でディストピア世界の終焉が導かれるだけでなく、ポスト・トゥルース時代の現実世界の虚構性が結果的に暴かれることになる。

　『誓願』の冒頭に描かれたリディア小母の石像が単体ではなく、群像作品となっていたことの意味、アトウッドが描きたかった未来への希望を予示するものとなっていたことが最後にあらためて確認できるだろう。

その像の左手をぎゅっと握っているのは、七つか八つの少女で、信頼のまなこでじっとわたしを見あげている。わたしの右手は傍に平伏する女性の頭におかれている。女性は頭髪をヴェールで覆い、怯懦《きょうだ》とも感謝ともとれる眼差しを下からわたしに向けている。わたしたちの〈侍女《ハンドメイド》〉のひとりだ。わたしの後ろには〈真珠女子〉のひとりがいて、伝道の旅に出かけようとしている。（3-4 一〇）

左手には〈幼子ニコール〉、右手にはオブフレッド、背後にはアグネス、そしてその中央でリディア小母が「背筋を伸ばして立ち、胸を張り、口元の曲線は厳しくも慈愛にあふれる微笑み」（4 一〇）をたたえる。

リディア小母とオブフレッド、そしてその二人の娘たち――ディストピアを生き抜く女性の物語が、四人四様、それぞれの視点、それぞれのスタイルで語られてきた『侍女の物語』と『誓願』において、一＋一＋一＋一を簡単に四と集約することはできないだろう。しかし女性四人が連帯して二＋二＝四となったとき、ディストピアがユートピアに転ずる力となったのである。

巻末の「注釈」では、しかしこの巨大な群像型彫刻作品が、ギレアデ崩壊後七〇年を経て養鶏場の廃墟で、中央の彫像の鼻はもげ、その傍らの彫像も一体頭部がなくなった状態で発見されたことが記される（410 五七二）。そして最後には、ギレアデ崩壊後に建てられ、二一九七年時点で現存するとされる〈真珠女子《パールガールズ》〉の新たな彫像が紹介される（415 五七八）。それはこの物語のスケープゴート、父親からの性的暴力の被害者でディストピア崩壊のための作戦の犠牲者となったベッカの記念碑である。『誓願』という物語がディストピア崩壊を導いた生存者《サバイバー》たちのサクセスストーリーではなく、その歴史の陰で命を落とした語られることのない無数の女性たちの生きた記録／証しでもあったことを、この記念碑は思い出させてくれる。[6] そしてそこに刻まれた「愛は死ほどに強し」(415 五七八)という結語が、ベッカが女性たちの苦しみの十字架を一身に背負った殉教者、そして世界に希望の光をもたらす救世主であったことを教えてくれるのである。

【注】

(1) 二〇二一年公開予定のシーズン4は『誓願』の内容を扱うとされる。さらに二〇二〇年一二月にシーズン5も制作されることが発表された(Petski 2019, 2020)。アトウッドは小説のプランを立てるときいつも「登場人物の生年月日」を考えるという(伊藤、六六)。テクストに明示された侍女、小母、娘たちの年齢をヒントに時系列に沿って整理すると、三作品が整合性をもって描かれていることがわかる。

(2) 近年、ナオミ・オルダーマン『パワー』(二〇一八年)やクリスティーナ・ダルチャー『声の物語』(二〇一九年)など、新たなフェミニスト・ディストピア小説が生まれるたびに「二一世紀の『侍女の物語』」とのコピーが使われることからも『侍女の物語』が「フェミニスト・ディストピア」の代表作として人口に膾炙していることがわかる。だがアトウッド自身、実はこの作品がそのレッテルを貼られることに抵抗を示している。「『侍女の物語』はフェミニスト・ディストピアなのか?」と題する講演(一九九八年)では、フェミニズムは一枚岩ではないし、またフェミニスト・ディストピアとは本来、完璧な男性優位社会で、女性のみが虐げられる世界のはずだが、ギレアデでは支配層以外の男性たちの多くも搾取されているため『侍女の物語』はその定義に当てはまらないとする。経済、物流、服装、性、権力、環境汚染、人口問題など、あらゆることが計画的に作られた社会というディストピア/ユートピアの要素は備えているという。

(3) 『誓願』でも戦争のせいで、電力、食料が不足しているため、マーサたちが節約に努めている様子が描かれている(26-27 三九)。

(4) 『侍女の物語』のメタフィクション性について、巽はまず、作品全体が二二世紀に発見された三〇巻に及ぶカセットテープの語りを再表象した作業の結果であることが結末で明かされるという「前衛性」を評価し、そこに「物語学の全体主義に対するフェミニスト・レジスタンス」(二二四)を見出す。一方でオブフレッド的主体が全体主義に異議申し立てをする際、西欧的家父長制だけでなく「物語＝歴史《ナラティブ》」のあり方自体を問う身振りになっていることに触れる。元図書館員で、文学的素養もあるオブフレッドは自分の語りを疑い、内省し、事実と語りとの乖離に葛藤する(二二三)。巽はオブフレッドの語りの揺らぎに、ウィンストンの諦念を重ねて見る。最終的にそのテープも小説『侍女の物語』という枠組みに全体主義的に再回収されてしまうとして、メタフィクションという文学形式の全体的完結性への志向を見出す。

(5) メタフィクションの謀略に導かれる人間的主体の解体に対する「諦念」、ウィンストンを悲劇のヒーローとすることに対し山本は疑義を唱え、『一九八四年』に「人間性を守ろうというヒューマニスティックな面」(九五)を読み取る。アール・インガーソールもまた、ウィンストンとオブフレッドは語りによって「自分が生きた「真実」を未来へ受け継いでいこうと努力したことで、二人とも家父長制国家の高圧的な体制下で人権を剝奪され、ある種去勢された生き物ではなく「人間」であり続けることができた」(Ingersoll 71)と評価する。

(6) 中村は、『侍女の物語』で自身の経験を語る困難さを訴えるオブフレッドの訴えそのものが歴史的編纂物であることが明らかにされることで、女性の体が家父長制において「レイプ可能な声なき存在」(七一)に貶《おとし》められる危険性を孕むと指摘している。いっぽう『誓願』の最後に掲げられたベッカの像は、「声なき存在」の声をすくい上げよう、というアトウッドの決意を感じさせる。

【引用文献】

Atwood, Margaret. "George Orwell: Some Personal Connections." *In Other Worlds: SF and the Human Imagination*, Virago, 2011, pp. 141-49.(「ジョージ・オーウェル——いくつかの個人的なつながり」西あゆみ訳、本書、三三一—四五頁)

——. *The Handmaid's Tale*. Anchor Books, 1986.(『侍女の物語』斎藤英治訳、ハヤカワ epi 文庫、二〇〇一年)

——. "*The Handmaid's Tale*: A Feminist Dystopia?" *Lire Margaret Atwood The Handmaid's Tale*, edited by Marta Dvořák, Presses Universitaires de Rennes, 1999. Publication sur OpenEdition Books, 2016, pp. 17-30.

——. *The Testaments*. Vintage, 2019.（『誓願』鴻巣友季子訳、早川書房、二〇二〇年）

Beaumont, Peter, and Amanda Holpuch. "How *The Handmaid's Tale* dressed protests across the world." *The Guardian*, 3 Aug. 2018, www.theguardian.com/world/2018/aug/03/how-the-handmaids-tale-dressed-protests-across-the-world. 二〇二〇年一二月一四日閲覧。

Chifane, Cristina. "Histographic Metafiction Reflected in Margaret Atwood's *The Handmaid's Tale* and *The Testaments*." *Journal of Romanian Literary Studies,* Aug. 2020, pp. 1180-90.

Dvořák, Marta. "Subverting utopia: ambiguity in *The Handmaid's Tale*." *Lire Margaret Atwood The Handmaid's Tale*. Presses Universitaires de Rennes, 1999. Publication sur OpenEdition Books, 2016, pp. 73-86.

Hancock, Geoff. "Tightrope-Walking Over Niagara Falls." *Margaret Atwood: Conversations*, edited by Earl G. Ingersoll, Ontario Review P, 1990, pp. 191-220.

Howells, Coral Ann. "Science Fiction in the Feminine: *The Handmaid's Tale*." *Margaret Atwood*. Palgrave Macmillan, 1996, pp. 126-47.

Hutcheon, Linda. *Narcissistic Narrative: The Metafictional Paradox*. Wilfrid Laurier UP, 2013.

Lemke, Melanie. "Religious Fundamentalism in Margaret Atwood's *The Handmaid's Tale*." GRIN Verlag, Open Publishing GmbH, 2008.

Ingersoll, Earl G. "Margaret Atwood's *The Handmaid's Tale*: Echoes of Orwell." *Journal of the Fantastic in the Arts*, vol. 5, no. 4 (20), 1993, pp. 64-72.

Kinos-Goodwin, Jesse. "We're all reading 1984 wrong, according to Margaret Atwood." CBC, May 9, 2017, www.cbc.ca/radio/q/blog/we-re-all-reading-1984-wrong-according-to-margaret-atwood-1.4105314. 二〇二〇年一二月二四日閲覧。

Orwell, George. *Nineteen Eighty-Four: The Annotated Edition*. With an Introduction and Notes by D. J. Taylor and A Note on the Text by Peter Davison. Penguin, 2013.（『一九八四年』高橋和久訳、ハヤカワ epi 文庫、二〇〇九年）

Petski, Denise. "Margaret Atwood's 'Handmaid's Tale' Book Sequel 'The Testaments' In The Works By MGM TV & Hulu." *Deadline* 4 Sept. 2019, deadline.com/2019/09/margaret-atwoods-handmaids-tale-book-sequel-the-testaments-in-the-works-by-mgm-tvhulu-1202710460/. 二〇二〇年一二月二四日閲覧。

――. "'The Handmaid's Tale' Renewed For Season 5 By Hulu." *Deadline*. 10 Dec. 2020, deadline.com/2020/12/the-handmaids-tale-renewed-for-season-5-by-hulu-1234654290/. 二〇二〇年一二月二四日閲覧。

Stein, Karen F. "Margaret Atwood's Modest Proposal: *The Handmaid's Tale*." *Canadian Literature*, 148 (1996), pp. 57-72.

伊藤節編『現代作家ガイド5　マーガレット・アトウッド』彩流社、二〇〇八年。

小川公代「解説　マーガレット・アトウッド『誓願』――ヒロインたちの逃走とサバイバル」、マーガレット・アトウッド『誓願』鴻巣友季子訳、早川書房、二〇二〇年、五九一―五九九頁。

園田耕司「バイデン新政権に漂う影　次のトランプ氏生む十分な土壌」、『朝日新聞』二〇二〇年一一月二三日付、www.asahi.com/articles/ASNCP5QKCNCJUHBI00M.html. 二〇二〇年一一月二三日閲覧。

巽孝之『メタフィクションの謀略』筑摩書房、一九九三年。

中村麻美「ジョージ・オーウェル『一九八四年』とナオミ・オルダーマン『パワー』におけるレイプ文化の読解」、『レイモンド・ウィリアムズ研究』第九号（特集「オーウェル『一九八四年』とディストピアのリアル」）、レイモンド・ウィリアムズ研究会、二〇二〇年、五九―七七頁。

松田雅子『マーガレット・アトウッドのサバイバル――ローカルからグローバルへの挑戦』小鳥遊書房、二〇二〇年。

山本妙「メタフィクションとしての『一九八四年』と『フランケンシュタイン』」、『同志社大学英部英文学研究』六八号、同志社大学人文学会、一九九三年、九三―一二二頁。

［コラム］

翻訳者の雑感、もしくは妄言

高橋和久

ある文学辞典は『一九八四年』が持つ含意について、「これまで多くの相異なった政治的解釈」が施されてきたと記している。社会主義や英国労働党への攻撃を意図したものではないと述懐しているオーウェルが平明な文体を志向する書き手であったことを考えると、たしかにこの作品は少しばかり皮肉な、そして少なからず興味深い変遷を示す受容史をたどってきたようで、昨今の読まれ方の主流は、チャーチルが一九四五年の総選挙のキャンペーンとして社会主義と全体主義が不可分な関係にあると力説していたことを背景に、保守党への投票を一〇〇万票ほど上乗せする価値があると言われもしたらしい（何しろ名前がウィンストン）初版刊行時とは大きく異なり、「代替事実」や文書改竄が話題になる「ポスト真実」の時代風潮を反映しているようである。何らかの権力による情報操作という問題は極めて現代的であり、この作品がいまの社会に強い関与性を持っていることは間違いない。読者が身を置く社会のシステムに応じて多様な解釈を可能にする優れたアレゴリーの一例がここに見られると言うべきか。

その上で改めて確認すれば、この作品をどのように読むにしても、個人の自由とそれを抑圧する権力との対立という構図だけは動かし得ないだろう。ジュリアとの関係において自らの人間性の発露を実感する主人公は、その関係を打ち砕く権力の前に、ジュリアともども結局は屈服することになる。悲恋に彩られた悲劇の完成。だが果たしてそう言いきれるか。ウィンストンはどこまで悲劇的抵抗のモデルとなり得ているのか。貧弱な肉体の中年男が若い魅力的な女性に愛を告白されたら、のぼせ上がってしまうというのはきっとよくある話で、そんなときには対象が美化されるに違いない。三人称の語りでありながら、テクストの舞台から一瞬も消えることのない主人公に寄り添う語り、さらに言えば、読者を主人公に寄り添わせる語り、が見えにくくしているが、彼がジュリアに誑《たぶら》かされている可能性も少しだけ意識しつつ、告白前と後の彼女に対するウィンストンの反応の落差に驚きたい。しかも彼が当初ジュリアに抱いた妄想に漂う暴力性は、ウィンストンについて権力によって人間性を蹂躙される悲劇の主人公であると型どおりに思い込むことを躊躇わせる。彼にはアレゴリー性に抗する小説的人物の陰影が与えられているのではなかろうか。

ウィンストンの〈党〉への反逆は日記を書くという行為によって始まると言えようが、そのとき彼がパニック状態に陥るのはなぜか。もちろんその行為自体がもたらす緊張のせいである。ただ、海上のボートにいる母子がヘリコプターの爆撃で殺されるという映画の場面を記述する文の乱れは、彼の心の乱れに呼応しているように読める。というのも、すぐ後の章でウィンストンが見る夢――沈みつつある船の食堂で妹を抱えている母の夢――で、彼女たちは彼の犠牲となって死ぬ(と彼が自覚している)らしいからである。繰り返されるチョコレートへの言及が暗示するように、どうやら彼は、多少とも作者の実体験を反映した最初の小説『ビルマの日々』の主人公にもどこか似て、根深い罪意識に苛《さいな》まれているように思われる。それを抑圧、払拭するには源である過去を改竄するのが一番の便法。ウィンストンは意図的に仕込む嘘に少しも悩まず、偽造、変造の仕事を得意とするばかりか、それを楽しんでいる節すらあるのも、過去を金箔で飾ったり黒く塗りつぶしたりして自伝を書き直すことが彼自身にとって――ジョン・ファウルズの『フランス人副船長の女』の語り手によれば実は読者の多くにとっても――必要不可欠な行為だからなのではあるまいか。だからこそ彼はネズミを異常なまでに恐怖する。

それが気になるのは、『カタロニア讃歌』を初めとする著作からネズミ嫌悪は作者の生理的反応であったことが窺われる以上に、「ネズミ」が「裏切り者」を意味するからである。その由来はネズミが火事や沈没の前に家や船を去るという言伝えにあるらしく、これは妹のチョコレートを奪って家を出たウィンストン、夢のなかで沈む船に母と妹を残して自分は安全な高みにいるウィンストンの姿に重なる。(ちなみに、チョコレートを奪われた妹を抱きかかえる母親がヘリコプターの爆撃を受けて我が子をかばう母親と重ねられるとき、母と妹を見殺しにするウィンストンはヘリコプターと同じ位置にいる。)それならばネズミによる拷問を受けて過去の改竄を諦めるしかなくなった彼にとっての救いの道は、家族を裏切ったという事実を意識しつつ、同時に裏切ってなどいないと思い込む〈二重思考〉に身を委ねることにしかなくなるのではないか。彼が最終的に〈ビッグ・ブラザー〉を愛するようになるのは必然であると言うことができる。

　そのようにひとまず小説的な読解を試みた読者がどこか居心地の悪さを感じるのは、やはりこの結末のせいだろう。附録の存在は棚上げするとしても、どれほど忌まわしいものであれ固有の意識を持った存在としての個人性の消滅を寿《ことほ》いでいるかに見える結末をどう読むべきなのか。小説が、自己とかアイデンティティとか呼ばれるものを確立し守ろうとする主人公と、それに敵対する外部との葛藤や軋轢をあれこれ描くものだと強引に一般化すれば、何頁も費やした挙句の結末では外部との関係を含めて変容した自己の確認されるのが普通である。ところがここでのウィンストンは「自分自身に勝利する」ことで、自己そのものを捨て去っているように見える。これは小説として礼儀知らずと言わざるを得ない。そこで思い出されるのはオーウェルが本作出版の数カ月前の書簡で、「新作は小説の形を取った／小説形式におけるユートピアである」と述べていること。これは聊《いささ》か曖昧な表現で、この結末をどう読むべきかについて決定的なことを教えてはくれないけれども、小説という形式が、何ものにも代えがたい自己とでもいった「自分って大事」信仰を支え、それに支えられてきたことを考えると、この作品の最後で用意される世界は、小説という形式が相手にしない世界、小説というジャンルにとっては「ありえない場所」であることは確からしい。それだけ小説読みにとっては怖い作品ということになる。

　といったようなことを骨子に贅肉で水増しした戯言を、オーウェルがこの作品を執筆していた一九四八年も一九八四年も、さらには二〇二〇年もネズミ年だなあと思いながら、この一〇年来いくつかの場面で口にしてきた記憶があるので、記憶の改変が起きる前に、記憶の改竄を実行する前に、機会と時間があれば、呑気な小説読者の与太話として別稿に纏《まと》めてみるべきかもしれない。そのときには〈ビッグ・ブラザー〉を愛するようになっていないとは言い切れないけれども。

文献案内――〈あとがき〉に代えて

秦邦生

出版直後の冷戦期、「予言の書」としてメディアに持てはやされた一九八四年、さらに二〇〇〇年代に入ってからも幾度となくベストセラー・リストに登場した『一九八四年』には、日本語・英語をはじめさまざまな言語ですでに数多くの関連文献が存在する。ただし一般的なガイド本から専門的な研究書まで、優れた批評からイデオロギー的にやや偏った内容のものまで、さらには本格的な創造的応答からたんなる便乗にしか思えない本まで、その内実はきわめて種々雑多なのが実情である。

それゆえに、『一九八四年』自体をより深く読み込むために、あるいはこの小説を手始めにしてほかのオーウェル作品をひろく読むために参考となる適切な文献を見つけるのは、いっけん簡単なようでいて実はなかなか難しい。そこでこの「文献案内」では、まず①オーウェル自身の著作、②『一九八四年』を含むオーウェルの作品・作家研究に分けて、二〇二一年の時点でまず手に取るべき信頼できる文献をいくつか紹介したい。ターゲットとしては大学学部生・

大学院生からオーウェル文学の一般読者までを想定して、まず基本的に英語の文献を紹介し、次に適宜邦訳の情報も添える。網羅的リストはかならずしも有益ではなく、いずれにせよ作成困難であるため、この文献案内では多少の例外を除いて比較的近年のもの（具体的には二〇〇〇年以降）に絞って紹介したい。

またこの文献案内の最後のセクションでは、③そのほかの関連文献・資料として、さまざまなメディアでインターテクスト的に展開している現在までの『一九八四年』の継承と変容のプロセスを簡略に概観してみたい。

①オーウェル自身の著作

『一九八四年』の理解には、まずオーウェルのほかの著作を読むことが有益だろう。一九二九年にはじめて雑誌に記事を掲載して以来、その死まで二〇年あまりの作家活動でオーウェルは六冊の小説、三冊のルポルタージュのほか、数多くのエッセイ、書評、書簡、日記を書き残している。現在もっとも信頼できる全集はピーター・デイヴィソンが編集した全二〇巻の *The Complete Works of George Orwell*（Secker & Warburg, 1998）であるものの、個人で所蔵するにはやや大部すぎるのが難点。

ただ、幸い小説についてはペンギンから *The Complete Novels of George Orwell*（Penguin, 2009）、エッセイやジャーナリズムについては右記の全集第一〇巻から二〇巻までを収録した *The Collected Non-Fiction*（Penguin, 2017）がいずれも電子書籍として Amazon kindle で入手可能である。だが、入門としてはまずペンギンやオックスフォード大学出版局（ＯＵＰ）から出ているペーパーバック版のエッセイ集を手に取るのがいいだろう。代表的な論考はペンギン・モダン・クラシックスの*Essays*（Penguin, 1994）、ないしOUPの*Selected Essays*（Oxford UP, 2021）に収録されている。書簡と日記についてはやはりピーター・デイヴィソンの編集による選集がそれぞれ*A Life in Letters*（Penguin, 2011）ならびに*Diaries*（Penguin, 2010）として刊行されている。

また、『一九八四年』や『動物農場』などの小説、『ウィガン波止場への道』や『カタロニア讃歌』などルポルタージュを含む主要作品はやはりペンギン・モダン・クラシックスとOUPから複数の版が出されているため、その時点で入手しやすいものを手に取ることをお勧めしたい（OUP版は二〇二一年初頭から新たに刊行開始）。二〇二〇年で大部分の著作権保護期間が切れたオーウェル作品は紙の書籍も電子版も数多くの廉価版が出されているが、かならずしも信頼のできる編者によるチェックを受けたものばかりではないため、安さに惹かれて質の悪いものを入手しないように注意が必要だろう。

翻訳に目を向けると、オーウェルの小説作品は特に『一九八四年』と『動物農場』を中心に古くから複数の版が出されている。『一九八四年』については高橋和久訳（ハヤカワepi文庫、二〇〇九年）が現在もっとも入手しやすく、二〇二一年三月には田内志文訳（角川文庫）も刊行された。『動物農場』は川端康雄訳（岩波文庫、二〇〇九年）のほか、山形浩生訳（ハヤカワepi文庫、二〇一七年）、小説家の開高健訳（ちくま文庫、二〇一三年）もある。そのほかの小説・ルポルタージュもほぼすべてに複数の翻訳がある。一九三〇年代の小説はオーウェル小説コレクション（全五巻、晶文社、一九八四年）にまとめられている。また、ルポルタージュ作品についてはそれぞれ『パリ・ロンドン放浪記』（小野寺健訳、岩波文庫、一九八九年）、『ウィガン波止場への道』（土屋宏之・上野勇訳、ちくま学芸文庫、一九九六年）、『カタロニア讃歌』（都築忠七訳、岩波文庫、一九九二年）が文庫版で出ている。いずれも『一九八四年』の世界観へと通じる重要な著作である。

エッセイの翻訳も複数の版が存在するが、現時点で全集の邦訳は存在しない。手に取りやすさと内容の充実度で言えば、川端康雄編『オーウェル評論集』（全四巻、平凡社ライブラリー、一九九五年）がもっともお勧めできる。特に第二巻『水晶の精神』には、「政治と英語」、「ナショナリズム覚え書き」、「作家とリヴァイアサン」など『一九八四年』執筆当時のオーウェルの思想を知る上で基本的な文献が収められている。『オーウェル著作集』（全四巻、平凡社、一九七〇―七一年）はデイヴィソン編纂による全集以前の四巻本の *Collected Essays, Journalism and Letters of George Orwell*（Secker and Warburg, 1968）を原本としたもので、部分的に訳が古いものもあるが、評論集には収められていない重要なエッセイの邦訳もある。小野協一監修・オーウェル会訳『気の向くままに――同時代批評 1943-1947』（彩流社、一九九七年）は、オーウェルが社会主義系の新聞『トリビューン』などに掲載したエッセイを中心に独自に編纂・翻訳した労作。第二次世界大戦中にオーウェルが携わったBBCラジオでの活動は、『戦争とラジオ――BBC時代』（甲斐弦・奥山康治・三沢佳子訳、晶文社、一九九四年）にまとめられている。ほかにも岩波文庫、中公文庫、光文社古典新訳文庫などから手に取りやすいエッセイ集が出ている。

また、右記のデイヴィソン編集による書簡集と日記はそれぞれ『ジョージ・オーウェル書簡集』（高儀進訳、白水社、二〇一一年）と『ジョージ・オーウェル日記』（高儀進訳、白水社、二〇一一年）として邦訳されている。その時々のオーウェルの思考や、生活者としての彼の感覚がにじみ出た興味深い資料だ。

②『一九八四年』を含むオーウェルの作品・作家研究

『一九八四年』に絞った研究も作家研究もかなりの数の書籍や論文が刊行されているが、この文献案内の冒頭でも述べたように、やや玉石混淆の状態である。この場合、まずはできるだけ新しく、また書評などの評価が高いものから手に取り、注や文献表に掲載されている重要な先行研究へとさかのぼることを勧めたい。

出版七〇周年にあたる二〇一九年には、「本の伝記」という体裁の書籍が二冊刊行された。D. J. Taylor, *On Nineteen Eighty-Four: A Biography*（Abrams, 2019）と Dorian Lynskey, *The Ministry of Truth: The Biography of George Orwell's 1984*（Picador, 2019）である。オーウェルの伝記作家でもあるD・J・テイラーによる前者は、二〇〇頁ほどのスリムな体裁で『一九八四年』の着想から執筆過程、受容の変遷まで簡潔にまとめている。ドリアン・リンスキーによる後者はもう少し散漫な構成ながら、二〇世紀後半からトランプ政権期に至る政治状況の変化や、その時々のポピュラー・カルチャーに反映された一般的受容の展開を生き生きと描いている。

よりアカデミックな観点からは Daniel Lea, ed, *George Orwell: Animal Farm/Nineteen Eighty-Four: A Reader's Guide to Essential Criticism*（Palgrave Macmillan, 2001）が出版直後から二〇〇一年までの研究動向をまとめた有益なガイドである。やや古めだが、Patrick Reilly, *Nineteen*

Eighty-Four: Past, Present, and Future（Twayne, 1989）は歴史的文脈の紹介や作品読解のほか、書誌では一九八九年までの主要な研究書・論文をリスト化してそれぞれ数行程度のコメントを付しており、研究史を知る上では役に立つ。

『一九八四年』に絞った論文集もひとつの節目となった一九八四年前後にかなりの数が出ているが、比較的に新しいものから二冊だけ挙げたい。まず Abbott Gleason, Jack Goldsmith, and Martha C. Nussbaum, eds, *On Nineteen Eighty-Four: Orwell and Our Future*（Princeton UP, 2005）は、一九九九年に小説出版五〇周年記念としてシカゴ大学で開催された学会を出発点に編まれた論集で、小説家マーガレット・ドラブル、批評家エレイン・スカリー、ホミ・バーバ、政治思想家マーサ・ヌスバウムなど多分野の著名人による論考が収録されている。ちょうどオーウェル生誕一〇〇周年の二〇〇三年と重なったイラク戦争への言及もあり、冷戦終了後の現代的受容の開始点として重要である。Nathan Waddell, ed, *The Cambridge Companion to Nineteen Eighty-Four*（Cambridge UP, 2020）はトランプ政権期に始まる『一九八四年』の再ブームやオーウェル没後七〇周年をも意識したもので、研究入門的な体裁にもかかわらず全体的にレベルの高い論考が揃っている。コンテクスト、歴史、疑問、メディアの四部構成で、ラジオ、演劇、映画などへのアダプテーションから音楽やマンガ、ヴィデオゲームの分野でこの小説に影響を受けた多種多様な作品まで、この作品の現代的変容を論じる第四部が特に興味深い。

『一九八四年』に限らないオーウェル研究も膨大な数があるため、ここでは比較的新しい入門書のみを参考に挙げておく。まず、John Rodden and John Rossi, *The Cambridge Introduction to George Orwell*（Cambridge UP, 2012）は一〇〇頁程度でオーウェルの生涯、作品解説、受容史までを平易な英語によって解説している。これが物足りなければ、Douglas Kerr, *George Orwell* (Northcote House, 2003) が一〇〇頁未満で短いものの、特にオーウェルの帝国主義経験からはじまる政治意識について鋭い分析を提示している。やや時代をさかのぼるとRaymond Williams, *Orwell* (Fontana, 1971, 3rd edition, 1984) もまた入門書の体裁だが、二〇世紀後半イギリスの主要な社会主義思想家レイモンド・ウィリアムズが、生涯にわたるオーウェルへの強いこだわりを表現した著作として興味深い。称賛と批判がないまぜになった複雑な記述からは、冷戦期の特殊な社会・政治情勢においてオーウェルを読むことの可能性と困難が伝わってくる(秦邦生訳で二〇二一年に月曜社から刊行予定)。

オーウェルの人生とその時代に関する伝記的研究もまた、邦訳のあるBernard Crick, *George Orwell: A Life* (Penguin, 1980, new edition, 1992)(バーナード・クリック『ジョージ・オーウェル――ひとつの生き方』上下巻、河合秀和訳、岩波書店、一九八三年)をはじめ、数多く出されている。ほかにも最近ではオーウェル自身を主人公とした小説まで書かれているため、ファクトとフィクションの基本的な線引きが肝要だろう。

なお日本語の文献としては研究書のほか、評伝的な体裁でオーウェルへのすぐれた入門書がいくつか書かれている。川端康雄『ジョージ・オーウェル――「人間らしさ」への讃歌』(岩波新書、二〇二〇年)や、河合秀和『ジョージ・オーウェル』(研究社、一九九七年)などが出発点に適しているだろう。日本オーウェル協会(発足当初は「オーウェル会」という名称で、一九九九年に改称)は一九八二年以来、会誌『オーウェル研究』や論文集の刊行、翻訳などで精力的な活動を続けている。そのウェブサイトでは、ＰＤＦ形式の文献リストや早稲田大学中央図書館の日本オーウェル・アーカイヴ所蔵図書の情報が入手できる。また、大石健太郎・相良秀明編『ジョージ・オーウェル 人物書誌体系32』（日外アソシエーツ、一九九五年）は一九九五年までのオーウェルの著作・翻訳目録のほか、日本におけるオーウェル研究文献をリスト化している。

③そのほかの関連文献・資料

最後にややルースなこのカテゴリーで取りあげたいのは、『一九八四年』から多少なりともインスピレーションを受けた作品群のひろがりである。本書後半の各論考やコラムでも扱ったように、文化アイコン的な地位を確立したこの小説には、アダプテーション、オマージュ、パロディなど広義のインターテクストがきわめて多い。このようなひろがりの追跡は作品精読とは別の作業となるが、独自の価値を持つ作品とやや派生的な作品とを区別したうえで、派生的作品にも時代ごとの文化状況を踏まえた読解をほどこす時、重要な意味を持つだろう。右記のテイラー、リンスキー、さらにネイサン・ワデル編著の後半の各論考を導きの糸として、興味深い例をいくつか挙げたい。

まず小説では、マーガレット・アトウッドの『侍女の物語』（斎藤英治訳、ハヤカワepi文庫、二〇〇一年、原書一九八五年）と『誓願』（鴻巣友季子訳、早川書房、二〇二〇年、原書二〇一九年）、コラムで取りあげたアントニイ・バージェスの『一九八五年』（中村保男訳、サンリオ文庫、一九八四年、原書一九七八年）やブアレム・サンサールの『二〇八四年』（ブアレム・サンサル『2084――世界の終わり』中村佳子訳、河出書房新社、二〇一七年、原書二〇一五年）ほか、類例には事欠かない。アトウッドのフェミニズム的立場からの家父長制批判や、サンサールのイスラーム原理主義との対峙など、重要な作品ほど『一九八四年』を先例として意識しつつも、作家自身の置かれた社会や文化的環境に対する独自の問題意識に貫かれており、たんに派生的作品として解釈するのは不十分だろう。フレドリック・ジェイムソンはユートピア文学の本質的特徴を、絶え間ない相互参照や相互批判から構成される濃密なインターテクスト性に見ているが（『未来の考古学Ⅰ　ユートピアという名の欲望』秦邦生訳、作品社、一六頁）、ディストピアについてもほぼ同様の観察ができるだろう（『すばらしい新世界』と『一九八四年』のライヴァル関係がその典型）。後続の作品群もまた、『一九八四年』を一つの基準点としつつ、その多くが独自の世界観を追求している。

まず英語圏では、既出のバージェスやアトウッドのほか、ネット社会の危険性をテーマにしたヤングアダルト小説としてコリイ・ドクトロウ『リトル・ブラザー』（金子浩訳、早川書房、二〇一一年、原書二〇〇八年）や、メディアと消費文化に支配された近未来のニューヨークを舞台にしたゲイリー・シュタインガート『スーパー・サッド・トゥルー・ラブ・ストーリー』（近藤隆文訳、ＮＨＫ出版、二〇一三年、原書二〇一〇年）などが近年の事例。ベストセラーとなり映画化もされたデイヴ・エガーズ『ザ・サークル』（吉田恭子訳、早川書房、二〇一四年、原書二〇一三年）は、プライバシーを切り売りするＩＴ企業ザ・サークルに徐々に絡めとられてゆく女性主人公のジレンマを描き、ソーシャルメディア時代の『一九八四年』と評価された。このように近年では政治的全体主義の脅威よりもネット社会や監視社会化に警鐘を鳴らすディストピアが多いが、他方でイギリス出身の作家デイヴィッド・ピースは未邦訳の歴史スリラー小説*GB84*（Faber & Faber, 2004）で、サッチャー政権時代の一九八四年に起きた大規模な炭鉱ストライキを描き、オーウェルの架空世界とは異なる歴史の観点から当時の政治的現実を描き出している。

本書の川端論文でも説明されているように、日本でも『一九八四年』は翻訳出版以来、小松左京、武田泰淳、開高健など数多くの作家の注目を集めてきた。より近年では大江健三郎がカート・ヴォネガット・ジュニアとならんでオーウェルの名を敬愛する作家としてしばしば挙げているが、『一九八四年』のインターテクストとしてもっとも有名なのは村上春樹『1Q84』（全三巻、新潮社、二〇〇九—二〇一〇年）だろう（すでにいくつもの研究が出されている）。伊藤計劃『虐殺器官』（早川書房、二〇〇七年）は『地獄の黙示録』からサイバーパンクまでさまざまな作品を吸収して書かれたSF作品だが、中心となる〈虐殺の文法〉という着想には『一九八四年』における〈ニュースピーク〉と共通する言語への関心がうかがえる。そのほかの作品については、円堂都司昭『ディストピア・フィクション論——悪夢の現実と対峙する想像力』（作品社、二〇一九年）が一九八四年頃の日本に見られた『一九八四年』型の管理国家像への異論から出発して、近年に至るさまざまなディストピア作品を包括的に論じていて参考になる。

英語と日本語以外では、コラムで既出のアルジェリアのサンサール『二〇八四年』のほか、ハンガリー出身の作家ジェルジ・ダロスが続編と称する『1985年』（野村美紀子訳、柘植書房、一九八四年、原書一九八三年）を書いている。また、冷戦時代には『一九八四年』の翻訳流通が禁じられていたソヴィエト連邦や東欧とは異なり、中国では一九七九年の初訳以来複数の翻訳が流通しているという。ただし、台湾や香港ではもっと早い時期から翻訳がなされている（Michael Rank, "Orwell in China: Big Brother in every bookshop", *The Asia-Pacific Journal*, vol. 11, issue 23, no. 2, June 9, 2014）。近年注目を集める中国ＳＦの代表格で『三体』（二〇〇八年）が世界的ベストセラーになった劉慈欣《リウ・ツーシン》は『一九八四年』ファンを公言している。また、近年のインターテクストとしてもっとも興味深いのは郝景芳《ハオ・ジンファン》『１９８４年に生まれて』（櫻庭ゆみ子訳、中央公論新社、二〇二〇年、原書二〇一六年）だろう。この小説は若い女性主人公の一人称語りをつうじて、急速な市場経済化に翻弄される現代中国の若者たちの肌感覚をヴィヴィッドに描いている。ステレオタイプ的なディストピア像を退ける一方、要所要所に仕組まれた『一九八四年』へのオマージュによって、現代中国の社会的困難をよりリアリティを持って浮き彫りにすることに成功している。

　映画やラジオなど視聴覚メディアへのアダプテーションもまた文化現象としての『一九八四年』を考える上で重要である。まずは渡辺論文が論じた一九五三年、一九五四年、一九五六年のＴＶドラマ版と、映画版が出発点となるが、これまでに製作されたなかでもっとも完成度の高いものは一九八四年に公開されたマイケル・ラドフォード監督版『一九八四年』だろう（詳細は渡辺コラムを参照。日本版ＤＶＤが出ている）。ラジオでも複数回の翻案がなされており、二〇一三年にはイギリスのＢＢＣラジオ４で *The Real George Orwell* シーズンの一環として『一九八四年』ラジオ・ドラマ版が放送された（*George Orwell: A BBC Radio Collection* というタイトルで Amazon.jp から購入可能）。類縁性のある作品としては『マトリックス』シリーズ（一九九九―二〇〇三年）の主人公ネオの住居が一〇一号室であったりなど、軽い引喩《アリュージョン》の事例を挙げだすとキリがない。ただ比較的重要性の高い作品としては、テリー・ギリアム監督『未来世紀ブラジル』(一九八五年)がある。ギリアム監督はこの映画の構想・製作にあたって実際には『一九八四年』を読まなかったというが、間接的にアイデアを取り入れたようで、この映画が描く不条理な官僚機構や拷問の場面にはオーウェルが描いた全体主義社会との共通性が多々見られる(Lynskey, pp. 237-39)。

演劇や舞台芸術の分野では、小田島論文で検討された二〇〇六年、二〇一一年、二〇一三年の演劇アダプテーションのほかにも数多くのヴァージョンがある。現段階ではこれらの映像版を観ることはできないようだ。ほかに、ロリン・マゼール作曲によるオペラ版『一九八四年』と、ジョナサン・ワトキンスの振り付けによるバレエ版『一九八四年』があり、この二作品は海外版DVDが流通している。興味深いのはミュージシャンのデヴィッド・ボウイが一九七〇年代前半に『一九八四年』のロック・ミュージカル版を構想していたことだろう。残念ながらこの計画はソニア・オーウェルの拒絶のために頓挫してしまい、残された楽曲は七枚目のスタジオ・アルバム『ダイヤモンドの犬』(一九七四年)に収録されることになった(Lynskey, pp. 218-22)。ほかにロンドンに拠点を置くヒストリオニック・プロダクションズは没入型『一九八四年』と称する観客参加型の演劇を二〇二一年春から開演予定としているが、コロナ禍の影響で先行きはやや不透明なようだ。

ポピュラー・カルチャーの他領域に目を向ければ、Jamie Wood, "Making *Nineteen Eighty-Four* Musical: Pop, Rock, and Opera" (Waddell, pp. 213-31) はボウイのほかにも、なんらかのかたちで『一九八四年』に言及した一〇〇以上もの楽曲をリスト化している。著者は音楽ストリーミングサービスSpotifyでこのリストを二つに分けて公開しており、それぞれbit.ly/rocknproleとbit.ly/alt84でプレイリストを見られる（二〇二一年三月五日閲覧）。マンガとの関係はIsabelle Licari-Guillaume, "*Nineteen Eighty-Four* and Comics" (Waddell, pp. 232-36) で論じられているが、この著者は『一九八四年』のパロディやアラン・ムーア原作の『Vフォー・ヴェンデッタ』シリーズなど影響を受けた作品はあっても、マンガでの直接的なアダプテーションはまだ存在しないとしている。ただし二〇二一年四月にはペンギン・クラシックスがグラフィック・ノヴェル版『一九八四年』を刊行した。また実際には、日本には確認できるだけですでに四種類ものマンガ版が存在しているが英語圏では知られていないようだ。多くは漫画による原作の解説という体裁だが、森泉岳土『村上春樹の「螢」・オーウェルの「一九八四年」』（河出書房新社、二〇一九年）では独自の作画技法を駆使しつつ、原作を愛の挫折をめぐる物語として詩情豊かに表現しなおしている。

　このように多種多様なインターテクストが生成される要因の一つは、『一九八四年』がテクストとしての濃密さの反面で、一読しただけで記憶に残りやすい語句やコンセプトにあふれた作品でもあるからだろう。〈ニュースピーク〉や一〇一号室はもとより、〈ビッグ・ブラザー〉、〈思考警察〉、〈二分間憎悪〉、〈二重思考〉、さらには「戦争は平和なり」、「自由は隷従なり」、「無知は力なり」といった党のスローガンも含めて、短いフレーズに強力な政治的諷刺を込めるオーウェルの卓越した才能があらわれた特徴だが、こうした強いフレーズはしばしば作品を離れても流通してしまい、やや無節操な商業的流用にも晒《さら》されてしまう。もっとも有名な例として、一九九〇年代からはその名も*Room 101*と*Big Brother*と題するＴＶのヴァラエティ番組が英米をはじめ世界各地で放送されており、特に後者は一九九九年にオランダで創始されて以来、いわゆる「リアリティ番組」の代表的事例としてやや悪名高い。SF作家・批評家のアダム・ロバーツはこうした流行現象を、監視社会の不安が現代メディア・カルチャーにおいて露出症と窃視症へと倒錯的に転用される現象として批判的に論じている（Adam Roberts, "Coda: The Imaginaries of *Nineteen Eighty-Four*", Waddell, pp. 265-78）。

最後にもう一つポピュラー・カルチャーから事例を挙げれば、コンピューター企業アップルが一九八四年一月二四日のマッキントッシュ発売開始にあわせて製作・公開した一分ほどのテレビCMが有名である。これはスティーヴ・ジョブズの指示を受けた広告企業が『ブレード・ランナー』や『エイリアン』シリーズで有名な映画監督リドリー・スコットに依頼して製作された一分程度の映像である。魂を抜かれたような群衆が巨大スクリーンを凝視するなか（〈二分間憎悪〉を連想させる）、ハンマーを持って駆けてきた若い女性アスリートの投擲によってスクリーンが破壊されて爆発し、最後には次のメッセージが流れる――「一月二四日、アップル・コンピューターはマッキントッシュを発売する。一九八四年がなぜ『一九八四年』のようにならないか、分かるだろう」。ディストピア的イコノグラフィーの利用によって台頭期のアップルがみずからを既成秩序への挑戦者と位置づける広報戦略が透けて見えるが、現在ではそれが巨大IT企業群GAFAの一つに数えられ寡占の弊害を危惧されているからには、「解放者」としてのこうした楽観的テクノロジー観を真に受けるわけにはいかないだろう。二〇二〇年には別の企業エピック・ゲームズが、アップル独占市場に抗議するためにこのCMのパロディを公開したことも記憶に新しい（この二つの動画は、それぞれ YouTube で 1984, Apple, Epic

Gamesなどと打ち込んで検索するとすぐに見つけられるはずだ）。

＊＊＊

このような受容と流用の追跡には終わりがないが、この文献案内のしめくくりとして、最後に三点だけ指摘しておきたい。第一に、以上のリストはいかなる意味でも完全なものではなく、日本語と英語はもとより、他の言語でも言及から漏れた事例は多いに違いない。既述のように『一九八四年』を含むオーウェル作品の多くは二〇二一年時点で著作権保護期間切れを迎えており、今後さまざまなメディアでのアダプテーションや流用がますます活性化する可能性もある。このようなネットワークは拡大すれば拡大するほど、『一九八四年』を唯一の起点とするわけではない「ディストピア」という巨大なジャンル自体の成長と変容の歴史一般へと徐々に合流してゆくことだろう。

第二点として、一部のイデオロギー的かつ商業的な利用も経てほとんどネット・ミームと化した『一九八四年』は、その批判的可能性をすでに使い尽くされてしまったのではないか、というかすかな疑念にも言及しておこう。だがほとんどの場合、このテクストをどのように活用するのかは、その活用者自身の力量と文化的・歴史的状況への応答の仕方次第だと考えるべきだろう。例えばバージェスの『一九八五年』のように一種の行き詰まりに陥ってしまった作品もあれば、郝景芳の『1984年に生まれて』のように、異なる場所と時間のなかで私たちに新しい風景を見せてくれるように思える作品もたしかに存在する。劣悪な流用や悪用の多さを嘆いて古典的テクストそれ自体の価値を切り下げるのは、盥《たらい》の水と一緒に赤子を流すようなものだろう。

最後の点として強調したいのは、右の問題は究極的には読者一人ひとりにとっての課題であるということだ。いかなる作品も存在するだけではその可能性を実現できない。「読むこと」は私たちが想像しがちな受動的な行為ではない。過去からある古典的なテクストを継承し、それを自分たち自身の生きる時代と場所に向けて拡張する行為は、なによりも能動的な努力を必要とする。『一九八四年』は「それをまったく読んだことのない無数の人々の意識に浸透している」というリンスキーの言葉は誇張ではないだろう（Lynskey, p. xiv）。だとすればなおさらに、原典でも翻訳でもまずはジョージ・オーウェルが書き残したテクスト自体を丁寧に読むことから始め、読解力を鍛えなおすことには意味がある。ささやかでも本書がその一助となることを願ってやまない。

二〇二一年三月七日

編者・執筆者・訳者について——

秦邦生（しんくにお）　一九七六年生まれ。東京大学大学院准教授。イギリス文学。著書に、『イギリス文学と映画』（共編著、三修社、二〇一九年）、『カズオ・イシグロと日本——幽霊から戦争責任まで』（共編著、水声社、二〇二〇年）、論文に、“The Uncanny Golden Country: Late-Modernist Utopia in *Nineteen Eighty-Four*” (*Modernism/Modernity* Print Plus. 2. 2, 2017) などがある。

＊

マーガレット・アトウッド（Margaret Eleanor Atwood）　一九三九年生まれ。カナダの小説家・詩人。著書に、『侍女の物語』（一九八五年／邦訳＝新潮社、一九九〇年）、『昏き目の暗殺者』（二〇〇〇年／邦訳＝早川書房、二〇〇五年）、『洪水の年』（二〇〇九年／邦訳＝岩波書店、二〇一八年）、『誓願』（二〇一九年／邦訳＝早川書房、二〇二〇年）などがある。

星野真志（ほしのまさし）　一九八八年生まれ。日本学術振興会海外特別研究員（University College London）。イギリス文学。論文に、“Humphrey Jennings's ‘Film Fables’: Democracy and Image in *The Silent Village*” (*Modernist Cultures*, vol. 15, issue 2, 2020)、訳書に、ナオミ・クライン『楽園をめぐる闘い——災害資本主義者に立ち向かうプエルトリコ』（堀之内出版、二〇一九年）、オーウェン・ハサリー『緊縮ノスタルジア』（共訳、堀之内出版、二〇二一年）などがある。

中村麻美（なかむらあさみ）　立教大学助教。イギリス文学、ユートピア・ディストピア文学。論文に、“Nostalgia as a Means of Oppression, Resistance and Submission: A Study of Dystopian and Homecoming Novels”（Ph.D. Dissertation, University of Liverpool, 2017）、“On the Uses of Nostalgia in Kazuo Ishiguro’s *Never Let Me Go*”（*Science Fiction Studies*, vol. 48, no. 1, 2021）などがある。

ジャン＝フランソワ・リオタール（Jean-François Lyotard）　一九二四―一九九八年。フランスの哲学者。著書に、『言説、形象（ディスクール、フィギュール）』（一九七一年／邦訳＝法政大学出版局、二〇一一年）、『ポストモダンの条件――知・社会・言語ゲーム』（一九七九年／邦訳＝水声社、一九八六年）、『文の抗争』（一九八三年／邦訳＝法政大学出版局、一九八九年）、『非人間的なもの――時間についての講話』（一九八八年／邦訳＝法政大学出版局、二〇〇二年）などがある。

小川公代（おがわきみよ）　一九七二年生まれ。上智大学教授。ロマン主義文学、医学史。著書に、『幻想と怪奇の英文学Ⅳ　変幻自在編』（共著、春風社、二〇二〇年）、*Johnson in Japan*（共編著、Bucknell University Press, 2020）、訳書に、サンダー・L・ギルマン『肥満男子の身体表象――アウグスティヌスからベーブ・ルースまで』（共訳、法政大学出版局、二〇二〇年）などがある。

川端康雄（かわばたやすお）　一九五五年生まれ。日本女子大学教授。イギリス文学。著書に、『葉蘭をめぐる冒険――イギリス文化・文学論』（みすず書房、二〇一三年）、『オーウェルのマザー・グース――歌の力、語りの力』（平凡社選書、一九九八年。増補版、岩波現代文庫、二〇二一年）、『ジョージ・オーウェル――「人間らしさ」への讃歌』（岩波新書、二〇二〇年）などがある。

渡辺愛子（わたなべあいこ）　早稲田大学教授。現代イギリス地域研究。著書に、『英国ミドルブラウ文化研究の挑戦』（共著、中央大学出版部、二〇一八年）、論文に、“The Politics of Exhibiting Fine Art in the Soviet Union: the British Council’s Activities 1955-1960”（*The East Asian Journal of British History*, vol. 4, 2014）、訳書に、リチャード・J・エヴァンズ『エリック・ホブズボーム――歴史の中の人生』（共訳、岩波書店、近刊）などがある。

小田島創志（おだしまそうし）　一九九一年生まれ。お茶の水女子大学ほか非常勤講師。現代イギリス演劇。戯曲翻訳に、ラジヴ・ジョセフ作『タージマハルの衛兵』（『悲劇喜劇』二〇二〇年一月号、早川書房）、ダイアナ・ンナカ・アトゥオナ作『リベリアン・ガール』（『紛争地域から生まれた演劇』第一一巻、国際演劇協会、二〇二〇年）、論文に、「Stoppard と Hare――20世紀末の“Oscar Wilde”」（『リーディング』第三八巻、東京大学大学院英文学研究会、二〇一七年）などがある。

髙村峰生（たかむらみねお）　一九七八年生まれ。関西学院大学教授。アメリカ文学・比較文学。著書に、『文学理論をひらく』（共著、北樹出版、二〇一四年）、『触れることのモダニティ――ロレンス・スティーグリッツ・ベンヤミン・メルロ゠ポンティ』（以文社、二〇一七年）、『接続された身体のメランコリー――〈フェイク〉と〈喪失〉の21世紀英米文化』（青土社、二〇二一年）などがある。

加藤めぐみ（かとうめぐみ）　一九六七年生まれ。都留文科大学教授。イギリス文学・文化。著書に、『終わらないフェミニズム――「働く」女たちの言葉と欲望』（共著、研究社、二〇一六年）、『英国ミドルブラウ文化研究の挑戦』（共著、中央大学出版部、二〇一八年）、『カズオ・イシグロと日本――幽霊から戦争責任まで』（共著、水声社、二〇二〇年）などがある。

＊

伊達聖伸（だてきよのぶ）　一九七五年生まれ。東京大学大学院准教授。宗教学、フランス語圏地域研究。著書に、『ライシテから読む現代フランス――政治と宗教のいま』（岩波新書、二〇一八年）、『ヨーロッパの世俗と宗教――近世から現代まで』（編著、勁草書房、二〇二〇年）、訳書に、フランソワ・オスト『ヴェールを被ったアンティゴネー』（小鳥遊書房、二〇一九年）などがある。

吉田恭子（よしだきょうこ）　一九六九年生まれ。立命館大学教授。アメリカ文学。著書に、『精読という迷宮――アメリカ文学のメタリーディング』（共著、松籟社、二〇一九年）、『現代アメリカ文学ポップコーン大盛』（共著、書肆侃侃房、二〇二〇年）、訳書に、デイヴ・エガーズ『ザ・サークル』（早川書房、二〇一四年）などがある。

高橋和久（たかはしかずひさ）　一九五〇年生まれ。東京大学高大接続研究開発センター特任教授。英文学。著書に、『二〇世紀「英国」小説の展開』（共編著、松柏社、二〇二〇年）、訳書に、ジョージ・オーウェル『一九八四年』（ハヤカワ epi 文庫、二〇〇九年）、ジョゼフ・コンラッド『シークレット・エージェント』（光文社古典新訳文庫、二〇一九年）などがある。

＊

西あゆみ（にしあゆみ）　一九九〇年生まれ。一橋大学大学院言語社会研究科博士後期課程在籍。英語圏文学。論文に、“Body, Race and Place in Zoë Wicomb's *Playing in the Light*”（『言語社会』第一三号、二〇一九年）などがある。

郷原佳以（ごうはらかい）　一九七五年生まれ。東京大学大学院准教授。フランス文学。著書に、『文学のミニマル・イメージ――モーリス・ブランショ論』（左右社、二〇一一年）、『洞窟の経験――ラスコー壁画とイメージの起源をめぐって』（共著、水声社、二〇二〇年）、訳書に、ブリュノ・クレマン『垂直の声』（水声社、二〇一六年）などがある。

装幀——宗利淳一

ジョージ・オーウェル『一九八四年』を読む
——ディストピアからポスト・トゥルースまで

二〇二一年五月二〇日第一版第一刷印刷　二〇二一年五月三一日第一版第一刷発行

編者——秦邦生

発行者——鈴木宏

発行所——株式会社水声社

東京都文京区小石川二—七—五　郵便番号一一二—〇〇〇二
電話〇三—三八一八—六〇四〇　FAX〇三—三八一八—二四三七
［**編集部**］横浜市港北区新吉田東一—七七—一七　郵便番号二二三—〇〇五八
電話〇四五—七一七—五三五六　FAX〇四五—七一七—五三五七
郵便振替〇〇一八〇—四—六五四一〇〇
URL : http://www.suiseisha.net

印刷・製本——ディグ

ISBN978-4-8010-0574-7

水声文庫 ［価格税別］

【文学】

宮澤賢治の「序」を読む　淺沼圭司　二八〇〇円
『悪の華』を読む　安藤元雄　二八〇〇円
フランク・オハラ　飯野友幸　二五〇〇円
バルザック詳説　柏木隆雄　四〇〇〇円
三木竹二　木村妙子　四〇〇〇円
ロラン・バルト　桑田光平　二五〇〇円
危機の時代のポリフォニー　桑野隆　三〇〇〇円
小説の楽しみ　小島信夫　一五〇〇円
書簡文学論　小島信夫　一八〇〇円
演劇の一場面　小島信夫　二〇〇〇円
零度のシュルレアリスム　齊藤哲也　二五〇〇円
マラルメの〈書物〉　清水徹　二〇〇〇円
戦後文学の旗手　中村真一郎　鈴木貞美　二五〇〇円
(不)可視の監獄　多木陽介　四〇〇〇円
魔術的リアリズム　寺尾隆吉　二五〇〇円
未完の小島信夫　中村邦生・千石英世　二五〇〇円
オルフェウス的主題　野村喜和夫　二八〇〇円
越境する小説文体　橋本陽介　三五〇〇円
ナラトロジー入門　橋本陽介　二八〇〇円
カズオ・イシグロ　平井杏子　二五〇〇円
カズオ・イシグロの世界　平井杏子＋小池昌代＋阿部公彦＋中川僚子＋遠藤不比人他　二〇〇〇円
カズオ・イシグロ『わたしを離さないで』を読む　田尻芳樹＋三村尚央＝編　三〇〇〇円
カズオ・イシグロと日本　田尻芳樹＋秦邦生＝編　三〇〇〇円
イメージで読み解くフランス文学　村田京子　三五〇〇円
現代女性作家の方法　松本和也　二八〇〇円
現代女性作家論　松本和也　二八〇〇円
川上弘美を読む　松本和也　二八〇〇円
太宰治『人間失格』を読み直す　松本和也　二五〇〇円
ジョイスとめぐるオペラ劇場　宮田恭子　四〇〇〇円
福永武彦の詩学　山田兼士　二五〇〇円
魂のたそがれ　湯沢英彦　三二〇〇円
金井美恵子の想像的世界　芳川泰久　二八〇〇円